LILI WILKINSON

Scatterheart

COPPENRATH bei cbj

DIE AUTORIN

Lili Wilkinson, geboren 1981, lebt in Melbourne, Australien. Seit ihrem sechsten Lebensjahr denkt sie sich Geschichten aus, von denen bereits einige veröffentlicht wurden. Sie schreibt u. a. für diverse Zeitschriften und arbeitet im Zentrum für Jugendliteratur der Staatsbibliothek von Victoria. Ihr Interesse an Jugendliteratur überrascht nicht, denn Lili Wilkinson ist die Tochter der erfolgreichen Autorin Carole Wilkinson.

LILI WILKINSON

Scatterheart

Verbannt in die Ferne

Aus dem Englischen
von Cornelia Stoll

COPPENRATH bei cbj

cbj
ist der Kinder- und Jugendbuchverlag
in der Verlagsgruppe Random House

MIX
Papier aus verantwortungsvollen Quellen
FSC® C014496

Verlagsgruppe Random House FSC-DEU-0100
Das für dieses Buch verwendete FSC®-zertifizierte Papier *München Super Extra* liefert
Arctic Paper Mochenwangen GmbH.

1. Auflage
Erstmals als *Coppenrath Taschenbuch bei cbj*
Februar 2011
Gesetzt nach den Regeln der Rechtschreibreform

Die englische Originalausgabe erschien 2007 unter dem Titel »Scatterheart« bei black dog books, Fitzroy Vic, Australien

Aus dem Englischen von Cornelia Stoll
Umschlaggestaltung: *zeichenpool, München
Umschlagbilder: Bridgeman/National Library of Australia (Gemälde); Istockphoto/fanelie rosier (Mädchen); shutterstock/nagib (Blüten)
MI · Herstellung: CZ
Satz: Buch-Werkstatt GmbH, Bad Aibling
Druck und Bindung: GGP Media GmbH, Pößneck
ISBN: 978-3-570-28017-1
Printed in Germany

www.cbj-verlag.de

Für Agnes Nieuwenhuizen,
meine wunderbare Chefin,
inspirierende Mentorin,
temperamentvolle Diskussionspartnerin
und teure Freundin.

TEIL I

London 1814

KAPITEL 1

Es war einmal ein armer Mann, der hatte eine Tochter, die war sehr schön. Aber sie war selbstsüchtig und eitel und ihr Herz war flatterhaft wie der Wind. Deshalb hieß sie bei allen Scatterheart.

Der Wärter stieß Hannah in die Zelle und schloss klirrend hinter ihr ab. Hannahs Augen brannten und ihr Magen krampfte sich zusammen. Der Geruch von Urin, Erbrochenem und Schweiß nahm ihr beinahe den Atem, und obwohl es an diesem Abend eiskalt war, schwitzte sie so sehr, dass ihre Haut zu jucken begann. Galliger Speichel stieg ihr in den Mund. Sie krümmte sich und erbrach sich auf den schmutzigen Steinfußboden. Zitternd zog sie die Luft ein, der Gestank war so unerträglich, dass ihr gleich wieder übel wurde. Sie fiel auf alle viere und würgte.

»Sieh mal an«, vernahm sie eine trockene Stimme, »diese Schlampe hat wohl ein Vorhängeschloss am Arsch. Warum würde sie sonst durch den Mund scheißen!«

Raues Lachen schepperte durch den Raum.
Hannah machte die Augen zu und atmete durch den Mund. Nach einer Weile ließ die Übelkeit nach und sie schlug die Augen wieder auf. Die Zelle war klein, kleiner als ihr Schlafzimmer zu Hause. Und es war dunkel. Nur draußen im Gang brannte eine trübe Fackel und warf ihr spärliches Licht durch die dicken schwarzen Gitterstäbe. Die flackernde Flamme schien mehr Schatten als Licht zu erzeugen, trotzdem konnte Hannah die Umrisse von Menschen ausmachen. Manche bewegten sich im Dunkeln, andere rührten sich nicht. Ob sie schliefen oder tot waren, konnte sie nicht erkennen.
Hannah schätzte, dass über fünfzig Menschen in dem Raum waren. Von der anfänglichen Bemerkung abgesehen, nahm niemand Notiz von ihr. Die meisten hockten auf dem Boden, manche lagen dort in einem schmutzigen Knäuel aus Armen und Beinen.
Männer und Frauen.
Ihr wurde wieder übel.
Ganz oben in der Wand befand sich das einzige Fenster. Es war wie die Tür mit armdicken Eisenstäben vergittert. Draußen trieben graue Schneeflocken durch die Nacht, die vom Licht der Straßenlampen erhellt wurden. Es gab keine Betten, nicht einmal Tisch und Stühle, und nur wenige der Insassen besaßen eine Decke. Die ganze Länge der hinteren Wand nahm eine Holzpritsche ein, die mit einem dicken Brett an der Mauer abschloss. Die

Gefangenen lagen zusammengerollt auf der Pritsche wie auf einer Matratze und hatten den Kopf auf das Brett gelegt, als wäre es ein Kissen.

Hannah tastete sich durch die schlafenden Menschen und kroch zwischen zwei Mithäftlingen auf die Pritsche. Sie zog die Beine an und schlang die Arme um die Knie. Sie hatte immer noch einen galligen Geschmack im Mund. Unmöglich, an so einem Ort zu schlafen. Aus allen Ecken und Enden kamen sonderbare Geräusche: ein Grunzen, Stöhnen und Schnarchen. Und trotz der Eiseskälte war es stickig in der Zelle.

Hannah machte die Augen zu und versuchte sich vorzustellen, sie läge zu Hause in ihrem eigenen Bett. Sie wollte an das Märchen von Thomas denken, doch alles, was sie sah, war berstendes Eis und ein weißer Bär, der seinen Kopf schüttelte und ein ums andere Mal sagte: *Was hast du getan? Was hast du getan?*

Im Leben von Hannah Cheshire gab es nur zwei Männer und die hätten verschiedener nicht sein können. Ihr Vater, Arthur Cheshire, verbrachte seine Abende in vornehmen Klubs, wo er mit anderen Herren von Stand Portwein trank und spielte. Hannah wusste nicht genau, welcher Beschäftigung ihr Vater nachging, sie wusste nur, dass er ein bedeutender Geschäftsmann war.

Er gab immer eine makellose Erscheinung ab. Seine Krawatten waren gestärkt und nach der neuesten Mode gebunden. Seine Hüte und Mäntel wurden von den besten Schneidern der Stadt gefertigt. Er trug kniehohe Reitstiefel mit goldenen Troddeln. Und er gab ein kleines Vermögen für ein breites Sortiment von Salben und Tinkturen für die Pflege seiner Haut und seiner Haare aus. Er war immer wie aus dem Ei gepellt und duftete dezent nach Lavendel.

Thomas Behr war Hannahs Hauslehrer. *Sein* Mantel war abgetragen und an den Manschetten durchgescheuert und nur dürftig geflickt. Seine Hände ragten aus viel zu kurzen Ärmeln hervor. Der Stoff spannte über seinen breiten Schultern und jedes Mal, wenn er sich bückte, um etwas aufzuheben, gab es ein knarzendes Geräusch.

Mr Behr war weder dick noch dünn, er schien auch nicht sonderlich kräftig oder stark zu sein. Hannah hatte den Eindruck, dass er sich in seinem großen Körper unbehaglich fühlte. Er zog seine Schultern hoch, um kleiner zu wirken, und machte in seiner schlecht sitzenden Kleidung einen ruhelosen und linkischen Eindruck. Seine hellen Haare standen immer in alle Richtungen, wenn er bei Hannah eintraf, und seine Nickelbrille war ein wenig verbogen und saß schief auf seiner vorspringenden Nase. Wenn er verlegen war, lief sein bleiches Gesicht puterrot an. Und die dezente Krawatte von Thomas Behr war zwar sorgfältig gebunden, hing aber immer ein wenig schräg.

Arthur Cheshire hatte Thomas' Onkel in einem Herrenklub kennengelernt. Als er erfuhr, dass Thomas in Oxford studiert hatte (als Stipendiat), ließ er ihn sofort kommen und engagierte ihn als Hannahs Hauslehrer.

Die beiden Männer hatten jedoch sehr gegensätzliche Vorstellungen von ihrer Erziehung. Als Arthur Cheshire Mr Behr einstellte, war Hannah gerade elf Jahre alt, und er fand, dass sie ihrem Kindermädchen entwachsen war. Er ermahnte Thomas, Hannah nicht zu viel beizubringen, denn seine Tochter sollte kein Blaustrumpf werden. »Lehren Sie sie gerade so viel, dass sie auf ihre Bewerber einen vornehmen Eindruck macht«, sagte er.

Thomas Behr hörte aber nicht auf ihn. Er unterrichtete Hannah in Geschichte und Poesie, in Mathematik und Sternenkunde. Er erzählte ihr von den Tieren in Afrika und von den Menschen im hohen Norden, die ihre Häuser aus Schnee erbauten. Er brachte ihr Französisch, Deutsch und Latein bei. Er las ihr aus den großen Werken der Weltliteratur vor. Und er erzählte ihr Märchen von Glaspantoffeln, vergifteten Äpfeln und weißen Bären.

Hannah beachtete seine abgenutzten Ärmel nicht. Sie liebte die Art, wie er aufgeregt seine Brille abnahm, wenn er ihr von den Kreuzzügen berichtete oder von Kopernikus, der entdeckt hatte, dass die Erde sich um die Sonne drehte. Dabei ging er im Zimmer auf und ab und fuchtelte beim Reden mit den Armen. Hannah fand, dass er dann wie ein wildes Tier aussah, das in einem Anzug gefangen ist. Seine grauen Augen begannen zu leuchten und Hannah dachte, dass dies die Farbe des Meeres sein müsste – ein funkelndes, gesprenkeltes Grau.

Hannah schreckte auf, denn jemand packte sie und zerrte sie von der Pritsche. Benommen sah sie sich um. Es war immer noch dunkel, lange konnte sie nicht geschlafen haben. Der Angreifer zog sie vorn am Kleid. Ein pockennarbiges Gesicht schob sich ihr entgegen.

»Das ist mein Bett«, zischte die Gestalt aus einem Mund voller Zahnlücken und mit Lippen, die von roten und weißen Pusteln übersät waren. Die Person – Hannah konnte nicht erkennen, ob es sich um einen Mann oder eine Frau handelte – spuckte sie an. Ihr stinkender Atem brachte Hannah wieder zum Würgen.

»Du dreckige Schlampe, du. Du musst zahlen, wenn du hier pennen willst. Also, her mit den Moneten, sonst bleibst du unten bei den anderen Drecksäcken.«

Hannah starrte ihr Gegenüber verständnislos an. Die Gestalt gab ihr einen groben Stoß, der sie der Länge nach auf den Boden beförderte, wo sie mit mehreren Schlafenden zusammenstieß, die grunzend protestierten. Hannah kroch zu einem freien Plätzchen unter dem Fenster. Ein Windstoß wehte einen Schneeschauer auf sie herab, aber er brachte wenigstens auch frische Luft mit.

Der harte Steinboden war feucht von Urin und Erbrochenem. Hannahs Hüften und Schultern schmerzten. Sie stützte den Kopf auf die Arme und dachte an jenen Tag, an dem sich alles in ihrem Leben geändert hatte. Der Tag hatte so gut begonnen.

Sie und Mr Behr waren im Hyde Park. Wenn sie lachten, kamen kleine weiße Atemwölkchen aus ihren Mündern. Mr Behr baute Schneetiere und Hannah musste sie erraten. Schafe, Elefanten und Löwen stolzierten über die weiß bedeckten Wiesen. Dann formte er ein Tier, das Hannah noch nie zuvor gesehen hatte.
»Ist es ein Kaninchen?«
»Nein«, sagte Mr Behr, »viel größer als ein Kaninchen.«
»Vielleicht ein Hase?«
Mr Behr lachte und Hannah spürte seinen warmen Atem auf ihrer Wange.
»Es ist ein Känguru.«
»Ein was?«
»Ein Känguru. Aus New South Wales.«
Und dann erzählte er ihr von diesen seltsamen Tieren, die bis zu zwei Meter groß wurden und ihre Jungen in einem Beutel mit sich trugen.
»So ein komisches Tier möchte ich auch gern mal sehen«, sagte Hannah.

Mr Behr erwiderte lächelnd: »Zu Hause kann ich dir ein Bild zeigen. Ich habe ein Buch mitgebracht.«
Mr Behr hatte immer einen Stapel Bücher unter dem Arm, wenn er kam. Hannahs Vater war auf Bücher nicht gut zu sprechen. Deshalb versteckte Hannah sie in ihrem Schlafzimmer und las sie abends bei Kerzenlicht.
»Aber zuerst will ich auch noch ein Tier machen«, sagte Hannah. Sie streifte den Pelzmuff ab, in dem sie ihre Hände gewärmt hatte, und kniete sich in den Schnee. Sie kräuselte konzentriert die Stirn. Es sollte eine Giraffe werden, aber der lange Hals wollte ihr einfach nicht gelingen. Immer wenn sie den Kopf ansetzen wollte, knickte er ab. Ihre Finger kribbelten vor Kälte und ihr Kleid wurde nass und eiskalt.
»Ein Hühnchen?«, riet Mr Behr.
»Nein«, sagte Hannah, »ich bin noch nicht fertig.«
»Ein Truthahn? Ein Otter?«
Hannahs Werk fiel schon wieder auseinander.
»Hm«, machte Mr Behr und betrachtete den formlosen Schneehaufen, »ein Maulwurf, der sich in einem Maulwurfshügel versteckt? Oder ein Ameisenbär, der sich als Ameisenhaufen tarnt?«
»Das sollte eine Giraffe werden«, sagte Hannah.
»Ach, natürlich«, entgegnete Mr Behr und seine Mundwinkel zuckten, »jetzt erkenne ich es.«
Hannah hörte das Rattern einer Kutsche und schaute hoch. Ein vornehmer offener Zweispänner mit Lämp-

chen und Silberbeschlägen jagte über die Rotten Row. Sie überlegte, was die feinen Herrschaften wohl denken mochten, wenn sie sie wie ein Kind im Schnee spielen sahen.

»Ich möchte nach Hause gehen, Mr Behr«, sagte sie.

Ihr Hauslehrer schaute der Kutsche nach und zog eine Augenbraue hoch.

»Sag doch Thomas zu mir«, meinte er. »Mr Behr klingt, als wäre ich mindestens hundert Jahre alt.«

Hannah errötete und blickte zu Boden.

Das Zucken um Mr Behrs Mundwinkel wurde zu einem richtigen Lächeln. »Weißt du was, ich baue noch ein Tier.«

Er kniete sich neben sie und schaufelte Schnee auf die verunglückte Giraffe. Er duftete nach Zimt. Anschließend strich er den Schneehaufen glatt. Dann formte er daraus vier kurze Beine, einen rundlichen Leib und einen langen rechteckigen Kopf. Hannah sah ihm fasziniert dabei zu. Als er den Oberkörper vorbeugte, fiel sein Hut herab und landete umgekehrt im Schnee. Das ausgeblichene graue Seidenfutter war so verschlissen, dass es beinahe auseinanderfiel. Die Haare von Mr Behr waren hell, fast so hell wie der Schnee und standen wie zerzauste Gänsedaunen ab.

Hannah spürte ein plötzliches Verlangen, ihm über die Haare zu streichen.

Am Kopf des neuen Schneetieres entstanden zwei kleine Ohren. Mr Behr durchsuchte seine Hosentaschen und zog zwei Rosinen hervor, die er als schwarze Knopfaugen einsetzte.

»Fertig.« Er stand auf und klopfte sich den Schnee von den Knien.

Es war ein Bär. Ein weißer Eisbär.

»Es war einmal ein Mädchen, das nannten alle Scatterheart...«, begann er.

KAPITEL 2

An einem dunklen, stürmischen Abend saßen Scatterheart und ihr Vater am Feuer. Der Regen prasselte und der Wind riss an den Wänden ihrer kleinen Hütte. Plötzlich klopfte es dreimal an das Fenster. Der Mann sah hinaus. Dort stand ein großer weißer Bär.

Als Hannah das nächste Mal wach wurde, sickerte fahles Tageslicht durch das kleine Gitterfenster. Sie setzte sich auf. Die Zelle drehte sich ein wenig um sie und sie zitterte.

Ihre Handschuhe waren verschwunden, ebenso ihre Haube und ihre Schuhe. Sogar die Spitzenborte ihres Kleidersaums war abgerissen worden.

An der Wand saß eine alte Frau. Ihr Gesicht war so zerfurcht, dass Hannah sie auf mindestens hundert Jahre schätzte. Sie hatte ein altmodisches Mieder an, aber kein Oberteil, und sie trug einen mottenzerfressenen Rock von unbestimmter Farbe. Sie sah Hannah aus schwarzen glänzenden Augen an.

»Jemand hat meine Haube und meine Schuhe weggenommen«, sagte Hannah zu der alten Frau. »Haben Sie gesehen, wer das war?«

Die Frau antwortete mit einem so starken schottischen Akzent, dass Hannah sie kaum verstehen konnte.

»'ne Frau, die weint, is gradso zum Erbarmen wie 'ne Gans, die barfuß läuft.«

Hannah beobachtete eine dicke Laus, die am Arm der Alten hinaufkrabbelte. Mit einem Mal packte die Frau das winzige Tier und steckte es in ihren zahnlosen Mund.

Sie kicherte. »Lecker, so 'ne frische Laus«, sagte sie kauend.

Krachend ging die Zellentür auf und ein Wärter schob zwei Eimer hinein. In dem einen schwappte Wasser, der andere war mit Brotresten gefüllt. Die Gefangenen drängten sich darum und stürzten sich darauf wie hungrige Wölfe. Hannahs Magen knurrte. Sie stand auf und näherte sich vorsichtig dem Broteimer. Er war leer.

»Na, Frollein, hungrig?«, sagte jemand hinter ihr.

Hannah drehte sich um. Es war dieselbe Person, die sie in der Nacht von der Holzpritsche vertrieben hatte. Im trüben Tageslicht erkannte Hannah nun, dass es sich um eine junge Frau handelte, die kaum älter als zwanzig sein mochte. Sie war recht groß und hatte breite Schultern und lange Beine. Sie starrte vor Schmutz und ihr Gesicht war von Schorf und Pickeln übersät. Das Haar war dünn und strähnig und ihr fehlten einige Zähne. Sie hatte einen schmutzigen Rock an und ihr Mieder war so eng geschnürt, dass ihre Brüste hervorquollen. Auf ihrem Kopf trug sie Hannahs Haube. Die Frau saß auf dem Boden, den Rock nach oben geschoben, die nackten Beine ausgestreckt, und lehnte an einem dunkelhaarigen, bärtigen Mann, dessen eine Hand lässig auf ihrem Bein ruhte. Hämisch starrte sie Hannah an und hielt einen Kanten Brot hoch.

»Willst du?«

Beim Anblick des Brots lief Hannah das Wasser im Mund zusammen, aber sie beherrschte sich.

»Ich glaube, Sie haben meinen Hut«, sagte sie höflich.

Die Frau lachte und erwiderte in einem gekünstelten Tonfall: »Ach, die Dame wird sich wohl täuschen. Das ist meine Haube, ein Geschenk von meinem Black Jack. Ein Häubchen von meinem Täubchen.« Sie tätschelte den Arm des Bärtigen. Dieser schlug ihren Rock ein wenig zurück und ließ seine Hand an ihrem Schenkel hochwandern. Hannah errötete. Die Frau gab ihr vornehmes Getue auf und betrachtete den Brotkanten.

»Du kriegst das Brot. Willst du?«

Hannah nickte.

Die Frau lächelte und zeigte ein paar einzelne graue Zähne. »Und ich will deinen Mantel.«

Hannah fasste mit ihrer Hand an den Pelzkragen. Die Frau hatte schon ihre Haube gestohlen, womöglich auch ihre Schuhe und die Handschuhe. Ihren Mantel sollte sie nicht bekommen!

»Ich lasse Ihnen meine Haube für das Brot!«, sagte Hannah. »Ein faires Angebot«, räumte die Frau ein. »Zeig her.« Hannah erwiderte verärgert: »Sie haben sie auf.«
Die Frau schüttelte den Kopf. »Denkst du, ich bin besoffen, oder warum willst du mir meinen eigenen Hut andrehen? Gib mir den Mantel und der Kanten gehört dir.«
»Nein danke«, sagte Hannah, »ich glaube, ich warte lieber bis zum Lunch.«
Die Frau brach in schallendes Gelächter aus. »Lunch!«, schrie sie und klammerte sich an den Arm des Bärtigen. »Hast du das gehört, Black Jack? Lunch! Die hat wohl im Palast gewohnt. Gnädige Frau wünscht einen Lunch!« Sie schlug sich auf die Schenkel. »Hier in Newgate gibt's keinen Lunch, Gnädigste. Und Dinner oder Abendessen gibt's auch nicht. Das hier«, sie wedelte mit dem Brotkanten, »das hier ist alles. Bis morgen früh.«
Hannah sah das Brot an. Ihr Magen knurrte. Aber sie dachte daran, wie kalt es in der Nacht gewesen war, und schüttelte den Kopf. »Ich bleibe hier sowieso nicht lang«, sagte sie. »Es ist alles nur ein Missverständnis.«
Diese Worte lösten bei der Frau einen neuerlichen Lachanfall aus. »Natürlich, Gnädigste haben gar nichts verbrochen.«
Hannahs Augen verengten sich. »Sie haben ja keine Ahnung, wer ich bin«, sagte sie. »Aber früher oder später wird jemand kommen, der mich kennt, und dann könnt ihr alle etwas erleben.«

Sie ging zum Eimer und schöpfte eine Handvoll Wasser. Es schmeckte nach Erde und Eisen, aber ihr Hals war ausgedörrt und wund vom Erbrechen. Anschließend stakste sie vorsichtig zu der vergitterten Tür und wartete darauf, dass der Wärter zurückkehrte.
Einige Mithäftlinge schliefen, andere spielten Karten oder würfelten und tranken gierig aus dunkelbraunen Gin-Flaschen. Eine hochschwangere Frau lag unbeholfen auf dem Boden, ihre Hände ruhten auf ihrem gewölbten Bauch. Eine andere Frau stillte einen Säugling. Hannah beobachtete sie eine Weile fasziniert und ein wenig entsetzt, aber als die Frau zu ihr herübersah, errötete sie und schaute weg.
Wurden alle kleinen Kinder auf diese Weise gefüttert? Hannah konnte sich das kaum vorstellen. Hatte sie etwa auch von der Brust getrunken?
Hannah hatte keine Erinnerung an ihre Mutter, aber sie war davon überzeugt, dass ihre Mutter sie niemals auf diese Art gefüttert hätte. Ihr Vater hätte so etwas vulgär gefunden.

Gerade als Hannah und Mr Behr vom Hyde Park zurückkehrten, kam Arthur Cheshire auf dem Weg zum Frühstück die Treppe hinunter. Er trug einen dunkelgrünen Morgenmantel aus Brokat, der mit grellbunten exotischen Vögeln und Blumen bestickt war. Dunkle Ringe lagen um seine Augen und sein Gesicht sah erschöpft und zusammengefallen aus. Er warf einen kurzen Blick auf seine durchnässte Tochter und ihre aufgelöste Haartracht und presste die Lippen zusammen.

Thomas blickte auf seine Fußspitzen.

»Zieh dich um«, befahl Arthur Cheshire seiner Tochter. »Ich muss mit Mr Behr reden.«

Die Männer gingen ins Speisezimmer. Hannah kauerte auf der Treppe und versuchte etwas zu verstehen. Die Stimme ihres Vaters klang leise und aufgebracht.

»... wenn sie jemand so gesehen hätte ...«

Mr Behrs Antwort war ein Murmeln. Arthur Cheshire setzte seine Strafpredigt fort.

»... große Erwartungen an meine Tochter ... einen vermögenden Mann ...«

Hannah biss sich auf die Lippen und schlich auf ihr Zimmer, um sich umzuziehen.

Nach ungefähr einer Stunde ließ ihr Vater sie ins Speisezimmer rufen. Bevor sie eintrat, kniff sie sich in die Wangen und strich ihre Haare glatt.

Der Vater saß in einem Sessel und las die Zeitung. Vor ihm stand ein großes Glas Brandy.

»Guten Morgen, mein Schatz«, sagte er geistesabwesend.

»Es ist Nachmittag, Papa.«

»Wirklich?« Er blickte hoch. »Wer hätte das gedacht.« Er streckte die Hand nach seinem Glas aus.

Adams, der Diener, betrat das Zimmer. Ihm folgte Lettie, das Hausmädchen. Sie stellten silberne Platten und weiße Porzellanschüsseln mit eingelegten Heringen, Rührei, kaltem Braten und hauchdünn geschnittenem Schinken auf das weiße Leinentischtuch. Arthur Cheshire bedeutete Adams ihm nachzuschenken.

»Ist es gestern Abend spät bei dir geworden, Papa?«, fragte Hannah und nahm am Tisch Platz.

»Teuflisch spät«, erwiderte ihr Vater und füllte seinen Teller. Er schaufelte Rührei in sich hinein und spülte mit Brandy nach. Dann blickte er seine Tochter an und kniff die Augen zusammen. »Mein Engel, du musst wissen, dass ich sehr enttäuscht von dir bin.«

Hannah knetete das Tischtuch zwischen ihren Fingern. Ihr war zum Heulen zumute.

»Papa, bitte lass Thomas nicht gehen.«

Arthur Cheshire zog seine sorgfältig gezupften Augenbrauen hoch. »Ich habe mit *Mr Behr* ausführlich über seine ... Erziehungsmethoden gesprochen. Sie sind völlig unangemessen für eine junge Dame von Stand.«

Hannah schwieg.

»Als ich ihn anstellte«, fuhr Arthur Cheshire fort, »hatte ich ihm ausdrücklich erklärt, welche Art von Erziehung ich für dich wünsche.«

»Aber Papa«, sagte Hannah. »Thom... Mr Behr ist ein ausgezeichneter Lehrer. Er hat mir wunderbare Dinge beigebracht.«

Arthur Cheshire runzelte die Stirn. »Genau das ist das Problem«, sagte er. »Für eine junge Dame von Stand ist es völlig unerheblich, etwas über die heidnischen Götter der Ägypter oder die Reisen des Marco Polo zu wissen. Unerheblich und unerwünscht.«

Hannahs Unterlippe bebte.

»Hannah, du musst endlich begreifen, dass du dich sittsam und würdevoll benehmen musst, wenn du einen guten Ehemann bekommen willst.«

Hannah sah ihn an. »Einen Ehemann?«

Arthur Cheshire lächelte. »Natürlich, mein Schatz. Das willst du doch auch?«

Sie nahm sich eine Scheibe Schinken.

»Du bist eine bildschöne junge Dame«, sagte ihr Vater. »Du kannst dir einen wirklich vornehmen Mann angeln.«

Hannah riss den Schinken in dünne Streifen. War sie wirklich schön?

Ihr Vater beugte sich vor und tätschelte ihr Knie. »Wir werden einen reichen Mann für dich finden. Du wirst in einem herrschaftlichen Haus in Mayfair wohnen, mit Kutschen und fünfzig Dienern. Und du wirst die besten Gesellschaften geben, die London je gesehen hat.«

Hannah dachte eine Weile darüber nach. Es klang märchenhaft.

»Aber was ist mit Mr Behr?«, fragte sie.

»Er wird zum Monatsende aufhören.«

Hannah erstarrte, die Hand halb zum Mund geführt.

Dann legte sie den Schinken wieder auf den Teller.

Ihr Vater seufzte. »Du bist fast fünfzehn, Hannah. Viel zu alt für einen Hauslehrer.«

»Oh«, machte Hannah und überlegte, was sie den ganzen Tag ohne Thomas Behr tun sollte.

»Du wirst viel zu beschäftigt sein, wenn du Tanztees besuchst und reiche Männer kennenlernst.«

»Ja, Papa«, sagte Hannah.

»Ich werde Hauslehrer für dich engagieren, die dir die Dinge beibringen, die ein junge Dame wirklich braucht. Tanzen, Klavier spielen, Malen. Und wenn du dann fünfzehn bist, wirst du in die Gesellschaft eingeführt.«

Hannah schwieg.

»Übrigens«, sagte Arthur Cheshire, »Mr Harris kommt zum Abendessen. Zieh dir etwas Nettes an.«

Hannah verzog das Gesicht. Mr Harris war ein dicker, asthmatischer Mann, der mit Arthur Cheshire Karten spielte. Er war mindestens fünfzig Jahre alt, sein Gesicht war immerzu gerötet und er schwitzte unaufhörlich.

»Du musst wissen, Hannah«, sagte ihr Vater, indem er sich erhob und seinen Brandy austrank, »Mr Harris ist ein sehr reicher Mann. Du sollst einen guten Eindruck auf ihn machen. Er besitzt ein Haus am Grosvenor Square.«

Er legte einen manikürten Finger an ihre Wange, dann verließ er mit wehendem Morgenmantel das Zimmer.

Hannah zog eine Grimasse bei der Vorstellung, einen ganzen Abend in Mr Harris' Gesellschaft verbringen und seinem Schnaufen und Stottern zuhören zu müssen, während die Schweißflecken unter seinen Armen immer größer wurden. Thomas Behr hasste Mr Harris und nannte ihn einen Speichellecker.

Hannah seufzte und stocherte mit ihrer Gabel halbherzig im Rührei herum. Eigentlich spielte es keine Rolle, was Thomas Behr dachte, denn ihr Vater wollte ihn entlassen. Als Hannah jünger war, hatten sich Thomas und sie immer Geschichten über die Tiere ausgedacht, die in dem türkischen Teppich im Salon eingewebt waren. Hannah hatte ihm von den unerhörten Abenteuern der Tiger und Elefanten erzählt, und er hatte gelacht, bis ihm die Tränen gekommen waren.

Sie legte die Gabel beiseite und erhob sich. Ihr blieben nur noch wenige Unterrichtsstunden mit Thomas. Zum Monatsende musste er gehen und sie würde ihn vielleicht nie mehr wiedersehen. Sie dachte an seinen zerknitterten Mantel und seine Schneetiere. An die Art, wie er sie manchmal ansah. Sie dachte daran, wie sie im Park am liebsten sein Haar berührt hätte. Dann stellte sie sich selbst in Juwelen und herrlichen Kleidern vor und malte sich aus, wie sie in ihrer eigenen Kutsche durch den Hyde Park fuhr. Vielleicht hatte ihr Vater recht und es war wirklich an der Zeit, erwachsen zu werden.

Die meisten Menschen in der Zelle starrten einfach ins Leere und warteten oder dösten vor sich hin. Der Hunger nagte an Hannah. Das Wasser, das sie getrunken hatte, schwappte in ihrem leeren Bauch hin und her. Als das trübe Zellenlicht verblich, lehnte Hannah den Kopf an die kalten Eisenstäbe. Sie zitterte vor Schwäche.
»Ui! Gnädiges Frollein!«, ertönte die Stimme jener Frau, die ihre Haube aufhatte. »Wieso poliert Ihr das königliche Eisen mit Euren Augenbrauen? Kommt lieber hier herüber.«
Hannah stand unsicher auf und schaute sich um. Die Frau und Black Jack lümmelten auf der Holzpritsche und tranken aus einer braunen Glasflasche.
»Immer noch hungrig?«, fragte die Frau.
Hannah nickte und fasste an die Knöpfe ihres pelzbesetzten Mantels. Ihr Vater hatte ihn ihr im vergangenen Jahr zum Geburtstag geschenkt. Er war in dezent duftendes Seidenpapier eingewickelt gewesen und hatte in einer weißen Schachtel mit grünem Samtband gelegen. Die Frau sah Hannah bedeutungsvoll an. Hannah seufzte und nestelte an den Knöpfen.
Sogleich klemmte sich die Frau die Flasche zwischen ihre Knie und streckte die Hände aus. Hannah hielt ihr den dunkelgrünen Mantel hin. Die Frau stand auf und zog ihn an. Er spannte um die Schultern und die Brust und reichte ihr nur bis zur Wade. Aber sie schnallte den Gürtel zu und stolzierte wie ein Pfau durch die Zelle.

»Na, wie sehe ich aus, Leute? Ein wahres Juwel, oder nicht?«

Black Jack gluckste. Er war sehr groß, größer als Thomas Behr.

»Warte!«, sagte Hannah.

Die Frau blieb stehen. »Geschäft ist Geschäft«, sagte sie finster.

»Nein«, entgegnete Hannah, »ich wollte nur ...« Sie holte tief Luft. »In der Tasche von meinem – von Ihrem Mantel. Da ist etwas, etwas, das für mich kostbar ist.«

Die Frau legte ihren Kopf schräg. »Kostbar? So, so. Was ist es denn? Gold? Juwelen? Ein Briefchen von deinem Liebsten? So ein hübsches Püppchen wie du hat doch bestimmt einen stattlichen Herzensbrecher am Rockzipfel.«

Sie wühlte in der Manteltasche und zog ein Taschentuch hervor. Es war zerknittert und auch ein wenig schmutzig. Sie sah erstaunt auf.

»Das? Das soll kostbar sein?«

Hannah nickte. »Bitte.«

Achselzuckend reichte die Frau Hannah das Taschentuch. Hannah wickelte es sich um ihre Hand.

In der nächsten Unterrichtsstunde sprach Thomas Behr weder über die griechischen Sagen noch über die Reisen des Kolumbus. Und er erzählte auch keine Geschichten

von Eispalästen und tückischen Winden. Er war förmlich, fast ein wenig unbeholfen. Hannah gähnte.
Thomas seufzte und machte ihr einen Vorschlag. »Sollen wir spazieren gehen? Bestimmt hat dein Vater nichts dagegen, wenn wir das Britische Museum besuchen.«
»Vater hat gemeint, es sei zu kalt zum Ausgehen. Er sagt, ich habe eine schwache Brust.«
»Dein Vater ist sehr besorgt um dich«, erwiderte Thomas steif.
Hannah spürte einen Stich in ihrem Inneren und wurde unruhig.
»Wollten Sie mir etwas sagen?«, fragte sie herausfordernd. »Über meinen Vater?«
»Schon gut.« Thomas zog seinen zu kurzen Hemdsärmel herunter, der nach oben gerutscht war und den Blick auf ein dichtes Wirrwarr heller Haare freigegeben hatte.
»Nein«, sagte Hannah, »ich möchte, dass Sie mir sagen, was sie über meinen Vater denken.«
Thomas seufzte abermals.
»Ich warte«, sagte Hannah.
Er stand auf und ging zum Kamin. Dann drehte er sich um und sah sie an.
»Hannah, dein Vater putzt dich wie ein Porzellanpüppchen heraus und dann gondelt er durch die Stadt und wirft mit dem Geld anderer Leute um sich. Und dich lässt er hier in diesem großen Haus allein …«

»Mein Vater ist sehr bedeutend«, entgegnete Hannah, »und es macht mir gar nichts aus, dass seine Geschäfte ihn ab und zu fortrufen.«
Thomas schnaubte verächtlich. »Geschäfte. Das kann man wohl sagen. Dein Vater ist in ganz London berüchtigt für seine Geschäfte.«
Hannah starrte ihn sprachlos an. Thomas' Augen funkelten und eigentlich machte es Hannah immer glücklich, sein Gesicht so aufgeregt leuchten zu sehen, auch wenn es nur aus Wut war. Aber so durfte er nicht mit ihr sprechen. Ihr Vater wäre bestimmt sehr erzürnt.
Thomas schüttelte den Kopf. »Hannah, ich ...«
»Miss Cheshire«, sagte Hannah frostig.
Thomas schaute zur Seite. Die Röte war aus seinen Wangen gewichen und das Licht in seinen Augen war wieder erloschen. Seine Schultern fielen nach vorn.
Hannah spürte ein Ziehen in der Brust und war nun milder gestimmt. »Verzeihen Sie«, sagte sie und berührte seine Finger.
Thomas zog seine Hand schnell zurück.
»Ihre Hände sind eiskalt«, stellte Hannah fest.
»Draußen ist es eiskalt«, erwiderte Thomas Behr, ohne sie anzusehen.
»Nicht so kalt wie das Land, aus dem Scatterheart und der weiße Bär gekommen sind«, sagte sie lächelnd.
Thomas blickte sie überrascht an und lächelte zurück. »Nein, so kalt nicht.«

»Wo liegt dieses Land?«, fragte Hannah.
»Die Geschichte stammt aus Norwegen.« Er nahm seine Brille ab, die sich in dem warmen Zimmer beschlagen hatte, und polierte sie mit einem Taschentuch.
»Woher wissen Sie das? Sind Sie aus Norwegen?« Sie überlegte, warum sie ihn noch nie danach gefragt hatte, und stellte fest, dass sie überhaupt sehr wenig von ihm wusste. Wo wohnte er? Hatte er noch eine andere Arbeit? Wo lebte seine Familie?
»Mein Vater ist Deutscher, aber seine Mutter stammte aus Norwegen. Sie hat immer Geschichten erzählt ...« Er unterbrach sich, als irgendwo im Haus eine Tür zuschlug. Sodann hörten sie ein Schluchzen und das Geräusch von zerspringendem Glas.
»Was ist denn hier los?«, fragte Thomas und sprang auf. Das Taschentuch glitt zu Boden.
»Wahrscheinlich Lettie«, erwiderte Hannah gleichgültig. »Vater hat sie gestern Nachmittag entlassen.«
»Hat sie entlassen? Aber warum?« Thomas starrte nach oben, als könnte er durch die Decke Arthur Cheshire in seinem Bett sehen.
Hannah zuckte die Achseln. »Vater war mit ihr nicht zufrieden. Sie hat immer mit der Tasse geklappert, wenn sie ihm Tee serviert hat.«
»Sie hat mit der Tasse geklappert?«, fragte Thomas. »Er hat sie entlassen, weil sie mit der Tasse geklappert hat?«
Hannah verdrehte die Augen. »Er glaubt auch, dass sie

seine Perlmuttmanschettenknöpfe gestohlen hat. Jedenfalls kann er sie nirgendwo finden. Machen wir jetzt mit dem Unterricht weiter?«

Thomas drehte sich zu ihr um und runzelte leicht die Stirn. »Natürlich«, sagte er und setzte sich wieder. Aber er schwieg.

»Thomas?«, flüsterte Hannah.

»Das arme Mädchen.«

Jetzt war es Hannah, die die Stirn runzelte. »Das arme Mädchen? Dieses arme Mädchen hat uns bestohlen«, sagte sie. Was hatte er nur? Wen kümmerte es schon, wenn ein Hausmädchen entlassen wurde?

Thomas seufzte. »Aber was könnte sie dazu gebracht haben? Sie schien hier glücklich zu sein.«

»Bei solchen Leuten kann man das nie wissen.«

»Bei was für Leuten?«, fragte Thomas. »Bei Dienern? Bei Armen? Bei Leuten wie mir?«

Hannah errötete. »Sie ist eine Diebin. Sie hat es nicht anders verdient.«

Thomas stand wieder auf und ging zum Kamin hinüber. »Hast du denn kein Mitleid mit ihr?«, fragte er. »Dein Vater hat sie auf die Straße gesetzt. Das heißt, sie muss stehlen oder verhungern oder noch schlimmer. Vielleicht wird sie auch zum Tode verurteilt oder deportiert.«

Hannah spürte einen Hauch von Schuld, den sie aber gleich wieder verscheuchte. »Das ist ja lächerlich. Sie kennen sie doch gar nicht.«

»Du auch nicht.« Thomas warf seine Arme nach oben. »Letzte Woche wurde ein neunjähriges Mädchen verurteilt, weil es drei verschrumpelte, alte Äpfel gestohlen hatte. In der Woche davor wurde eine Neunzehnjährige gehängt, weil sie ihrer Herrschaft einen silbernen Löffel gestohlen hatte. Einen einzigen Löffel!«

»Genau«, seufzte Hannah erleichtert. »Vater hat sie auch nicht angezeigt, sondern ihr nur gesagt, dass sie gehen muss. Sie wird wegen des Diebstahls also nicht vor Gericht gestellt. Eigentlich war er sehr edelmütig.«

»Warum verteidigst du ihn?«, fragte Thomas und sah sie mit einem eigentümlichen Blick an.

»Es hätte auch viel schlimmer für sie ausgehen können.« Hannah verschränkte die Arme vor der Brust.

»Das bezweifle ich«, entgegnete Thomas. »Du hast keine Ahnung, wie das Leben außerhalb dieser vier Wände ist. Du warst noch nie in Seven Dials, wo es Mütter gibt, die ihren Säuglingen Gin zu trinken geben, weil sie kein Geld für Milch haben. Oder Männer, die so betrunken sind, dass sie ihre Frauen bewusstlos schlagen, und sich anschließend zu Tode saufen. Oder Kinder, die weder Familie noch Wohnung haben und in der Gosse erfrieren … du hast sämtliche Silberlöffel und Äpfel, die du dir wünschen kannst. Du weißt nicht, wie die Wirklichkeit aussieht.«

Hannah schwieg. Wusste er es denn? Hatte Thomas solche Dinge gesehen? An solchen Orten gelebt? Das Ozean-

blau seiner Augen sah aus wie zu Eis gefroren. Er war enttäuscht. Hannah spürte, wie ihr die Tränen kamen.
Thomas Behrs Stirn glättete sich wieder und seine zusammengepressten Lippen entspannten sich.
»Entschuldige«, flüsterte er. »Ich wollte dich nicht erschrecken. Vielleicht sollte ich mit deinem Vater darüber sprechen. Ihn überzeugen.«
»Und was würden Sie ihm sagen?«, ertönte hinter ihnen eine ölige Stimme.
Hannah drehte sich um. In der Tür stand ihr Vater. Im Vergleich zu Mr Behr sah er klein und zart aus, wie eins ihrer Porzellanfigürchen neben einer groben Stoffpuppe.
»Sir«, sagte Mr Behr, »bitte tun Sie Lettie das nicht an.«
Arthur Cheshire sah belustigt aus, aber Hannah wusste, dass er wütend war.
»Es tut mir leid, Thomas«, sagte er, »aber von Dienstboten nehme ich keine Ratschläge an.«
Hannah bemerkte, dass Thomas' Schultern sich strafften. Er richtete sich zu seiner vollen Größe auf. Zornesröte überzog sein Gesicht.
»Sie sind eine erbärmliche Gestalt«, brachte er hervor.
Davon schien sich Arthur Cheshire nicht einschüchtern zu lassen. Er lächelte ausdruckslos und musterte seine wohlgefeilten Fingernägel.
»Finden Sie nicht, dass Sie sich endlich eine richtige Arbeit suchen sollten, Thomas?«, sagte er. »Sie kommen seit fast vier Jahren hierher und stellen meiner Tochter nach.

Das wird langsam unschicklich. Sie sollten sich endlich ein hübsches Dienstmädchen zum Heiraten suchen. Eine, die Ihrer gesellschaftlichen Stellung besser entspricht.«

Thomas beachtete Arthur Cheshire nicht weiter und blickte Hannah an.

»Was ich gesagt habe, tut mir leid«, entschuldigte er sich. Seine Stimme klang ruhig und eigenartig sanft. »Ich wollte dich nicht durcheinanderbringen.«

Hannah schluckte den Kloß in ihrem Hals hinunter. Ihr war heiß. Sie wollte, dass Thomas blieb, aber ihr Vater hatte recht. Sie sah zu Thomas auf.

»Hannah?«, sagte er.

Hannah schaute zur Seite und schwieg.

»Reden Sie meine Tochter gefälligst mit *Miss Cheshire* an«, forderte ihr Vater, »falls Sie sie überhaupt noch einmal ansprechen, was mir höchst überflüssig erscheint.«

Thomas schreckte zurück. Er bückte sich und zog Hut und Handschuhe an. Dann hob er das Bücherpaket auf, seufzte und wandte sich wieder Hannah zu.

Die starrte auf ihre gefalteten Hände.

»Hannah«, sagte Thomas wieder.

Sie sah hoch. Auf seinem Gesicht lag ein eigentümlicher Ausdruck, drängend, traurig und zärtlich zugleich. Sie wollte wegschauen, aber sie konnte nicht, obwohl sie wusste, dass ihr Vater nur wenige Schritte entfernt war und sie beobachtete.

Sie schloss die Augen und drehte ihren Kopf zur Seite. Er sollte ihre Tränen nicht sehen.
Thomas seufzte tief. Er ging hinaus und zog die Tür zum Salon hinter sich zu. Krachend fiel sie ins Schloss – Hannah wusste nicht, ob Thomas' Zorn oder nur ein Windstoß schuld daran war. Die Wände bebten, eine blau-weiße Porzellanvase fiel vom Kaminsims und zerschellte am Boden.
Arthur Cheshire zog seine Augenbrauen hoch, drehte sich um und verließ das Zimmer. Hannah hörte das Knarren der Stufen, als er die Treppe zu seinem Schlafzimmer hinaufstieg.
Sie ging zum Kamin, um die Scherben aufzuheben. Da entdeckte sie auf dem Boden Thomas' Taschentuch. Sie bückte sich und hob es auf. Zerstreut dachte sie, sie könnte es ihm in der nächste Stunde zurückgeben. Dann erinnerte sie sich, dass er nicht wiederkam. Ihre Finger schlossen sich um das Taschentuch und sie begann zu weinen.

»Wie heißen das gnädige Frollein denn?«, fragte die Frau.
Hannah schluckte. »Hannah Cheshire.«
»Hannah Cheshire«, spottete die Frau. »Also, Hannah Cheshire, ich bin Long Meg.«
Hannah streckte die Hand aus. »Sehr erfreut, Ihre Bekanntschaft zu machen, Miss Meg.«

Long Meg starrte die ausgestreckte Hand an und prustete los. »Hui, ist die vornehm, Black Jack! Hast du das gehört? *Sehr erfreut, Ihre Bekanntschaft zu machen, Miss Meg.* Hast du so was schon mal gehört?«
Black Jack schüttelte den Kopf.
Hannah sah Long Meg erwartungsvoll an. Diese starrte zurück und fragte schroff: »Gibt's noch was, Hannah Cheshire?«
Hannah nickte. »Ich ... ich habe Ihnen meinen Mantel gegeben. Könnte ich jetzt etwas Brot bekommen?«
Long Meg schlug sich auf die Stirn. »Also, ich bin so was von vergesslich!« Sie wühlte in ihrem Rock und zog ein Stück Brot heraus. Hannah riss es ihr aus der Hand.
»Aber pass auf, sonst kotzt du wieder deine Schuhe voll wie letzte Nacht«, sagte Long Meg.
Sie beobachtete, wie Hannah das Brot hinunterschlang. »Wieso sitzt du eigentlich?«
Hannah sah sie ausdruckslos an und kaute weiter.
»Was hast du ausgefressen? Weshalb bist du hier? Hast du was geklaut? Diese schicken Klamotten vielleicht?«
Hannah verzog entrüstet das Gesicht. »Natürlich nicht. Ich sollte gar nicht hier sein. Es ist nur ein Versehen. Ich habe nichts getan.«
Long Meg lachte wieder ihr röhrendes Lachen. »Na klar hast du nichts getan. Keiner von uns hat was getan, oder Leute?« Sie breitete ihre Arme aus. Ein paar Insassen stimmten ihr mit einem Nicken oder einem Winken zu.

Sie wandte sich wieder an Hannah. »Wir sind alle unschuldig, Schätzchen. Alle.«

Hannah wurde heiß vor Zorn. Ihr lag schon eine bissige Antwort auf der Zunge, aber dann schwieg sie doch. Wozu auch? Sie wollte ihre Kraft lieber aufsparen, um dem Wärter alles zu erklären. Sie schluckte die letzten Brotkrumen hinunter.

»Und was haben Sie gemacht? Warum sind Sie hier?«

Long Meg erhob sich stolz und verschränkte ihre Hände hinter dem Rücken, als wollte sie ein Gedicht vortragen. »Ein taubengraues Coventrykleid, ein weißes Baumwollkleid mit grünblauen Streifen, ein Seidenkleid aus Norwichcrêpe, ein rosa Steppunterrock, sieben Yard von schwarz glänzendem Wolltuch, ein Mieder, ein schwarzer Satinmantel, ein roter Dufflecoat, eine feine Schürze aus weißem Batist, ein schokobraunes Seidentuch, ein rotschwarz gemustertes Seidentuch, ein schwarzes Seidentuch, ein Damenhut aus Seide, drei weiße Leinenschürzen, zwei karierte Leinenschürzen, ein Paar Lederschuhe und ein Paar geflochtene Schuhschnallen.« Sie setzte sich wieder.

»Wie haben Sie das alles gestohlen?« Hannah war beeindruckt.

Long Meg grinste nur und griff nach der braunen Glasflasche.

KAPITEL 3

»Guten Abend«, sagte der Bär durch das Fenster.
»Gleichfalls«, erwiderte der Mann.
»Gebt mir Eure Tochter zur Frau«, sagte der Bär, »dann sollt Ihr so reich sein wie Ihr jetzt arm seid.«
»Nun ...«, begann der Mann.
»Nein«, sagte Scatterheart.

Als Hannah am nächsten Morgen aufwachte, stellte sie fest, dass sie sich an den Gestank fast schon gewöhnt hatte. Aber es gab ein neues Problem. In der Zelle war kein Wasserklosett, nur ein übervoller Kübel in einer Ecke. Hannah errötete bei der Vorstellung, unter den Augen so vieler Menschen ihre Notdurft zu verrichten. Aber ihre Blase drückte fürchterlich. Sie versuchte, nicht daran zu denken. Lang würde sie sowieso nicht hierbleiben.

Als der Wärter endlich die karge Brot- und Wasserration brachte, stand Hannah an der Tür bereit.

»Entschuldigen Sie, Sir«, sagte sie, während die anderen Insassen sich um die paar Brocken Brot schlugen.

Aber der Wärter beachtete sie nicht.
»Ich bin irrtümlich festgenommen worden. Ich habe gar nichts gestohlen …«
Der Wärter verließ die Zelle und warf die Tür krachend ins Schloss.
»Warten Sie!«, rief Hannah. »Ich gehöre nicht hierher! Ich möchte einen Verantwortlichen sprechen!«
Die Schritte des Wärters hallten im Gang wider und verklangen. Hannah sank zu Boden. Sie versuchte die Tränen zurückzuhalten. Die zahnlose Alte berührte sie am Arm.
»Höflichkeit zu Unhöflichen zahlt sich nicht aus«, sagte sie zischelnd. Hannah starrte sie an. Hier waren alle verrückt. Tränen rollten ihr über die Wangen.
»Hör nicht auf die alte Tabby«, sagte Long Meg, die die Szene beobachtet hatte. »Die ist völlig verblödet.«
Die Alte spuckte auf den Steinboden und lutschte an ihrem Brotkanten. Hannah sah ihn sehnsüchtig an.
»Hier, Frollein!« Long Meg brach ihr Brot entzwei und bot Hannah die Hälfte an. »Aber nur dieses eine Mal.«
Hannah nahm das Stück und begann nun erst recht zu weinen. Sie konnte sich kaum noch erinnern, wann jemand das letzte Mal nett zu ihr gewesen war.
»Tut mir leid«, schluchzte sie hicksend.
»Wein dich nur aus«, sagte Long Meg. »Je mehr du weinst, desto weniger musst du pinkeln.«

Thomas kam nicht wieder. In den ersten drei Tagen vergoss Hannah bittere Tränen, aber am vierten Tag verwandelten sich ihre Trauer und ihre Scham in ein Gefühl hart wie Glas.

Was kümmerte es sie, dass er fort war? Thomas war doch nur ein Diener, den ihr Vater eingestellt hatte, damit er sie unterrichtete. Dennoch wusch sie sorgfältig sein Taschentuch, faltete es ordentlich zusammen und legte es in ihre Kommode.

Nachdem Lettie und Thomas nicht mehr da waren, verhielten sich die anderen Diener Hannah gegenüber kühl. Morgens knallten sie ihr das Frühstück auf den Tisch, der Toast war an den Rändern oft verbrannt und der Tee lauwarm.

An den Vormittagen wanderte Hannah ziellos durchs Haus und wartete, bis ihr Vater aufstand oder einer ihrer neuen Lehrer zu einer Musik- oder Tanzstunde eintraf.

Hannahs Vater hatte es anscheinend nicht eilig, ein neues Hausmädchen zu suchen. Er war zerstreut und geistesabwesend – mehr noch als sonst. Manchmal stand er erst um drei Uhr nachmittags auf, war aber um sechs Uhr schon wieder unterwegs und kam erst in den frühen Morgenstunden nach Brandy und Zigarrenrauch riechend nach Hause.

Ungefähr zwei Wochen nach Thomas Behrs Weggang saß Hannah eines Morgens im Salon und bestickte für ihren Vater ein Paar Pantoffeln. Draußen fiel der Schnee in

dicken Flocken und bildete eigenartige graue Schlieren im Nebel. Das Feuer prasselte im Kamin, trotzdem zitterte Hannah vor Kälte und schlang ihren Schal enger um sich. Plötzlich wurde die Haustür mit einem Knall aufgerissen. Hannah zuckte erschrocken zusammen. Aus der Diele kamen Schritte. Hannah runzelte die Stirn. Niemand hatte geklopft und ihr Vater schlief sicher noch. Sie erhob sich und öffnete die Tür zum Flur.
Dort stand ihr Vater und klopfte sich schmutzig grauen Schnee vom Kopf und von den Schultern. Seine Reitstiefel, gewöhnlich auf Hochglanz poliert, waren stumpf und nass vom Schnee, und seine Hände in den gelben Handschuhen zitterten.
»Papa!«, rief Hannah. »Was ist geschehen? Wo ist dein Hut? Wo ist dein Mantel? Bist du letzte Nacht gar nicht nach Hause gekommen?«
Er wandte ihr das Gesicht zu. Seine Augen waren blutunterlaufen und seine Wangen schlaff und grau. Er schüttelte den Kopf. »Nur keine Sorge, mein Engel. Es ist nichts.« Sein Blick war unstet. Ihr Vater ging an ihr vorbei und stieg die Treppe hinauf. Er musste sich am Geländer abstützen. Hannah folgte ihm.
»Papa, ist wirklich alles in Ordnung mit dir? Bist du überfallen worden? Wo ist dein Hut?«
Er blieb auf halbem Weg nach oben stehen, wühlte in seinen Taschen und zog etwas heraus, das in ein schmuddeliges Leinentuch gewickelt war. Er warf es ihr zu. »Ein

Geschenk, mein Engel. Und nun sei ein braves Mädchen und lass deinen Vater allein. Ich muss mich um meine … Geschäfte kümmern.«

Hannah nahm das Bündel und sah ihrem Vater nach, der schwankend die Stufen erklomm. Dann wickelte sie das Päckchen aus. Zum Vorschein kam ein Paar Silberohrringe mit winzigen, glitzernden Saphiren.

Hannah kreischte entzückt auf, rannte in ihr Zimmer und legte die Ohrringe an. Sie drehte ihren Kopf mal hierhin, mal dorthin und bewunderte sich im Spiegel. Das musste ihr Vater sehen!

Sie öffnete die Tür zu seinem Schlafzimmer und blieb erschrocken stehen. Ihr Vater warf fieberhaft Kleidungsstücke in einen Koffer auf seinem Bett.

»Papa, was tust du da?«, fragte Hannah.

Ihr Vater erstarrte und sah sie verständnislos an. Dann schüttelte er den Kopf und sagte mit einer rauen Stimme: »Geschäfte, mein Engel. Ich muss für ein paar Tage nach Paris. Nur keine Sorge. Du wirst schon allein zurechtkommen.« Er wühlte in seiner Kommode und zog eine Handvoll Krawatten heraus.

»Aber warum soll Adams nicht deine Sachen packen?«

Er stopfte die Krawatten in den Koffer.

»Adams … ich habe Adams einem Freund ausgeliehen. Nur keine Sorge.«

»Du hast ihn *ausgeliehen?«*, fragte Hannah. »Du gehst ohne Diener nach Paris?«

»Nein, mein Engel. Er wird mich in Newmarket treffen. Nur keine Sorge.«

»Das sagtest du bereits.« Hannah kamen beinahe die Tränen.

Arthur Cheshire klappte den Koffer zu und drückte sich einen Hut auf den Kopf.

»Papa, du hast dich ja gar nicht umgezogen!«

»Siehst du nicht, dass ich in Eile bin?«, sagte er. »Ich habe wichtige Geschäfte zu erledigen. In ein paar Tagen bin ich wieder da.« Er schleifte den Koffer aus dem Zimmer.

»Vielen Dank für die Ohrringe!«, rief Hannah ihm mit bebender Stimme nach. Der Koffer schlug polternd über die Stufen, als Arthur Cheshire ihn die Treppe hinunterzerrte.

Das Brot war hart und sandig, als wäre das Mehl mit Asche vermischt worden. Hannah wollte zum Wassereimer gehen, aber Long Meg hielt sie mit ausgestreckter Hand zurück.

»An deiner Stelle würde ich das Wasser nicht trinken«, sagte sie. »Da sind alle möglichen Würmer drin.«

Sie hielt Hannah die braune Flasche hin. Hannah nahm einen Schluck. Die Flüssigkeit brannte wie Feuer in ihrer Kehle und sie musste husten und würgen.

Long Meg lachte dröhnend. »Du wirst dich früh genug daran gewöhnen, gnädiges Fräulein«, gluckste sie.

Hannah verzog das Gesicht. »Ich glaube, ich probiere es doch mit dem Wasser, wenn Sie nichts dagegen haben.«
Long Meg zuckte die Achseln. »Wie du willst.«

Von Long Meg erfuhr Hannah, dass es in ihrer Zelle zwei Sorten Gefangene gab. Solche, die ihrer Verhandlung entgegensahen, und solche, die auf die Vollstreckung ihres Urteils warteten.
Die nächste Verhandlung oder Sitzung, wie sie genannt wurde, sollte am kommenden Donnerstag stattfinden. An diesem Tag musste Hannah vor den Richter und die Geschworenen treten, sich verteidigen und ihr Urteil entgegennehmen. Die folgenden Tage nutzte sie dazu, die Rede zu üben, die sie vor Gericht halten wollte, damit keinerlei Zweifel an ihrer Situation entstünden.
Jene Gefangenen, die ihre Verhandlung bereits hinter sich hatten, verhielten sich teilnahmslos. Sie waren still und bedrückt. Hannah fand, sie sahen hohl aus, als würden sich ihre Körper nur aus alter Gewohnheit bewegen.
»Was geschieht mit ihnen?«, fragte sie Long Meg.
»Meistens Deportation, aber wohl auch ein paar Hinrichtungen.«
Hannah schluckte. »Und die, die deportiert werden … kommen die alle nach New South Wales?«
Long Meg nickte. »Ich glaube schon. Man nennt es ›das Land hinter den Meeren‹.«

Für Hannah klang diese Bezeichnung ziemlich romantisch und das sagte sie auch zu Long Meg.

Die lachte laut auf. »Romantisch? Soweit ich weiß, ist es die Hölle. Ich habe gehört, es soll fast zwei Jahre dauern, bis man dort ist. Die Schiffe werden von Banden befehligt, die mit Peitschen und Ketten nicht zimperlich sind.«

Hannah stellte sich Thomas Behr in Offiziersuniform und Peitsche schwingend vor und musste lächeln.

Hannah hatte kaum ein Wort gesprochen, seit ihr Vater das Haus verlassen hatte. Die Diener tuschelten miteinander und verstummten, sobald sie ins Zimmer kam.

Hannah stand morgens wie gewöhnlich auf, aß Toast zum Frühstück und trank ihren Tee, arbeitete an ihrer Stickerei, las und übte Klavier. Jeden Nachmittag wies sie die Diener an, ein vollständiges Abendessen zuzubereiten, für den Fall, dass ihr Vater wieder nach Hause käme. Und jeden Abend saß sie in ihrem besten Kleid allein im Speisezimmer, vor ihr kalte, in Butter geschwenkte Krabben und Hammelragout, Rindfleischbrühe mit einem erstarrten Fettfilm auf der Oberfläche und zusammengefallener Mandelpudding. Hannah stocherte lustlos in der Fasanenpastete und schob die Rote Beete mit ihrer Silbergabel auf dem weißen Porzellanteller hin und her, während in den Servierschüsseln der Spargel und die grünen

Böhnchen kalt und schlaff wurden. Um zehn Uhr kam Jenny und deckte den Tisch ab und Hannah ging auf ihr Zimmer und weinte sich in den Schlaf.
Zwei Tage nachdem Arthur Cheshire abgereist war, kam Thomas Behr zu Besuch.
Er sah noch schmuddeliger aus als sonst, wie er dort in der Tür zum Speisezimmer stand. Der Saum seines Mantels war abgerissen, sodass man die groben Nähte sehen konnte. Er hatte keine Handschuhe an und seine Finger waren blau vor Kälte. Hannah hätte sich ihm am liebsten in die Arme geworfen und geweint. Aber irgendetwas hielt sie zurück.
»Mr Behr«, sagte sie höflich und neigte den Kopf.
Er nahm seinen Hut ab und verbeugte sich.
»Bitte nehmen Sie Platz«, forderte Hannah ihn auf.
Er setzte sich kurz hin und schwieg. Dann stand er wieder auf und ging zum Kamin hinüber.
»Stimmt etwas nicht?«, fragte Hannah.
Thomas Behr schaute ihr zum ersten Mal direkt in die Augen und bei seinem durchdringenden Blick musste Hannah zur Seite sehen.
»Dein Vater«, begann er.
Hannah lächelte. »Mein Vater ist geschäftlich in Paris. Er wird jeden Tag zurückkommen, falls Sie mit ihm über eine Erneuerung Ihres Vertrags sprechen möchten.«
Thomas stützte sich mit den Händen auf den Kamin.
»Er wird nicht zurückkommen.«

Hannahs Kiefer schmerzte vom krampfhaften Lächeln. »Ich glaube, Sie irren sich.«
Thomas nahm eine Porzellanfigur vom Kaminsims und musterte sie sorgfältig. Hannah hörte das Ticken der Uhr aus der Diele.
»Wenn er zurückkommt, wird er getötet.«
Hannah lachte nervös. »Unsinn.«
»Hannah«, sagte Thomas und stellte das Figürchen wieder hin, »er ist in großen Schwierigkeiten.«
Hannah zitterte. Sie hielt sich an den Armlehnen fest, damit Thomas es nicht bemerkte.
»Er ist außer Landes geflohen. Er hat das Vermögen deiner Mutter verspielt. Über Jahre hinweg hat er nur Schulden gemacht.«
Hannah schüttelte den Kopf. »Mein Vater ist ein guter Mensch, ein Geschäftsmann.«
»Letzte Woche …« Thomas zerrte an seinem Kragen, als bekäme er keine Luft. »Letzte Woche hat einer seiner Gläubiger sein Geld zurückverlangt. Dein Vater war betrunken. Er wurde handgreiflich … Er hat den Mann fast umgebracht und sein Geld und seine Wertsachen gestohlen. Am nächsten Tag ist er verschwunden. Niemand weiß, wo er ist.«
Hannah sah ihren Vater vor sich, wie er mit blutunterlaufenen Augen ohne Hut und Mantel in der Diele gestanden hatte. Ihr war, als müsste die Welt um sie herum einstürzen.

»Woher wissen Sie das?«, fragte sie und schämte sich des Bebens in ihrer Stimme.
»Alle wissen es«, erwiderte Thomas Behr verlegen. »Es ist Stadtgespräch.«
Hannah dachte daran, wie die Diener miteinander getuschelt hatten.
»Sie sind ein Lügner«, sagte sie.
Eine Stimme in ihrem Inneren widersprach. Thomas hatte sie noch nie belogen. Hannah wehrte sich gegen die Stimme. Er musste lügen. Ihr Vater würde niemals so etwas ... Niederträchtiges tun. Und niemals würde er sie für immer verlassen.
Thomas zog seinen Stuhl näher an sie heran.
»Hannah. Ich kann dir helfen. Du musst wissen, wie sehr ich ...«, stammelte er und sah zur Seite, »wie sehr ich dich ...«
Er holte tief Luft und nahm ihre Hand.
»Erlaube, dass ich mich um dich kümmere«, fuhr er fort. »Ich kann dir kein Haus in Mayfair und keine vornehmen Kutschen bieten, aber ich weiß, dass wir glücklich sein könnten ... Ich habe einen Onkel, der Kapitän ist. Er hat gesagt, er könnte mir eine Anstellung bei der Marine verschaffen.«
Er schwieg und wurde puterrot. Hannah starrte ihn an.
»Sie wollen mich heiraten?« Mit einem hysterischen Kichern entzog sie ihm die Hand. »Aber Sie sind doch schon so alt!«

Thomas sah sie verblüfft an. »Ich weiß, du bist für eine Heirat noch ein bisschen jung, Hannah. Aber so etwas kommt vor. Außerdem bin ich nur fünf Jahre älter als du.«
Hannah blickte ihn an, als sähe sie ihn zum ersten Mal. Die hellen Haare, die ihr immer weiß erschienen waren, waren in Wirklichkeit hellblond. Er war fast vier Jahre lang ihr Hauslehrer gewesen. War er wirklich erst neunzehn?
Sie schüttelte den Kopf. Das war alles lächerlich. Ihr Vater rannte doch nicht davon! Thomas Behr log. Sie hatte ihm vertraut, zu ihm aufgeschaut. Und jetzt log er sie an.
Sie erhob sich.
»Mr Behr«, sagte sie. »Sie sind in mein Haus gekommen, Sie haben mir abscheuliche Lügen über meinen Vater erzählt, und das alles in dem verzweifelten, erbärmlichen Versuch, meine Zuneigung zu gewinnen. So leicht bin ich aber nicht zu täuschen. Ich werde Sie oder Ihresgleichen niemals heiraten. Ich bin die Tochter eines Gentlemans und werde einen Gentleman heiraten. Nicht irgendeinen ... dahergelaufenen Studenten.«
»Hannah, so hör doch!«, sagte Thomas und erhob sich ebenfalls. Er wollte wieder ihre Hand nehmen. »Lass es dir erklären.«
Aber Hannah zog ihre Hand zurück. »Fassen Sie mich nicht an!«
Thomas Behr zuckte unter ihren harschen Worten zusammen, dann senkte er den Kopf und verließ das Zim-

mer. Diesmal warf er nicht die Tür hinter sich zu. Diesmal machte er sie gar nicht zu. Er ging einfach.
Hannah sank auf den Boden, ihr Herz klopfte wie wild. Die Haustür fiel klackend ins Schloss. Doch Hannah weinte nicht. Sie saß nur stumm da.
An diesem Abend packten die Diener ihre Sachen und gingen. Hannah war allein.

KAPITEL 4

Scatterhearts Vater war habgierig.
Er befahl seiner Tochter den Antrag des Bären anzunehmen. Sie überlegte sich, dass es recht hübsch sein musste, in einem Schloss zu leben und schöne Kleider zu tragen. Also sagte sie Ja und kletterte auf den Rücken des Bären. Als sie von dannen ritten, fragte sie der Bär: »Hast du keine Angst?«
Nein, sie hatte keine Angst.

Lacht nur, Miss«, sagte Long Meg, »aber ich habe meine Informationen. Stürme, die einen in Stücke reißen. Ungeheuer, groß wie Berge. Dunkelheit mitten am Tag. Schwimmende Inseln mit Elefantenzähnen. Und wir im Schiffsbauch angekettet, dicht an dicht wie Ölsardinen.«

Hannah sah sie skeptisch an. »Ich glaube, Sie haben zu viele Märchen gehört.«

Aber nun hatte Long Meg ein Publikum. Einige der anderen Insassen hatten sich zu ihr gedreht und sie erzählte mit tiefer, unheilvoller Stimme weiter.

»Und das ist nur die Seereise. Es heißt, wenn man erst einmal im Land hinter den Meeren ist, dann kommen die schlimmsten Ungeheuer hervor. Männer mit Hundeköpfen, Drachen, die einen in Stein verwandeln, Menschen mit Gesichtern auf der Brust! Überall gibt es Wilde mit pechschwarzer Haut, die unser Fleisch fressen wollen. Das Überleben ist ein einziger Kampf.« Sie sah sich mit großen Augen um.

Hannah schnaubte verächtlich. »Vater hat mir einige Berichte aus der *Morning Post* über die Kolonie in New South Wales vorgelesen. Von Männern mit Hundeköpfen und Drachen war darin nie die Rede.«

Die alte Frau, die Tabby genannt wurde, hatte offenbar auch zugehört. Sie stand umständlich auf und schlurfte mit gekrümmtem Rücken herbei.

»Alles hat ein Ende«, sagte sie.

In der Zelle herrschte einen Moment lang Totenstille, nur unterbrochen vom Husten eines Mannes, der in einer Ecke kauerte. Dann brach Long Meg in ihr dröhnendes Lachen aus.

»Aber wir machen uns keine Sorgen, Leute. Wir sind ja alle unschuldig!«

Donnerndes Gelächter erschütterte den Raum, danach wandte sich jeder wieder seiner Beschäftigung zu. Tabby blickte Hannah an, rülpste laut und schlurfte davon.

Hannah blieb sitzen und krümmte sich verlegen, um den Schmerz in ihrer übervollen Blase zu lindern. Sie presste ihre Beine zusammen und ballte die Hände. Sie biss sich auf die Zunge. Schließlich hielt sie es nicht mehr aus und ging zu dem Eimer hinüber. Rot vor Scham hob sie Rock und Unterrock an und streifte die Hose herunter. Ihr Urin plätscherte so laut, dass sie meinte, halb London müsste es hören. Aber keiner der anderen Insassen sah auch nur in ihre Richtung. Hannah fühlte sich so befreit, dass sie vor Erleichterung seufzte.

Ohne Diener kam Hannah das Haus leer und fremd vor. Im Schlafzimmer war es kalt. Das Feuer war längst ausgegangen und das Wasser im Krug auf dem Nachttisch war sogar gefroren. Hannah konnte ihre Finger kaum noch bewegen, weil sie die ganze Nacht Thomas' Taschentuch umklammert hatte. Ihr Magen war leer und knurrte laut – sie hatte seit dem gestrigen Morgen nichts mehr gegessen.

Sie stieg aus dem Bett, legte das Taschentuch vorsichtig auf den Nachttisch und ging zum Kamin. Die Feuerstelle war kalt und schwarz. Sie überlegte. So schwierig konnte es doch nicht sein. Hannah sah sich um und entdeckte erleichtert den Kohleneimer. Sie bückte sich und zog ein paar harte Brocken heraus. Die warf sie in den Kamin und wischte den schwarzen Staub an ihrem Nachthemd ab. Sie wusste nicht recht, was sie als Nächstes tun musste. Lettie hatte das mindestens tausendmal vor ihren Augen gemacht. Warum hatte Hannah nie richtig zugesehen? Sie nahm einen Schürhaken und stieß die Kohlen im Kamin an. Eine Aschewolke stob auf und sie musste husten. Ihr war zum Heulen zumute.

Hannah kniff die Augen zu und zählte bis zehn.

»Heute kommt Papa heim«, sagte sie fest. »Dann wird alles wieder gut.«

Sie stand auf, ging zum Fenster und schob die Vorhänge zur Seite. Ein dunkles gelbliches Nichts tat sich vor ihr auf. Alter, schmutzig grauer Schnee lag auf dem Fenstersims. Ihr kam alles stumpf und erstickend vor.

Sie zog die Vorhänge wieder zu und suchte in ihrer Kommode nach warmen Sachen. Die Fächer waren reichlich mit frischer weißer Leinenwäsche bestückt. Hannah öffnete eine Schublade nach der anderen und entdeckte schließlich ein Paar dicke Wollsocken. Die zog sie an und fand auch noch ein gestricktes Schultertuch. Sie rieb ihre Oberarme, damit sie warm wurden, und schlug das Tuch eng um sich.

Dann ging sie nach unten. In dem leeren Haus hallte das Knarren der Stufen wider. Hannah war bisher nie richtig allein gewesen, immer waren Diener da. Sie klammerte sich an das Treppengeländer und atmete tief ein. Angst wollte sie nicht zulassen.

Im Salon glühte nur noch eine einzige Kohle im Kamin. Hannah holte neue Kohlenstücke aus dem Eimer und häufte sie auf den Feuerrost. Die kirschrote Kohle wurde stumpf und fing beängstigend an zu qualmen. Hannah blickte sich suchend um. Sie brauchte etwas Brennbares. Sie rannte ins Speisezimmer. Auf einer Ablage entdeckte sie ordentlich gefaltet einen Stapel Zeitungen für ihren Vater. Hannah sah auf das Datum. Sie waren vier Tage alt. Sie packte den ganzen Stapel und rannte in den Salon zurück.

Das Kohlenstückchen glühte kaum noch. Hannah riss einen dünnen Streifen Zeitungspapier ab und legte ihn vorsichtig auf die Kohle. Sie wollte nicht wieder Gefahr laufen, sie zu ersticken. Die Papierränder glühten rot auf, dann flackerte plötzlich eine Flamme empor und war genauso schnell wieder erloschen. Hannah riss noch einen Papierstreifen ab, diesmal einen längeren, und versuchte es erneut.

»Brenn«, murmelte sie. »Brenn.«

Sie starrte hoffnungsvoll in den Kamin. Dann nahm sie eine ganze Zeitungsseite, zerknüllte sie und schob sie dicht an die glühende Kohle heran. Das Papier schwelte erst und flammte dann gelb auf.

Nach ungefähr einer Stunde hatte Hannah vier Ausgaben der *Morning Post* und zwei Ausgaben der *Times* aufgebraucht. Erschöpft, aber etwas beruhigter ließ sie sich auf ihre Fersen nieder.

Das Feuer im Kamin brannte zwar nicht so munter wie sonst, trotzdem gab das schiefe Kohlenhäufchen etwas

Wärme ab. Hannah klopfte sich Kohlenstaub und Zeitungsschnipsel vom Nachthemd. Ihr Magen knurrte. Es war Zeit fürs Frühstück.
Ganz zufrieden mit sich ging sie in die Küche hinunter, wo sie ein altbackenes Brot, ein Schälchen Butter und ein Messer fand.
Wieder im Salon setzte sie sich in einen der Chintzsessel, kaute auf dem harten Kanten herum und überdachte ihre Lage.
Es gab keine Diener mehr. Es gab kein Essen. Das Feuer brannte zwar, aber wie lange? Und die Zeitungen waren auch fast weg.
Hannah besaß kein eigenes Geld – ihr Vater kaufte ihr alles, was sie sich wünschte. Er fand es vulgär, wenn eine Frau mit Geld hantierte. Nicht *ladylike*, wie er sagte. *Unschicklich.* Aber vielleicht befand sich in seinem Zimmer etwas Geld.
In seinem Schrank lagerten Unmengen ungestärkter weißer Leinentücher, die darauf warteten, gebügelt und in kunstvolle Krawatten geschlungen zu werden. Hannah entdeckte auch einige andere merkwürdige Leinenstücke, von denen sie annahm, dass es sich um Unterwäsche handelte. Sie errötete und legte sie hastig wieder zurück. Dann ging sie zum Nachttisch hinüber.
Er war von Tiegelchen und Fläschchen übersät, auf denen die verführerischsten Namen standen. *Pomade de Neroles* war eine dunkle, bröckelige Masse, die nach Veil-

chen duftete. *Olympian Dew* war durchsichtig und klebrig wie Honig. *Liquid Bloom of Roses* war dunkelrot und wachsweich. *Pearl of India* war ein zart duftender, feiner weißer Puder.
Außerdem gab es Nagelscheren, Rasierzeug und andere seltsame Gerätschaften, deren Funktion Hannah nicht einmal erahnen konnte. Sie wunderte sich aber, dass ein so gut aussehender Herr wie ihr Vater derart viele Utensilien benötigte.
Geld fand sie keines.

Der Mann in der Ecke hielt Hannah die ganze Nacht lang mit seinem rasselnden, keuchenden Husten wach. Allein vom Zuhören bekam sie selbst einen kratzigen Hals.
Am nächsten Morgen schwitzte er stark und zitterte am ganzen Leib. Einer der Mithäftlinge wollte ihm etwas Wasser einflößen, aber der Mann konnte nicht schlucken. Er verkroch sich in die hinterste Ecke, schirmte seine Augen ab und murmelte und stöhnte vor sich hin, dabei zuckte sein ganzer Körper.
Nach zwei Tagen bekam er einen hochroten Ausschlag auf der Brust, der sich rasch ausbreitete. Die anderen Gefangenen hielten möglichst großen Abstand zu ihm und pressten sich Stofffetzen vor Mund und Nase. Offensicht-

lich hatten alle Angst davor, sich anzustecken. Dann kam ein Arzt und flößte ihm gewaltsam eine glibberige, silberne Flüssigkeit ein, aber sein Zustand wurde nicht besser. Am fünften Tag war er tot.

KAPITEL 5

Scatterheart und der weiße Bär reisten viele Tage und Nächte, bis sie schließlich zu einem Schloss kamen, das hoch oben auf einem weißen Berg lag. In Scatterhearts Zimmer stand ein Bett, das war weiß wie Schnee und hatte seidene Kissen mit goldenen Fransen daran. Der Bär sagte zu dem Mädchen, es dürfe in Schloss und Garten überall hingehen. Nur an einen Ort dürfe es nicht. Im Garten befand sich eine große weiße Mauer ganz aus Eis, in deren Mitte eine kleine Tür eingelassen war. Diese Tür dürfe das Mädchen niemals öffnen.

Hannah blieb zwölf Tage lang in der Zelle. Und jeden Tag, wenn der Wärter kam und den Eimer mit den Brotresten auf den Boden knallte, flehte Hannah ihn an, mit einem Verantwortlichen sprechen zu dürfen. Doch der Wärter beachtete sie nicht. Bis er am sechsten Tag die Leiche des Mannes entdeckte. Er schreckte zurück, wühlte in seinen Taschen und zog ein Tuch hervor, das er sich gegen Mund und Nase presste.

Dann brüllte er einen Befehl, worauf zwei stämmige Männer erschienen. Sie betraten die Zelle und stießen einige der schlafenden Gefangenen mit den Füßen zur Seite.

»Eine Nummer gefällig, Mister?«, neckten einige der Frauen sie.

»Ich wette, Ihr versteht Euch auf Matratzentänze, Sir.«

»Komm, Süßer, was kosten deine Eier?«

Die Männer störten sich nicht daran. Sie bückten sich und hoben den toten Mann auf. Sein Kopf rollte zur Seite und aus seinem Mundwinkel triefte ein Speichelfaden. Dann fiel sein Kopf nach hinten und seine Augen waren starr auf Hannah gerichtet. Sie stieß einen spitzen Schrei aus.

Während die beiden Männer den Toten hochstemmten, kletterte Hannah über die schlafenden Leiber zur Zellentür.

»Bitte«, flehte sie den Wärter an, »ich gehöre nicht hierhin.«

Ihr war schwindelig vor Hunger, Angst und Erschöpfung. Sie berührte den Wärter am Arm.

»Ich heiße Hannah Cheshire«, fuhr sie fort, fast versagte ihr die Stimme. »Ich bin die Tochter eines Edelmanns. Ich bin eine Standesperson. Ich gehöre nicht hierhin. Es ist alles nur ein Missverständnis.«

Hannah saß im Salon und arbeitete lustlos an ihrer Stickerei, da klopfte es dreimal an der Haustür. Ihr Vater war wieder da! Sie rannte in die Diele und riss die Haustür auf. Doch es war nicht ihr Vater. Thomas tauchte aus dem trüben Nebel auf, seine Schultern zum Schutz gegen die Kälte hochgezogen.

Er nahm seinen Hut ab. Dann wurde er rot und sah zur Seite, denn Hannah hatte immer noch ihr Nachthemd an. Sie hüllte sich schnell in das Schultertuch.

Thomas trug den roten Rock und die Messingknöpfe der Marineinfanteristen.

Die Uniform veränderte ihn. Er sah jünger und gleichzeitig erwachsener aus. Ein Teil von ihr wäre am liebsten in Tränen ausgebrochen und hätte ihm alles erzählt, was geschehen war, aber etwas hielt sie zurück. Das letzte Mal war er so … unverschämt gewesen. So unangemessen. Ihr Vater hätte sein Verhalten als *vulgär* bezeichnet. Thomas Behr war nicht wie ihresgleichen. Er war kein Herr von Stand und würde es niemals sein.

»Was wollen Sie?«, fragte sie kühl.

»Ich möchte wissen, ob du über mein Angebot nachgedacht hast.«

Hannah seufzte. »Guten Tag, *Mr Behr*.«

Sie griff an die Türklinke, doch er streckte rasch seinen Arm nach ihr aus.

»Hannah«, sagte er, »bitte. Auf deinen Vater ist ein Kopfgeld ausgesetzt. Sobald er wiederkommt, wird er gehängt.«

Der Nebel waberte um sie herum. Sie zitterte vor Kälte.
»Bitte, hör zu«, flehte Thomas sie an. »Ich habe nicht viel Zeit. Ich habe eine neue Arbeit als Offizier im New South Wales Corps. Übermorgen fahren wir los. Ich habe mit dem befehlshabenden Offizier gesprochen. Er hat mir erlaubt dich mitzunehmen, aber nur, wenn wir verheiratet sind.«
»Sie bilden sich doch nicht ernsthaft ein, dass ich dies in Erwägung ziehe«, stieß Hannah zwischen zusammengebissenen Zähnen hervor. »Wenn ich heirate, dann einen Herrn von Stand. Mein Gemahl würde nicht einmal im Traum daran denken, mir etwas so Unschickliches vorzuschlagen. Auf einem *Boot* zu einem Gefängnis auf der anderen Seite der Welt!«
»Es ist kein Boot, sondern ein Schiff«, erwiderte Thomas Behr lächelnd und Hannah lächelte unwillkürlich zurück.
»Komm, Hannah«, sagte er, »das wird ein richtiges Abenteuer. Wie bei Robinson Crusoe!«
Seine Augen leuchteten. Hannah stellte sich vor, mit ihm auf einem Schiff zu sein. Der Wind würde durch seine Haare wehen und seine grauen Augen würden funkeln wie der Ozean. Einen Moment lang glaubte sie ihm. Es wäre wirklich ein Abenteuer. Doch dann erinnerte sie sich wieder, wer sie war.
»Robinson Crusoe lebte achtundzwanzig Jahre lang als Schiffbrüchiger und hatte es mit Wilden, Sträflingen und Meuterern zu tun. Das ist kaum die passende Gesellschaft für eine junge Lady von Stand.«

»Passende Gesellschaft – wen kümmert das schon?«, sagte Thomas. »Denk doch an das Abenteuer! Standesgemäß – wen interessiert das denn?«
»Mich«, entgegnete Hannah, »mich kümmert das.«
»Dann bleibst du also lieber hier und heiratest den alten Harris.«
Hannah dachte an Mr Harris mit seinen Schweißflecken unter den Armen und seinen dicken, feuchten Lippen. Und sie dachte an sein großes Haus in Grosvenor Square und an seinen Vierspänner.
»Ja«, sagte sie.
Thomas trat einen Schritt zurück. Auf seinem Gesicht zeichneten sich Verwirrung und Verletztheit ab.
»Wirklich?«, fragte er und seine Stimme war plötzlich ganz ruhig.
Hannah hatte das Gefühl, als würde etwas in ihr erlöschen wie eine Kerze, deren Flamme erstickt wurde.
»Wirklich«, antwortete sie ausdruckslos.
»Hannah«, sagte Thomas, »er wird dich aber nicht mehr wollen.«
Einen Augenblick lang sagte keiner von beiden ein Wort. Hannah brachte es fast nicht fertig, ihn anzuschauen. Ihr war, als sehe er ihr mitten ins Herz hinein. Der Ausdruck auf seinem Gesicht machte ihr Angst. Er war wie eine offene Wunde. Schmerz und Wut und vieles andere, was Hannah nicht verstand, mischten sich darin. Sie wollte die Hand ausstrecken, seine rosigen Wangen berühren

und seine strubbeligen strohblonden Haare zwischen ihren Fingern spüren.
»Ich möchte dir helfen«, sagte Thomas.
In strudelnden Schlieren lichtete sich der Nebel. »Ich möchte Ihre Hilfe nicht, Thomas.« Sie schloss die Tür.

»Cheshire?« Der Wärter sah sie an. »Etwa die Tochter von Arthur Cheshire?«
Hannah weinte vor Erleichterung.
Endlich wusste jemand, wer sie war. Er konnte das Missverständnis schnell aufklären und sie käme endlich hier heraus. *Aber wohin?*, fragte eine nagende Stimme in ihrem Inneren. Sie beachtete sie nicht und fasste den Wärter am Ärmel.
»Ja«, sagte sie, »ich bin die Tochter von Arthur Cheshire.«
Der Wärter schüttelte ihre Hand ab. »Dann gehörst du hierher, das ist so sicher wie das Amen in der Kirche. Kriminalität ist nämlich erblich. Und dein Vater ist wahrhaftig ein Krimineller.«
Hannah schloss die Augen. Sogar der Gefängniswärter hielt ihren Vater für einen Verbrecher. Es stimmte also.
Die beiden Männer schoben sich mit dem Leichnam an ihr vorbei und der Wärter warf die Tür hinter ihnen zu.
»Cheshire?«, sagte Long Meg hinter ihr.
Hannah drehte sich um.

Long Meg sah sie eigenartig an. Beinahe respektvoll. Hannah schniefte und wischte sich die Tränen vom Gesicht.
»Mein Vater ist ein Gentleman«, stieß sie mit bebender Stimme hervor. »Er ist ein guter Mann.« Sie war sich nicht mehr sicher, ob sie das wirklich glaubte.
»Na ja«, sagte Long Meg, »ich weiß zwar nicht, ob er ein guter *Mann* ist, aber er ist mit Sicherheit ein guter ...«, sie unterbrach sich und schaute in Hannahs tränenverschmiertes Gesicht, »Zocker.«
Hannah richtete sich auf. »Sie kennen meinen Vater doch gar nicht.«
»Süße, deinen Papi kennt in London jedes Mädchen«, kicherte Meg, »standesgemäß oder nicht.«

»Arthur Cheshire – der ist in London bekannt wie ein bunter Hund.«
Hannah erstarrte. Sie lag noch im Bett. Unten im Haus waren Leute. Aus der Diele tönten fremde Stimmen zu ihr herauf. Satzfetzen drangen an ihr Ohr.
»... ihn fasst, wird er die Welt von oben ansehen können.«
»... seine Henkersmahlzeit ...«
»... erst rot, dann tot ...«
Hannah konnte sich keinen Reim darauf machen. Sie hörte, wie die Leute von einem Zimmer ins andere gingen

und die Dielen unter ihren Füßen knarrten. Sie wunderte sich, dass sie vergessen hatte die Haustür abzuschließen. Dann fiel ihr ein, dass sie gar nicht wusste, wo der Schlüssel war.
Erst als sie Schritte auf der Treppe hörte, schaute sie sich nach einem Versteck um. Die Stimmen wurden lauter und deutlicher.
»Na ja, wenn Newgate ihn nicht kriegt, ist es nur eine Frage der Zeit, bis einer seiner Gläubiger ihn erwischt«, sagte einer mit derber, rauer Stimme.
»Angeblich lebt er seit fast fünf Jahren auf Pump. Fünf Jahre und keine Kröten in der Tasche.« Die andere Stimme klang etwas gebildeter, aber dennoch nicht sehr vornehm.
Der erste Mann lachte. »Kröten? Der arme Kerl hat nicht mal ein paar Läuse übrig, der ist arm wie eine Kirchenmaus.«
Sie hatten den oberen Treppenabsatz erreicht. Hannah ließ sich zu Boden gleiten und kroch unter das Bett. Der Gestank ihres Nachttopfs, der seit Tagen nicht mehr geleert worden war, war kaum auszuhalten. Ihr wurde speiübel, aber sie biss sich mit aller Macht auf die Lippen. Sollte sie um Hilfe rufen? Aber wer hätte sie gehört? Die Nachbarn waren alle aufs Land gereist und würden erst im Frühjahr wieder in die Stadt zurückkehren.
»Ein richtiger Wüstling«, sagte die zweite Stimme, als sie das Zimmer betraten. »Sieh mal an, ein Mädchenzimmer.

Es heißt, er hätte eine Tochter, aber das konnte ich einfach nicht glauben.«

Hannahs Herz schlug so laut, dass sie meinte, die Männer müssten es hören. Was würde geschehen, wenn sie sie entdeckten?

Der erste Mann fluchte. »Und bei seinem Schlamassel lässt er eine junge Dame hier wohnen? Wo ist eigentlich ihre Mutter?«

»Gestorben«, erwiderte der andere knapp. »Vielleicht besser so. Angeblich hat er sie nur des Geldes wegen geheiratet. Noch bevor sie richtig kalt war, hat er mit seinem Geld um sich geschmissen und ist jedem Flittchen nachgejagt. Jetzt ersäuft er in Schuldscheinen. Wenn er zurückkommt …«

»Wer's glaubt, wird selig«, sagte der andere verdrießlich. »Das Mädchen tut mir jedenfalls leid.«

Der andere Mann spuckte aus. Die Spucke landete keine zwei Fuß vor Hannahs Gesicht und glitzerte feucht.

»Also, sie ist nicht da. Komm, wir haben genug gesehen. Wir sagen Jones Bescheid, sonst haben wir die Schulden an der Backe.«

Die Männer gingen hinaus. Hannah horchte ihren leiser werdenden Schritten nach. Erst als die Haustür zuknallte, traute sie sich wieder zu atmen. *Er hat sie nur des Geldes wegen geheiratet,* hatten sie gesagt. Ihr Vater hatte ihre Mutter nur selten erwähnt und Hannah war davon ausgegangen, dass er ihren Tod noch immer nicht verwunden hatte. Einmal hatte er ihr beschrieben, wie schön sie gewesen war. Bedeutete das nicht, dass er sie aufrichtig geliebt hatte? Sie lag auf dem staubigen Fußboden und wartete, dass ihr Herz sich wieder beruhigte und ihre Hände nicht mehr zitterten. Er muss sie geliebt haben. Er liebte doch auch sie, Hannah.

Hannah kroch unter dem Bett hervor und klopfte den Staub von ihrem Nachthemd. Ihr Blick fiel in den Spiegel. Ein bleiches, furchtsames Gesicht sah ihr entgegen.

Essen. Sie musste essen.

Sie suchte das Zimmer ihres Vaters noch einmal nach Geld ab, fand aber auch diesmal nichts. Schließlich nahm sie von ihrem Toilettentisch eine Halskette, die sie nicht besonders mochte, und wickelte sie in ein Seidentüchlein. Sie musste sie verkaufen.

Hannah kleidete sich umständlich an – bislang hatte sie dabei immer Hilfe gehabt. Sie fand ein sauberes Leinenmieder und schnürte es unbeholfen hinten zu. Dann zog sie fleischfarbene Pantalons an, die ihr bis zu den Knöcheln reichten, darüber warme Wollstrümpfe und einen Flanellunterrock. Als Nächstes suchte sie das wärmste Kleid aus, das sie besaß – ein feines blassrosa Wollkleid mit Spitzenbesatz. Sie kämpfte mit den Knöpfen, weil ihre Finger vor Kälte ganz steif waren.

Zum Schluss legte sie noch einen bodenlangen dunkelgrünen Mantel mit Pelzbesatz um die Schultern und schlüpfte in ein Paar knöchelhohe Stiefel aus Ziegenleder.

Sie fuhr sich mit einer Bürste durch ihre unordentlichen Haare und blieb stecken. Also versuchte sie es mit einem Ruck, aber das tat so weh, dass sie kurz aufschrie und ihr die Tränen in die Augen schossen. Sie legte die Bürste beiseite und betrachtete sich im Spiegel. Ihre langen braunen Haare, die sonst so seidig glänzten, waren stumpf und spröde. Ihre eigentlich strahlend blauen Augen wirkten leblos und lagen hinter dunklen Schatten. Die Lippen schienen blasser und sogar schmaler geworden zu sein.
Hannah überlegte, ob sie den Knoten einfach mit einer Schere abschneiden sollte, entschied sich aber dagegen. Sie wollte sich ihre Haare nicht vollständig ruinieren. Ihr Vater liebte ihre Haarpracht.
Doch schließlich hatte sie den Knoten gelöst und versuchte ihre Haare aufzustecken. Aber die Nadeln sprangen ihr immer wieder aus der Hand und ihre spitzen Enden stachen ihr in die Finger. Als sie es endlich geschafft hatte, bluteten ihre Hände, der Kopf tat ihr weh und der Kiefer schmerzte, weil sie die Zähne so fest aufeinanderbiss, um nicht loszuweinen.
Hannah tupfte sich ein Tröpfchen Parfüm hinter die Ohren und streifte sich ihre warmen Handschuhe über.
Zum Schluss legte sie die Saphirohrringe an, die der Vater ihr gekauft hatte, und bewunderte sich im Spiegel. Ihre Frisur war zwar ein wenig schief und auch der Mantel saß nicht perfekt, aber alles in allem sah sie doch wie eine junge Lady aus.

Sie ließ die Halskette in einen rosafarbenen Pompadour gleiten, ein mit grünen Stickereien und Perlen verziertes Satinbeutelchen. Dann nahm sie eine Samthaube vom Hutständer und band sie unter dem Kinn fest. Das Beutelchen klemmte sie sich unter den Arm und steckte in einem plötzlichen Impuls noch das Taschentuch von Thomas Behr in den Mantel. Schließlich verließ sie das Zimmer, lief die Treppe hinunter und zur Haustür hinaus.
Auf der Vortreppe blieb sie kurz stehen. Es war das erste Mal seit beinahe zwei Monaten, dass sie hinausging – richtig hinaus, nicht nur in den Garten. Dicht und schwer hing der Nebel über der verlassenen Straße, die genauso kalt und leer war wie das Haus hinter ihr. Ihre Wangen und ihre Nase brannten vor Kälte. Sie zog die Tür zu und machte zaghaft einen Schritt nach vorn.
Sie dachte an Scatterheart und den weißen Bären. *Hast du Angst?*, hatte der Bär gefragt.
Hannah tauchte in den Nebel ein.

KAPITEL 6

**Zuerst war Scatterheart glücklich.
Sie tat, was ihr gefiel, und kleidete sich in feinste Seide und Juwelen. Doch bald fühlte sie sich einsam und traurig. Sie sah den weißen Bären nur beim Abendessen, den übrigen Tag war sie immer allein. Da begann sie zu überlegen, was wohl hinter der kleinen Tür in der Mauer aus Eis läge. Und eines Tages fasste sie Mut und ging hinaus in den Garten.**

An ihrem zwölften Tag in der Zelle wachte Hannah schweißgebadet auf. Draußen regnete es heftig und drinnen war es kalt und klamm. Hannahs Strümpfe waren voller Löcher. Ihre Hände zitterten. Heute sollte die Sitzung stattfinden.

»Hohes Gericht«, murmelte sie vor sich hin, »eine Kette von Missgeschicken und widrigen Umständen …«

Sie fuhr sich mit bebenden Fingern durchs Haar und spritzte sich kaltes Wasser ins Gesicht. Ihr Kleid war nicht mehr zartrosa, sondern von einem unbestimmten Graubraun. Sie strich es, so gut es ging, glatt und biss die losen

Fäden vom Saum ab, wo die Spitze abgerissen war. Die anderen Insassen schauten ihr belustigt dabei zu, machten selbst aber keine Anstalten, sich herauszuputzen. Long Meg hockte mit Black Jack kichernd und flüsternd in einer Ecke, als wäre es ein Tag wie jeder andere.

Hannah wartete auf den Wärter und kratzte geistesabwesend ihre Flohstiche, die rot und entzündet aussahen. Ihr Herz schlug heftig und ihr war ein wenig schwindelig vor Hunger und Durst.

Sie zog Thomas' Taschentuch unter ihrem Kleid hervor, wo sie es versteckt hatte. Es war schmutzig, aber sie hielt es fest in der Hand.

Hannah folgte den trüben orangefarbenen Lichtkegeln der Gaslaternen, die frei in der Luft zu schweben schienen, denn die Laternenpfähle wurden von der schwefelgelben Dunkelheit verschluckt. Sie bog in die Oxford Street ein.

Die Straßen waren schummrig und beinahe menschenleer. Nur manchmal tauchte plötzlich jemand aus dem Dunst auf – große dunkle Schemen in schwarzen Mänteln. Der Nebel erstickte jedes Geräusch, deshalb hörte Hannah nicht, wenn ihr jemand entgegenkam. Die Gestalten ragten plötzlich vor ihr auf und strichen lautlos an ihr vorüber.

Wie sollte sie einen Pfandleiher finden? Hannah hatte keine Ahnung, wo sie suchen sollte. Sie bog in eine Seitenstraße ein, dann in eine andere und ging, so schnell sie konnte, um sich warm zu halten. Sie kam durch eine enge Straße und befand sich plötzlich auf einem kleinen Platz. In dem grauen Schnee spielten schmutzige Kinder mit Murmeln. Sie kreischten und quiekten wie kleine Ferkel. Ein Junge sah hoch und entdeckte sie.
»Ach, Frollein!«, schrie er. »Bitte einen Schilling! Meine kleine Schwester ist erkältet und meine Mami hat den Tripper.«
Hannah eilte weiter, bis die Schreie der Kinder vom Nebel verschluckt wurden.
Sie befand sich in einem Teil von London, wo sie noch nie zuvor gewesen war. Statt der vornehmen Gebäude aus Klinker und Sandstein drängten sich Holzhäuser dicht aneinander, als wollten sie sich gegenseitig das Licht stehlen. Die wenigsten Fenster hatten Glasscheiben, die meisten waren mit Lumpen und braunem Papier verstopft. Eine Ratte huschte vor ihr über die Straße. Hannah unterdrückte einen Schrei. Aus dem Nebel taumelte ein Mann und prallte mit ihr zusammen. Sie presste ihren Pompadour fest an die Brust. Der Mann hatte ein rotes Gesicht und einen unsteten Blick. Er trug einen fadenscheinigen braunen Mantel und alte Kniehosen.
»'tschuldigung, Frollein«, rülpste er und schwankte davon.

Sie bog um eine Ecke und sah einen Mann, der eine Frau gegen eine Hauswand presste. Die Hosen des Mannes waren heruntergelassen und die Beine der Frau um seine Hüften geschlungen. Hannah lief ein Schauer über den Rücken und sie meinte erbrechen zu müssen. Die Frau bemerkte, dass Hannah sie beobachtete, und sah sie gleichgültig an. Hannah errötete und eilte weiter.
Ein loser Pflasterstein kippelte unter ihren Füßen und eisiges Schmutzwasser spritzte unter ihren Rock. Sie fing an zu rennen. Ein Hund bellte. Rasch stürzte Hannah um eine Ecke und fand sich in einer Sackgasse wieder. Kleine verfallene Holzhäuser stützten einander ab.
Im Schnee saß eine Frau. Sie hatte einen schmutzigen Unterrock und ein altmodisches Korsett an. Neben ihr lag eine Flasche, deren Inhalt sich in den Schnee ergossen hatte, es roch bitter. Die Frau sah starr auf den Boden.
»Entschuldigen Sie«, sagte Hannah mit bebender Stimme, »ich habe mich anscheinend verlaufen.«
Die Frau antwortete nicht. Sie regte sich nicht einmal. Hannah beugte sich vor und berührte die Frau an der Wange. Sie war kalt wie der Schnee. Voller Entsetzen drehte sich Hannah um und hastete die Straße hinunter. Sie kam durch Gassen, die voller Müll und Ungeziefer waren, und versuchte verzweifelt einen Orientierungspunkt zu finden.
Im dichten Nebel konnte sie die Straßenschilder nicht mehr erkennen. Ihr schwindelte vor Hunger und Kälte

und sie wusste nicht, wie weit sie schon gelaufen war. Das spärliche Licht war nun ganz verblichen und der Nebel wurde immer undurchdringlicher. Hannah spähte hierhin und dorthin, konnte aber keine Häuser mehr ausfindig machen. Unter ihren Füßen knirschten Farn und gefrorenes Erdreich. Die Panik schnürte ihr die Kehle zu. Sie konnte nicht einmal mehr ihre eigene Hand vor Augen sehen. Wo war sie?
Ein gedämpfter Schrei drang durch den Nebel. Hannah rannte blindlings weiter. Endlich spürte sie wieder festen Boden unter den Füßen – keine gepflasterte Straße, aber ein befestigter Weg. Sie streckte tastend die Arme aus und berührte etwas Hartes, Raues. Holz. Ein Baum. Sie klammerte sich an ihn und holte Atem. Ihr Herz hämmerte so laut, dass sie meinte, die Luft müsste davon widerhallen. Hannah vergrub eine Hand in der Manteltasche. Sie spürte Thomas' Taschentuch und beruhigte sich etwas. Wieder hörte sie den klagenden Schrei, aber diesmal war er weiter entfernt. Erleichtert lehnte sie sich an den Baum.
Ein Windstoß zerriss für einen Augenblick den Nebel und Hannah schaute sich suchend um. Sie lachte nervös auf. Sie war im Kreis gelaufen. Hinter ihr lag die lange Tyburn Road. Zu ihrer Linken befand sich der Hyde Park und zu ihrer Rechten waren Wiesen und Felder. Dies also war die seltsame Gegend, in die sie geraten war, es waren nur die Felder nördlich der Tyburn Road. Die unheimli-

chen Schreie, die sie gehört hatte, waren muhende Kühe gewesen. Hannah beruhigte sich etwas und schämte sich ihrer Angst.

Sie drehte sich um und betrachtete den Baum, an dem sie lehnte. Der Stamm war glatt und gerade. Es war gar kein Baum. Es war ein Galgen.

Sie musste an Thomas denken, der ihr gesagt hatte: *Auf deinen Vater ist ein Kopfgeld ausgesetzt. Sobald er wiederkommt, wird er gehängt.*

Sie begann am ganzen Leib zu zittern. Und wenn ihr Vater nie mehr zurückkam? Wenn er sie wirklich verlassen hatte? Bestimmt würde er schreiben oder Geld schicken. Was sollte sie tun? Sie hatte keine Tanten oder Onkel, bei denen sie wohnen konnte. Und sie war sich sicher, dass Mr Harris jetzt nichts mehr mit ihr zu tun haben wollte.

Ihr Atem kam in kurzen Schluchzern. Sie versuchte vernünftig zu sein und einen Plan zu machen. Aber in ihrem Kopf drehte sich alles in panischer Angst.

Sie schloss die Augen, dachte an ihr Schlafzimmer mit der Satindecke und dem munteren Feuer. Das war es, was sie jetzt brauchte. Behaglichkeit. Normalität. Sie wollte sich in ihr Himmelbett kuscheln und die Welt um sich herum vergessen.

Der Pfandleiher konnte bis morgen warten. Sie machte einen unsicheren Schritt vom Galgen weg. Dann noch einen. Und dann ging sie, immer noch zitternd, die Tyburn Road hinunter, bog rechts in die New Bond Street und dann in die Brook Street ein und kam schließlich an die vertraute Abbiegung zu ihrer eigenen Straße. Ein schwer beladenes Fuhrwerk rumpelte an ihr vorüber und bespritzte sie mit eisigem Schneematsch. Aber Hannah achtete nicht darauf. Sie war daheim. Sie rannte die Straße hinunter und blieb an der Treppe zum Hauseingang erschrocken stehen.

Die Tür war offen.

Der Wärter schob die quietschende Zellentür mit einem Ruck auf. Hannah erhob sich rasch und einen Augenblick lang wurde ihr schwindelig. Sie streckte ihre Hände aus und stützte sich an der feuchten Wand ab. Dann las der Wärter zwölf Namen von einer Liste ab. Hannah und zehn weitere Insassen traten vor. Der zwölfte Name war der des verstorbenen Mannes.

Draußen im Gang legte der Wärter den Gefangenen Fußfesseln an, die er mit einer langen Eisenkette verband. Hannah versuchte einen Fuß vorzusetzen und fiel beinahe hin. Die Eisen waren furchtbar schwer, jeder Schritt fühlte sich an, als würde sie durch ein Meer aus Sand waten. Schon nach wenigen Metern taten ihr die Beine weh. Also schlurfte sie mit klirrenden, kleinen Schritten weiter, an Zellen vorbei, aus denen ihr jämmerliche Gestalten mit leeren Augen entgegenstarrten. Dann führte eine

Steintreppe steil nach unten. Der Wärter sagte mit Genugtuung, dass dies der Henkersweg sei.
Sie stolperten die Treppe hinab und kamen in einen spärlich beleuchteten, unterirdischen Gang. Nach der stinkenden Luft in der Zelle war der intensive Duft nach feuchter Erde und Stein das Schönste, was Hannah je gerochen zu haben meinte. Sie atmete tief ein und das Zittern ihrer Hände ließ etwas nach.
»Hohes Gericht«, flüsterte sie und rieb den Daumen an Thomas' Taschentuch, »... habt Erbarmen.«
Dann gelangten sie zu der Treppe, die zum Gerichtshof Old Bailey hinaufführte. Der Wärter bedeutete ihnen stehen zu bleiben, band den ersten Gefangenen los und verschwand mit ihm nach oben.
Die anderen Gefangenen drängten sich in dem Gang zusammen. Hannah kam an dritter Stelle. An der Wand hing ein Leuchter, darunter waren eine Bibel und ein Gebetbuch angekettet.
Hannah ließ die Treppe nicht aus den Augen. Sie wartete auf die Rückkehr des Wärters und übte wieder und wieder ihre Rede.
Sie wollte über ihren Vater sprechen und erzählen, wie sich alles zugetragen hatte. Sie würden verständnisvoll nicken und sie in ein Hotel bringen. Dort würde man ihr eine heiße Suppe und frisches Brot und eine Tasse mit dampfender Schokolade servieren ... und sie in ein Himmelbett mit weichen Daunenkissen stecken. Und dann

würde ihr Vater aus Frankreich zurückkommen und alles wäre gut. Thomas würde sie besuchen und sie würden alle Peinlichkeiten und Auseinandersetzungen vergessen …

Hatte Hannah wirklich die Haustür offen gelassen? Das konnte nicht sein.

Kurz flackerte in ihr die Hoffnung auf, ihr Vater sei nach Hause zurückgekehrt. Aber es war nur ein schwacher Hoffnungsschimmer, der in der kalten Abendluft schnell wieder verglühte.

Die Standuhr war fort. Die Hüte auf dem Hutständer waren fort. Der Schirmständer war fort. Der Teppich in der Diele war fort. Und auf den kahlen Dielenbrettern zeichneten sich schmutzige Fußabdrücke ab.

Hannah öffnete die Tür zum Salon. Er war leer. Auch der türkische Teppich, der ihr und Thomas Behr als Vorlage für ihre Geschichten gedient hatte, war verschwunden. Sie rannte zum Speisezimmer. Es war ebenfalls leer. Sie stolperte die Treppe hinauf und fand nur noch knarzende Dielenbretter mit hellen oder staubigen Rechtecken, wo Teppiche gelegen oder Möbel gestanden hatten.

Eine große Müdigkeit überkam sie. Zögernd ging sie in das Zimmer, das vor Kurzem noch ihr Schlafzimmer gewesen war. Sie meinte, das Herz bliebe ihr stehen. Kein Himmelbett. Keine Satindecke. Keine Daunenkissen. Die Kleider fort. Der Schmuck fort. Ihr schwindelte vor Hunger, Furcht und Kälte. Sie besaß nur noch das, was sie am Leib trug, ihre Saphirohrringe, die Topaskette im Pompadour und das Taschentuch von Thomas Behr. Sie sank auf die Holzdielen, wo einst ihr Bett gestanden hatte, legte die Wange auf den staubigen Boden und machte die Augen zu.

»Wir haben nicht den ganzen Tag Zeit, Frollein.«
Hannah zuckte zusammen. Der Wärter starrte verächtlich auf sie herab. Er hatte sie von den anderen losgebunden und wartete darauf, sie in den Gerichtssaal zu führen. Hannah blinzelte. War sie etwa eingeschlafen? Sie schüttelte den Kopf, um wieder klar denken zu können, aber davon wurde ihr noch schwindeliger. Sie streckte eine Hand aus und stützte sich an der klammen, erdigen Wand ab. Langsam erklomm sie die Stufen, die Fußfesseln zerfetzten ihre Strümpfe und hinterließen rote Striemen auf der Haut.

KAPITEL 7

Scatterheart schob den Riegel der kleinen Tür zurück. Auf der anderen Seite war ein Garten ganz aus Eis. Weiße Blätter klirrten im Wind. In der Mitte des Gartens reckte ein uralter Eisbaum seine Zweige gen Himmel. Daran hing eine einzelne blaue Frucht. Scatterheart pflückte sie. Sie war sehr kalt.

Oben angekommen öffnete der Wärter eine Tür und stieß Hannah hindurch. Ein eisiger Luftzug schlug ihr entgegen, dann nahm sie den Geruch von brennenden Kräutern und Essig wahr. Der Fußboden war feucht und die kleinen Schnitte und Schrammen an ihren Füßen brannten. Die Dielen hatten eine rote Färbung, als wären sie mit Wein gewaschen worden. Hannahs Augen tränten.

Zwei uniformierte Männer führten sie zu einem vergitterten Holzpodest, in dem sie während der Verhandlung stehen musste. Der Gerichtssaal war überfüllt. Die Zuschauer hielten sich Taschentücher vor den Mund, als Hannah an ihnen vorbeiging. Eine heiße Welle der Scham und Empörung überflutete sie. Was taten all diese Leute hier?

Der prachtvolle Saal hatte hohe Decken und eine Empore, auf der sich die Zuschauer drängelten, um etwas sehen zu können. Die großen Fenster und Türen standen sperrangelweit offen, sodass der tosende Wind von draußen hereinwehte. Die schwarzen Samtvorhänge waren vom Eisregen durchnässt, der durch die Fenster in den Saal sprühte. Überall brannten große, offene Kohlenbecken, aus denen ein giftiger Rauch stieg, der Hannah schwindelig machte.

Sie sah zu den Geschworenen und den Richtern hinüber. An der Wand über dem Thron des Oberbürgermeisters hing ein riesiges, mehr als mannsgroßes Schwert. Darüber waren ein Löwe und ein Einhorn, die eine Krone gepackt hielten.

Der Oberbürgermeister saß auf seinem Thron. Er trug eine schwarze Robe mit einer goldenen Amtskette und sah sehr streng aus. Vor ihm, in einem abgezäunten Bereich ähnlich dem der Zeugen und der Angeklagten, saßen die Geschworenen. Der Rauch biss in Hannahs Augen. Sie stützte sich schwer auf den vor ihr stehenden Tisch.

Ein Gerichtsdiener kam herbei und hielt ihr eine Bibel hin. Sie streckte ihre Hand aus und berührte den Ledereinband. Ihre Finger waren schmierig vor Schweiß.

»Wie wollen Sie vereidigt werden?«, fragte der Gerichtsdiener. Er kaute energisch auf einer seltsamen schwarzrötlichen Masse herum. Sein Atem stank nach Orangenschale, Kümmel und Knoblauch.

»Auf Gott und Vaterland«, antwortete Hannah mit zitternder Stimme.

Der Gerichtsdiener drehte sich zum Richtertisch um und gab laut bekannt: »Hannah Cheshire ist des heimtückischen Diebstahls von einem Paar Saphirohrringen angeklagt, Wert einundvierzig Schilling.«

Ein Murmeln ging durch den Saal, als Hannahs Name genannt wurde. Hannah erinnerte sich daran, wie Long Meg wissend gelächelt hatte, als sie Arthur Cheshire erwähnt hatte, und wie der Wärter ihre Hand abgeschüttelt hatte. Ihr war unwohl und heiß, obwohl es im Saal eiskalt war.

Ein Mann erhob sich und schwor auf die Bibel. Hannah erkannte ihn sofort an seinem krausen roten Schnauzbart.

»Ich heiße Samuel Smith«, sagte er. »Ich habe einen Laden in der Monmouth Street. Vor einigen Wochen kam die Gefangene herein und wollte eine goldene Halskette versetzen. Während sie da war, stahl sie ein Paar Saphirohrringe von der Auslage.«

Der Hunger trieb Hannah am nächsten Morgen wieder aus dem Haus.
Sie wusste kaum, welche Tageszeit es war oder ob es überhaupt Tag war. Die Läden waren spärlich beleuchtet, die Fenster von Eisblumen überwuchert. *John Wheeley, Uhrmacher. Jack Picard's Tapetenlager. Goodman & Flute, Tabake & Schnupftabak.*
Aus einer Küche waberte der Duft von frisch gebackenem Brot. Hannahs Magen knurrte und sie leckte sich die Lippen. Aber sie eilte weiter, bis sie ein Schild *Samuel Smith, Pfandleiher und Silberschmied* entdeckte. Sie spähte durch das Fenster und sah Schmuck, Uhren, Porzellan, Silberbesteck und Kerzenleuchter, Schuhe, Hüte, Mäntel und Korsetts. Über der Tür befand sich eine Aufschrift: *Nicht eingelöste Waren en gros und einzeln zu verkaufen. Geldverleih.*
Hannah drückte die Klinke hinunter.
Der Mann hinter der Theke blickte hoch. Er hatte einen roten Schnauzbart und kurz geschnittenes, lockiges Haar. Auf seinem Hemd waren bräunliche Fettflecken und in seinen Mundwinkeln war etwas Weißes, Krümeliges.
»Hast du dich verlaufen?« Er sah sie misstrauisch an.
Hannah setzte eine geschäftsmäßige Miene auf.
»Ich brauche etwas Geld. Ich habe hier eine Halskette.«
Sie öffnete ihren Pompadour und legte die Kette auf die Theke. Sie war aus Gold mit eingefassten blauen Topasen. Der Mann – vermutlich Mr Smith – holte ein Augen-

glas hervor und untersuchte die Kette. Hannah hörte ihn atmen, ein schleimiges, rasselndes Geräusch.

»Woher hast du die?«, fragte er.

Eine Welle von Scham überflutete Hannah. Verärgert riss sie sich zusammen. Es gab nichts, wessen sie sich schämen musste. »Mein Vater hat sie für mich gekauft«, sagte sie.

Mr Smith leckte sich die Lippen. »So, so, dein Vater hat sie dir gekauft?«

Hannah biss die Zähne zusammen. »Ja, sein Name ist Arthur Cheshire. Er ist zurzeit geschäftlich in Paris. Er kann jeden Tag zurückkommen, aber ich brauche ein bisschen Bargeld. Sobald er wieder in London ist, wird er die Kette auslösen.«

Kaum hatte sie den Namen ihres Vaters erwähnt, sah Mr Smith auf und beugte sich zu ihr hinüber. Hannah trat einen Schritt zurück. Sein Atem stank.

Mr Smith ließ seinen Blick über sie wandern und blieb an ihren Ohren hängen. Hannah hob tastend die Hand und spürte die Saphirohrringe.

»Ich würde lieber die hübschen blauen Ohrringe nehmen«, sagte er.

Hannah schluckte. »Nein«, entgegnete sie um einen entschiedenen Ton bemüht, »nur die Kette.«

»Erstklassiges Stück«, brummte Mr Smith, ohne seine Augen von den Ohrringen abzuwenden. »Die würden einen hübschen Preis erzielen.«

»Nein danke«, sagte Hannah, »ich möchte sie behalten.«
»Sind das wirklich deine?«, fragte Mr Smith.
Hannah erinnerte sich plötzlich an Mr Behr, der am Kamin im Salon gestanden und gesagt hatte: *»Er hat den Mann fast umgebracht und sein Geld und seine Wertsachen gestohlen. Am nächsten Tag ist er verschwunden.«*
Sie erinnerte sich, dass die Ohrringe in ein schmutziges Leinentuch eingewickelt waren, als ihr Vater sie ihr gegeben hatte. Warum hatte sie sich nicht gewundert, dass sie nicht in einer Schachtel mit Seidenpapier und Schleife verpackt waren?
Hannah ballte die Fäuste, um das Zittern ihrer Hände zu unterdrücken. Ihre Fingernägel gruben sich in ihre Handflächen. Der Pfandleiher knurrte etwas und warf wieder einen Blick auf die Halskette.
»Fünf Schilling«, sagte er.
Hannah wusste nicht, ob der Preis für die Kette angemessen war, aber sie nahm das Geld und rannte hinaus.

Hannah kam es vor, als zuckte der Schweif des Löwen über dem Thron des Oberbürgermeisters, doch als sie genauer hinschaute, sah sie nur den weißen Putz. Ihre Augen brannten so stark, dass sie sie zusammenkneifen musste.
»Aufrecht stehen, junge Frau«, zischte der Gerichtsdiener. »Und den Blick auf den Oberbürgermeister.«

Hannah schlug die Augen auf, der Saal schien vor ihr zu verschwimmen.
»Meine Augen …«, stammelte sie.
Der Gerichtsdiener achtete nicht weiter auf sie. Ein anderer Mann erhob sich und schwor auf die Bibel. Hannah meinte ihn schon einmal gesehen zu haben, konnte sich aber nicht mehr genau erinnern. Er trug einen großen Ring am Finger, der im Licht glitzerte. Sie musste husten, ihr Hals war entzündet und geschwollen. Die Fußfesseln brannten auf ihrer Haut.
»Ich heiße John Higgins. Vor zwei Wochen habe ich Eintrittskarten für eine Vorstellung auf dem Frostmarkt verkauft, da ist die Gefangene mit ein paar anderen Raufbolden gekommen und hat mich aufs Eis geschubst. Und dann sind sie alle, ohne zu zahlen, in die Vorstellung gegangen.«

Als Hannah den Laden des Pfandleihers verließ, kam ihr die Welt ganz verändert vor. Der Nebel hatte sich gelichtet, der Himmel färbte sich allmählich blau und es zeigten sich die ersten fahlen Sonnenstrahlen.
Waren die Straßen tags zuvor noch menschenleer gewesen, waren sie nun von Gruppen junger Leute bevölkert. Es waren Bürger, keine vornehmen Herrschaften, aber sie sprachen einigermaßen kultiviert. Sie schienen alle ihren

Sonntagsstaat angelegt zu haben und Hannah dachte zuerst, sie hätte zwei ganze Tage verpasst und es sei tatsächlich schon Sonntag. Die jungen Leute gingen lachend und schwatzend in Richtung Zentrum.
Ein junger Mann wedelte mit einem Zeitungsausschnitt. »Beeilt euch!«, rief er seinen Freunden zu. »Sonst schmilzt uns der Frostmarkt noch weg!« Er warf das Papier übermütig in die Luft.
Hannah hob es auf, sobald die anderen weitergegangen waren. Es war ein Ausschnitt aus dem *Public Advertiser*, einem Anzeigenblatt. Der Text war schlecht zu lesen, weil die Schrift von der Rückseite durchschimmerte, aber etwas konnte Hannah entziffern.

Marktstand zu vermieten.
Derzeitiger Besitzer: Mr Frost.
Da seine Geschäfte jedoch nicht auf Dauer angelegt sind, ist eine baldige Auflösung oder ein Bankrott nicht auszuschließen. Die Liquidation der Firma wird Mr Tau übertragen.

Hannah wusste nicht, was das zu bedeuten hatte, folgte aber den Fußspuren der anderen im Schnee.
Sie gingen durch die Oxford Street, an der Abbiegung zur High Holborn Road vorbei und bogen dann in die Farrington Street. Bald schlossen sich ihnen weitere junge Leute an. Gemeine, Bürger und auch Herrschaften von

Stand, alle strebten der Blackfriars Bridge zu und lachten, als wäre es ein Feiertag.

Bei der Brücke angelangt, blieben sie stehen und schauten wie gebannt in eine Richtung. Hannah konnte wegen der vielen Menschen nichts sehen und drängelte sich nach vorn, bis sie an die Stelle kam, wo Brücke und Fluss zusammentrafen. Dort verschlug es ihr den Atem.

Die Themse war vollständig zugefroren. Wo sonst braunes Wasser mit weißen Schaumkronen vorüberrauschte, zog sich ein seltsames grauweißes Band mitten durch die Stadt. Das Wunderlichste aber waren die Händler, die auf dieser neuen Eisstraße ihre Waren feilboten. Dort, wo die Stufen zum Fluss hinabführten, war ein grob gezimmertes Schild aufgestellt worden: *Zur Frostland-Straße.*

Mitten auf dem Fluss waren Stände und Zelte aufgebaut. Sie säumten einen Weg, der von der Blackfriars Bridge bis zu den Three Crane Stairs reichte. Und dort drängten sich die Menschen.

Alles war von glitzernden Eisblumen überzuckert und die ganze Welt funkelte und flimmerte wie im Märchenland. Schlittschuhfahrer schossen auf dem Fluss hin und her und drehten anmutige Pirouetten. Andere stapften vorsichtig über die ausgelegten Jutebahnen, die das Ausrutschen verhindern sollten. Sie kauften Andenken und tranken dampfende Schokolade oder Portwein aus Zinnkrügen vor behelfsmäßigen Tavernen, die *Moskau* oder *Zur fröhlichen Eiszeit* hießen.

Hannah ging die Treppe hinunter und betrat zaghaft die Eisfläche. Die Luft war von den Stimmen der Händler erfüllt, die lautstark ihre Waren anpriesen.
»Ochsenmaul, schön fett und gut gebraten!«
»Füße wieder wie neu, Hühneraugen ade!«
»Innereien vom Schaf!«
»Lachs aus Newcastle!«
»Lebkuchen!«
Der Duft von frisch gebackenen Fleischpasteten erinnerte Hannah daran, wie hungrig sie war. Vorsichtig ging sie zum nächstgelegenen Stand.
»Schönen Nachmittag, Frollein!«, sagte der Pastetenverkäufer und zwinkerte ihr freundlich zu. War es wirklich schon Nachmittag? »Auch eine Pastete werfen? Schön heiß und richtig lecker!«
Hannah sah ihn an und lächelte. »Entschuldigen Sie? Was meinen Sie mit ›werfen‹?«
Der Verkäufer schmunzelte. »Sie geben mir einen Sechser. Ich werfe ihn hoch. Bei Zahl bekommen Sie die Pastete und ich das Geld. Bei Kopf behalten Sie das Geld und bekommen die Pastete noch dazu!«
Hannah lachte und gab ihm eine Münze. Der Pastetenverkäufer warf sie hoch in die Luft. Sie funkelte in der Sonne und fiel wieder herab. Der Mann fing sie geschickt auf und klatschte sie auf seinen Handrücken. Er schüttelte den Kopf.
»Zahl, Frollein. Die Münze bleibt hier.«

Er fischte eine Pastete aus seinem tragbaren Ofen und schnitt fachmännisch ein Loch in den Deckel. Weißer Dampf schoss hervor. Der Verkäufer goss dicken, heißen Bratensaft in das Loch und wickelte alles in ein Stück Zeitungspapier. Als er Hannah die Pastete überreichte, zwinkerte er ihr wieder zu.

Hannah entdeckte in der Menge einen rötlichen Schnauzbart. Sie verzog angeekelt das Gesicht. Es war Samuel Smith, der Pfandleiher.

»Alles in Ordnung, Frollein?«, fragte der Pastetenverkäufer.

»Ja«, sagte sie und tastete nach ihren Ohrringen. »Danke.«

Sie drängte sich durch eine Menschenschlange, die am Glücksrad anstand. Auf der anderen Seite stieß sie auf einen Mann mit einem schwarzen Bart, der ein langhaariges Schaf über das Eis zog.

Ein einäugiges Mädchen mit einem vernarbtem Gesicht huschte durch die Menge und erbettelte Sechser-Stücke. Hannah gab ihm eine Münze. Das Mädchen biss misstrauisch darauf und prüfte, ob sie echt war. Dann steckte es die Münze in seine Tasche.

»Danke, Frollein«, sagte es.

Von Nahem sah die eine Gesichtshälfte wie geschmolzenes Kerzenwachs aus. Sie glänzte feucht und wund und dort, wo das linke Auge hätte sein müssen, klaffte ein schwarzes Loch. Das Mädchen hatte eine schmutzige rote Schürze umgebunden. Seine Stiefel waren so abge-

tragen, dass aus dem einen ein dreckiger Zeh hervorlugte. Strümpfe hatte es keine. Hannah wandte sich mit einem Gefühl von Abscheu und Mitleid von ihm ab.
Der schwarzbärtige Mann ging zu einem eisernen Bratenspieß, der am Südufer des Flusses aufgebaut war, und zog ein langes, scharfes Messer aus seinem Mantel. Die Menschen sahen ihm mit angehaltenem Atem zu. Der Mann klemmte das Schaf zwischen seine Knie und zog mit einer Hand ruckartig den Kopf des Tieres nach hinten. Es blökte jämmerlich. Das Mädchen mit dem Wachsgesicht kicherte. Mit einem zügigen sauberen Schnitt führte der Schwarzbärtige das Messer durch die Kehle des Schafs.
Das Blut ergoss sich wie ein Wasserfall auf das Eis. Ein durchdringender metallischer Geruch stieg Hannah in die Nase. Noch ein Schnitt und das Gedärm quoll wie eine zartrosa Taurolle aus dem Leib des Tieres hervor.
Zwei weitere Männer traten hinzu und zogen dem toten Tier mit geübten Schnitten die Haut ab. Der Kadaver dampfte in der kalten Nachmittagsluft.
Sie steckten das Tier auf den Bratenspieß und schoben ein Becken glühender Kohle darunter. Der Duft von brutzelndem Fleisch erfüllte die Luft.
Langsam dämmerte es. An den Buden wurden Laternen und Fackeln angezündet, die ein behagliches Licht verbreiteten und das Eis auf dem Fluss in glitzerndes Gold tauchten.

Ein Mann setzte eine Fidel ans Kinn und ein anderer begann zu singen:

Zum Frostmarkt, Leute, kommt und staunt,
hier könnt ihr Wunderdinge schaun.
Wenn die Themse ist vereist,
eilt herbei, kauft, trinkt und speist,
hier einen Kaffee, dort einen Tee,
dann einen Ringeltanz im Schnee.
Mann, Frau und Kind sind hocherfreut,
die Themse friert, Frostmarkt ist heut!

Manche Paare fingen an zu tanzen, aber das Eis war glatt und viele rutschten aus und fielen hin. Der Mann mit dem schwarzen Bart schnitt Bratenstücke aus dem Fleisch.
»Hammel aus Lappland!«, rief er. »Greift zu, Leute. Portion ein Schilling!«
Hannah reichte ihm eine Münze und bekam dafür ein Stück dampfenden, heißen Braten in Zeitungspapier eingeschlagen. Sie kaute eifrig, weil das Fleisch zäh und sehnig war.
Das kleine einäugige Mädchen schlenderte durch die Menge. Es kam an Hannah vorbei und stieß sie beinahe um, hüpfte aber gleich zurück und rief: »'tschuldigung, Frollein! Einen Sechser, bitte!«
Hannah bemerkte, dass sich die Menschen nicht mehr schwatzend um die Buden drängten, sondern nach Osten

strömten, wo ein behelfsmäßiges Rundtheater aus Holz auf dem Eis aufgebaut war, das von flackernden Fackeln beleuchtet wurde. Rechts und links vom Eingang standen zwei Männer und kassierten Eintritt. Die Menge schob sich neugierig vor.

»Eine halbe Krone!«, rief der eine. »Eine halbe Krone, dann seht ihr das schrecklichste Untier des nördlichen Polarkreises und seinen furchtbaren Kampf.«

Hannah öffnete ihren Pompadour. Er war leer. Sie sah sich erschrocken um, dann erinnerte sie sich an das kleine Mädchen mit dem Wachsgesicht, das sie fast umgerannt hatte. Es hatte Hannah bestohlen.

Vom Theatereingang waren Schreie zu hören. Ein Mann war mit den Kartenverkäufern in Streit geraten. Er versuchte sich an ihnen vorbeizudrängen, aber sie stießen ihn zurück. In dem Handgemenge preschten die anderen Wartenden nach vorn und stürmten, Hannah mit sich reißend, in das Theater.

KAPITEL 8

Scatterheart führte die blaue Eisfrucht an ihre Lippen, aber die Frucht wurde weich und begann zu schmelzen. Erschrocken sah Scatterheart, dass auch die Eispflanzen zu schmelzen begannen. Sie tropften und knisterten und die Mauern des weißen Gartens fielen in sich zusammen. Plötzlich stand der weiße Bär vor dem Mädchen. »Was hast du getan?«, schrie er.

John Higgins verließ den Zeugenstand und ging hinaus. Hannah starrte auf den weißen Gipslöwen über dem Thron des Oberbürgermeisters. Wirklich, er bewegte sich. Er schlug mit seinem Schweif hin und her und knurrte das Einhorn an, das hinter der Krone Deckung genommen hatte.

Der Gerichtsdiener gab Hannah einen Stoß. Die Berührung durchzuckte sie wie tausend Nadelstiche und sie schrie vor Schmerz auf. Das Licht brannte in ihren Augen. Der Wachtmeister, der sie auf dem Frostmarkt festgenommen hatte, legte ihre Saphirohrringe auf das Richterpult. Sie wurden vom Oberbürgermeister und den Geschworenen eingehend gemustert und dann an Samuel Smith weitergereicht. Dieser ließ sie in seine Westentasche gleiten.

»Können Sie etwas zu Ihrer Verteidigung anführen?«, fragte der Gerichtsdiener.

Das Rundtheater bestand lediglich aus einer zum Sternenhimmel offenen Manege, die von einer sieben Fuß hohen Bretterwand umgeben war. Oberhalb der Wand waren Holzbänke, von wo aus die Zuschauer in die Manege hineinschauen konnten. An der Seite war eine kleine Tür eingelassen.

Hannah quetschte sich auf eine der Bänke. Neben ihr saßen zwei Männer, die nach Bier stanken, und eine übertrieben geschminkte Frau.

Fackellichter zuckten und warfen seltsame Schatten auf die Bretterwand und in die Manege.

Dann trat einer der Kartenverkäufer vor.

»Sehr verehrte Damen und Herren«, rief er. Seine Stimme dröhnte durch das Theater. »Heute Abend präsentieren wir Ihnen eine Sensation, wie sie London noch nie gesehen hat. Eine riesengroße Kreatur, ein schreckliches Ungeheuer, böse und mörderisch. Ein Eisbär vom Nordpol, der grausamste und gefährlichste Bär, den es gibt. Erleben

Sie heute Abend dieses Ungeheuer im Kampf gegen die besten Kampfhunde Londons.«

Die Menge klatschte und stampfte mit den Füßen.

Hannah rührte sich nicht. Ihr war eiskalt.

Der Mann kletterte aus der Manege und läutete mit einer Messingglocke, die in der Nähe der Zuschauerbänke hing.

Die Tür ging auf.

»Du darfst überall hingehen und alles tun, was du willst«, sagte der Bär. »Aber öffne niemals diese kleine Tür.«

Stille trat ein. Die Menschen warteten. Eine Frau lachte hysterisch auf und wurde zischend zum Schweigen gebracht. Die hölzernen Wände knarrten.

Plötzlich durchschnitt ein Laut die Stille, der die Frauen aufkreischen ließ. Ein heiserer Schrei, wie Hannah ihn noch nie gehört hatte. Ein mächtiges, gewaltiges Brüllen, voller Schmerz und Wut.

Dann kam das Tier durch die Tür in die Manege.

Es bewegte sich langsam und setzte zögernd eine Tatze vor die andere. Schnüffelnd zog es die Luft ein und stieß ein kehliges Knurren aus.

Der Bär war nicht so groß, wie Hannah vermutet hatte. Zwar größer als ein Schaf, aber kleiner als eine Kuh. Er war mager und sein Fell hing in großen Lappen von seinen ausgemergelten Schultern und seinem langen, nach unten geneigten Hals. Er hatte nichts mit Hannahs Vorstellung von dem weißen Bären aus dem Märchen gemeinsam. Sein Fell war stumpf und verfilzt, die Farbe

eher ein schmutziges Gelb als das reine Schneeweiß, das sie sich ausgemalt hatte. Aufgeregt und angsterfüllt warf er seinen Kopf hin und her.
Hannah wurde übel. Dort, wo seine Augen gewesen waren, zeigten sich zerklüftete, tränende offene Wunden. Die Augen waren ausgebrannt worden und er tappte blind umher.
Der Bär drückte sich an die Bretterwand. Die Zuschauer grölten und bewarfen ihn mit Flaschen und Essensabfällen. Er schrie wieder, ein tiefes rasendes Brüllen.
Ein schriller Pfiff ertönte, worauf zwei Hunde in die Manege gelassen wurden. Es waren große Hunde – fast so groß wie der Bär. Der eine war grau gefleckt und hatte eine spitze Schnauze, der andere war schwarz mit einer braunen Schnauze. Mit schäumenden Lefzen stürzten sie sich auf den Bären und schlugen ihm die Zähne in die Seite. Blut spritzte auf das Eis und die Menge jubelte. Der Bär drehte sich blitzartig um, so schnell, wie Hannah es nicht für möglich gehalten hätte, und holte mit seinen großen scharfen Krallen aus. Der schwarze Hund wurde gegen die Bretterwand geschleudert. Er jaulte, stand aber gleich wieder auf den Beinen. Fellfetzen flogen durch die Luft. Hannah saß regungslos da. Der Bär tastete brüllend nach seinen Angreifern.
Der gefleckte Hund schoss auf ihn zu und verbiss sich in seine Flanke. Mit einem gewaltigen Brüllen wirbelte der Bär herum. Er packte den grauen Hund mit den Zähnen

und zermalmte ihn knurrend. Knochen knirschten und splitterten. Der schlaffe Körper des Hundes fiel auf den Boden. Der Bär richtete sich auf und brüllte wieder. Das gelbliche Fell um sein Maul war rot verfärbt.
Er schüttelte den Kopf. Blut und Geifer spritzten über die erregten Zuschauer. Hannah spürte die feuchte Wärme auf ihrer Wange und musste schlucken, um sich nicht zu übergeben.
Der Bär hatte den Kopf noch erhoben, da sprang der schwarze Hund ihn an und schlug in seine Kehle. Das ganze Theater erbebte von dem wilden und schrecklichen Schrei, den der Bär ausstieß.
Hannah hielt es nicht mehr aus. Sie sah zu den Sternen hinauf, aber sie waren verschwunden. Schwarze Wolken rasten schäumend über den Himmel, Nebelschwaden waberten über den zugefrorenen Fluss bis in das Theater hinein und verschluckten die Zuschauer und das Gemetzel in der Manege. Ein panisches Durcheinander brach aus, die Menschen sprangen auf und stürzten aus dem Theater.
Hannah hatte noch nie einen so dichten Nebel erlebt. Es war nicht der typische widerliche grünlich gelbe Dunst, der sonst über der Stadt hing. Dieser Nebel war pechschwarz und nahm ihr fast den Atem.
Das Jaulen des Bärs verstummte. Hannah drängte sich mit den anderen hinaus, fort von der erstickenden Dunkelheit und dem süßlichen Blutgeruch. Sie spürte die harte,

rutschige Eisfläche unter ihren Füßen und merkte, dass sie aus dem Theater entkommen war. Um sie herum war es so dunkel, dass sie nicht einmal ihre Hand vor Augen sehen konnte. Sie wollte losrennen, rutschte aber aus und fiel hin.

Ein lautes Dröhnen war zu hören, das Eis unter ihr schwankte. Dann gab es einen ohrenbetäubenden Knall und die Leute um sie herum kreischten.

Die Fackeln des Frostmarkts waren nur noch winzige matte Pünktchen, als wären sie sehr weit entfernt.

Hannah spürte, wie sich das Eis unter ihr bewegte, wie es vibrierte und sich verschob. Eines der fernen Lichter kam auf sie zu und wurde größer und heller. Sie streckte den Arm danach aus und eine große, starke Hand packte sie. Die Laterne kam noch näher, so nah, dass ihre Augen schmerzten und sie die Hitze an der Wange spürte. Sie blickte in zwei Gesichter, die auf sie hinabsahen.

Das eine Gesicht trug eine Polizistenmütze. Das andere hatte einen rötlichen Schnauzbart.

»Das sind aber hübsche Ohrringe«, sagte der Polizist. »Und das ist das Ende Ihrer Karriere, Frollein.«

Hannah sah mit angstvoll aufgerissenen Augen zu ihm hoch. Sie wurde grob auf die Füße gestellt und fortgezerrt. Hinter ihnen barst das Eis.

Hannah machte den Mund auf, um ihre Rede zu halten.
»Hohes Gericht«, begann sie heiser und wurde gleich darauf von einem Hustenanfall geschüttelt. Ihre Augen tränten und von ihrer Stirn strömte der Schweiß. Ihre Hände fühlten sich feucht und glitschig an. Thomas' Taschentuch war völlig durchnässt.
Der weiße Gipslöwe holte mit der Pranke aus und schlitzte dem Einhorn die Kehle auf. Blut spritzte, floss an der Wand hinunter über das riesige Schwert und tropfte auf den Oberbürgermeister.
Hannah zitterte unkontrolliert.
Der Löwe wandte sich zu ihr um und zeigte ihr knurrend seine spitzen weißen Zähne. Er kletterte an der Wand herab und bewegte sich langsam auf sie zu. Anmutig tänzelte er über die Tische und Stühle der Geschworenen und Gerichtsbeamten.
»Hannah Cheshire, können Sie etwas zu Ihrer Verteidigung anführen?«, wiederholte der Gerichtsdiener.
Der Löwe kam näher. Seine Augen brannten wie Feuer.
Die Zuschauer auf der Empore flüsterten und kicherten.
Auf einmal kauerte sich der Löwe zusammen und setzte zum Sprung an.
»Nein«, flüsterte Hannah und hob die Arme, um sich zu schützen. Das Taschentuch fiel ihr aus der Hand.
Alles drehte sich um sie. Sie sank in sich zusammen und fror und glühte zur selben Zeit. Die Feuchtigkeit auf dem Boden tränkte ihren Rock. Die Geschworenen erhoben

sich, um ihr Urteil zu verkünden. Sie sprachen laut, aber Hannah konnte nichts verstehen, weil es im Brüllen des Löwen unterging.

Wie von fern hörte sie die Stimme des Oberbürgermeisters: »Es wird daher gerichtlich angeordnet, dass Sie nach Übersee deportiert und für sieben Jahre an einen Ort verbracht werden, den der Geheime Rat Ihrer Majestät für geeignet erachtet.«

Hannah nahm alles nur noch verschwommen wahr. Sie fragte sich, von wem die Rede war. Doch dann sprang der Löwe sie an. Sie konnte gerade noch Thomas' Taschentuch retten, danach wurde es dunkel um sie herum.

KAPITEL 9

»Was hast du getan?«, rief der Bär. »Nun hast du einen Fluch über uns gebracht. Hättest du doch nur ein Jahr gewartet, dann wäre ich frei gewesen! Aber nun sind wir entzweit und ich muss dich verlassen und in ein Schloss gehen, das östlich der Sonne und westlich des Mondes liegt.«
Mit diesen Worten verschwand der Bär.

Jemand beugte sich über Hannah, sprach mit ihr und fragte sie etwas. Aber es klang wie von weit her und sie vernahm nur ein undeutliches hohles Echo. Sie blinzelte, um einen klaren Kopf zu bekommen.
Die Person fasste ihr an die Stirn. Die Hand brannte wie glühende Kohlen.
Hannah zitterte. Die Person ging in die Knie und sagte etwas.
»Mr Behr?«, fragte Hannah. Auch ihre Stimme klang, als käme sie von weit her.
Wieder sagte die Person etwas. Ja, es war Thomas. Tränen der Erleichterung stiegen in Hannahs Augen. Thomas

wollte ihr etwas sagen. Seine Stimme klang eindringlich. Hannah fror und wunderte sich über die Kälte in ihrem Zimmer. Sie wollte Thomas bitten, Kohlen nachzulegen, aber sie brachte alle Worte durcheinander und er konnte sie offenbar nicht verstehen. Plötzlich begann es zu schneien.

Ein stichartiger Schmerz fuhr ihr in die Stirn. Der Schnee war von einem nie zuvor gesehenen Weiß. Er legte sich wie eine Decke auf Thomas' Kopf und Schultern, wie ein Mantel aus weißem Pelz.

Hannah streckte ihre Hand aus und wollte ihn streicheln, aber sie verlor die Orientierung und fasste in die entgegengesetzte Richtung. Ihre Hand berührte etwas Hartes, Kaltes. Einen Baum aus Eis.

Sie war im Eisgarten!

Mr Behr hatte ihr verboten den Eisgarten zu betreten. Warum hatte er das getan? Es hatte etwas mit ihrem Vater zu tun, der das ganze Geld ihrer Mutter ausgegeben hatte und verhaftet worden war. Mr Behr war schrecklich wütend gewesen und hatte sie angeschrien und sie gebeten, nicht in den Eisgarten zu gehen.

Wenn es doch nur zu schneien aufhören würde.

Thomas drückte ihr etwas in die Hand und sie schlang ihre Finger um seinen Arm. Er war mit drahtigen, hellen Haaren bedeckt. Sie strich sacht darüber und erschrak, denn es war richtiges Fell. Der weiße Schnee hatte sich in einen dicken Pelz verwandelt.

»Du bist also der weiße Bär«, sagte sie. »Das habe ich mir gedacht.«

Sie betrachtete das Ding, das er ihr gegeben hatte. Es war eine blaue Frucht, die in ihrer Größe und Form einem Pfirsich ähnelte.

Hannah öffnete den Mund und wollte hineinbeißen. Aber die Frucht fühlte sich mit einem Mal so anders an. Ihre Lippen berührten etwas Kleines, Hartes, das kühl wie Metall war. Eine geschmacklose, zähe Flüssigkeit füllte ihren Mund und sie musste unwillkürlich schlucken.

»Braves Mädchen«, sagte eine vertraute Stimme.

Einen Augenblick lang sah Hannah alles ganz scharf. Sie war wieder in der Zelle und über ihr stand ein Mann mit schwarzem Mantel und Hut, der einen silbernen Löffel in der Hand hielt. Dann war sie wieder im Eisgarten.

Thomas beugte sich über sie, das Fell gesträubt.

»Was hast du getan?«, schrie er.

Hannah streckte den Arm aus und fasste ihn bei seiner Pranke.

Sie war eiskalt.

Thomas brüllte vor Schmerzen auf.

Seine Pranke schmolz und wurde immer kleiner. Kaltes Wasser tropfte zwischen ihren Fingern hindurch. Auch aus seinem Pelz floss Wasser und er schrumpfte zusehends in sich zusammen.

»Was hast du getan?«, brachte er noch einmal hervor.

Seine Stimme war nur noch ein Flüstern und erstarb dann ganz. Hannahs Hand griff ins Leere. Schließlich schmolz auch das letzte Stück von ihm dahin und ließ sie in einer Pfütze zurück.

KAPITEL 10

Als Scatterheart am nächsten Morgen aufwachte, war das Schloss verschwunden und sie lag auf einer kleinen grünen Lichtung inmitten eines tiefen, dunklen Waldes. Neben ihr lag das kleine Bündel, das sie von zu Hause mitgebracht hatte. Scatterheart seufzte und machte sich auf den langen Weg zu ihres Vaters Haus.

Hannah dämmerte von einer Ohnmacht in die nächste. Von Zeit zu Zeit kam der Arzt, schob ihr einen Silberlöffel in den Mund und verabreichte ihr die geschmacklose glibberige Flüssigkeit. Nach diesen Besuchen musste Hannah oft heftig erbrechen und schlief dann viele Stunden lang. Wenn sie wieder aufwachte, waren ihre Glieder lahm und schwer, ihre Sicht war verschwommen und ihre Ohren waren fast taub. Sie bekam viel Besuch: Long Meg, ihr Vater und einmal eine zierliche Frau, die Hannah für ihre Mutter hielt.

Thomas aber besuchte Hannah nicht wieder, egal wie oft sie nach ihm rief. Sie sehnte sich nach ihm. Aber er war

fortgegangen. Wohin wusste Hannah nicht. Irgendwohin. Östlich der Sonne, westlich des Mondes. Hannah überlegte, wie sie ihm folgen könnte.
Sie kratzte fieberhaft ihre Arme und Beine, die von einem hitzigen roten Ausschlag bedeckt waren. Jemand packte sie an der Schulter.
»Genug«, sagte Long Meg, »du kratzt dir noch die Haut vom Leib.«
Hannah hielt sich die Hand vor die Augen. Ihre Finger waren blutig.
»Warum bin ich noch hier, Meg?«, fragte sie. »Hat meine Verhandlung nicht schon stattgefunden?«
Long Meg setzte eine Flasche an Hannahs Lippen.
»Wir warten auf ein Schiff«, sagte sie, »und jetzt trink.«
Hannah trank, der Gin brannte in ihrer Kehle und einen Augenblick lang verschwamm wieder alles vor ihren Augen. Dann stand Tabby über ihr.
»Nur ein dummer Hund jagt einem fliegenden Vogel nach«, sagte sie und gackerte vor sich hin. Sie schaute Hannah mit ihren glänzenden schwarzen Augen an. Sie sahen aus wie die eines Vogels.
Hannah blickte Tabby unverwandt an. Und auf einmal krümmte sich Tabbys Gestalt noch weiter nach unten und ihre Nase wurde lang und spitz. Sie spreizte ein schwarz glänzendes Gefieder ab und hüpfte auf und nieder. Wieder gackerte sie, dann breitete sie ihre Schwingen aus, erhob sich in die Luft und schwebte über Hannah.

Sie schlug mit den Flügeln, einmal und noch einmal, und flog zu dem winzigen Zellenfenster hinaus.
Zuerst kam es Hannah vor, als fliege sie ebenfalls, als halte Tabby sie in ihren gelben Klauen fest und segle mit ihr über die Straßen von London. Aber dann ließ Tabby sie plötzlich ohne Vorwarnung los und Hannah stürzte trudelnd in die Tiefe.
Sie wachte auf und alles tat ihr weh. Sie spürte ein qualvolles Rütteln, als würde sie wie ein Korken auf den Wellen hin und her geworfen.
Hannah schlug die Augen auf und die Schmerzen wurden noch schlimmer. Weißes sengendes Licht stach ihr in die Augen. Sie schrie auf und schloss sie schnell wieder. War sie erblindet?
Sie versuchte sich aufzurichten, aber ihr schwindelte und Übelkeit überkam sie. Sie stöhnte auf und fiel sogleich wieder nach hinten.
»Nicht so schnell, Gnädigste«, hörte sie die Stimme von Long Meg.
Hannah spürte einen kalten Luftzug und nahm den Geruch von Rauch und gekochtem Essen wahr. Sie waren im Freien.
Hannah öffnete die Augen einen Spaltbreit und erblickte vor sich Holzlatten. Durch die Ritzen sah sie Häuser vorüberziehen. Das gleichmäßige Schlagen von Hufen dröhnte in ihren Ohren. Sie befand sich in einem Fuhrwerk. Aber wohin brachte man sie?

Der Wagen hielt ruckartig an. Hannah kniff stöhnend die Augen wieder zusammen. Die Pferde schnaubten und sie meinte, in der Ferne ein Brüllen zu hören. Sofort schlug sie die Augen wieder auf. War das ein Bär?
Zwischen den Latten sah Hannah das breite Band eines Flusses. Das Eis war geschmolzen und die Themse strömte braun und schäumend wie immer dahin.
Auf dem Wasser lagen Bug an Heck mehrere Reihen großer Schiffe vor Anker. Sie machten den Eindruck, als würden sie gleich auseinanderfallen. Ihre hölzernen Rümpfe waren von Flickstellen und eigenartigen Podesten und Vorsprüngen übersät. Zwischen abgeknickten Masten waren Schnüre mit schmutzig grauer Wäsche gespannt und aus ein paar winzigen Öffnungen in dem verrottenden Holz starrten leere Augen hervor. An einem der unförmigen Kolosse hing eine zerfallene Galionsfigur, eine riesige Frau, deren einst stolzes, schönes Gesicht von Schimmel und Witterung zerfressen war.
Der Wagen rumpelte weiter. Einen Moment lang sah Hannah einen verschwommenen weißen Fleck, der sich durch das schäumende braune Wasser des Flusses kämpfte. Es war der weiße Bär im Kampf mit dem Gipslöwen, der sie im Gerichtssaal angegriffen hatte. Heftig ineinander verbissen wurden sie stromabwärts gespült. Hannah versuchte vergebens sich auf die Ellbogen zu stützen.
Dann merkte sie, dass der Wagen anhielt.
»Wir sind da«, sagte Long Meg.

Hannah krallte die Finger um den Querlauf des Karrens und zog sich zum Sitzen hoch.
»Was ist passiert? Ist der Bär entkommen?«
»Psst«, sagte Meg scharf, »der Schiffsarzt kommt.«
Hannah zitterte. Ihr wurde schwarz vor Augen und in ihren Ohren hob ein fürchterliches Pfeifen an. Sie sank wieder zurück. Ihr Atem ging flach und ihre Brust schmerzte.
»Was ist mit der da?«, fragte eine kalte ölige Männerstimme. Eine eisige Hand berührte ihre Stirn und Hannah spürte das Kratzen von langen Fingernägeln.
»Sie ist zu schwach für eine Seereise. Sie hat Gefängnisfieber. Die wird keine Woche mehr machen.«
Hannah öffnete die Augen und sah den Tod vor sich. Er hatte ein langes bleiches und vornehmes Gesicht, das sich an den Rändern jedoch aufzulösen schien. Die Nase war eingesunken und grau, in den Augenwinkeln und an den Wangenknochen keimten weiße Pusteln. Der Tod öffnete seinen Mund. Hannah sah glitzernden schwarzen Speichel.
»Bringt sie ins Gefängnis zurück«, befahl er.
Hannah tastete nach Long Meg. »Bitte, lass mich nicht sterben«, flüsterte sie.
Long Meg drückte ihre Hand. »Kein Knastfieber, Sir«, sagte sie laut. »Die hat nur ihren Monatsgast, wenn Sie verstehen, was ich meine. Das schlägt sie total nieder, soll aber gut sein für viele Kinderchen. In ein paar Tagen ist die wieder munter wie ein Schwälbchen.«

Keine Antwort. Hannah schnappte nach Luft.

»Also gut«, sagte der Tod. »Leutnant Belforte! Geleiten Sie die Dame bitte zu ihrer Kabine.«

Jemand warf eine Decke über Hannah und dann wurde sie von starken Armen hochgehoben. Sie sog den Duft von Lavendel ein.

»Mr Behr«, murmelte sie. »Sie leben. Sie wollen mich retten.« Sie lehnte den Kopf an seine starke Brust. Die Arme schlangen sich noch fester um sie.

»Ganz still«, sagte eine Männerstimme, »ich werde mich um Sie kümmern.«

Hannah regte sich. Das war nicht Mr Behr. Aber sie fühlte sich in seinen Armen so sicher, dass es ihr nichts ausmachte. Der Mann trug sie ein ganzes Stück weit. Der liebliche Lavendelduft wurde vom Gestank fauler Fische überlagert. Hannah hörte das Schreien der Möwen und ein leises, sanftes Brausen, das sie in den Schlaf wiegte.

TEIL II

Der weiße Bär

KAPITEL 11

Scatterheart wanderte einen Tag um den anderen, bis sie zu einem hohen Felsen kam. Dort begegnete sie einer alten Frau, die war ganz aus Sägespänen und spielte mit einer Eichel aus Kupfer. Scatterheart fragte sie, wie sie zu ihres Vaters Haus komme.

Hannah setzte sich kerzengerade auf und stieß sich den Kopf. Sie blickte sich verwirrt um. »Immer mit der Ruhe«, sagte Long Meg und gähnte. »Es ist verdammt früh.«

Um sie herum war alles düster. Durch eine Art Luke in der Decke fiel schwaches Licht. Hannah brauchte eine Weile, bis sie begriff, dass sie sich in einem länglichen Raum mit Bretterwänden, einer niedrigen Decke und offenen Balken befanden. Wo sie hinsah, überall schliefen Frauen in Stockbetten, die die Wände entlang aufgestellt waren. Dazwischen verlief ein schmaler Gang. Am anderen Ende des Raums beleuchtete ein etwas hellerer Lichtkegel eine steile Treppe mit einem Seilhandlauf.

Die Frauen lagen auf Strohsäcken mit rauen Hanfdecken. Kissen gab es nicht.
Und alle hatten das Gleiche an: schlichte Kleider aus grobem Köper. Hannah sah an sich herab und stellte fest, dass auch sie in so einem unförmigen grauen Kleid steckte. Sie merkte, dass sie weder Strümpfe noch Unterwäsche trug, und errötete.
Long Meg hatte ebenfalls so ein Kleid an, darüber aber immer noch Hannahs pelzbesetzten Mantel. Er war schmutzig und verschlissen und der Pelz stumpf und abgenutzt.
»Bin ich in der Hölle?«, fragte Hannah. Sie musste laut sprechen, um das eintönige, stetige Stampfen zu übertönen, das von allen Seiten auf sie einzudringen schien.
Long Meg lachte. In dem Raum roch es nach Urin und Erbrochenem, genau wie im Gefängnis. Aber hier kamen noch andere Gerüche dazu: modriges Holz, Fisch und Salz. Hannah rümpfte die Nase. Plötzlich kippte der Raum zur Seite und sie fiel rücklings auf ihr Bett. Der Boden unter ihr rumpelte und schwankte. Hannahs Magen spielte verrückt und sie bekam fürchterliche Angst.
»Ich muss nach Hause«, sagte sie und rappelte sich auf.
»Bisschen spät für so was«, entgegnete Long Meg.
Wieder stieß Hannah mit dem Kopf an die niedrige Balkendecke über ihr. Sie bückte sich, stützte sich mit einer Hand ab und krabbelte zwischen den schlafenden Frauen hindurch zu dem weißen Licht am Fuß der Treppe.

Am oberen Ende der Stufen waren in langer Reihe schaukelnde Hängematten befestigt. In manchen schlief jemand, aber die meisten waren leer und ordentlich aufgerollt. Links von Hannah befanden sich sechs geschlossene Türen. Aus der unteren Ebene, von der sie gekommen war, wuchs ein dicker, runder Pfosten, der durch die Holzdecke nach oben verlief. Er sah wie ein Baumstamm aus. Daneben führte eine Treppe noch weiter hinauf. Hannah hielt sich am Seil fest und kletterte hoch.

Auf dieser Ebene war es viel heller. Links von ihr waren wieder sechs Türen und rechts von ihr war … etwas blendend Weißes. Sie ging darauf zu. Hannah stockte der Atem.

Sie war auf einem Schiff.

Sie stand auf einem hölzernen Deck, das zum Wasser hin offen war, darüber befanden sich noch weitere Decks.

Das Schiff war riesig. Männer rannten hin und her, kletterten an den Masten empor und sicherten die Leinen. Über ihr, auf einem der oberen Decks, standen Männer in Uniform und schrien unverständliche Kommandos. Eine schrille Pfeife trillerte.

Hannah blinzelte. Überall waren Leinen gespannt, manche zogen sich bis zu den höchsten Mastspitzen hinauf, liefen über Kreuz und im Kreis wie ein kompliziertes Netz aus Spinnweben. Der Wind fuhr in Hannahs Haare und wehte den dumpfen Fischgeruch fort. Zumindest so weit, dass es nicht mehr unangenehm war.

»Nein«, flüsterte Hannah, »das ist ein Missverständnis.«
»He!«, schrie ein Matrose. »Du darfst hier nicht rauf. Bracegirdle hat noch nicht zum Frühstück geläutet.«
Er packte Hannah am Handgelenk. Seine Arme waren sehr kräftig, trotzdem konnte sie sich losreißen und über das Deck auf die andere Seite rennen, wo lauter runde Löcher den Schiffsrumpf spickten.
Das Schiff rollte über eine Woge. Hannah fiel auf alle viere und schmeckte die salzige Gischt auf ihren Lippen. Sie klammerte sich an die Reling und zog sich wieder hoch. Ihre Verzweiflung machte einem eigenartigen Staunen Platz.
Verblüfft sah sie auf das Meer hinaus.
»Sie sind also aufgewacht«, sagte jemand.
Neben ihr stand ein Mann in Offiziersuniform und mit einem Strohhut. Hannah schätzte, dass er etwas älter als Thomas, aber jünger als ihr Vater war. Um seine Ohren kräuselten sich dunkelbraune Locken, die mit einem schwarzen Samtband zu einem straffen Pferdeschwanz nach hinten gebunden waren. Er hatte eine helle Haut und volle rote Lippen. Seine Augen waren ungewöhnlich blau und von langen dunklen Wimpern eingerahmt.
Der Mann lächelte Hannah an. Sie errötete und sah wieder auf das Meer hinaus. Sie spürte ein angenehmes Kribbeln im Bauch, aber dann erinnerte sie sich, dass sie eine Gefangene war, und ihr fuhr ein Stich in den Magen. Warum sprach er sie überhaupt an?

»Anders als Sie erwartet haben?«, fragte er.
»Es ist blau!«
Der junge Mann lachte. »Was haben Sie denn gedacht? Rot? Lila?«
Hannah schüttelte den Kopf. »Ich hätte niemals geglaubt, dass es so …« Sie sprach nicht weiter. Sie hatte sich das Meer immer grau vorgestellt, grau wie die Augen von Thomas Behr.
»… so blau ist? Haben Sie etwa noch nie das Meer gesehen?« Das Wasser hatte tatsächlich genau die gleiche Farbe wie die Augen des jungen Offiziers. Hannah blinzelte. Sie waren wirklich sehr blau.
»Nein, noch nie«, antwortete sie.
»Aber Sie kennen es doch bestimmt von Bildern?«
»Natürlich«, sagte Hannah, »aber ich habe gedacht – ich habe gedacht, das wäre nur Kunst … Auf manchen Gemälden ist auch die Themse blau.«
Der Offizier schmunzelte. »Und, wie gefällt es Ihnen?«
Hannah blickte über die unendliche Weite des Meeres.
»Es ist erschreckend«, sagte sie schließlich, »und schön. Und der Himmel ist so …«
»Blau?«, half ihr der Mann.
Hannah nickte. »Ja, sehr blau.«
»Ich heiße übrigens James«, stellte sich der Offizier vor. »James Belforte, Leutnant zur See.«
»Hannah«, erwiderte Hannah. »Hannah Cheshire, Gefangene aus Irrtum.«

James Belforte tippte grüßend an seinen Hut und sah sie freundlich an.
»Sehr erfreut, Ihre Bekanntschaft zu machen, Hannah Cheshire.« Er verneigte sich. »Und nun verraten Sie mir bitte, was um alles in der Welt eine junge Dame von Stand in so einer schrecklichen Gesellschaft zu suchen hat.«
Hannah seufzte erleichtert.
»Mein Vater …«, setzte sie an, doch dann schüttelte sie den Kopf. »Alles ist schiefgelaufen.«
Tränen stiegen ihr in die Augen.
Der Leutnant lächelte. »Seien Sie beruhigt«, sagte er, »ich werde dafür sorgen, dass Ihnen nichts passiert.«
Hannah errötete. Sie legte den Kopf nach hinten und sog die warmen Sonnenstrahlen auf. Der Wind war frisch und roch sauber und salzig. Hannah atmete tief ein und aus, ihre Angst war vergessen. Sie fühlte sich lebendig wie seit Wochen nicht mehr.
»Ich habe Hunger«, sagte sie über sich selbst überrascht.
James lachte. »Frühstück ist in einer halben Stunde. Willkommen an Bord der *Derby Ram.*«

»Also, wenn das nicht unsere Lady höchstpersönlich ist. Geruhen Gnädigste mit uns Straßenkötern gemeinsam zu speisen?«, fragte Long Meg grinsend und kämpfte sich mit den anderen Frauen zur Essensausgabe auf dem oberen Deck vor.

Die Frauen stießen und drängelten, um möglichst weit nach vorne zu kommen. Dort stand ein schwitzender stämmiger Mann vor einem großen Kupferkessel, der sich auf einem schwarzen Gusseisenofen befand. Zwei jüngere Männer teilten eine Brühe mit Fleischbröckchen aus.

Hannah wollte sich hinten anstellen, aber Meg packte sie am Arm und zerrte sie mitten ins Getümmel.

»Na macht schon, verzieht euch!«, rief sie und rempelte die anderen Frauen an, die sich ihr wütend und schimpfend in den Weg stellten.

»So viele Menschen«, murmelte Hannah.

Long Meg sah über ihre Schulter.

»Das ist nur die Hälfte«, sagte sie und schob sich energisch an einer anderen Frau vorbei. »Wir sind zweihundertvier Frauen hier, aber nur eine Handvoll Matrosen, die uns nachts warmhalten können. Und wir haben alle einen Bärenhunger.«

Vorne angekommen drückte ihr einer der Männer eine rechteckige Holzschale in die Hand und schöpfte eine undefinierbare Flüssigkeit hinein. Long Meg schaute ihn mit großen Augen an.

»Aber nicht vergessen, Sir. Noch einen Schlag für meine arme, kranke Freundin Hannah. Sie muss immer noch das Bett hüten.«

Der Mann sah Meg misstrauisch an, dann wanderte sein Blick zu Hannah hinüber. Meg schüttelte den Kopf.

»Nein, nein, Sir. Ich weiß, was Sie denken. Aber das hier ist…«, sie zögerte unmerklich, »Mary. Meine Freundin Mary.« Sie zwinkerte Hannah zu.
»Mary«, sagte der Mann und musterte Hannah von oben bis unten. Hannah wurde es heiß und kalt vor Scham.
»Du bist aber eine Hübsche.«
Der Mann füllte noch ein Schälchen und reichte es Meg. Dann sah er Hannah anzüglich an und drückte ihr ebenfalls eins in die Hand.
»Du darfst dir jederzeit einen Nachschlag holen«, sagte er.
»Na, Mary«, grinste Long Meg, »wir hauen lieber ab und essen in Ruhe unser Frühstück.«
Long Meg ging mit ihr zur Treppe zurück. Sie hatte die beiden Schälchen übereinandergestellt und balancierte mit ihnen gekonnt die Stufen hinunter.
»Wie lange habe ich geschlafen?«, fragte Hannah und sah sich auf dem unteren Deck um. Dann folgte sie Meg in den Frauentrakt.
»Ungefähr vier Tage«, antwortete Meg.
Hannah blinzelte, um ihre Augen an das Dämmerlicht zu gewöhnen.
»Gibt es hier keine Fenster?«, fragte sie.
Meg zwängte sich durch den schmalen Gang zu ihrem Schlafplatz und sagte, ohne sich dabei umzusehen: »Das hier ist das Orlopdeck. Ist unter dem Meer.«
Hannah hatte plötzlich die Vorstellung, von allen Seiten würde Wasser in das Deck dringen. Sie schauderte.

Sie setzten sich und Meg stellte die eine Holzschale vorsichtig auf dem Boden ab, die andere platzierte sie auf ihrem Schoß. Dann tastete sie in der Ablage über ihrem Kopf und fischte zwei Löffel hervor. Hannah bemerkte vier gerade Striche, die in das Brett über Megs Schlafplatz geritzt waren.

»Danke, Meg«, sagte Hannah. Meg zog ihre Augenbrauen hoch.

»Wofür?« Sie gab Hannah einen Löffel.

»Dass Sie mir Essen gebracht haben. Als ich krank war.«

Long Meg sah zur Seite.

Hannah schaute sie misstrauisch an. »Sie haben mir doch das Essen gebracht, oder? Das haben Sie jedenfalls dem Mann mit der Kelle gesagt. Dass Sie das Essen für mich holen.«

Long Meg starrte auf ihre Schale.

»Stimmt mehr oder weniger«, entgegnete sie und begann zu essen. Dann setzte sie den Löffel ab und wühlte in ihrem Strohsack.

»Hier«, sagte sie barsch und reichte Hannah ein zerlumptes graues Stück Stoff.

Es war das Taschentuch von Thomas Behr. Hannah schloss ihre Finger darum.

»Dachte, du magst es vielleicht«, murmelte Meg und löffelte weiter.

Hannah war fast zum Weinen zumute.

»Danke«, sagte sie und steckte das Taschentuch ein.

»Was ist eigentlich mit Black Jack geschehen?«, fragte Hannah.
Meg zuckte die Achseln. »Der baumelt wahrscheinlich«, sagte sie mit vollem Mund.
»Sind Sie nicht traurig?«
»Traurig nein. *Hungrig* ja. Halt endlich deinen Schnabel.«
Hannah musterte den Inhalt ihrer Schale. Die Brühe war dünn und wässrig und sie konnte nicht erkennen, was für eine Art Fleisch darin schwamm.
»Gibt es noch etwas anderes?«, fragte sie zaghaft.
Long Meg verdrehte die Augen und schlürfte schweigend ihre Suppe.
Hannah schnupperte an dem Fleisch, dann tauchte sie den Löffel in die Brühe und führte ihn zum Mund. Sie probierte vorsichtig und spuckte gleich wieder aus.
»Pfui, das kann ich nicht essen!«, stieß sie hustend hervor. »Das schmeckt ja widerlich!«
Meg hatte die erste Schale leer und machte sich über die zweite her.
Hannah beobachtete sie. Ihr Magen knurrte. Seufzend hielt sie sich mit einer Hand die Nase zu, mit der anderen löffelte sie die Suppe.
Das Schiff neigte sich mit einem Mal zur Seite. Die heiße Flüssigkeit schwappte über Hannahs Kleid und ein Fleischbröckchen purzelte auf den Boden. Sie hörte ein spitzes Kichern und drehte sich um. Aus einem der Stockbetten lugte ein einzelnes braunes Auge hervor.

»Du!«, rief Hannah.
Das kleine verkrüppelte Mädchen mit dem Wachsgesicht kletterte von seinem Lager.
»Noch 'n paar Sechser, Frollein?«
Hannah war wütend.
»Du hast mich bestohlen! Du bist schuld, dass ich überhaupt hier bin!«
Das Mädchen grinste. Hannah ballte die Fäuste.
»Zieht eure Krallen lieber ein«, sagte Long Meg belustigt. »Über verschüttete Suppe jammern, das bringt nix.«
Sie sah das Mädchen an und verzog das Gesicht. »Was ist denn mit dir passiert? Du siehst ja aus wie ein Stück Scheiße.«
Das Mädchen zuckte die Achseln und antwortete leise: »Polly hat Wasser aufgesetzt und Molly hat's wieder runtergeschmissen.«
Long Meg nickte. »Also verbrüht. Armes Ding. Und du bist Molly?«
Das kleine Mädchen zuckte wieder die Achseln. Dann trippelte es kichernd den Gang hinunter.
Hannah suchte auf allen vieren den Boden nach dem Fleischbröckchen ab. Es war verschwunden.
»Diese Missgeburt! Sie hat mein Frühstück geklaut.«
Long Meg brüllte vor Lachen.

Molly war nicht das einzige bekannte Gesicht an Bord der *Derby Ram*. Hannah traf auch eine Reihe von Frauen aus ihrer Gefängniszelle in Newgate wieder. Eine von ihnen war Tabby, die verrückte alte Schottin, eine andere die schwangere Sally, die fürchterlich unter Seekrankheit litt und kaum ihr Lager verließ.

Nach dem Frühstück stieg Hannah wieder auf das obere Deck, um sich das Meer anzuschauen. Ein Matrose pfiff hinter ihr her, als sie an ihm vorüberging, worauf sie sich nach einer weniger belebten Stelle umsah.

Am hinteren Ende des Schiffs gab es noch zwei weitere Deckaufbauten, aber dort wimmelte es von wichtig dreinschauenden Offizieren in blauen Uniformmänteln. Also lief Hannah zum vorderen Teil des Schiffs, wo ebenfalls ein kleinerer Deckaufbau war. Sie kletterte die Treppe empor und kam an der Glocke vorbei, die zu den Mahlzeiten geläutet wurde.

Vor ihr erhob sich einer der drei Masten. Er war so hoch, dass er den Himmel zu berühren schien.

Auf beiden Seiten des Decks befanden sich je zwei Kanonen. Hannah stellte sich zwischen sie und schaute auf das weite, offene Meer hinaus. Das Schiff schnitt sauber durch das Wasser und der Wind blies kräftig. Fast fühlte sich Hannah ein wenig beschwingt.

Sie drehte dem Meer den Rücken zu und beobachtete die Männer bei der Arbeit. Auf dem oberen Deck erblickte sie einige Frauen. Es sah aus, als wären sie über einen Haufen von Tauenden gebückt. Leutnant James Belforte stand auf dem obersten Deck am hinteren Ende des

Schiffs und sprach mit einem schwarz gekleideten Mann. Der Mann hatte Hannah den Rücken zugekehrt und so konnte sie sein Gesicht nicht sehen. Als James Hannah entdeckte, fasste er grüßend an seinen Strohhut.

Sie setzte sich, lehnte sich an die sonnenwarmen Planken und beobachtete ihn. Aus einem Kamin in der Mitte des Decks wehten verführerische Düfte. Hannah saß direkt über der Messe und konnte die Kochdünste riechen. Sie dachte an die knorpeligen Fleischstückchen, die es zum Frühstück gegeben hatte. Bekamen die Offiziere etwas anderes zu essen als die Sträflinge?

Nach einer Weile hob ein Mann in Offiziersuniform eine silberne Pfeife an die Lippen und stieß eine Reihe schriller Töne aus. Die Matrosen ließen alles stehen und liegen und verteilten sich über das Schiff. Manche verschwanden unter Deck, einige setzten sich in die Sonne und spielten mit Karten oder Würfeln. Dann strömten aus verschiedenen Teilen des Schiffs andere Männer herbei und nahmen ihre Plätze ein. Ein Mann, der an seinen schwarzen Kniehosen und seinem gestärkten weißen Hemd als Offizier zu erkennen war, aber weder Jacke noch Hut trug, trat aus den hinteren Räumen des zweithöchsten Decks. Sein graues Haar war zu einem ordentlichen Pferdeschwanz gebunden.

James stieg die Treppe hinunter und blieb bei dem Mann mit dem grauen Pferdeschwanz stehen. Neugierig beobachtete Hannah die beiden.

Obwohl der Mann nicht wie ein hochrangiger Offizier gekleidet war, schien James ihm ehrerbietig gegenüberzutreten. Und als er sich zum Gehen wandte, salutierte er sogar.

Hannah sah noch einmal zu dem schwarzen Mann hoch. Er drehte sich gerade in ihre Richtung um. Sein Gesicht war grau und von Pusteln übersät. Es war der Tod.

Hannah erinnerte sich an seine eiskalten Hände, die ihre Stirn berührt hatten, bevor sie auf die *Derby Ram* gebracht worden war. Obwohl die Sonne schien, wurde ihr kalt. Der Tod kam genau auf sie zu. Es schien, als würde er gleiten. Schlittern. Hannah blinzelte und versuchte sein Gesicht zu erkennen. Das war nicht der Tod. Das konnte nicht der Tod sein.

»Hallo.«

Hannah hob den Kopf. James lächelte sie an. Sie blickte sich um, aber der schwarze Mann war verschwunden.

»Alles in Ordnung?«, fragte James.

»Sie haben mich nur erschreckt.« Hannah fasste sich wieder und erwiderte sein Lächeln. »Wer war dieser Mann?«

»Der Schiffsarzt«, sagte James. »Er heißt Ullathorne.«

Er setzte sich neben sie. Der Geruch von Zedernholz und Veilchen stieg ihr in die Nase. Der Duft erinnerte sie an ihren Vater.

»Nun, haben Sie ein nettes Plätzchen gefunden?«

Hannah nickte. »Es ist herrlich hier oben. So hell und so frisch.«

»Ja, nicht schlecht«, meinte James und räkelte sich gähnend in der Sonne. »Aber ich wäre lieber im White's und würde Hasard spielen.«

Das White's war auch der Lieblingsklub ihres Vaters gewesen.

Hannah wurde von einer Welle der Zuneigung für James Belforte ergriffen. Er war für sie wie ein Stückchen Zuhause.

James nahm den Strohhut ab und massierte seinen Kopf. Hannah wagte einen Seitenblick. Seine Haut war hell wie Alabaster und seine Wangen so gleichmäßig gerötet, dass Hannah meinte, er müsste Rouge aufgetragen haben. Er bemerkte ihren Blick und sie schaute schnell weg.

»Mit wem haben Sie vorhin auf dem Offiziersdeck gesprochen?«, fragte sie.

James sah nach hinten, wo der Mann mit dem grauen Pferdeschwanz gerade auf einen Offizier einredete.

»Das ist Captain Gartside«, sagte er.

»Das ist der Captain?«, wunderte sich Hannah. »Er sieht nicht sehr kapitänsmäßig aus.«

»Er findet die komplette Uniform zu beengend.« James beugte sich vor und senkte seine Stimme. »Er ist ein Gemeiner. Hat sich mal im Krieg hervorgetan und ist zum Captain befördert worden. Aber er ist kein Mann von Stand. Kommt sich immer noch wie ein Matrose vor. Er schläft sogar in einer Hängematte.«

»Oh«, sagte Hannah überrascht.
»Nur Matrosen schlafen in Hängematten«, erklärte der Leutnant. »Sie behaupten, das helfe gegen Seekrankheit.«
»Dann schlafen Sie nicht in einer Hängematte?«, fragte Hannah und hielt erschrocken inne. Sie hatte tatsächlich einen Herrn über seine Schlafgewohnheiten ausgefragt.
James schüttelte den Kopf. »Offiziere haben richtige Betten. Das ist kultivierter.«
Es entstand eine Pause und Hannah überlegte, was sie noch sagen könnte.
»Warum sind Sie jetzt nicht auf dem Offiziersdeck?«, fragte sie weiter.
James lächelte. »Ich kümmere mich um das Wohlergehen unserer Fracht. Das heißt übrigens nicht Offiziersdeck. Das heißt Achterdeck. Und das darüber ist das Poopdeck. Und das, auf dem wir jetzt sitzen, das Vorderdeck.«
»Oh«, machte Hannah wieder und versuchte den Eindruck zu erwecken, als ob sie verstünde.
James schmunzelte. Dann schrillte die Pfeife.
»An die Arbeit.« Er seufzte.
Hannah blickte ihm nach. Er bewegte sich elegant im Rhythmus des Schiffs.
»Was nicht am Vogel ist, das ist an den Federn«, tönte es hinter ihr. Hannah sprang auf und schaute sich um.
Es war Tabby. Die Alte hatte sich hinter dem Mast versteckt und kam nun zu Hannah herüber. Sie ging so gekrümmt, dass sie nur halb so groß wie Hannah aussah.

Hannah erinnerte sich an den Traum, in dem sich Tabby in eine Krähe verwandelt und sie aus dem Himmel geworfen hatte.
»Sie haben mich erschreckt«, sagte Hannah.
Tabby leckte über ihren zahnlosen Kiefer. »Gut Ding will Weile haben.«
»Sie sind verrückt«, stieß Hannah wütend aus, weil sie sich plötzlich angegriffen fühlte. »Auf diesem Schiff sind alle verrückt.«
Tabby blinzelte gegen die Sonne. »Verrückt? Verrückt wie Hans im Glück? Oder wie einer, der nur so tut? Nee, nicht verrückt. Aber ein Narr fragt mehr, als zehn Weise beantworten können.«
Hannah stemmte die Hände in die Seiten. »Wirklich? Was wollen Sie denn fragen?«
»Nicht fragen. Warnen will ich dich.« Die Alte schielte zu einer Fliege hinüber, die auf der Reling saß.
»Also«, fragte Hannah, »wovor wollen Sie mich warnen?«
Tabby sah sie aus glitzernden schwarzen Äuglein an. »Feiner Wind, vorne Locken, hinten Grind.«
Hannah zog die Augenbrauen hoch und schüttelte den Kopf. »Ich verstehe kein Wort.«
Tabbys Hand schoss so schnell vor, dass Hannah sie kaum wahrnahm. Aber sie beobachtete, wie die schrumpeligen, knorrigen Finger die krabbelnde Fliege packten, und hörte das Schmatzen der Alten. Angeekelt wandte sie sich ab.

»Die Vergangenheit etwa schon vergessen?«, fragte Tabby. »Bären haben ein langes Gedächtnis. Länger als jeder Elefant.«

Tabby schlurfte davon und Hannah dachte an den weißen Bären.

Sie hörte Schritte hinter sich und drehte sich um. Ein Junge, der kaum älter als zwölf Jahre alt sein mochte, stieg die Stufen zum Vorderdeck hinauf und ging an ihr vorbei, ohne sie zu beachten. Als er vorne an der Spitze des Schiffs angekommen war, setzte er ein Fernglas ans Auge. Er trug eine Offiziersuniform, die an ihm viel zu groß aussah. Sein Kopf verschwand beinahe unter dem Zweispitz.

»Hallo, du«, rief Hannah freundlich, »bist du mit deinem Vater hier? Willst du auch einmal Seemann werden, wenn du groß bist?«

Der Junge ließ das Fernglas sinken und wandte sich zu Hannah um. Seine Miene war eisig.

»Ich bin zweiter Leutnant zu See, Robert Bracegirdle«, sagte er mit hoher, näselnder Stimme. »Bitte begeben Sie sich wieder in den Sträflingstrakt.«

Hannah schluckte und starrte den Jungen an.

»Los, Frau!«, schrie er mit sich überschlagender Stimme. »Oder wollen Sie disziplinarisch belangt werden?«

KAPITEL 12

**»Deines Vaters Haus?«, fragte die alte Frau achselzuckend.
»Ich weiß nur, dass du zu spät oder nie dort hinfinden wirst.
Aber vielleicht kann meine Nachbarin dir helfen.
Und nimm diese Eichel aus Kupfer mit.«**

Langsam stellte sich ein regelmäßiger Tagesablauf auf dem Schiff ein.

Kaum hatte der Assistent des Schiffsarztes Hannah für gesund erklärt, musste sie auch schon an die Arbeit. Die Frauen nähten, kochten, putzten und schrubbten. Hannahs zarte, blasse Hände waren vom heißen Wasser und rauen Leinen bald rot und voller Schwielen. Jeden Morgen wurden die Frauen vom jungen Leutnant Bracegirdle geweckt, der viermal die Glocke zum Frühstück läutete.

Nach dem Essen begann die Arbeit. Die Frauen, die sich aufs Nähen verstanden, mussten die Hemden und Hosen der Matrosen und Offiziere flicken und schneidern. An die Segel wurden sie aber nicht gelassen – diese Aufgabe war allein den Matrosen vorbehalten.

Die übrigen Frauen wurden in zwei Arbeitsgruppen eingeteilt. Hannah war zuerst entsetzt, als sie die Decks mit Klumpen von grauem Scheuerstein schrubben und die Messingbeschläge polieren sollte. Als sie protestierte, drohte ihr der Aufseher mit Prügel.
»Halt die Klappe, Hochwohlgeboren, sonst bekommen wir noch den Katzenschwanz zu spüren«, warnte sie Long Meg, die die Szene beobachtet hatte.
Alle drei Tage schleppten die Frauen ihre Strohsäcke und Decken zum Auslüften nach oben. Es gab nicht genug Frischwasser zum Waschen, aber das Lüften war besser als nichts.
Bald war Hannah froh über diese Arbeit, durch die sie viel Zeit an Deck in der Sonne verbringen konnte. Nur die anzüglichen Blicke der Matrosen waren ihr peinlich. Andere Arbeiten waren noch unangenehmer. Zum Beispiel dem Koch bei der Zubereitung der wässrigen Eintöpfe mit den zähen, gepökelten Fleischbröckchen zu helfen. Hannah wurde dabei regelmäßig übel. Die Kombüse war eng und muffig und in den Vorratsfässern fanden sich oft mehr Ratten und Käfer als richtige Lebensmittel. Außerdem ließ der Koch kaum eine Gelegenheit aus, sich in der übervollen Küche an ihr vorbeizudrücken und an sie zu pressen.
Die schlimmste Arbeit war jedoch die Herstellung von Werg. Die Sträflinge bekamen Berge von altem Takelgut, aus dem sie die einzelnen Hanffasern zwirbeln mussten.

War auf diese Weise ein Haufen aus lockeren Fasern entstanden, wurde dieser mit Teer vermischt und zwischen die Schiffsplanken gestopft, um sie gegen Wasser abzudichten. Das Werg war sehr rau und Hannahs Hände waren vom vielen Wäschewaschen ohnehin schon wund. Die drahtigen Hanffasern bohrten sich unter ihre Fingernägel, was zu Schwellungen und Entzündungen führte.

Als die Kerben über Long Megs Bett auf sieben, zehn und fünfzehn anwuchsen, verstand Hannah allmählich die Sprache des Schiffs. Der vordere Teil war für sie nicht mehr vorne, sondern das Vorderdeck. Das Achterdeck war nicht hinten, sondern achtern. Der Schlaftrakt nicht auf der rechten Seite, sondern auf Steuerbord. Und sie lernte Großmast und Besanmast zu unterscheiden.

Abends saßen die Frauen auf ihren Stockbetten und spielten Karten. Sie tranken ihre Tagesration Rum und rannten dann kichernd zu den Hängematten der Matrosen hinauf. Hannah fiel meist erschöpft in ihr Bett und schlief sofort ein. Sie ließ sich dabei weder von dem kratzigen Strohsack und der rauen Decke stören noch von dem gedämpften Rumpeln und Stöhnen, das aus dem Quartier der Matrosen kam.

Hannah und Long Meg hockten mit einigen anderen Frauen auf dem Vorderdeck und nähten Leinenhemden, die Captain Gartside in New South Wales verkaufen wollte. Hannah staunte, wie flink die anderen waren – sie

selbst hatte bis dahin nur zum Zeitvertreib eine Nadel in die Hand genommen. Sie hatte nie etwas flicken oder gar ein Kleid schneidern müssen.
Die Pfeife schrillte. Hannah hielt nach James Ausschau, entdeckte aber nur den Schiffsarzt auf dem Oberdeck. Long Meg folgte ihrem Blick und schnaubte angewidert.
»Kennst du ihn?«, fragte Hannah. »Das ist ja der Schiffsarzt. Ich dachte, er sei der Tod.«
Long Meg lachte laut auf. »Ist er auch«, sagte sie und rief: »Hui! Doktor Tod!«
Dr. Ullathorne drehte sich um und glitt die Stufen zum Vorderdeck hinauf. Dann stand er vor ihnen. Hannah stockte der Atem.
Der Schiffsarzt war sehr groß und sein Gesicht war früher sicher einmal attraktiv gewesen. Nun aber war es von weißen wuchernden Pusteln übersät. Auf seiner Oberlippe blühte eine offene, nässende Entzündung und das graue Fleisch um seine Nase sah aus, als verwese es. Einer seiner Schneidezähne fehlte und sein Speichel war schwarz wie Teer.
»Du dreckige Bestie«, sagte er zu Long Meg. »Was fällt dir ein?« Seine Stimme klang vornehm und gebildet. Ganz offensichtlich war er einmal ein Herr von Stand gewesen.
Long Meg schaute dreist zu ihm hoch. »Dreckig, ich? Ich bin nicht dreckiger als Lizzy, Pam oder Katie. Aber mit denen rumzuschäkern, das hat Ihnen nichts ausgemacht! Ist doch so, Dr. Tod?«

Dr. Ullathorne zog eine wütende Grimasse, doch Meg legte ihr Nähzeug zur Seite und stand auf. Sie war groß, aber der Arzt überragte sie noch ein ganzes Stück. Sein schwarzer Speichel glitzerte.

»Wir wissen genau Bescheid, was mit Ihnen los ist«, sagte Long Meg. »Sie sind der Doktor, der nicht Medizin, sondern Sargnägel ausgibt.«

Sie trat auf ihn zu und presste sich an ihn. Hannah erstarrte, Long Megs vulgäre Geste entsetzte sie ebenso wie das verunstaltete Gesicht und das verächtliche Grinsen des Arztes.

»Rühr mich nicht an!«, sagte der Arzt und gab Long Meg einen Stoß, dass sie aufs Deck fiel. Sie hob den Kopf und grinste bitter.

»Aber warum denn nicht, Doktor?«, fragte sie. »Haben Sie etwa Schiss, dass Sie sich was holen könnten?«

Doktor Ullathorne spuckte sie an. Sein schwarzer Speichel kroch wie eine fette Schnecke an ihrer Wange herab. Mit einer barschen Geste winkte er Jemmy Griffin, einen Matrosen, herbei, der den Wortwechsel beobachtet hatte.

»Bring sie in den Bau«, befahl der Doktor und ging.

»Aye, Sir«, sagte Jemmy und packte Meg grinsend am Handgelenk. Um seinen Arm ringelten sich Schlangentätowierungen und sein Rücken war mit Buchstaben übersät. Cathy, eine robuste blonde Mitgefangene, hatte erzählt, dass er sich die Anfangsbuchstaben der Namen von jeder Frau, die er einmal geliebt hatte, eintätowieren ließe.

Long Meg beugte sich zu ihm vor. »Ahoi, Junge, willste den Lachs in die Butter stecken?«
Jemmy zwinkerte Hannah zu und legte Meg quer über seine Schulter. Hannah errötete.
Long Meg lachte und sagte zu Jemmy: »Ich merk schon, du magst die raue Tour. Mit Vergnügen.«

Es war nicht der letzte Besuch Long Megs im Bau, einem winzigen, kastenartigen Käfig auf dem Orlopdeck, der sich inmitten von Vieh, Schweinen und Hühnern befand. Irgendetwas an dem Schiffsarzt reizte sie, und sie versäumte keine Gelegenheit, ihn zu verhöhnen.
»Warum hasst du ihn so?«, fragte Hannah.
Long Meg rümpfte die Nase. »Er ist ein schlechter Mann.«
»Warum?«
»Er ist ein Hurenbock. *Ansteckend.* Er klappert sämtliche Edelpuffs ab und gibt den Mädchen sein Andenken.«
Hannah zog fragend die Augenbrauen hoch.
»Die Franzosenkrankheit«, sagte Meg. »Die Syph. Deshalb sieht er auch so hübsch aus. Er stirbt nämlich bald und möchte so viele Huren wie möglich mit in die Hölle nehmen. Die sollen ihm dort Gesellschaft leisten.«
»Nein«, rief Hannah schockiert, »das glaube ich nicht!«
»Und nicht nur die Damen«, fuhr Meg fort. »Auch 'ne Menge Stricher haben schon seinen Wespenstachel zu spüren gekriegt. Er ist so was wie 'ne Anzeigenpostille – offen für alle Seiten.«

Hannah schwieg. War das, was Meg erzählte, wirklich wahr?
Aber Long Megs Beschimpfungen waren nicht der einzige Grund für die Strafen, die sie absitzen musste. Regelmäßig schlich sie in die verbotenen Bereiche des Schiffs, zu den Diensträumen auf dem Achterdeck und zu den Vorratslagern tief unten im Laderaum. Sie stahl Tabak und Wein und tauschte ihre Beute mit anderen Sträflingen und Matrosen gegen Gefälligkeiten ein. Nachts war sie oft nicht in ihrem Bett. Hannah hielt sich beim Einschlafen die Ohren zu, um die seltsamen Geräusche von oben nicht hören zu müssen, die sie an den Mann und die Frau denken ließen, die sie in London an der Wand hatte stehen sehen. Immer wieder wurde Long Meg erwischt und landete im Bau. Es stank dort nach Bilgewasser und Tieren und es gab keine Fenster, nicht einmal so ein spärliches Licht wie im Schlaftrakt der Frauen. Die Mischung aus stickiger Luft, quälender Enge und dem unregelmäßigen Schaukeln des Schiffs hätte auch dem härtesten Seemann zugesetzt. Nach einigen Stunden wurde Meg wieder an Deck gelassen. Mit bleichem Gesicht und leerem Magen zeigte sie dann vorübergehend Wohlverhalten.
Am Ende der dritten Woche hatte sich der blaue Himmel zugezogen und über dem Schiff hingen dunkle Wolken. Starker Wind kam auf und die Leinen schlugen knatternd gegen die Segel. An Bord herrschte eine gereizte Stimmung. Alle warteten auf den Sturm. Matrosen rannten

hin und her, sicherten die Leinen und verstauten lose Gegenstände. Die Frauen mussten zur Sicherheit im Orlopdeck bleiben.

Hannah lag auf ihrem Bett. Long Meg saß mit untergeschlagenen Beinen da und riss einzelne Papierstreifen aus einer Bibel, die sie als Lockenwickler verwenden wollte. Molly hockte neben ihr und zupfte eine der Bibelseiten in winzige Fetzen.

»Jetzt ein ordentlicher Schluck, das wäre was«, murmelte Meg. »Eingesperrt wie die Hühner sind wir. Spätestens heut Abend können wir Davy Jones die Hand schütteln. Wartet nur ab, das wird ein Wahnsinnssturm. Und dann kommen die Seeungeheuer, da könnt ihr Gift drauf nehmen.«

»Wer ist das, Davy Jones?«, fragte Molly.

Long Meg setzte eine Gruselmiene auf. »Das ist der Teufel der Meere«, sagte sie unheilvoll. »Er hat riesige Feueraugen und Hörner und einen spitzen Schwanz. Und er hat 'ne Menge scharfer Zähne und aus seiner Nase kommt blauer Rauch.«

Molly bebte vor Begeisterung und Hannah verdrehte die Augen.

»Du hast wohl zu viel Zeit mit den Matrosen verbracht. So ein Unsinn.«

»Ich mag die Matrosen.« Long Meg zwinkerte Molly zu. Das Mädchen kehrte die winzigen weißen Papierschnipsel in ihre Hand und pustete sie zu Hannah hinüber. Sie

wirbelten hoch und blieben schließlich auf Hannahs Schoß liegen.
»Es schneit!«, jubelte Molly.
»Verschwinde, du Scheusal!«, rief Hannah und klopfte sich das Papier vom Kleid. Molly kreischte und trippelte davon.
Meg schnaubte aufgebracht. »Aber, aber, was regen Euer Gnaden sich auf?«
»Ich verstehe wirklich nicht, warum du sie immer an deinem Rockzipfel hängen lässt.«
Long Meg sah Hannah überrascht an. »Wieso bist du so sauer auf sie? Sie ist doch noch ein Kind. Hat keine Mama und keinen Papa, die Kleine.«
»Als sie mich in London bestohlen hat, kam sie mir nicht so klein und harmlos vor.«
»Hab ein bisschen Mitleid mit ihr. Nicht alle sind im Luxus groß geworden wie du.« Meg deutete mit dem Kopf auf Molly. »Und mit so einer Visage bleibt ihr doch gar nichts anderes übrig, als zu stehlen. Die findet keinen Herrn, der für eine Nacht mit ihr was springen lässt.«
Hannah schwieg und rollte sich auf den Bauch. Meg legte kurz die Bibel beiseite, holte ihren Löffel und kratzte die einundzwanzigste Kerbe in den Balken über ihrem Bett.
»Wie lang wird es dauern, Meg?«, fragte Hannah mit einem Blick auf die Kerben.
Long Meg zuckte die Achseln. »Der Wind spielt nicht mit«, antwortete sie. »Einer der Burschen hat gesagt, wir

kämen ziemlich langsam voran. Wir sind noch nicht einmal an Spanien vorbei.«

Hannah erinnerte sich an das Puzzle mit der Weltkarte, mit dem sie und Thomas Behr immer gespielt hatten. Dann fiel ihr etwas ein, das ihr schon lange auf der Seele lag. Sie hatte erfolglos versucht es zu verdrängen.

»Was geschieht, wenn wir dort ankommen?«

Meg machte sich wieder über die Bibel her.

»Keine Ahnung«, sagte sie. »Wahrscheinlich Dienstmädchen bei reichen Leuten. Oder wir werden als Sklaven an die Eingeborenen verkauft.«

Sie schauderte.

Hannah versuchte sich vorzustellen, wie es in New South Wales sein würde. Sie dachte an das seltsame Tier, das Thomas Behr aus Schnee gebaut hatte. Ein *Känguru*. Ob es dort auch Häuser gab? Oder lebten die Menschen in Zelten? Sie hatte zwar seit ihren Kindertagen immer wieder von der Kolonie gehört, hatte aber keine Ahnung, wie zivilisiert die Menschen dort waren.

»Ich hab mal von einem Ort gehört, der Fabrik heißen soll«, fuhr Long Meg fort.

»Fabrik?«, fragte Hannah. »Was für eine Fabrik?«

»Weiß nich'. Aber da kommen angeblich die schlechten Frauen hin.«

Hannah hatte in den Zeitungen ihres Vaters über Fabriken gelesen. Das waren Häuser, in denen viele Sachen auf einmal produziert wurden. Sie fragte sich, was in der Fabrik in New South Wales hergestellt wurde und was die Frauen damit zu tun hatten.

Aus einem der Nachbarbetten war ein Stöhnen zu hören. Sally war wieder seekrank und in Schweiß gebadet.

»Sollen wir Dr. Ullathorne rufen?«, fragte Hannah.

»Der schlitzt ihr höchstens die Kehle auf, aber untersuchen tut er sie nicht«, entgegnete Meg. »Und ihr ungeborenes Baby frisst er womöglich noch.«

Meg zog die Augenbrauen hoch, als sie Hannahs angewiderten Gesichtsausdruck sah.

»Er ist eine Schlange«, erklärte sie. »Dem müsste man seine widerliche schwarze Zunge rausschneiden.«

»Du solltest ihn nicht immer so reizen«, sagte Hannah. »Er ist ein Offizier. Du bist ein Sträfling. Du weißt doch, dass du gegen ihn nicht ankommst.«

Long Meg verdrehte die Augen. *»Er ist ein Offizier!«*, äffte sie Hannah nach. »Du hast wohl einen Goldschleier vorm Gesicht, Frollein. Ein Offizier ist doch nicht automatisch ein Gentleman. Die sind alle gleich. Schlangen und Tiere sind das. Ja, auch dein kostbarer James Belforte.« Meg warf einen forschenden Blick in Hannahs Gesicht. »Tiere. Die bearbeiten dich, bis du weich bist, und dann machen sie dich fertig. Dein Leutnant will auch nur das eine. Eine, die ihn am Schwanz kitzelt.«

»Das glaube ich dir nicht«, sagte Hannah. Long Meg war eindeutig eine Lügnerin. Wahrscheinlich hatte sie auch das Gräuelmärchen über den Arzt erfunden.

»Dann lass es bleiben«, sagte Long Meg. »Komm doch nachts mal hoch und sieh selbst.«

Hannah zitterte. »Warum machst du das überhaupt? Wenn du sie so verabscheust, warum gehst du denn da hinauf?«

»Geschäft ist Geschäft«, sagte Meg. »Ich geb ihnen, was sie wollen, und sie geben mir, was ich will.«

Hannah schwieg.

»Schockiert, Gnädigste?« Meg kicherte, sie wickelte eine Haarsträhne auf einen Papierstreifen und steckte sie fest.

»Findest du das richtig, was du da tust?«, fragte Hannah mit einem Blick auf die malträtierte Bibel.

»Was meinst du? Dass ich mit Jemmy Griffin oben Bananenkuchen backe? Oder dass ich meine Haare eindrehe?«

Hannah sah sie böse an. »Du weißt genau, was ich meine.«

»Ich mag Locken«, erwiderte Long Meg gleichgültig.

»Aber mit einer Bibel!«

»Warum nicht? Anderes Papier hab ich nicht und lesen kann ich auch nicht. Das Ding nützt mir doch gar nichts außer als Lockenwickler.« Sie blickte nachdenklich auf das Buch. »Ich glaube, ich hätte jetzt nichts gegen ein Kartenspiel ...«

Hannah rollte sich auf die Seite und drehte Long Meg den Rücken zu.

Plötzlich brach ein Getöse aus, die Frauen pfiffen und buhten. Hannah stützte sich auf die Ellbogen und spähte durch den Gang. James kam direkt auf sie zu. Er lächelte,

als ihm einige Frauen ihre Dienste anboten, und blieb vor Hannahs Bett stehen. Hannah starrte ihn an, sie wusste nicht recht, was sie sagen sollte.
»Möchten Sie mit mir an Deck kommen?«, fragte er. »Bis jetzt regnet es nicht.«
»Aber gern«, erwiderte Hannah.
»*Aber gern*«, spottete Long Meg und wandte sich James zu. »Hallo, Sir. Sie wollen die Gnädigste wohl flachlegen?«
Hannah sah Long Meg wütend an. James half ihr aus der Koje und ging ihr voraus.
»Ich glaube, Sie wären einem Tänzchen mit einem leichten Mädchen nicht abgeneigt, Mister!«, rief Long Meg hinter ihnen her.
Hannah wurde rot, doch James drehte sich grinsend um. »Vielen Dank, Meg, aber heute bin ich nicht in Tanzstimmung.« Spöttisch grüßend legte er seinen Finger an die Stirn.
Auf dem Vorderdeck herrschte eine unheimliche Stille. Die Matrosen hatten alle erdenklichen Vorbereitungen für den Sturm getroffen und nun war nichts mehr zu tun. Die meisten befanden sich bereits unter Deck, um ein paar kostbare Minuten zu schlafen oder sich mit einem kräftigen Schluck für die lange Nacht zu wappnen. Einige waren an Deck geblieben und legten Taurollen zusammen. Auf dem Achterdeck standen ein paar Offiziere. Einer von ihnen war Dr. Ullathorne, der sich mit Captain Gartside unterhielt.

Am Himmel hingen schwere dunkle Wolken. Hannah löste ihren Zopf. Der Wind peitschte ihr die Haare ins Gesicht. James ließ sich auf dem Deck nieder und Hannah nahm neben ihm Platz.

Im abendlichen Zwielicht schimmerte James' Haut beinahe bläulich und seine roten Lippen waren fast schwarz. Eine dunkle Haarlocke hatte sich aus seinem Pferdeschwanz gelöst und hing ihm ins Auge. Er sah zart und schön aus wie ein Prinz aus einem der Märchen, die Thomas ihr erzählt hatte, als sie kleiner war.

»Ich dachte mir, Sie haben von den anderen Frauen vielleicht genug«, sagte er.

»Da unten stinkt es!«

James nickte. »Das ist das Ballastwasser.«

»Das ist im Schiffsbauch, nicht wahr?«

James nickte wieder. »Es drückt das Schiff nach unten und stabilisiert es.«

»Warum stinkt es so fürchterlich?«

»Das liegt an der Mischung aus Sand und Kies. Sie schwappt jahrelang in der Bilge hin und her und man kann sie nicht reinigen. Da sammeln sich mit der Zeit reichlich Kompost, tote Ratten und allerlei Unrat an.«

Hannah verzog das Gesicht.

»Sie sollten sich glücklich schätzen«, sagte James. »Ich bin schon auf Schiffen gewesen, die viel schlimmer gestunken haben. Bei einem war die Luft aus der Bilge so schlecht, dass unsere Knöpfe schwarz anliefen.«

Hannah drehte ihren Kopf in den Wind und ließ ihre Haare flattern. James' Blick wanderte über das Meer.

»Das vermisse ich am meisten«, seufzte er. »Reine Luft. Saubere Wäsche. Eine frisch gestärkte Halsbinde.«

»Toast«, ergänzte Hannah. »Ich vermisse Toastbrot. In einem silbernen Toastständer. Butter in einer weißen Porzellandose.«

»Ein anständiger Schneider. Und Handschuhe aus Ziegenleder.«

»Meine Abigail, die mir jeden Morgen die Haare richtet.«

»Ein Glas Portwein, eine gute Zigarre und eine Partie Pikett im White's.«

Eine Pfeife schrillte und wie aus dem Nichts tauchten Matrosen auf und kletterten wie die Affen auf die Masten und Rahen. Leinen wurden losgemacht und die Luft war von Segelknattern und Kommandorufen erfüllt.

Hannah beobachtete die Männer.

»Woher wissen sie, wohin wir fahren? Es ist kein Land in Sicht.«

James lächelte und antwortete: »Wir werden kaum Land zu sehen bekommen. Frühestens in Kapstadt, wenn wir unsere Vorräte aufstocken, und dann erst wieder in New South Wales.«

»Und wie lange wird das dauern?«

»Schwer zu sagen«, erwiderte James. »Die Reise kann zwei Monate, aber auch sieben Monate dauern. Jetzt ist nicht die günstigste Jahreszeit, deshalb schätze ich, dass wir sechs Wochen bis zum Äquator brauchen und dann noch einmal zwei bis nach Kapstadt. Von dort aus sind wir vielleicht zwei weitere Monate bis New South Wales unterwegs. Also vor September werden wir kaum da sein.«

»September?«, rief Hannah. »Aber jetzt ist es erst April.«

»New South Wales ist weit weg. Ich weiß nicht, ob es etwas gibt, das weiter weg ist.«

»Meinen Sie, wir könnten uns verfahren?« Hannah zitterte.

»Nein«, schmunzelte James. »Mr Dollard ist einer der besten Navigatoren, die es gibt. Auch wenn er wie ein Trunkenbold aussieht, er folgt einer Route von Portsmouth bis zum anderen Ende der Welt wie einer unsichtbaren Schnur. Dreizehntausend Meilen, die für uns nichts als Salzwasser sind. Aber er kann die Straße darunter so deutlich erkennen wie ich Sie.«

»Das Land hinter den Meeren«, murmelte Hannah. »Wie macht er das?«

James zuckte die Achseln. »Berechnungen, Karten, Kompass. Und die Sterne.«

»Die Sterne?«

»Man kann mithilfe der Sterne navigieren. Wenn Sie einmal nachts hier heraufkämen, könnte ich es Ihnen zeigen.« Er schaute Hannah an und sie blickte errötend zur Seite.

»Also …«, sagte sie eilig, »der Wind ist doch dafür verantwortlich, dass das Schiff vorwärtskommt. Aber wenn der Wind sich dreht, fahren wir dann nicht in die verkehrte Richtung?«

James lachte laut auf. »Es ist egal, aus welcher Richtung der Wind weht«, erklärte er. »Wir können ihn so steuern, dass er uns trägt, wohin wir wollen.«
»Aber woher wissen Sie, wann er sich dreht?«
»Sehen Sie diesen Mann dort oben?« James zeigte zum Achterdeck, wo ein Offizier zu den Segeln hinaufblickte. »Er beobachtet den Wind.«
»Beobachtet den Wind?«
James nickte. »Zu jeder Tages- und Nachtzeit kontrolliert ein Offizier den Wind. Sobald eine Veränderung eintritt, informiert er den Maat. Der Maat informiert den Midshipman und der wiederum den Bootsmann. Der Bootsmann bläst auf seiner Pfeife einen Befehl und die Matrosen trimmen die Segel.«
Hannah beobachtete wieder die Männer, die sich über das ganze Schiff und bis in die höchste Mastspitze verteilten. Sie erinnerten sie an die Hochseilartisten, denen sie einmal mit ihrem Vater in Vauxhall Gardens zugeschaut hatte.
»Und Sie?«, fragte Hannah. »Was genau ist Ihre Aufgabe auf diesem Schiff?«
»Ich bin Leutnant zur See. Oberleutnant, um genau zu sein.«
»Was heißt das?«, fragte Hannah.
»Ich kümmere mich darum, dass die Befehle von Captain Gartside ausgeführt werden. Er sagt mir, was zu tun ist, und ich sorge dafür, dass es geschieht.«

Hannah war beeindruckt. »Dann kommen Sie also gleich nach dem Captain?«
James nickte.
»Werden Sie eines Tages auch Captain? Wie Captain Gartside?«
»Ich werde nie wie Captain Gartside sein.« James rückte seine Manschetten gerade. »Er mag Captain sein, aber ich bin ein Herr. Ich bin nur hier, weil mein Idiot von Vater in seinem Testament angeordnet hat, dass ich erst drei Jahre lang dienen muss, bevor ich mein Erbe antreten kann. Meine Zeit ist in einem Jahr um und danach sieht mich dieser Rostkasten nie wieder. Dann geht es zurück in die Zivilisation.«
»Ihr Vater ist tot? Das tut mir leid.«
»Braucht es nicht«, entgegnete James und sein Blick wurde hart und kalt. »Er war ein Narr. Hatte lauter verrückte Vorstellungen über *Arbeit* und *Lebensunterhalt verdienen* im Kopf. Sein Geld war ihm immer unangenehm.«
»Sie erinnern mich an meinen Vater«, sagte Hannah, obgleich ihre Erinnerung von dem letzten Zusammentreffen ihres Vaters mit Thomas überschattet war.
»Alles in Ordnung?« James betrachtete sie froschend.
»Ich musste nur an meinen Hauslehrer denken. Er hat das auch nicht verstanden. Was das heißt.«
»Was es heißt, eine Person von Stand zu sein?«, fragte James.

Hannah nickte.
»Sie gehören hier wirklich nicht hin, Hannah Cheshire«, sagte James sanft.
»Der Schleimbeutel raspelt Süßholz!«, ertönte eine knarrende Stimme. Es war Tabby, die sich wieder einmal hinter dem Fockmast versteckt hatte. »Lügenbeutel, Schleimbeutel«, schimpfte sie und sah Hannah scharf an. »Es ist nicht alles Gold, was glänzt.«
Plötzlich neigte sich das Schiff und Tabby fiel der Länge nach hin. Ächzend versuchte sie aufzustehen, aber ihre alten Knochen waren zu schwach. Dr. Ullathorne hatte ihren Sturz bemerkt.
James hielt ihr die Hand hin, aber sie wich zurück.
»Von einem falschen Fuffziger lass ich mich nicht anfassen«, murmelte sie.
James schüttelte den Kopf. »Ich möchte Ihnen aufhelfen, Mütterchen.«
Tabby spuckte auf seine Hand. »Lügner, elender. Aus einem faulen Ei wird kein guter Brei.«
James erbleichte. »Etwas mehr Respekt, wenn ich bitten darf.«
Dr. Ullathorne stieg die Treppe zum Vorderdeck hinunter und kam auf sie zu. James ging ihm ein paar Schritte entgegen.
Hannah hörte nicht, was sie miteinander sprachen. Sie half Tabby auf die Füße.
»Was ist denn in dich gefahren?«, fragte sie.

»Auf der Zunge Honig, unter der Zunge Essig«, zischte Tabby.

Der Arzt trat auf sie zu und packte Tabby am Arm. Sie beschimpfte ihn wüst.

»Du widerliches Geschmeiß«, sagte er. »Deine Ration ist für den Rest der Woche gestrichen.«

»Das dürfen Sie nicht«, rief Hannah. »Sie ist alt – sie wird verhungern. Es ist doch schon jetzt kaum genug.«

Dr. Ullathorne blickte sie kalt an. »Das ist die Strafe, wenn man einen Offizier beleidigt.«

»Aber sie hat es nicht so gemeint. Sie ist doch bloß ein bisschen verrückt!«

Dr. Ullathornes Augen verengten sich zu Schlitzen.

»Regeln sind Regeln«, blaffte er und zerrte Tabby fort.

Hannah sah zu James hinüber und bemerkte, dass er sie beobachtete. Er nickte ihr knapp zu und ging dann zum Achterdeck, wohin sie ihm nicht folgen konnte.

KAPITEL 13

Scatterheart nahm die Kupfereichel und ging weiter, aber sie bedankte sich nicht bei der Frau aus Sägespänen. Nach langer, langer Zeit kam sie wieder zu einem Felsen. Dort saß eine Frau in mittlerem Alter. Die war ganz aus Glas und in ihrer Hand lag eine Eichel aus Silber. Scatterheart fragte sie, ob sie den Weg zu ihres Vaters Haus wisse.

Long Meg war betrunken. Nicht angeheitert oder benebelt oder berauscht. Sie war sturzbesoffen. Seit drei Tagen regnete es und die Frauen drehten beinahe durch. Sie prügelten sich wegen der kleinsten Kleinigkeiten und der Laderaum stank nach Schweiß und Erbrochenem. Das Schiff wurde hin und her geworfen, oben peitschte der Regen und unten wütete der Ozean. Und die stickige Luft tat ihr Übriges, dass fast alle seekrank wurden.

Long Meg wälzte sich auf ihrem Bett, erzählte dreckige Witze und lachte heiser. In der einen Hand hielt sie eine bedenklich leere Glasflasche. Es war bereits Nachtruhe und im Schlaftrakt der Frauen brannte nur noch eine spärlich flackernde Kerze. Hannah hatte schreckliche Angst, jemand könnte Long Meg hören und nach unten kommen.

»Eine Feier! Eine Einpersonenfeier«, krähte Meg und fuchtelte mit der leeren Flasche herum.

»Pst!«, zischte Hannah. »Woher hast du das überhaupt?«

»Was das?«, fragte Meg und setzte eine Unschuldsmiene auf. Doch dann prustete sie los. »Keine Ahnung, was du meinst.«

Hannah verdrehte die Augen. »Und ich habe keine Ahnung, wie du es fertigbringst, in so kurzer Zeit so betrunken zu werden.«

»Betrunken?«, lallte Long Meg. »Ich bin kein bisschen betrunken.« Sie kicherte. »Ich bin *sehr* betrunken. Ich bin voll wie ein König. Nein, wie ein Kaiser. Voll wie eine Haubitze.« Sie packte Hannah am Kleid und blies ihr ihre Alkoholfahne ins Gesicht.

»Zieh nicht so 'ne Miene, Gnädigste.« Sie rülpste. »Ich bin voll wie die Sau von Davy.«

»Genug«, sagte Hannah. »Du musst jetzt schlafen.«

Long Meg schüttelte den Kopf. »Nee, nee. Erst muss ich dir die Geschichte von Davys Sau erzählen. Du bist …«, auf der Suche nach den richtigen Worten wedelte sie mit der Hand. »Du bist … etwas Besonderes. Häubchen und Schleifchen und Einladungen. Du weißt schon, was ich meine. Abendessen mit Törtchen und Zuckerblümchen. Du kennst die Sau von Davy nicht und deshalb muss ich dir das erzählen.«

Hannah legte Meg die Hand auf den Arm. »Vielleicht hat das Zeit bis morgen.«

Long Meg zog ihren Arm zurück. »Jetzt. Jetzt musst du das hören.« Sie schloss kurz die Augen und konzentrierte sich. »Davy kam aus Wales. Und er hatte ein Schweinchen. Und ein Weibchen. Und das Schweinchen hatte sechs Beinchen.« Meg schwieg und sah Hannah bedeutungsvoll an. »Sechs und kein Bein weniger. Und sein Weibchen, das hatte zwei Beine. Sie war eine widerliche alte Hexe und ziemlich dem Suff verfallen.« Long Meg kicherte. »So wie ich. Nur dass sie sich geschämt hat. Und ich nicht.«

Hannah hörte über sich die schweren Schritte von Offiziersstiefeln. »Das ist eine nette Geschichte«, sagte sie schnell. »Aber ich glaube, für heute reicht es.«

»Eines Tages«, fuhr Meg fort, als hätte sie Hannah nicht gehört, »eines Tages war das Weibchen so besoffen, dass es Angst bekam, was sein Mann wohl sagen würde. Also schaffte es das Schweinchen hinaus und legte sich selbst in den Stall, um seiner…« Meg fand das passende Wort nicht. »… um nicht mehr so betrunken zu sein. Aber da kam Davy nach Hause. Er hatte einen Freund mitgebracht, dem er das Schweinchen mit den sechs Schweinchenbeinchen zeigen wollte. ›Schau nur!‹, sagte Davy stolz, denn er liebte sein sechsbeiniges Schweinchen. ›Hast du jemals so eine Sau gesehen?‹ Du musst nämlich wissen, dass Davy nicht besonders schlau war und den Unterschied zwischen seinem Weib und seinem Schwein nicht kannte. Aber Davys Freund, der war ein ganz Schlauer und der sagte: ›Das ist das besoffenste Schweinchen, das mir je untergekommen ist.‹ Und seit dieser Zeit wurde die Frau nur noch Davys Sau genannt.«

Long Meg drohte Hannah mit dem Finger. »Also, jetzt weißt du, dass du nie, niemals …«, sie sah Hannah verwirrt an, »… niemals so tun darfst, als wärst du ein Schweinchen. Außer, wenn du besoffen bist.« Sie nickte nachdrücklich, verdrehte die Augen und schlief auf der Stelle ein.

Hannah seufzte erleichtert und legte sich in ihr Bett. Aber sie hatte kaum die Augen zu, da tippte ihr jemand auf die Schulter. Es war James.

»Was machen …«

»Pst«, bedeutete er ihr, »sonst wecken wir die anderen Frauen. Der Regen hat aufgehört. Kommen Sie mit nach oben.«

Hannah kletterte aus dem Bett. Zum ersten Mal war sie froh, dass die Sträflinge in ihren Kleidern schlafen mussten.

»Warte.« Es war Long Meg, die, immer noch volltrunken, im Halbschlaf den Arm nach Hannah ausstreckte.

»Sei nur vorsichtig«, lallte sie. »Du bist noch so klein und sehr, sehr dumm. Der Leutnant ist es gewohnt, seinen Willen zu bekommen. Pass nur auf, dass er nicht wütend wird. Glaub mir.«

Sie ließ Hannah los und begann zu schnarchen. Hannah drehte sich zu James um, aber der war schon halb den Gang hinunter. Sie eilte ihm nach.

Als sie an Deck trat, blieb sie einen Moment wie gebannt stehen. Über ihr funkelten die Sterne. Seit sie sie das letzte Mal gesehen hatte, waren Monate vergangen. In London waren sie meist vom Nebel verdeckt und auf dem Schiff durften die Sträflinge nach Sonnenuntergang für gewöhnlich nicht an Deck. Hannah überlegte, ob sie in Schwierigkeiten kommen könnte, dann fiel ihr ein, dass sie in Begleitung des Ersten Offiziers war.

Sie gingen zum Vorderdeck. Die Planken waren nass und glitschig. James streifte seine Jacke ab und breitete sie auf dem nassen Boden aus. Hannah trat einen Schritt vor, weil sie dachte, die Jacke sei für sie zum Sitzen gedacht. Aber James hatte sich schon selbst darauf niedergelassen. Er zog einen Flachmann aus seiner Tasche, öffnete ihn und reichte ihn Hannah. Sie schüttelte den Kopf und setzte sich neben ihn.

James schmunzelte und nahm einen Schluck.

»Haben Sie an der Feier Ihrer Freundin etwa nicht teilgenommen?«

Hannah sah ihn erstaunt an. »Woher wissen Sie davon?«

»Sie ist in das Schnapslager der Offiziere eingebrochen. Ullathorne hat einen ganzen Zuber leerer Flaschen im Laderaum gefunden. Er verlangt, dass sie ausgepeitscht wird.«

»Und, wird sie das?«

James grinste. »Nein, aber wir haben eine kleine Überraschung für sie vorbereitet.«

»Was machen Sie mit ihr?«

James schwieg, aber seine Augen lachten immer noch. Er hob seinen Arm zum Himmel und zeigte auf die Sterne.

»Sehen Sie, dort ist Orion.«

Hannah folgte seiner Hand und versuchte die Umrisse des Jägers auszumachen.

James senkte seinen Finger zum Horizont.

»Und da ist der Große Bär, sehen Sie?«

Hannah blinzelte.

»Nein, ich kann ihn nicht finden.«

»Schauen Sie«, sagte James und rückte näher. Er neigte sich so weit vor, dass er ihrem Blick mit seinem ausgestreckten Arm folgen konnte. Er roch nach Whisky, ein Geruch, der sie an ihren Vater erinnerte. »Da drüben läuft er, sein Kopf ist uns zugewandt. Die drei Sterne dort bilden seinen Schwanz.«

»*Ihren* Schwanz«, sagte Hannah, die sich daran erinnerte, was Thomas Behr ihr einmal erzählt hatte. »Es ist eine Bärin. Sie heißt Kallisto.«

»Wie?«

»Kallisto. Das war eine Nymphe. Zeus verliebte sich in sie und verführte sie. Sie hatten einen Sohn, der Arkas hieß. Die Frau von Zeus war so wütend, dass sie Kallisto in eine Bärin verwandelte. Arkas tötete sie beinahe auf der Jagd, aber dann setzte Zeus sie beide als den Großen und Kleinen Bären in den Himmel.«

James verzog das Gesicht. »Woher wissen Sie so viel über die Sterne?«

Hannah lachte. »Das hat mir Thomas beigebracht. Er liebte Geschichten.«

»Wer ist Thomas?«, fragte James schnell.

»Mein Hauslehrer.«

»Ein Hauslehrer hat Sie in Astrologie unterrichtet?« James zog die Augenbrauen hoch. »Ich wundere mich, dass Ihr Vater das erlaubt hat.«

»Hat er auch nicht«, sagte Hannah. »Thomas wurde … er wurde entlassen.«

»Zu Recht«, entgegnete James. »Kein Vater will einen Blaustrumpf zur Tochter.«

»Ich bin doch kein Blaustrumpf, nur weil ich ein paar Bärengeschichten kenne.«

James zuckte die Achseln. »Das da drüben ist der Kleine Bär. Aber ich finde, er sieht nicht wie ein Bär aus. Der Schwanz ist viel zu lang.«

Hannah lächelte versonnen. »Thomas hat immer gesagt, der Schwanz sei so lang, weil er Tausende von Jahren daran um den Nordpol gewirbelt worden ist.«

»Ihr Thomas hat wohl auf alles eine Antwort«, brummte James.

Hannahs Lächeln erstarb und sie sah wieder zu den funkelnden Sternen hinauf.

»Nein«, erwiderte sie nach einer Weile. »Thomas kannte nicht alle Antworten. Er glaubte es, aber es stimmte nicht.«

Hannah dachte an Thomas' weißen Bären. Sie seufzte.

»Was haben Sie?«, fragte James.

»Nichts«, murmelte Hannah, »ich musste nur gerade an eine andere Geschichte denken.«

James nahm noch einen Schluck aus dem Flachmann. »Für einen Abend habe ich genug Geschichten gehört.« Er betrachtete Hannah von der Seite. »Ich fände es schön, wenn Sie ein anständiges Kleid tragen würden. Aus weichem Musselin. Blassrosa. Vielleicht mit ein paar Spitzen.«

»Mein Lieblingskleid war aus rosa Musselin!«, platzte Hannah heraus.

»Und bestimmt haben Sie bildschön darin ausgesehen.«

»Sie sind immer bildschön«, sagte Hannah leise, ohne darüber nachzudenken, und ihre Wangen erröteten. »Ich ... ich muss jetzt gehen«, stotterte sie und erhob sich. »Es ist spät geworden.« Sie eilte zur Treppe.

»Hannah!«, rief James.

Hannah drehte sich um. Es war ihr peinlich, dass ihr Kleid hinten, wo sie auf dem feuchten Holz gesessen hatte, einen nassen Fleck hatte.

»Träum süß«, sagte James und lächelte. Seine Zähne sahen in der Dunkelheit sehr weiß aus.

Am nächsten Tag war der Himmel bewölkt, aber es blieb trocken. Die Sträflinge strömten auf das Oberdeck, sie lechzten nach frischer Luft.

Hannah und Meg lehnten an der Reling. Hannah erzählte ihrer Freundin von ihrem Abend mit James und was für ein Gentleman er gewesen sei. Molly lungerte nur wenige Schritte entfernt herum – sie folgte Meg seit einiger Zeit wie ein Hündchen.

Long Meg schnaubte. »Wenn er ein Gentleman wäre, hätte er dich auf seinem Mantel sitzen lassen. Du tust dir keinen Gefallen, wenn du mit diesem Schönling schäkerst. Die Männer sind alle gleich. Wir Frauen müssen zusammenhalten.«

»Das sagst ausgerechnet du, Meg«, erwiderte Hannah. »Du verbringst doch jede Nacht in einer anderen Hängematte.«

Molly kicherte, worauf Hannah sie böse ansah.

»Das ist etwas anderes«, entgegnete Meg. »Das mache ich für Geld, Grog und Schutz.«

Hannah zuckte die Achseln.

»Nun, vielleicht ist das bei mir auch so, nur dass ich es damenhafter anstelle.«

»Damenhafter? Pah! Wer im Glashaus sitzt, soll nicht mit Steinen werfen. Was du machst, ist keine Spur damenhaft. Du bist wie eine läufige Hündin, die ihm schöne

Augen macht. Verknallt hast du dich in den Schnösel. Pass nur auf, wo das endet.«

»Und wenn?«, fragte Hannah verärgert und wandte sich ab. Sie wunderte sich über sich selbst. War sie im Begriff, sich in James zu verlieben?

Long Meg drehte Hannah wieder zu sich herum und sah ihr in die Augen.

»Pass auf dich auf, Frollein. Pass verdammt gut auf. Er ist gefährlich.«

Hannah schob Long Meg von sich.

»Er ist ein Gentleman. Wir sind beide aus gutem Hause. Was ist daran so falsch?«

»Eins weiß ich mit Sicherheit«, sagte Long Meg. »Dieser Leutnant Belforte ist kein Gentleman.«

»Woher willst du das wissen?«, fragte Hannah.

»Also, erstens, sein richtiger Name ist nicht Belforte, sondern Buffet. Und sein Papa ist auch kein Gentleman. Der kommt von unten, genau wie ich. Hat sein Vermögen mit Knöpfen gemacht.«

Hannah blinzelte. James kein Herr von Stand? Er hatte doch ein so vornehmes Benehmen.

»Aber das ist nicht der Grund, warum er kein Gentleman ist«, fügte Long Meg hinzu und ging. Molly sprang hinter ihr her. Mit einem triumphierenden Blick auf Hannah hakte sie sich bei Long Meg unter.

Hannah kochte vor Wut. Meg unterhielt sich mit Jemmy Griffin. Ihre verschlagene Miene und das schrille Gekicher von Molly ließen keinen Zweifel aufkommen, worüber sie sich unterhielten. Liebe? Long Meg hatte keine Ahnung von Liebe. Für sie zählten nur ihre eigenen Interessen. Hannah schaute zum Achterdeck hinauf. Dort stand Dr. Ullathorne und beobachtete Meg wie ein Habicht seine Beute. Wahrscheinlich musste Meg wieder einmal in den Bau. Hannah seufzte und blickte über die wogende See.

Ein heiseres Kreischen veranlasste sie, sich wieder umzudrehen. Long Meg hatte ihren Matrosen stehen lassen und sich einem Midshipman zugewandt, den sie mit einer Tirade von Beschimpfungen überschüttete. Sie zog über sein Aussehen, seine Mutter und seine sexuellen Aktivitäten her. Hannah warf einen Blick zum Achterdeck hinüber und wartete darauf, dass Long Meg fortgeschafft werden würde.

Dr. Ullathorne stand nur reglos da und beobachtete Meg mit einem leisen Grinsen. Der Midshipman schenkte ihr keine Beachtung. Hannah erinnerte sich, dass James von einer Überraschung gesprochen hatte, und wandte sich suchend nach ihm um. Er war nirgends zu sehen.

Long Meg war frustriert, weil ihr Gezeter keine Wirkung zeigte. Sie ging zum nächsten Offizier. Wieder dasselbe. Schließlich lief sie zu der Treppe, die zum Achterdeck hinaufführte.

Molly steckte sich die Faust in den Mund und trieb sich am Fuß der Treppe herum. Hannah hielt die Luft an. Sie hatte schon erlebt, dass Matrosen ausgepeitscht wurden, weil sie unerlaubt das Achterdeck betreten hatten.

Meg kletterte die Treppe hoch und fand sich zu ihrer Überraschung Captain Gartside gegenüber. Hannah konnte nicht verstehen, was sie sagte. Sie schnappte nur einzelne Wortfetzen auf. *Gewöhnlich wie ein Stück Scheiße ... Mutter hatte den Tripper.*

Alle Sträflinge, Matrosen und Offiziere beobachteten das Spektakel. Molly hüpfte aufgeregt auf und ab.

Captain Gartside nickte abwesend und schlenderte von dannen, um mit dem Bootsmann zu sprechen. Meg war anzusehen, wie schockiert sie über seine gelangweilte Gleichgültigkeit war.

Hannah bemerkte, dass Dr. Ullathorne jemandem zunickte. Hinter dem Steuerrad tauchten James und ein anderer Offizier auf. Sie hielten ein Holzfass, das oben und an den Seiten Löcher hatte, zwischen sich, rannten vor und stülpten es Long Meg über den Kopf. Der stakte nun aus dem oberen Loch und ihre Arme aus den seitlichen Löchern, als trüge sie einen Umhang aus Holz.

Die Matrosen lachten und Meg drehte sich zu ihnen um. Sie bewegte sich schwerfällig wie eine Wasserschildkröte auf dem Trockenen. Wieder lachten alle. Hannah beobachtete, dass Captain Gartside missbilligend die Stirn runzelte. Meg grinste und deutete ein Tänzchen an. Die Sträflingsfrauen jubelten und Molly kreischte begeistert. Hannah sah zu James hinüber. Auch er grinste.

»Wie finden Sie mein neues Kleid?«, fragte Long Meg ihn. »Ist es nicht sehr elegant?«
»Elegant ja. Für eine Schildkröte!«, rief James und lachte schallend.
»Eine Schildkröte?«, fragte Long Meg. »Dann hören Sie mal genau zu, es gibt Leute, die von Schildkröten sogar was lernen können.«
»Was denn?«, fragte James.
»Ein Fauler weiß nicht, dass er faul ist, bis er eine Schildkröte aufscheucht und sie ihm entkommt.«
Alle lachten.
»Erzähl noch einen Witz!«
»Einen Witz?«, fragte Long Meg. »Also gut. Kennt ihr den?« Sie legte ihren Kopf schief und überlegte. »Es war einmal ein Kerl, der ging durch einen Wald und hatte einen mächtigen Hunger. Er kam an ein Gasthaus, das hieß ›Zum Georg mit dem Drachen‹. Er klopft an die Tür«, – an dieser Stelle klopfte Meg mit ihren Knöcheln an das Fass – »und die Frau des Wirts steckt ihren Kopf aus dem Fenster. Unser Kerl bittet um eine Kleinigkeit zu essen, aber die Frau schreit: ›Nein!‹ Der Kerl bittet um einen Krug Bier und die Frau schreit: ›Nein!‹ Dann bittet der Kerl darum, das Klo benutzen zu dürfen, und wieder schreit die Frau: ›Nein!‹ ›Nun‹, sagt der Kerl, ›könnte ich vielleicht …‹ – aber bevor er zu Ende reden kann, kreischt die Frau: ›Was denn noch?‹ ›Könnte ich jetzt bitte mit Georg sprechen?‹«

Die Matrosen und die Frauen brüllten vor Lachen und applaudierten. Dr. Ullathorne mischte sich wieder unter die Menge – er stand jetzt nur wenige Schritte links vor Hannah. Sie konnte sein Gesicht nicht sehen. Hannah schaute wieder zu Captain Gartside hinüber, der Long Meg mit einem eigenartigen Gesichtsausdruck beobachtete. War es Mitleid?

»Und jetzt, du alte Schildkröte?«, fragte Hopping Giles, ein Matrose mit einem dichten schwarzen Bart und einem Klumpfuß.

»So eine vornehme alte Schildkröte braucht natürlich einen Hut!«, schrie Meg.

Ein zerbeulter alter Hut wurde aufgetrieben und Meg auf den Kopf gesetzt. Sie winkte Molly herbei.

»Meine Pfeife!«, sagte sie zu ihr. »Wo ist meine Pfeife?«

Molly wieselte kichernd davon und kam gleich darauf mit einer Tonpfeife wieder. Long Meg rief sie zu sich. Molly kletterte mit einem scheuen Blick auf die Offiziere die Stufen zum Achterdeck hoch und steckte Long Meg die Pfeife in den Mund. Der Arzt hatte sich umgedreht und Hannah sah nun sein Gesicht im Halbprofil. Aber sein Blick galt nicht Meg, sondern Molly. Er starrte sie an, als sähe er sie zum ersten Mal. Molly wieselte die Treppe wieder hinunter, eine Faust in den Mund gestopft und ihr Auge vor Aufregung weit aufgerissen.

Ein Offizier zückte sein Feuerzeug und dann stolzierte Meg, dicke Rauchwolken ausstoßend, über das Deck.

»Ich muss schon sagen«, rief sie, »das ist wirklich ein klasse Boot. Echt spitze! Eine vornehme, gebildete Schildkröte wie ich könnte hier richtig heimisch werden.«

»Tanz, Schildkröte!«, forderte Jemmy Griffin sie auf. »Tanz für uns!«

Die Schildkröte schüttelte den Kopf. »Ach, ich weiß nicht, guter Mann. Das passt doch nicht zu einer vornehmen Schildkröte wie mir.«

»Los, tanz!«, brüllte Hopping Giles. »Sonst stecken wir dich in einen Topf und kochen Schildkrötensuppe.«

Die Schildkröte stieß ein ängstliches Jaulen aus und machte einen komischen kleinen Luftsprung. Die Zuschauer lachten. Dann begann die Schildkröte langsam und schwerfällig zu tanzen.

Ein Matrose mit Zylinder, der, wie Hannah erfuhr, Tam Chaunter hieß, zog eine Fidel hervor und spielte eine lustige Melodie. Der Tanz der Schildkröte wurde heftiger, sie hüpfte auf und nieder und ihre kurzen Beine sprangen vor und zurück. Die versammelte Mannschaft und die Sträflinge jubelten und Long Meg grinste. Aber Hannah bemerkte den Schweiß auf ihrer Stirn.

Tam Chaunter beendete sein Lied und fing gleich mit dem nächsten an. Die Matrosen und die Frauen klatschten und stampften mit den Füßen im Takt der Musik. Die Schildkröte kreiselte und hüpfte immer schneller.

Als das zweite Lied zu Ende war, sagte einer der Offiziere etwas zum Bootsmann, worauf dieser in seine Pfeife blies und die Matrosen murrend an ihre Arbeit zurückkehrten. Captain Gartside wandte sich um und verschwand in seiner Kajüte.

Einige Matrosen verteilten Scheuersteine an die Frauen und wiesen sie an, die Decks zu schrubben. Hannah nahm ihre Steine entgegen und ließ sich auf Knie und Hände nieder. Sie sah zu Long Meg hinauf, die mit einiger Mühe die Stufen vom Achterdeck hinunterkletterte. Keuchend und schwitzend kam sie unten an. Sie versuchte sich hinzusetzen, um wieder zu Atem zu kommen, aber das Fass war zu sperrig.

Schmollend kauerte sie am Ankerspill, aber dann hob eine besonders große Welle das Schiff in die Höhe, es neigte sich zur Seite und Meg verlor das Gleichgewicht. Krachend stürzte sie auf die Planken. Das Fass kam ins Rollen und kullerte mit Meg bis zum anderen Ende des Decks. Die Matrosen lachten, aber in Megs Augen glitzerten Tränen.

Das Schiff hob sich wieder und Meg rollte zur anderen Seite und verfehlte nur knapp den Niedergang zum unteren Deck. Sie versuchte auf die Füße zu kommen, das Fass war jedoch zu groß und zu schwer. Sie wedelte jämmerlich mit Armen und Beinen.

»Helft mir, ihr dreckigen Metzen!«, zischte sie den anderen Frauen zu. »Helft mir oder ich schwöre, dass ich euch im Schlaf die Augen aussteche!«

James beobachtete sie vom Achterdeck aus.

»Ihr vertrockneten, alten Wanderhuren!«, stieß Meg mit tränenerstickter Stimme hervor.
Die anderen Frauen schauten zu Boden und taten, als merkten sie nicht, dass Long Meg weinte.
»Kommt weiter, Mädels«, sagte Cathy.
Long Megs wütende Blicke meidend, schlichen die Frauen davon.
Hannah biss sich auf die Lippe und ging zu Meg. Aus den Augenwinkeln sah sie, dass James den Kopf schüttelte. Sie beugte sich herab und packte Meg am Arm. Die kam schwankend auf die Füße und hielt sich am Rand einer Schießscharte fest, um nicht vornüberzukippen.
»Hau ab«, presste sie zwischen zusammengebissenen Zähnen hervor.
»Bitte?«, fragte Hannah verwirrt. Sie dachte, sie hätte Meg einen Gefallen getan.
»Du bringst dich in Teufels Küche«, erklärte Meg. »Geh schon!«

Bei Einbruch der Nacht bettelte Meg freigelassen zu werden und versprach für den Rest der Reise nüchtern zu bleiben und sich gut zu benehmen. Das Fass wurde entfernt.
Hannah erschrak, als Meg in den Schlaftrakt hinunterkam. Sie war über und über mit blauen Flecken und Schürfwunden bedeckt, die sie sich in dem harten Holzfass zugezogen hatte.

Als sie an Cathys Schlafplatz vorbeiging, spuckte sie aus. »Verräterin«, flüsterte sie.
»Siehst du?«, sagte sie zu Hannah und ließ sich stöhnend auf ihr Bett nieder. »Die Offiziere sind unsere Feinde. Sie hassen uns genauso, wie wir sie hassen. Auch dein Schönling von Leutnant.«
Hannah dachte an James' Gesichtsausdruck, als er Long Meg das Fass übergestülpt hatte.

KAPITEL 14

»Ich weiß nichts über deinen Vater und deines Vaters Haus«, sagte die Glasfrau. »Ich weiß nur, dass du zu spät oder nimmermehr dorthin kommen wirst. Aber nimm diese Eichel aus Silber und frage meine Nachbarin auf dem nächsten Felsen.«

Hannah träumte, sie sei wieder zu Hause. Sie setzte mit Thomas das Puzzle mit der Weltkarte zusammen. Sie alberten, erzählten sich Witze und lachten.

»Dieses Teil sieht fast aus wie eine Kuh«, sagte Thomas und hielt Polen hoch.

»Oder wie Mr Burchill mit dem langen Schnauzer«, überlegte Hannah.

Sie suchte Afrika heraus und platzierte es unterhalb von Europa. Dann kamen Nord- und Südamerika, China und Russland. Hannah runzelte die Stirn. Es waren keine Puzzleteile mehr übrig.

»Da fehlt eins«, sagte sie. »Da unten rechts, unter Asien, ist eine riesige Lücke.«

Thomas zuckte die Achseln. »Dafür gibt es keine Teile.«
»Warum nicht?«
»Wir wissen nicht, wie es dort aussieht.«
»Unsinn«, entgegnete Hannah. »Da unten gibt es eine Kolonie. Ich habe in der Zeitung darüber gelesen.«
Thomas schüttelte den Kopf. »Alles nur Märchen. Niemand weiß etwas darüber.«
Hannah starrte auf die unregelmäßige Aussparung im Puzzle. Sie war sich sicher, dass sie wusste, was dort hingehörte.
»Wie heißt es? Dieses Stück Land?«, fragte sie.
»Land hinter den Meeren«, antwortete Thomas.
Hannah schloss die Augen und versuchte sich zu erinnern. Das war falsch, so hieß dieses Land nicht.
»Ich dachte, es hieße anders«, wandte sie ein.
»Aber ja«, gab Thomas zu, »manche nennen es auch das Land östlich der Sonne und westlich des Mondes.«
Hannah gähnte.
»Vielleicht war es das …«
»Du siehst müde aus«, bemerkte Thomas lächelnd. »Soll ich dir ein bisschen vorlesen?«
Hannah kletterte in einen Sessel – er kam ihr größer vor als sonst – und hörte zu. Thomas saß am Feuer, das Buch auf seinem Schoß. Er erzählte ihr die Geschichte von Scatterheart und dem weißen Bären und dem Land, das östlich der Sonne und westlich des Mondes lag. Hannah nickte immer wieder ein.

»Wenn du nicht zuhörst, weißt du nicht, was du als Nächstes tun musst. Dann kannst du das Puzzle nicht zu Ende bringen«, ermahnte er sie.
Aber so sehr sie sich auch bemühte, sie konnte ihre Augen nicht offen halten.

Am nächsten Morgen wachte Hannah schweißgebadet auf.
Sie fühlte sich krank und ihr war schwindelig. Sie blieb eine Weile liegen, bekam aber plötzlich einen Krampf im Bauch, als würde jemand ihr Inneres zerquetschen. Als der Krampf nachließ, durchfuhr sie ein dumpfer, bohrender Schmerz, der sich anfühlte, als würde ihr Leib von einem Gewicht langsam nach unten gezogen. Sie spürte ein merkwürdiges Tröpfeln zwischen ihren Beinen und setzte sich hin. Als sie ihre Decke wegzog, sah sie auf der Matratze einen rötlich braunen Fleck Blut.
Eine schreckliche Angst packte sie. Was geschah mit ihr? Musste sie sterben? War das Kerkerfieber etwa wiedergekommen?
»Meg.« Hannah beugte sich zur Seite und schüttelte Long Meg, die sich grummelnd zur Wand drehte. Hannah schüttelte sie wieder.
Long Meg schlug die Augen auf.
»Das ist dein Tod, dass du mich weckst«, sagte sie.
Hannah biss sich auf die Lippen, um nicht zu heulen.
»Ich weiß nicht, Meg. Etwas Schreckliches ist passiert.«

Long Meg richtete sich auf. »Also, was gibt's?«

Hannah schluckte. »Alles tut weh und ich blute.« Sie errötete. »Da unten.«

Long Meg blickte sie ernst an.

»Wie alt bist du?«, fragte sie.

»Vierzehn«, sagte Hannah. »Warum? Was bedeutet das? Was ist passiert?«

Long Meg sah ihr bleiches Gesicht und ihre weit aufgerissenen Augen und lachte. Hannah bekam eine panische Angst. Sie lag womöglich im Sterben und Meg lachte nur. War sie verrückt?

»Muss ich jetzt sterben?«, fragte Hannah.

Long Meg nickte, immer noch lachend. »Oh ja, mein Schatz. Du musst ganz bestimmt sterben. In einer Minute wirst du tot sein. Mausetot.«

»Mach dich nicht lustig über mich, Meg«, sagte Hannah.

Long Meg grinste.

»Du hast Besuch von Tante Rose«, erklärte sie. »Du bist verdammt jung, aber es heißt, bei denen mit Geld kommt es früher.«

Hannah starrte sie an.

»Was?«

Long Meg lachte immer noch, aber es war ein freundliches Lachen.

»Du bist eine Frau«, sagte sie. »Das hast du ab jetzt jeden Monat. Es bedeutet, dass du Kinder kriegen kannst.«

»Du meinst, das ist *normal?«* Hannah sah sie entsetzt an.

Sie konnte es einfach nicht fassen. Schwindelte Long Meg etwa schon wieder?
Long Meg nickte.
»Aber es tut so *weh!*«
Hannah war wie vor den Kopf gestoßen. Das passierte also jeder Frau? Warum hatte ihr das niemand gesagt? Bekamen es auch die Frauen, die mit den großen Sonnenschirmen durch den Hyde Park spazierten? War ihnen dann ebenso übel?
»Und das geschieht jeden Monat?«
Long Meg nickte wieder. »Komm mit«, sagte sie und stand auf, »ich zeig dir, was du tun musst.«
Am hinteren Ende des Orlopdecks stand eine Truhe, in der lauter Stofffetzen aus Baumwolle lagen. Meg erklärte Hannah, wie sie sich den Stoff zwischen die Beine band, damit das Blut nicht ins Kleid lief.
»Du musst die Einlage jeden Tag wechseln«, sagte Meg.
Hannah nickte. »Und was ist mit den benutzten? Werden sie gewaschen?«
»Aber nicht im Meerwasser«, erwiderte Long Meg.
»Warum nicht?«
Long Meg zuckte zusammen. »Das Salz brennt fürchterlich. Aber wir haben nicht genug frisches Wasser zum Waschen, deshalb heben wir sie auf, bis wir wieder Wasservorräte laden können.«
»Aufheben? Wo denn?«, fragte Hannah und ahnte schon, dass ihr die Antwort nicht gefallen würde.

Long Meg ging zu ihrer Schlafstatt zurück und hob eine Ecke ihrer Matratze hoch. Ein scharfer, drückender Gestank nach vergammeltem Fleisch schlug Hannah entgegen. Hannah drehte sich der Magen um.
Long Meg zuckte die Achseln.
»Willkommen im Klub.«

Long Meg hielt ihr Wohlverhalten genau drei Tage lang durch. Sie weigerte sich bei Dr. Ullathorne eine Wundsalbe für ihre zahlreichen blauen Flecken und Schürfwunden zu holen und hörte nicht auf, über ihn zu schimpfen.
»Bastard«, schnaubte sie. Sie untersuchte ihre Wunden und stöhnte vor Schmerz, wenn sie mit der Matratze in Berührung kamen. »Den krieg ich noch. Ihn und deinen schwulen Verehrer.«
»James hat nur seine Arbeit getan«, verteidigte Hannah ihn. Sie kuschelte sich in ihr Bett und seufzte. In den letzten Tagen war sie James aus dem Weg gegangen, denn die Baumwollbinde zwischen ihren Beinen fühlte sich dick und unförmig wie ein ganzes Stoffbündel an. Bestimmt hätte er es bemerkt und allein dieser Gedanke trieb ihr die Schamröte ins Gesicht.
Meg schnaubte. »Seine Arbeit? Du meinst also, seine Arbeit ist es, unschuldige Frauen zu quälen und zu foltern?«
Hannah sah erstaunt auf. »Unschuldig würde ich dich nicht gerade nennen, Meg.«

»Kann sein, dass ich gewöhnlich wie ein Barbierstuhl bin, auf dem sich alle Welt den Hintern blank sitzt, trotzdem hat niemand das Recht, einen anderen Menschen so zu behandeln. Egal ob er Sträfling oder Captain ist.«
Hannah dachte an den mitleidigen Gesichtsausdruck des Captains, als er Long Meg in dem Fass gesehen hatte. Sie seufzte und holte unter der Matratze das Taschentuch von Thomas hervor. Es war das einzige Erinnerungsstück an zu Hause.
»Ich frage mich, was dein Liebster denken würde, wenn er wüsste, dass du dem Leutnant schöne Augen machst.«
Hannah ließ das Taschentuch sinken.
»Das ist etwas ganz anderes«, erwiderte sie. »Thomas war nur ein Freund.«
Long Meg schaute sie skeptisch an.
»Ja, wirklich«, sagte Hannah. »Er war mein Hauslehrer. Er wollte mich heiraten, nachdem mein Vater verschwunden war. Aber es bestand sowieso keine Chance, dass sich zwischen uns etwas entwickelte. Er war kein Herr von Stand.« Sie dachte an Thomas' Gesicht, als sie seinen Heiratsantrag abgelehnt hatte, und spürte einen Stich in ihrem Innern.
»Vornehm geht die Welt zugrunde«, murmelte Meg.
»Wie bitte?«
»Du hast nichts als Stroh im Kopf, du Trottel.«
Hannah runzelte die Stirn. »Ich möchte nicht weiter darüber sprechen.«

Long Meg beachtete ihren Einwand nicht. »Du solltest mal dein Gesicht sehen, wenn du den Lappen da hältst«, sagte sie. »Da gibt es einen Kerl, der dich vor all dem retten wollte«, sie machte mit der Hand eine ausladende Geste, »und du hast abgelehnt, weil er seine Nase nicht pudert und keinen Schneider hat?«

»Wir waren einfach zu verschieden. Ich bin die Tochter eines Gentlemans.«

Meg stöhnte. »Das habe ich mittlerweile verstanden«, sagte sie. »Aber du kapierst etwas nicht. Ein Gentleman wird man nicht, weil man einen vornehmen Vater oder viel Kohle hat. Ein Gentleman ist man, weil man sich wie ein Gentleman benimmt. Und ich habe den Eindruck, dass dein Mr Schnupftuch mindestens doppelt so viel von einem Gentleman hatte wie der alte Arthur Cheshire.«

»Ich erwarte nicht, dass du mich verstehst«, entgegnete Hannah.

»Du Weichhirn, du«, stieß Long Meg aus. »Meinst du etwa, dieser eingebildete Leutnant ist ein Gentleman? Der hat genauso wenig blaues Blut in den Adern wie ich.«

Hannah war verstimmt.

»Auch wenn James nicht aus vornehmem Haus ist, kann er doch ein Gentleman sein.« Sie legte das Taschentuch zusammen und stopfte es unter ihre Matratze.

Eine Glocke schlug und sie machten sich auf den Weg zum Frühstück. Auf der Treppe kam ihnen der Doktor entgegen.

Er streckte die Hand aus und hinderte Hannah am Weitergehen. Sie schaute zu ihm hoch und biss sich vor Angst auf die Lippe. Das graue Fleisch bedeckte nun schon seine Wangen, die runzelig und eingefallen aussahen.

»Wo ist das Kind?«, fragte er. »Der Krüppel mit dem abscheulichen Gesicht.«

Long Meg stieß einen rüden Laut aus. »Das sagt der Richtige. Sie haben es gerade nötig.«

Der Doktor beachtete sie nicht.

»Nun?«, bohrte er weiter.

»Ich habe sie nicht gesehen«, antwortete Hannah.

Dr. Ullathorne schnaubte verärgert und schob sich an ihnen vorbei. Meg stellte ihm ein Bein und er stolperte mehrere Stufen hinunter, bis er sich schließlich am Geländer festhalten und wieder hochziehen konnte.

»Hui, Sir«, sagte Long Meg, »hier unten kann es ziemlich schlüpfrig werden.«

Dr. Ullathorne drehte sich zu ihnen um. Hannah erschrak, als sie sein hassverzerrtes, verwüstetes Gesicht sah.

»Du dreckige Hure«, zischte er.

Long Meg zuckte gleichgültig die Achseln. »Sie sind der Fachmann, was Huren betrifft, dreckig oder nicht.«

Dr. Ullathorne stieg die wenigen Stufen zu ihnen empor.

»Du hältst dein Maul«, sagte er leise und drohend.

»Klar«, antwortete Meg, ohne ihm zu gehorchen, »spätestens, wenn Sie mit ihnen durch sind, sind sie dreckig.

Sie kennen ja den Spruch: Eine Nacht in den Armen von Venus, ein Leben lang Quecksilber.«
Dr. Ullathorne packte Long Meg am Arm und kam ihr mit seinem verunstalteten Gesicht ganz nah. »Noch ein Wort und ich schlitze dir die Gedärme auf.« Schwarzer Speichel spritzte in Megs Gesicht, aber sie grinste nur.
»Sie machen mir keine Angst, *Sir*, Sie nicht.«
Der Doktor gab Meg einen Stoß und sie stürzte krachend auf die Treppe.
»Eine Weile im Takelwerk wird dir eine Lehre sein«, entgegnete er. Er riss Meg wieder auf die Füße und zerrte sie die restlichen Stufen hinauf.
Hannah folgte ihnen. Er winkte zwei Midshipmen vom Mittelmast zu sich, die Long Meg unter den Armen packten und sie auf ein Gitterwerk aus Tauen hievten, das an einer Seite des Schiffs hing. Dort banden sie sie an Armen und Beinen fest.
»Hier bleibst du so lange, bis du dich entschuldigt hast«, sagte Dr. Ullathorne scharf und ging.
Long Meg stimmte ein Gassenlied an.

He, ihr guten Leut,
hört mein Liedchen heut.
Vom miesen Doktor aus der Stadt,
der graues, faules Fleisch nur hat.
Alle kennen den alten Bock,
der nur leichte Mädchen lockt.

Sie hing den ganzen Tag dort, während die anderen Frauen nähten, schrubbten und Werg zupften. Nach einer Stunde hörte sie auf zu singen und beschimpfte die Matrosen und Offiziere. Aber sie entschuldigte sich nicht.
Das Abendessen ging vorüber. James kam in das Orlopdeck und suchte Hannah.
»Es fängt an zu regnen«, sagte er, »wir könnten in meine Kajüte gehen.«
Auf ihre zweifelnde Miene hin bemerkte James lächelnd: »Ich verspreche Ihnen, dass Sie bei mir sicher sind. Meine Kajüte ist trocken und warm und wir sind unter uns.«
Eine der Frauen pfiff anzüglich und Hannah nickte unsicher. Was machte es schon, woher sein Geld stammte. Immerhin war ihr eigener Vater auch kein Muster von einem Gentleman gewesen.
James geleitete sie die Treppe hinauf, an den Hängematten der Matrosen und den Tauwinden vorbei zum Vorschiff. Hannah lauschte, ob sie Long Meg über sich im Takelwerk hören konnte, vernahm aber nichts.
»Lässt man sie einfach dort draußen?«, fragte sie. Sie gingen durch einen schmalen Gang und kamen an mehreren geschlossenen Türen vorbei. Eine Tür stand offen und Hannah sah drei Männer über große weiße Stoffbahnen gebeugt und ein Segel flicken.
»Man muss ihr endlich einmal eine Lektion erteilen«, sagte James, »sonst lernt sie es nie, sich einzufügen und zu benehmen.«

»Aber sie wird sich dort draußen den Tod holen!«
»Unsinn. Leute wie sie sind wie Tiere. Wie Insekten. Die überleben alles.« James schloss mit einem kleinen Messingschlüssel seine Tür auf und ließ Hannah eintreten.
Die Kajüte sah behaglich aus. Von der Decke schien ein freundliches Licht. Ein ordentlich gemachtes Bett nahm fast den ganzen Raum ein. Daneben stand ein Nachttischchen mit einer Waschschüssel aus Porzellan und einem Spiegel. Auf einer Kommode lagen Haarbürste und Kamm und eine Reihe kleiner Tiegel und Fläschchen standen darauf, die Hannah an den Toilettentisch ihres Vaters erinnerten. Gegenüber der Kommode befanden sich ein kleiner Schreibtisch und ein Stuhl. Auf dem Schreibtisch lag Papier und es gab mehrere Tintenfässchen und einen Federkiel. Darüber hing ein Regal mit einem einzigen in Leder gebundenen Buch. Hannah stieß einen leisen Schrei aus, ging hin und ließ ihre Finger über den Buchrücken gleiten.
»Lassen Sie das«, sagte James sogleich. »Das ist nichts für Sie.«
Hannah versuchte den goldgeprägten Titel zu entziffern.
»Ich habe schon seit einer Ewigkeit kein Buch mehr gelesen«, seufzte sie.
James fasste sie sanft an der Schulter und drückte sie auf den Stuhl.
»Das ist kein Roman. Das ist das Diensthandbuch für Offiziere. Nichts für die Augen einer jungen Frau.«

Hannah nickte. Auch ihr Vater mochte es nicht, wenn sie Bücher las. Sie schaute sich weiter um. Oberhalb des Bettes befand sich ein kleines rundes Fenster, das von einem roten Vorhang eingerahmt war.
»Es ist bestimmt schwer, ohne Diener auszukommen«, sagte sie.
»Allerdings«, erwiderte James lächelnd. »Anziehen, essen, daran denken, die Hemden bügeln zu lassen – das alles ist schwieriger. Kein Diener, der meine Besucher einlässt. Keine Magd, die das Bett überzieht. Ich kann es kaum erwarten, bis ich endlich wieder in London bin.«
Eine unbehagliche Pause trat ein. Hannah wurde sich bewusst, dass sie allein mit einem Mann war. Dazu in seinem Schlafzimmer. Sie war noch nie mit einem Mann allein gewesen, außer natürlich mit Thomas Behr. Aber das zählte nicht. Hannah schluckte nervös. James sah sie an. Sie verschränkte die Hände im Schoß.
»Was meinten Sie eigentlich mit ›Leute wie sie‹?«, fragte sie plötzlich.
James blickte sie verständnislos an.
»Als sie über Long Meg gesprochen haben, sagten Sie ›Leute wie sie‹.«
James zuckte die Achseln.
»Sie sind Tiere. Verbrecher. Für ein paar Münzen tun sie alles. Sie haben nur ihre eigenen Interessen im Auge. Leute wie sie würden ihr eigenes Kind für eine Flasche Gin verkaufen.«

Hannah wurde es mit einem Mal ganz kalt. »Denken Sie das etwa auch von mir? Denken Sie, ich würde meine Familie für eine Flasche Gin verkaufen? Bin ich auch ein Tier?«

James erwiderte ein wenig gereizt: »Aber Sie doch nicht. Sie sind nicht wie die anderen und das wissen Sie genau.« Er nahm ihre Hand und lächelte. Seine Hände waren glatt und stark. »Sie sind wunderschön, Sie sind eine perfekte Dame und Sie sind aus gutem Hause. Sie sind die Tochter eines Gentlemans. Sie sind nicht wie die anderen.«

Hannah schwieg lange. Sie dachte daran, was Meg über James' Vater gesagt hatte. Dass sein Reichtum aus dem Verkauf von Knöpfen stammte.

»Hannah«, sagte James leise, »verzeihen Sie, wenn ich Sie gekränkt habe. Sie wissen, dass Sie nicht wie die anderen sind.«

Hannah nickte langsam. »Ich weiß. Das alles ...«, sie schaute sich in der Kajüte um, »das alles ist nur ... vorübergehend.«

James hielt immer noch ihre Hand. Hannah spürte, wie schwielig und rau sie gegen seine war. Seine Fingernägel waren gleichmäßig geschwungene Halbmonde. Ihre waren braun und rissig.

»Hannah?« James blickte sie eindringlich an.

Sie stand auf und ließ seine Hand los. »Verzeihen Sie. Es ist spät. Ich sollte jetzt gehen.«

Megs Bett war immer noch leer. Molly sah schweigend zu, wie Hannah unter ihre Decke schlüpfte. Hannah machte die Augen zu, war aber zu unruhig, um einzuschlafen. Sie hörte schlurfende Schritte und machte die Augen wieder auf. Am Fußende ihrer Koje stand Tabby, ihre schwarzen Äuglein glänzten.

»Kein Gefängnis ist schön und keine Braut hässlich und jede Gans hat ihren Martinstag«, sagte sie.

KAPITEL 15

Scatterheart bedankte sich nicht bei der Glasfrau. Sie nahm die Silbereichel und wanderte weiter, bis sie wieder an einen Felsen kam. Dort, auf einem Fleckchen Gras, saß ein Kind, das war ganz aus Wachs. Es warf eine goldene Eichel in die Luft und fing sie wieder auf. Scatterheart fragte es, ob es wisse, wie sie zu ihres Vaters Haus komme.

Hannah wachte von einem Stöhnen auf. Zuerst dachte sie, es sei Long Meg, von ihrer Verbannung im Takelwerk endlich befreit. Aber Megs Bett war leer.

Hannah setzte sich auf und sah sich suchend um. Es war ein leises, eintöniges Stöhnen. Ihr Blick blieb an Sally hängen, der bleichen Schwangeren aus Newgate. Sie war die ganze Zeit über seekrank gewesen und hütete seit der Abfahrt das Bett. Ihr Bauch war mittlerweile zum Platzen dick und sie stöhnte und wimmerte. Eine wässrige Flüssigkeit sickerte in ihre Matratze.

»Was ist mit ihr los?«, fragte Hannah.

Cathy drehte sich zu ihr um und zeigte auf ihren Bauch.
»Es ist so weit.«
»Sie kriegt ihr Kind? Jetzt?«
Cathy nickte. Hannah kletterte aus ihrer Koje.
»Ich hole Dr. Ullathorne«, sagte sie.
Eine Frau zischte: »Untersteh dich, das ist Frauensache. Lass sie einfach in Ruhe.«
Sally schrie vor Schmerzen. Hannah presste die Lippen zusammen und stieg zum Oberdeck hinauf, um nach Long Meg zu sehen.
Hopping Giles war gerade dabei, sie unter Aufsicht des Arztes aus den Seilen zu schneiden. Der bärtige Matrose arbeitete langsam und sorgfältig, damit er Meg nicht aus Versehen mit dem Messer schnitt. Aber dann riss eine der Leinen und sie stürzte mit einem dumpfen Knall auf das Deck, wo sie reglos liegen blieb. Die Leinen hatten sich in ihre Handgelenke und Knöchel geschnitten, die blutunterlaufen und geschwollen waren.
»Wie geht es ihr?«, fragte Hannah den Matrosen.
»Bring sie in den Bau«, befahl Dr. Ullathorne, ohne auf Hannah zu achten.
Giles schaute Hannah kurz an. Sie bemerkte seinen traurigen Blick. Er hob Meg sacht hoch und humpelte mit ihr davon.
»Was kann ich für Sie tun?«, fragte Dr. Ullathorne.
»Meg …«, stammelte Hannah. »Müssten Sie ihr nicht helfen? Ich meine … Sie sind doch der Schiffsarzt …«

Dr. Ullathorne lächelte kalt. »Ich bin hier, um für das Wohl der Mannschaft und der Passagiere zu sorgen. Ihre Freundin ist nicht krank.«

»Aber sie ist ohnmächtig geworden ... und ihre Handgelenke ...«

»An Ihrer Stelle würde ich schleunigst unter Deck gehen, sonst leisten Sie ihr noch Gesellschaft.«

»Eine der Frauen ... sie ... sie bekommt bald ihr Kind. Sie braucht Hilfe.«

Dr. Ullathorne fauchte: »Sie glauben doch nicht im Ernst, dass es mich kümmert, ob so ein Sträflingsbastard lebt oder stirbt?«

Hannah verzog sich wieder nach unten.

Sallys Schreie machten sie nervös und unsicher. Sie tastete unter ihrer Matratze nach Thomas' Taschentuch, um sich zu beruhigen.

Es war nicht mehr da.

Hannah kletterte vom Bett und hob den Strohsack ganz hoch. Es war nirgends zu sehen.

Sally schrie und die anderen Frauen scharten sich um sie.

Plötzlich hörte Hannah eine hohe, näselnde Stimme leise singen: »Itzli pitzli Rabenfuß, rate mal, wer suchen muss! Itzli pitzli – buh, nämlich du!«

Hannah raste vor Wut. Sie machte einen Satz und stürzte sich auf Molly, die neben einer der Kojen kauerte. Beide fielen der Länge nach auf den Boden. Molly quiekte.

»Gib es her«, zischte Hannah.

»Gib was her?«, fragte Molly und wand sich ächzend unter Hannahs Gewicht.
»Jetzt spiel nur nicht den Trottel, du Ungeheuer. Wo ist es?«
Molly kicherte. »Du hast ja wohl einen Knacks in der Birne.«
Hannah zog sie an den Haaren. Molly jaulte auf, holte aus und zerkratzte Hannah das Gesicht. Hannah hielt sie noch fester.
»Wo ist mein Taschentuch?«
Molly strampelte. »Ein Taschentuch? Ein Schnupftuch? Ein Nastuch wollte größer sein, da legte man 'ne Leich' hinein.«
Hannah schüttelte Molly mit aller Kraft.
»Sag, wo es ist!«
Molly prustete verächtlich.
»Ich bring dich um!«, schrie Hannah drohend. »Ich weiß, dass du kein Idiot bist. Gib es sofort her, sonst schüttele ich dich, bis du den Verstand verlierst.«
Mit Tränen in den Augen krabbelte Molly davon und verschwand die Treppe hinauf.
Hannah rappelte sich hoch und riss Mollys Bettdecke beiseite.
Auf der Matratze lag eine kleine Puppe aus geflochtenen Strohhalmen und Taustückchen. Sie war bis zu den Ohren mit Thomas' Taschentuch zugedeckt, an den Seiten war es ordentlich eingeschlagen. Im ersten Moment

empfand Hannah Mitleid. Molly war noch ein Kind, das mit Puppen spielte. Aber dann schob sie ihre Gefühle beiseite und riss das Taschentuch an sich.
Sallys Schreie kamen in immer kürzeren Abständen. Sie keuchte und rang hechelnd nach Luft. Hannah nahm einen intensiven, süßlichen Geruch wahr, der ihr vollkommen unbekannt war. Ihr wurde übel. Sie fühlte sich in dem kleinen, niedrigen Verlies gefangen. Sallys Schreie kamen jetzt ununterbrochen. Das Schiff stampfte und rollte heftig. Hannah flüchtete nach oben zum Vorderdeck.
Draußen war die Luft rein und das Wasser tiefblau. Weiße Wölkchen tanzten am Himmel und es ging ein frischer Wind. Die Segel waren gespannt und trieben das Schiff rasch voran. Hannah ging zur Reling hinüber. Ihre Hände zitterten und sie musste die ganze Zeit an Mollys kleines Puppenbett denken. Aber da kam James auf sie zu. Sie atmete tief durch und strich ihre Haare glatt. James stützte sich an der Reling auf.
»Guten Morgen«, sagte er. »Schauen Sie mal.« Er deutete auf das Meer unter ihnen.
Dunkle Schemen glitten neben dem Schiff her. Auf einmal stieß etwas durch die Wasseroberfläche und Hannah erkannte eine glänzende graue Flosse.
»Delfine«, sagte James. »Sie bedeuten Glück.«
Hannah beobachtete, wie die Tiere aus dem Wasser sprangen und wieder eintauchten und sich dabei genau dem Tempo des Schiffs anpassten.

»Wie wunderschön sie sind«, flüsterte Hannah.
James lächelte. Die Kuppe seines kleinen Fingers strich an Hannahs kleinem Finger entlang. Sie erschrak und ihr wurde seltsam warm.

Als Hannah abends wieder in den Schlaftrakt hinunterkam, war alles still. Sie rümpfte die Nase, denn es roch unangenehm süßlich nach Blut und auch nach etwas anderem, es war ein säuerlicher, fremdartiger Geruch.
Sally lag auf ihrem Bett, die Decke und die Matratze waren blutgetränkt. Sie war sehr bleich, aber sie lebte. Neben ihr lag ein seltsames, runzliges, bläuliches Etwas, das leise wimmerte. Hannah verzog das Gesicht. Es war das Hässlichste, was sie je gesehen hatte. Sally schaute es an und lächelte. Dann schloss sie erschöpft die Augen.
Hannah warf sich auf ihr Lager, streckte sich und gähnte. Eine kleine Gestalt huschte an ihr vorbei, es war Molly. Hannah beachtete sie nicht.
Sie dämmerte gerade in den Schlaf hinüber, als das Bett neben ihr knarrte. Long Meg.
Ihr Kopf war geschoren. Zwei große rote Striemen, aus denen Blut sickerte, zogen sich quer über ihre Wangen. Ein Auge war schwarz und zugeschwollen und ihre Lippe aufgeplatzt.
»Meg!«, rief Hannah. »Wer hat das getan?«
Long Meg schwieg. Sie legte sich hin und drehte Hannah den Rücken zu.

KAPITEL 16

»Ich kenne deinen Vater nicht«, sagte das Wachskind und kicherte. »Und es kümmert mich auch nicht. Aber höre auf meine Worte, du wirst zu spät oder nimmermehr dorthin kommen. Nimm diese goldene Eichel.«

Long Meg sprach weder mit ihr noch, wie es schien, mit den anderen. Sie blieb die meiste Zeit im Bett, zupfte gedankenverloren an ihrem Strohsack und starrte ins Leere. Nur zum Essen verließ sie das Orlopdeck. Die hässlichen Schnittwunden auf ihren Wangen entzündeten sich und schwollen an, aber sie ging nicht zu Dr. Ullathorne.

Jeden Tag kratzte sie eine neue Kerbe in das Brett über ihrem Bett. Es wurden immer mehr und eines Morgens stellte Hannah fest, dass sie schon seit zwei Monaten auf See waren. James erzählte ihr, dass sie am Kap Verde vorbeiführen, dem westlichsten Teil Afrikas.

Von Molly bekam Hannah nicht viel zu sehen, aber das kümmerte sie nicht. Tagsüber verkroch sich das Kind ir-

gendwo und abends kam es erst zur Schlafenszeit ins Orlopdeck hinunter.
Je weiter sie nach Süden fuhren, umso wärmer wurde es. Sally erholte sich allmählich wieder und das Kind schien die meiste Zeit damit zu verbringen, an ihrer Brust zu nuckeln oder kräftige Schreie auszustoßen, die Hannah einem so kleinen Wesen nicht zugetraut hätte.
Es gab zwar Arbeiten zu erledigen – die Decks schrubben, nähen und flicken oder in der Schiffsküche helfen – aber oft konnte Hannah auch tun und lassen, was sie wollte.
Sie verbrachte viele Stunden mit James. Sie saßen in der Sonne, unterhielten sich und schwelgten in Erinnerungen an ihr Leben in London. Hannah liebte diese Unterhaltungen, aber sie fragte sich manchmal, ob es nicht noch andere Themen gäbe. Die wenigen Male, die sie das Gespräch auf Literatur, Kunst oder Geschichte lenkte, sah James sie missbilligend an und sagte: »Dieser Hauslehrer hat Ihnen lauter unschickliche Dinge beigebracht.«
Eines Morgens suchte James Hannah auf, als sie gerade das Messinggeländer putzte, das zwischen dem Oberdeck und dem Achterdeck verlief.
»Kommen Sie in meine Kajüte, ich habe eine Überraschung für Sie«, bat er.
Hannah legte den Lappen weg und wischte sich das Putzzeug von den Fingern.
»Was für eine Überraschung?«
James schwieg und nahm nur lächelnd ihre Hand.

Als er die Tür zu seiner Kajüte öffnete, blieb Hannah überrascht stehen. Die Schreibutensilien waren weggeräumt und über den Tisch war ein weißes Stück Stoff gebreitet. Darauf stand ein silberner Toastständer mit drei Scheiben Brot.
»Sie haben Toast für mich gemacht?«, fragte Hannah. Tränen der Dankbarkeit schossen ihr in die Augen.
James geleitete sie zum Stuhl und bat sie sich zu setzen. »Nicht ganz«, sagte er, »das sind Reste vom Offiziersfrühstück. Butter oder Marmelade gibt es leider nicht, das haben wir alles aufgegessen.«
Hannah zögerte.
»Greifen Sie zu«, ermunterte sie James.
»Wollen Sie nicht auch etwas?«, fragte Hannah.
James verneinte kopfschüttelnd. »Ich habe reichlich gefrühstückt.«
Hannah nahm eine Scheibe Toast. Sie war kalt und sehr trocken und nach den ersten Bissen blieben ihr die Krümel im Hals stecken. Sie sehnte sich nach einer Tasse Tee, um sie herunterzuspülen, sagte aber nichts.
James schaute zu, wie sie die erste Scheibe aufaß und sich die zweite nahm. Sie überlegte, ob sie alle drei Scheiben schaffen würde, ohne sich zu verschlucken. Sie räusperte sich.
»Alles in Ordnung?«, fragte James lächelnd.
Er sah so stolz aus. Sie hatte sich Toast gewünscht und er hatte ihn ihr beschafft.

»Alles bestens«, entgegnete Hannah und unterdrückte ein Husten.
James nickte zufrieden. Hannah schluckte krampfhaft und versuchte den trockenen Krümelklumpen aus ihrem Hals zu entfernen. Sie nahm den nächsten Bissen, ihre Augen begannen zu tränen.
James redete und redete, aber Hannah hörte nicht hin. Sie überlegte nur, wie sie flüchten und an einen Schluck Wasser kommen könnte.
»... mein Erbe ...«, sagte James, dann blickte er Hannah wieder an. »Ist wirklich alles in Ordnung?«
Hannah stand auf, der Stuhl kippte um. »Verzeihung«, sagte sie und rang nach Luft, »ich muss gehen.«
Beim Verlassen der Kajüte erhaschte sie im Spiegel über dem Waschtisch einen flüchtigen Blick von sich. Ihr Gesicht war gerötet, zum Teil von der Anstrengung, das Husten zu unterdrücken, zum Teil von der Sonne. Auf ihrer Nase schälte sich die Haut. Ihre Wangen waren mit hässlichen braunen Flecken übersät und ihre Lippen rau und aufgesprungen. Die fettigen Haare hatte sie ungekämmt im Nacken zu einem unansehnlichen Pferdeschwanz zusammengebunden. Ihr unförmiges Kleid war von Putzmitteln und Essensresten schmutzig und verfleckt.
»Aber Sie haben Ihren Toast gar nicht aufgegessen«, sagte James. »Es war nicht einfach, ihn für Sie zu beschaffen.«
»Verzeihung«, stieß Hannah noch einmal hervor. Sie wollte gehen, so schnell wie möglich.

James wandte sich achselzuckend zur Seite. »Wie Sie wünschen. Wir sehen uns dann morgen zum Fest.«

Als Hannah ins Orlopdeck zurückkehrte, zitterte und schwitzte Long Meg vor Fieber. Die entzündeten Striemen waren noch stärker angeschwollen und nässten.
Hannah befühlte Megs Stirn. Sie glühte. Hannah holte ihre eigene Bettdecke und deckte Long Meg damit zu. Dann nahm sie Thomas' Taschentuch, tauchte es in den Wassereimer, der neben ihrem Bett stand, und legte es Long Meg über die Augen.
In dem zufriedenen Gefühl, alles ihr Mögliche getan zu haben, machte sie sich auf die Suche nach Dr. Ullathorne. Seine Räume befanden sich ebenfalls im Orlopdeck, jedoch im vorderen Teil des Schiffs. Hannah musste also erst zum Unterdeck hinauf und dann über eine andere Treppe wieder hinunter zum Orlopdeck.
Von der Arztpraxis abgesehen, gab es in diesem Teil des Schiffes nur Lagerräume, deshalb herrschte hier eine eigenartige Stille. Das Pfeifen des Windes in den Segeln, das Ächzen der Spanten und das Klatschen der Wellen waren nur gedämpft zu hören. Das Geräusch von ihren nackten Füßen auf dem Boden kam Hannah ungewöhnlich laut vor.
Sie klopfte zaghaft an die Tür des Arztzimmers und zuckte zusammen, als von innen ein barsches »Herein« ertönte.

Hannah stieß die Tür auf und trat ein.
Das Arztzimmer war mit Fläschchen und Tiegelchen vollgestopft, die mit Etiketten versehen waren, auf denen Namen wie *Pulvis Humani Cranium* oder *Hirschhornsalz vom Tausendfüßler* standen. Auf einem Tisch an der Wand lag ein sorgfältig angeordnetes Sortiment von Messern und anderen Instrumenten. In einer Ecke befanden sich ein Eimer mit Wasser, eine Liege und ein Stapel Leinentücher. An der hinteren Wand stand ein kleiner metallisch glänzender Operationstisch.
Hannah wunderte sich, dass Dr. Ullathorne nicht allein war. Auch Molly war da. Sie hielt mit der einen Hand ein braunes Glas mit der Aufschrift *Quecksilberamalgam* umklammert und in der anderen einen Löffel. Sie schaute Hannah ein wenig ängstlich entgegen.
Dr. Ullathorne blickte Hannah fragend an.
Die schluckte. »Ich komme wegen Long Meg, Sir. Sie hat Fieber – ich glaube, die Schnitte auf ihren Wangen haben sich entzündet.«
Dr. Ullathorne zog eine Augenbraue hoch und Hannah dachte wieder, dass er einst ein sehr gut aussehender Mann gewesen sein musste.
»Und was soll ich Ihrer Meinung nach tun?«, fragte er.
»Kommen und nach ihr schauen«, antwortete Hannah.
Sie sah Molly unbehaglich an. Diese stand stocksteif und mit weit aufgerissenem Auge da. Dr. Ullathorne warf einen kurzen Blick auf sie, dann wieder auf Hannah.

»Ich bin gerade sehr beschäftigt«, sagte er lächelnd, wobei seine Zahnlücke und die schwarz verfärbte Zungenspitze zum Vorschein kamen. »Wie Sie vielleicht wissen, muss ich das Fest vorbereiten.«

Hannah runzelte die Stirn. »Dann könnten Sie mir vielleicht etwas mitgeben – eine Salbe oder eine Medizin, die ich ihr bringen kann.«

Dr. Ullathorne blickte sich im Zimmer um.

»Ich fürchte, gegen Boshaftigkeit gibt es keine Medizin«, seufzte er.

»Aber es muss doch etwas gegen das Fieber geben …«, sagte Hannah.

»Ich glaube nicht, dass ich etwas habe«, entgegnete der Doktor kalt.

Hannah wollte gerade wieder gehen, da schlich Molly auf sie zu und streckte Hannah den braunen Krug entgegen. Dr. Ullathorne sah es, packte ihn mit einer Hand und schlug ihr mit der anderen Hand quer über das Gesicht.

»Eine Frechheit!«, brüllte er. »Sie wollen ein Mittel für Ihre Freundin? Hier, nehmen Sie das!« Er schleuderte den Krug in Hannahs Richtung. Die duckte sich und der Krug zerschellte am Türrahmen. Eine silberne Flüssigkeit tropfte auf den Boden.

Hannah flüchtete auf das Deck hinauf. Sie lehnte sich an die Reling und versuchte schwer atmend ihr Zittern zu unterdrücken.

In dieser Nacht wachte Hannah auf, als kalte, kleine Finger nach ihr tasteten. Sie setzte sich kerzengerade hin und stieß mit dem Kopf an die Holzdecke.
Es war Molly. Ihr Wachsgesicht erschien ihr im Zwielicht noch bleicher als sonst. Hannah warf einen Blick zu Long Meg hinüber. Sie schlief. Ihre Wunden sahen ein bisschen besser aus und ihr Atem ging gleichmäßig.
»Was willst du?«, fragte Hannah und schaute Molly böse an.
Molly schwieg, nur ihr Atem ging stoßweise, als wäre sie gerannt.
Hannah schob ihre Hände weg und legte sich wieder hin. Ihr Kopf dröhnte von dem Stoß.
Mollys Finger streiften wieder Hannahs Gesicht.
»Was ist?«, fragte Hannah.
»Ich sag es Ihnen ins Gesicht, Herr Doktor Fell, ich mag Sie nicht.« Molly sprach leise die Zeilen eines Kinderreims.
Hannah verdrehte die Augen. »Verschwinde jetzt und lass mich schlafen.«

KAPITEL 17

Scatterheart sah das Wachsmädchen finster an und nahm die goldene Eichel. Dann ging sie viele Tage lang, bis sie an ein großes Haus kam. Dort wohnte der Ostwind. Sie fragte ihn, ob er ihr helfen könne ihres Vaters Haus zu finden. »Natürlich kann ich dir helfen«, sagte der Ostwind. »Setz dich auf meinen Rücken, dann bringe ich dich hin.« Doch der Ostwind war ein durchtriebener Kerl. Er blies Scatterheart weit, weit fort, bis in das Land, wo der Westwind wohnte.

Hannah wurde mitten in der Nacht unsanft wach gerüttelt.

»Verschwinde, Molly«, murmelte sie, »das interessiert mich nicht.«

»Wach auf«, hörte sie Long Megs Stimme.

Hannah riss die Augen auf. Long Meg beugte sich über sie. Ihr Kopf war von einem zarten Flaum bedeckt. Die Wunden auf ihrem Gesicht waren immer noch rot und entzündet, aber sie nässten nicht mehr. Long Meg schwankte ein wenig. Sie stützte sich mit einer Hand an einem der Balken ab.

»Meg«, flüsterte Hannah, »wie geht es dir?«

»Ich brauche deine Hilfe«, sagte Long Meg knapp, drehte sich um und ging den Gang hinunter.

Hannah sah ihr einen Augenblick nach und versuchte die Müdigkeit abzuschütteln. Long Meg hatte so lange nicht mehr mit ihr gesprochen, dass Hannah sie bei Laune halten wollte, egal was sie im Schilde führte.

Sie krochen die Stufen hinauf und schlichen auf Zehenspitzen an den sechs Kabinentüren und den Hängematten mit den schlafenden Matrosen entlang. Sie kamen am Stumpf des Großmastes vorbei, der sich wie eine Nadel durch das Schiff bohrte. Hannah spähte in den Gang, in dem die Offizierskabinen lagen. Sie fragte sich, ob James schon schlief. Dann erreichten sie die Treppe auf der anderen Seite des Schiffs, die wieder ins Orlopdeck hinabführte.

»Wohin gehen wir?«, flüsterte Hannah.

»Er hat Molly mitgenommen«, erklärte Meg und stieg die Treppe hinunter.

»Dr. Ullathorne? Ich habe sie heute bei ihm gesehen«, sagte Hannah.

Meg blieb stehen und drehte sich zu Hannah um. »Er tut ihr weh.«

Hannah folgte Meg. Am Treppenabsatz bogen sie in den Gang ein, der zu den Räumen von Dr. Ullathorne führte.

Meg legte einen Finger an die Lippen und zeigte auf die Tür des Arztzimmers.
Durch die Ritzen fiel etwas Licht. Hannah schaute Meg warnend an, doch diese schüttelte nur den Kopf und deutete wieder auf die Tür. Hannah schlich darauf zu. Ein Dielenbrett knarrte unter ihren Füßen und sie erstarrte. Long Meg fuchtelte wild mit den Armen. Hannah spähte durch den Spalt zwischen Tür und Türrahmen.
Zuerst entdeckte sie nur Dr. Ullathorne, der ihr den Rücken zuwandte. In seiner Hand glänzte ein kleines Messer. Er beugte sich vor und hantierte mit etwas, das Hannah nicht sehen konnte. Dann trat er einen Schritt zurück.
Molly saß reglos auf einem Stuhl. Beide Arme waren an die Armlehnen gefesselt, ihre Handgelenke zeigten nach oben. Auf ihren Armen befanden sich zahlreiche Schnitte in verschiedenen Stadien der Heilung. Manche hatten sich entzündet. Aus einem frischen Schnitt am rechten Arm tropfte Blut in eine Metallschale. Mollys Gesicht war totenbleich.
Dr. Ullathorne füllte einen Teil des Bluts in ein Glasfläschchen und hielt es ins Licht. Er notierte etwas auf einem Papier, dann verschwand er aus Hannahs Blickfeld. Sie hörte das Klirren von Flaschen und Tiegeln.
»Was sollen wir diesmal ausprobieren?« Dr. Ullathorne sprach mehr mit sich selbst. »Ammoniak vielleicht? Oder Schwefel? In einem Artikel habe ich gelesen, dass man die Krankheit mit dem Wasser des Opfers heilen kann …«

Er kam wieder in Sicht, in der Hand ein grünes Glasgefäß mit einer Art Pulver. Er öffnete das Gefäß, entnahm ihm eine Prise und rieb das Pulver in die Wunde. Molly schrie.

»Interessant.« Dr. Ullathorne notierte wieder etwas.

Long Meg war neben Hannah getreten.

»Was macht er da?«, flüsterte diese.

»Teufelswerk«, murmelte Meg.

Molly wimmerte und bebte. Dr. Ullathorne zog ein neues Gefäß zu sich heran.

»Pst, meine Liebe«, sagte er abwesend. »Wir wollen niemanden aufwecken, sonst finden wir niemals das Heilmittel. Du willst doch nicht, dass ich sterbe?«

Molly biss sich auf die Lippe und schüttelte den Kopf.

Er öffnete eine Schublade und holte ein hölzernes Kästchen heraus. Er griff nach einer Pinzette und entnahm ihm eine weiße sich windende Made. Molly wimmerte.

»Sieht hungrig aus, das Kerlchen, nicht wahr, meine Liebe?«, säuselte der Doktor.

Long Meg drehte sich zu Hannah um und sagte leise: »Das muss aufhören, sofort.« Hannah nickte.

Dr. Ullathorne steckte die Made tief in Mollys Wunde. Molly biss sich so stark auf die Lippe, dass sie zu bluten begann. Dann holte der Doktor eine lange silberne Nadel und eine Garnrolle.

»Nicht, dass sie uns entkommt.«

»Ich lenke ihn ab und du bringst das Kind hier weg«, flüsterte Meg.

Bevor Hannah etwas erwidern konnte, platzte Meg durch die Tür. »Oh, Doktor!«, schrie sie. »Sie müssen mir helfen, sonst sterbe ich.«

Dr. Ullathorne fädelte gerade das Garn ein und sah auf.

»Du bist das«, sagte er leise.

Meg warf sich an ihn und fasste ihn am Kragen.

»Doktor, ich leide an einem gebrochenen Herzen!«

Ihr Blick zuckte zur Tür. Hannah fuhr zusammen, dann duckte sie sich und huschte hinein. Aufgeregt nestelte sie an den Schnüren, mit denen Molly an den Stuhl gefesselt war.

»Lass mich los!«, befahl Dr. Ullathorne und versuchte Long Meg abzuwehren.

»Ja«, heulte Meg, »am gebrochenen Herzen! Wissen Sie, Doktor, ich habe mich eigentlich in Sie verliebt. Sie haben so schöne Augen, so eine freundliche Stimme und so sanfte Streichelhände.«

Hannah hatte den ersten Knoten gelöst und machte sich an den zweiten.

»Aber Sie haben mir das Herz gebrochen. Ach, Doktor«, schrie Long Meg und weinte hysterisch. »Ich habe gemerkt, dass Sie nicht der nette, liebevolle Doktor sind, für den ich Sie gehalten habe.«

Meg streckte ihre Hand aus und riss Dr. Ullathornes Messer an sich.

»Nein«, sagte sie und ihre Stimme klang mit einem Mal ruhig und drohend. »Sie sind eine ekelhafte, widerliche

Made. Und ich hoffe, dass Sie für jede einzelne Sekunde, die Sie anderen Leid zugefügt haben, bezahlen müssen.«
Sie holte mit dem Messer aus und zog es über das Gesicht des Arztes. Sie brachte ihm die gleichen Schnitte bei, die sie auf ihren eigenen Wangen trug. Doch bevor sie von Neuem ausholen konnte, packte er sie am Handgelenk und versuchte das Messer an ihre Kehle zu drücken. Sie biss in seine Hand und er schrie vor Schmerz auf. Endlich hatte Hannah den zweiten Knoten gelöst.
»Meg!«, zischte sie.
»Geh«, sagte die. »Bring Molly ins Bett.«
Hannah zögerte einen Augenblick, dann zerrte sie Molly vom Stuhl. Sie schleifte und trug sie halb aus dem Zimmer und die Treppe hinauf zum Unterdeck.
Sie wollte gerade zu dem Niedergang hinüber, der zu ihrer Seite des Orlopdecks führte, als sie innehielt, sich kurz entschlossen umdrehte und die Treppe nach oben nahm. Sie eilte durch einen Gang zu den Offizierskabinen und klopfte an James' Tür. Nichts. Sie klopfte lauter. Molly zitterte vor Angst. Dann ging die Tür auf.
James sah sie verschlafen an, aber er war vollständig angekleidet. Sein Haar war verstrubbelt und Hannah nahm einen leichten Geruch von Brandy wahr.
»Hannah«, sagte James überrascht, »was …«
»Dr. Ullathorne«, stieß Hannah atemlos hervor. »Und Long Meg. Sie braucht Hilfe.«
James runzelte die Stirn.

»Was meinen Sie? Was ist denn passiert?«
»Er … er hat Molly wehgetan«, antwortete Hannah und zeigte auf die Wunden an Mollys Armen. »Meg hat versucht ihn aufzuhalten. Sie ist noch dort.«
»Sind Sie sicher, dass Ullathorne ihr wehgetan hat?«, fragte James. »Oder wollte er ihr vielleicht helfen und das ist alles nur eine von Megs Lügengeschichten?«
Hannah schüttelte den Kopf.
»Natürlich, ich bin mir ganz sicher«, sagte sie und begann zu weinen. »Ich war doch selber dort. Er hat sie geschnitten …«
Sie schluckte und James nickte.
»Sie bleiben hier«, befahl er. »Wecken Sie niemanden auf. Ich kümmere mich darum.«
Er eilte mit leisen Schritten davon. Hannah schleppte Molly in die Kabine und legte sie in James' Koje. Sie zog die Kommode auf, nahm ein Leinenhemd heraus und riss einen Streifen davon ab, mit dem sie Mollys Arm verband. Molly zitterte immer noch am ganzen Leib.
»Herr Doktor Fell, ich mag Sie nicht«, flüsterte sie.
»Ich weiß«, sagte Hannah, »es tut mir leid. Leg dich nur hin. James wird alles wieder richten.«
Molly machte die Augen zu. Nach ein paar Minuten hörte das Zittern auf.
Hannah wartete, stundenlang wie ihr schien. Sie konnte nicht still sitzen und musste ständig aufstehen und im Zimmer auf und ab gehen. Sie trat an das Bullauge und

spähte hinaus, das dicke Glas beschlug von ihrem Atem. Sterne glimmten am Himmel. Sie suchte den Großen Bären, aber die Sterne wurden von heraufziehenden Wolken verschluckt.

Endlich hörte sie Schritte. Die Tür ging auf und James stand auf der Schwelle.

»Was ist passiert?«, fragte sie.

Er trat ein und hob das zerrissene Hemd auf.

»Es ist alles erledigt«, entgegnete er. »Bringen Sie das Kind wieder ins Orlopdeck hinunter, bevor jemand etwas merkt. Ist das mein Hemd?«

»Long Meg ...«

»Es geht ihr gut«, sagte James. »Sie ... sie hat sich nur am Arm verletzt. Morgen ist sie wieder da.«

Er hielt das Hemd hoch und betrachtete missbilligend die abgerissene Stelle, dann seufzte er und wischte sich die Hände an dem weißen Leinen ab. Hannah bemerkte rote Schmutzspuren. James fasste sie an der Schulter und blickte sie an. Vom Schlaf zerzaust sah er noch hübscher aus als sonst.

»Ich würde Sie niemals anlügen.«

Sie schaute in seine blauen Augen und hätte sich am liebsten in sie hineinfallen lassen und Molly, Meg, den Doktor und die *Derby Ram* für eine Weile vergessen. James drückte ihre Schulter und lächelte zärtlich. Er sprach die Wahrheit. Er würde sie niemals anlügen. Hannah nickte und stand auf.

Sie beugte sich über die Koje und hob das schlafende Kind hoch. Molly murmelte etwas, schlang ihre dünnen Ärmchen um Hannahs Hals und legte ihr Wachsgesicht an ihre Schulter. Hannah drehte sich zu James um.

»Vielen Dank für Ihre Hilfe«, sagte sie.

Leise ging sie durch die Gänge zurück und stieg die Treppe zum Frauentrakt hinunter. Die schlafenden Matrosen in ihren Hängematten rührten sich nicht.

Sie legte Molly auf Long Megs Bett und kroch dann in ihr eigenes. Sie war vor Angst so angespannt, dass es ihr unmöglich erschien, einschlafen zu können. Aber bevor sie sichs versah, sickerte ein dünner Strahl Morgenlicht durch die Luke.

Hannah setzte sich auf und schaute zu Long Megs Koje hinüber. Molly wurde wach und blinzelte verschlafen. Meg war nirgends zu entdecken. Als Molly Hannahs suchenden Blick bemerkte, kletterte sie aus dem Bett und schlüpfte zu ihr unter die Decke.

»Schon gut«, sagte Hannah. »Du bist jetzt in Sicherheit. Er wird dir nichts mehr tun.«

Molly blickte sie fragend an. »Wo ist Long Meg?«

»Ich weiß nicht genau. James hat gesagt, sie hätte sich am Arm verletzt. Vielleicht sehen wir sie beim Frühstück.«

»Ich will zu Long Meg.«

Hannah seufzte. Am liebsten hätte sie Molly jetzt einfach den Rücken zugedreht. Aber sie war ja noch ein Kind. Hannah lächelte sie an.

»Komm, wir gehen nach oben und suchen sie.«
Molly schniefte etwas, doch dann nahm sie Hannahs Hand und gemeinsam gingen sie durch den Gang in Richtung Treppe. Die anderen Frauen lagen immer noch in ihren Betten. Schweigend beobachteten sie Hannah und Molly. Sally presste ihr Kind an sich und bekreuzigte sich.
»Kommt ihr nicht zum Frühstück?«, fragte Hannah.
Sally sah zur Seite und schüttelte den Kopf. »Heute nicht«, sagte sie. »Wir dürfen nicht hinauf.«
»Wieso? Was ist da oben los?«, fragte Hannah.
Sally zuckte die Achseln. Das Baby begann zu quengeln und Sally schaukelte es hin und her.
»Wir dürfen halt nicht. Da drüben im Fass ist Zwieback.«
Molly fasste Hannahs Hand fester. »Warum dürfen wir nicht rauf?«, piepste sie kläglich.
»Keine Ahnung«, erwiderte Hannah finster. Hatte das etwas mit Long Megs Verschwinden zu tun? Vielleicht wurde Dr. Ullathorne jetzt bestraft, nachdem herausgekommen war, was er angestellt hatte. »Ich glaube, wir bleiben einfach eine Weile hier unten.«
»Ist Long Meg da oben?«, fragte Molly.
Hannah versuchte zu lächeln.
»Sie wird bestimmt gleich hier sein. Komm, wir spielen mit deiner Puppe. Du darfst mein Taschentuch nehmen und ihr ein Bettchen machen.«
Molly ließ sich willig in ihre Koje zurückbringen.

Die Verletzung auf ihrem Arm sah rot und entzündet aus und Hannah machte sich Sorgen, dass die Entzündung in der abgestandenen Luft unter Deck schlimmer werden könnte. Sie tauschte ihren Zwieback gegen einen Fingerhut voll Gin und säuberte die Wunde. Molly jaulte kurz auf, als der Alkohol in den Schnitt eindrang, aber dann biss sie die Zähne zusammen und gab keinen Ton mehr von sich. Hannah riss einen Streifen Stoff vom Saum ihres Kleides ab und verband Mollys Arm.

Dann und wann waren von oben Geräusche zu hören, das Krachen von Holz, das Klatschen des Wassers und einmal ein seltsamer schriller Schrei, der nichts Menschliches an sich hatte. Hannah versuchte sich so normal wie möglich zu verhalten, denn sie wollte nicht, dass Molly sich fürchtete.

Im Lauf des Tages wurde es immer heißer und stickiger im Schlafsaal. Die Frauen dösten vor sich hin oder spielten Karten. Der Mittag ging vorüber. Molly kuschelte sich in Hannahs Bett und schlief ein. Hannah kämpfte gegen ihre Müdigkeit an, fiel aber bald in einen unruhigen Schlaf.

Hannah wurde von einem markerschütternden Kreischen geweckt.

Etwas Riesiges schrammte an der Schiffswand entlang und schlug klatschend auf dem Wasser auf. Ein paar Sekunden später ertönte ein gedämpftes Dröhnen. Das Kreischen erstarb und das Schiff neigte sich auf einmal so stark zur Seite, dass einige Frauen aus ihren Betten fielen. Dann kam das Schiff unter ächzenden Spanten und strudelndem Wasser vollständig zum Stehen.

Die plötzliche Stille mutete seltsam an nach den vielen Wochen des Schlingerns und Schwankens von einer Seite zur anderen. Hannah kam es vor, als würde jede ihrer Bewegungen hundertfach verstärkt werden.

Die Frauen rappelten sich auf und kletterten wieder in ihre Betten.

Molly sah verwirrt unter der Decke hervor. Es war fast dunkel. Hannah hatte einen trockenen Mund und ihr schwindelte. Sie war ein wenig durcheinander, weil sie tagsüber geschlafen hatte, und wusste nicht recht, wie spät es war. War es Abend oder Morgen?

Eine Glocke läutete. Von oben drangen seltsame Geräusche herab, ein Singen und Stampfen. Molly tastete zaghaft nach Hannahs Hand.

»Was ist das?«, fragte sie. »Ist das Davy Jones?«

»Unsinn«, versuchte Hannah sie zu beruhigen, »das ist bestimmt nur … das sind nur die Matrosen. Sie singen, glaube ich.«

»Ich will jetzt Long Meg suchen«, sagte Molly.

»Ich weiß nicht, ob wir dort hinaufsollten«, überlegte Hannah.

Molly achtete nicht auf ihre Worte, sondern kletterte aus dem Bett.

»Komm«, sagte sie und trippelte den Gang hinunter. Hannah zögerte einen Moment. Als sie in die Gesichter der anderen Frauen blickte, nahm sie Beunruhigung und Unsicherheit wahr. Aber keine von ihnen machte auch nur Anstalten, sich zu erheben, um nachzusehen, was da oben passierte. Sie gab sich einen Ruck und kletterte hinter Molly die Treppe hinauf.

KAPITEL 18

Scatterheart ging und ging, bis sie zum Haus des Westwindes kam. Sie fragte ihn, ob er wisse, wo ihres Vaters Haus sei. »Oh ja«, sagte der Westwind, »ich blase dich hin.« Aber er war genauso durchtrieben wie sein Bruder, der Ostwind, und wehte das Mädchen in eine große öde Wüste.

Hannah stieg bis zum Oberdeck hinauf. Der Gestank von fauligen Fischen schlug ihr entgegen.

Hinter dem Horizont verschwanden die letzten Sonnenstrahlen, am schwarzen Himmel blinkten die Sterne.

Es war heiß und kein Lüftchen regte sich. Überall waren gelbe Lampions aufgehängt, die schräge Schatten über die Planken warfen. Das Deck und die Segel waren mit Girlanden aus Seetang geschmückt, die in dem seltsamen gelben Licht schwarz glänzten.

An der Backbordreling stand eine Gruppe junger Seeleute und Offiziere, die weder Schuhe noch Hemden anhatten. Hannah erkannte Robert Bracegirdle unter ihnen. Ohne Hemd sah er noch jünger aus als sonst, ein magerer und ziemlich aufgeregt wirkender kleiner Junge. Die Matrosen stampften einen eintönigen, langsamen Rhythmus und sangen etwas für Hannah Unverständliches, das sie ständig wiederholten. Die Glocke schlug noch immer.

Molly war schon an Deck und betrachtete neugierig die Dekoration und die singenden Männer.

»Ist das eine Feier?«, fragte sie.

Hannah schüttelte den Kopf.

»Ich glaube nicht.«

Noch hatte niemand sie entdeckt. Hannah schlich mit Molly zur Ankerwinde, hinter der sie sich verstecken und zu den Männern hinüberspähen konnten.

Captain Gartside stand allein auf dem Achterdeck und beobachtete das Geschehen.

Das Stampfen wurde immer schneller, bis es zu einem einzigen Rumsen verschmolz. Dann, mit einem Mal, hörte es auf. Auch das Singen und das Glockengeläut verstummten. Eine unheimliche Stille trat ein. Die jungen Männer sahen sich nervös um. Bracegirdle zitterte.

Da ertönte ein eigenartiger Schrei, wie von einem Tier. Drei Gestalten kletterten über die Steuerbordreling und ließen sich mit einem Plumps auf das Deck hinab.

Molly wimmerte.

Ungeheuer!

Das größte der drei Ungeheuer war über zehn Fuß hoch. Eine Art Meermann mit langer, spitz zulaufender Delfinschnauze, einem grauen fischähnlichen Leib und stämmigen Beinen. Auf seinem Kopf saßen große verzweigte Hörner, die einem Geweih ähnelten. Um seine Handgelenke ringelten sich Schlangen. Ein fauliger Gestank ging von ihm aus und Hannah wurde übel. Auf seinem Kopf thronte ein Gebinde aus Hanf, sein langer Mantel war aus geflochtenem Tang und in seiner Hand hielt er einen langen, bedrohlich aussehenden Dreizack.
Das zweite Ungeheuer war kleiner. Es hatte einen zerlumpten grauen Frauenkittel und einen grünen, mit Pelz eingefassten Mantel an. Sein dickes goldgelocktes Haar war mit Seesternen und Muscheln verziert. Das graue Kleid saß sehr knapp und war an manchen Stellen zerrissen, aus denen bleiche Haut und dünne schwarze Haare hervorlugten.
Das dritte Ungeheuer trug einen dunklen Kapuzenumhang, der sein Gesicht verdeckte und bis zum Boden fiel. Plötzlich schnellte der Kopf des Ungeheuers zur Seite und Hannah spürte seinen Blick. Der Atem stockte ihr, denn unter der dunklen Kapuze leuchtete ein rot glühendes Auge auf und aus seinen Nasenlöchern kringelte sich blauer Rauch.
»D… Davy Jones …«, stammelte Molly entsetzt.
»Sehet auf!«, dröhnte die Delfingestalt. »Wir, Neptun, Herrscher der sieben Meere, König verborgener Gewäs-

ser, Herr über Wogen und Wellen, Meister der Gezeiten und Oberster Konstabler der Korallenhöhlen und der tiefsten Tiefen der Tiefsee sprechen zu euch. Armselige Kaulquappen, die ihr seid, ihr habt die Grenze zu meinem Reich überschritten, ein Reich, wo das Nichts alles ist und wo kein Breitengrad ist. Das Reich von Mittelwelt. Und so sollt ihr von Amphitrite, meiner Königin, mit diesen Wassern getauft werden.« Das Ungeheuer in Frauenkleidung machte einen tiefen Hofknicks. »Denn sonst müsst ihr den tiefsten Tiefen des Ozeans übergeben werden, wo ewige Finsternis im Grab von Davy Jones euer harret.«
Die Kapuzengestalt mit den glühenden Augen neigte ihren Kopf. König Neptun reckte seinen Dreizack.
»Unser Meereshofstaat möge mit seinem alten Wasserbrauch beginnen.«
Plötzlich war die Luft von schrillem Kreischen und Pfeifen erfüllt und eine Horde von Männern schwang sich über die Reling an Deck. Ihre Gesichter waren mit roten Kringeln und fremdartigen Mustern bemalt und auf ihren Köpfen saßen aus Seetang und Schnüren gewirkte Perücken.
Neptun näherte sich dem Achterdeck.
»Was bietet Ihr für die sichere Passage durch diese Gewässer?«
Captain Gartside trat vor. Zum ersten Mal auf dieser Reise trug er seinen blauen Offiziersmantel und seinen Zweispitz. Zu Hannahs Überraschung lächelte er.

»Ich, Ashton Gartside, Captain der *Derby Ram*, biete Euch ein Fass meines allerbesten Rums verbunden mit unserer größten Hochachtung und Ehrerbietung vor Seiner Majestät, dem König.«

König Neptun neigte huldvoll seinen gehörnten Kopf. Dabei verrutschte seine Delfinschnauze.

»Siehst du«, wisperte Hannah, »es sind nur Matrosen. Sie haben sich verkleidet. Das ist Jemmy Griffin. Er trägt ein Delfinkostüm.«

Aber Molly war immer noch starr vor Entsetzen und schüttelte den Kopf. »Nein«, flüsterte sie, »das ist Davy Jones, die Königin …«

»In Wirklichkeit ist das nicht Davy Jones«, sagte Hannah. »Das ist nur jemand, der sich verkleidet hat.«

Die geschminkten Männer brachen in Jubel aus, denn jetzt wurden vom Achterdeck Flaschen heruntergereicht. Einer der Männer übergab Neptun ein großes in Leder gebundenes Buch. Der stattliche Delfinkönig schlug es auf und las laut die Namen der jüngsten Matrosen und Offiziere vor. Als er zu Bracegirdle kam, reckte der Knabe seinen Kopf und setzte eine tapfere Miene auf.

»Ihr armseligen Kaulquappen habt noch nie die Linie überquert. Ihr müsst euch der Taufe unterziehen.«

Die geschminkten Männer johlten und ergriffen die jungen halbnackten Burschen. Sie fesselten sie an den Händen und tunkten sie in Fässer voll Bilge und stinkender Abwässer. Dann wurden sie mit Teer und Schmieröl

übergossen und über Bord geworfen. Dies alles war von derben Rufen und Gelächter begleitet. Die Flaschen wurden geöffnet und die verdreckten jungen Männer wieder an Bord gehievt. Bracegirdle, nass und klebrig, sah aus, als würde er vor Stolz platzen. Nun setzte Tam Chaunter seine Fidel an und alle fingen an zu tanzen.
»Holt die Frauen herauf!«, rief König Neptun.
Die Frauen wurden an Deck gebracht. Zuerst betrachteten sie die rot bemalten Männer und die Girlanden aus Seetang mit großen Augen. Aber dann floss reichlich Alkohol und die Luft war bald von Lachen und Liedern erfüllt.
Hannah blickte sich suchend nach Long Meg oder James um, konnte aber keinen von beiden entdecken. Als noch mehr Laternen angezündet wurden, erkannte Hannah deutlich, wie grob die Kostüme zusammengeschneidert worden waren. Aber Molly zitterte trotzdem am ganzen Leib und konnte ihre Augen nicht von Amphitrite und Davy Jones lösen.
»Molly«, versuchte Hannah sie wieder zu beruhigen, »es ist alles vorbei. Jetzt feiern sie einfach ein großes Fest. Hilfst du mir Long Meg zu suchen?«
Molly hob zitternd die Hand und zeigte auf die Königin Amphitrite, die mit einem der Matrosen wild im Kreis tanzte. Ihre goldenen Locken fielen ihr ins Gesicht, sodass Hannah es nicht sehen konnte.
»Nein, du Dummchen«, lachte Hannah, »das ist doch nur ein Matrose in einem Kleid. Das ist nicht Long Meg.«

Molly drehte sich zu Hannah um und für einen Augenblick war das kichernde Kind, das Verschen trällerte und Geld stibitzte, hinter einem sehr ernsten, traurigen Gesicht verschwunden.
»Das ist aber das Kleid von Long Meg«, brachte Molly hervor. »Ihr grüner Mantel.«
Hannah erstarrte.
Tatsächlich, die Gestalt trug Megs pelzbesetzten Mantel – Hannahs Mantel. Er war so schmutzig und zerlumpt, dass sie ihn nicht gleich erkannt hatte. Der Pelzbesatz war abgerissen. Und die goldenen Locken waren keine Haare, sondern gelockte Hobelspäne, die zu einer Perücke zusammengesteckt worden waren.
Hannahs Kopf dröhnte und ihr wurde schwindelig. Sie rannte zu der tanzenden Königin, die ihr den Rücken zukehrte, packte sie an der Schulter und riss sie zu sich herum.
»Woher haben Sie …«, rief Hannah und verstummte.
Es war James. Seine Augen blitzten vor Vergnügen und sein Mund hing vom vielen Rum schlaff herunter.
»Hannah!«, rief er. »Tanz mit mir!« Er legte seinen Arm um ihre Taille, hob sie hoch und wirbelte sie im Kreis.
»Das Kleid …«, sagte Hannah atemlos. »Woher haben Sie Megs Kleid? Wo ist sie?«
James lachte laut auf. »Sie machen sich zu viele Sorgen, meine süße, kleine Hannah.« Er drehte sie wieder im Kreis herum. »Meg schläft in meiner Kabine. Sie hat

sich neulich erkältet und ruht sich aus. Sie will nicht gestört werden. Das Kleid hat sie mir für die Linientaufe ausgeliehen.«

Hannah nickte langsam und wartete auf ein Gefühl der Erleichterung.

Sie erinnerte sich daran, wie Long Meg unten im Orlopdeck James zugezwinkert und gesagt hatte: *Ich glaube, sie wären einem Tänzchen mit einem leichten Mädchen nicht abgeneigt, Mister.*

James wirbelte sie herum, seine Spanhaare klatschten ihr ins Gesicht und sein Schnapsatem nahm ihr die Luft. *Vielen Dank, Meg, aber heute bin ich nicht in Tanzstimmung.* Sie erinnerte sich an seinen spöttischen Blick. *Leute wie sie sind wie Tiere.* Sie erinnerte sich, was Long Meg einmal über James gesagt hatte. *Eins weiß ich mit Sicherheit. Dieser Leutnant Belforte ist kein Gentleman.*

»Ich möchte sie besuchen«, sagte Hannah und versuchte sich loszumachen.

James fasste sie fester um die Hüfte. »Morgen. Morgen können Sie sie besuchen. Heute Nacht soll sie sich ausruhen. Komm, tanzen wir. Die Sterne funkeln, wir sind jung. Sie sollten fröhlich sein, Hannah.«

Hannah blickte zum Himmel hinauf und suchte das glühende Auge des Großen Bären. Sie drehte den Kopf hin und her, aber sie konnte es nirgendwo entdecken.

»Der Bär …«, sagte sie. Ihr wurde schwindelig vom Tanzen. »Ich sehe ihn nicht.«

James lachte. »Der Bär ist weg«, antwortete er. »In diesem Teil der Welt gibt es keine Bären.« Er drehte sie so schnell im Kreis, dass Hannahs Sicht verschwamm.
»Wie ist das möglich? Das ist doch ein Stern …«
»Wir haben gerade den Äquator überquert«, sagte James lachend und drückte sie an sich. Er stank nach Rum und Seetang. »In der südlichen Hemisphäre gibt es andere Sterne. Haben Sie die Veränderung nicht bemerkt?«
Hannah stemmte die Füße gegen den Boden und wand sich aus seiner Umarmung. Aber ihr war so schwindelig, dass das Schiff sich weiter um sie zu drehen schien. Sie verlor das Gleichgewicht und fiel auf das Deck.
Sie kniff die Augen zu, damit das Kreiseln aufhörte, und kroch auf allen vieren davon. Dabei rempelte sie jemanden an, der sie wieder auf die Füße zerrte.
Sie schaute hoch und starrte direkt in das Gesicht von Davy Jones. In seinem Mund steckte eine glimmende Zigarre, von der lange Rauchkringel aufstiegen – das glühende Auge, das sie zuvor gesehen hatte. Er griff mit der Hand an seinen Mund und zog grinsend die Zigarre heraus. Hannah erhaschte einen Blick auf seine Zähne, die von schwarzem Speichel verfärbt waren.
Hinter ihm stand Molly, ihr Gesicht eine Maske des Grauens.
»Dr. Fell«, wimmerte sie.
Hannah packte Molly an der Hand und sie rannten zu dem Niedergang, der zum Unterdeck führte. Sie hasteten

durch die Gänge mit den niedrigen Balkendecken, bis sie zu James' Kabine kamen.

Die Tür war zu. Hannah stand keuchend davor und starrte sie an. Sie traute sich nicht sie zu öffnen, aus Angst, was sie drinnen vorfinden könnte.

Molly klammerte sich an ihre Hand. Hannah fasste an die Klinke, drückte sie herunter und machte die Tür auf.

Die Kabine war leer. Auf dem Bett lagen ein ordentlich gefaltetes Hemd und eine Kniehose. Hannah schloss einen Moment die Augen. Dann schaute sie Molly an.

»Wir müssen hinunter und nachsehen«, sagte sie.

Molly schüttelte heftig den Kopf. »Nein, da geh ich nie mehr hin.«

Hannah nickte. »Dann husch schnell wieder ins Bett. Ich komme gleich nach. Aber sei bloß vorsichtig.« Sie holte tief Luft und machte sich auf den Weg zum Zimmer des Doktors.

Als sie Long Meg entdeckte, schien jegliche Empfindung aus ihr zu weichen.

Sie glaubte, weinen oder kotzen oder toben zu müssen. Aber sie fühlte sich nur wie betäubt.

Megs nackter Körper lag ausgestreckt auf dem Operationstisch, bleich und leblos. Einen Augenblick lang empfand Hannah eine vage Faszination, als sie Megs vollen, weichen Busen und das Dreieck von dunklen Haaren zwischen ihren Beinen sah.

Dann dachte sie an James. *Eins weiß ich mit Sicherheit. Dieser Leutnant Belforte ist kein Gentleman.*

Megs Kopf war zur Seite gerollt und ihre Augen starrten blind an die Wand. Zu den beiden Schnittwunden auf ihren Wangen waren Dutzende weiterer Schnitte gekommen, die ihren weißen, kalten Körper bedeckten. Ihre Hände hingen schlaff zur Seite. Ihre Beine waren leicht nach innen gekehrt, sodass sich ihre großen Zehen berührten. Auf ihrem Hals waren schwarze Abdrücke, bei deren Anblick Hannah an Dr. Ullathornes lange weiße Finger denken musste. Sie dachte auch an James' zarte Hände und seine gepflegten, weißen Halbmondnägel.

Sie trat neben den Tisch und strich sanft über Megs Haarstoppeln. Sie berührte ihre grauen Lippen und schloss ihre blicklosen Augen. Sie meinte etwas sagen zu müssen, aber sie war leer. Als hätte jemand ihr Inneres ausgehöhlt, leer wie eine Muschelschale oder eine Porzellanpuppe.

KAPITEL 19

Scatterheart wanderte durch den glühenden Wüstensand, bis sie benommen und erschöpft zusammenbrach.

Zwei Tage nach der Äquatorüberquerung und nach drei Monaten auf See geriet die *Derby Ram* in eine Flaute. Das Schiff kroch dahin und blieb schließlich stehen. Kein Wind regte sich in diesem Teil des Ozeans. Es gab zwar aus verschiedenen Richtungen leichte Luftströmungen, doch die reichten nicht aus, das Schiff in Bewegung zu setzen. Die Besatzung lungerte untätig herum und wartete auf eine Brise, die sie sich zunutze machen konnte.

Es war heiß, unvorstellbar heiß. Die Hitze drückte auf das Schiff wie eine feuchte Wolldecke, die alles und jeden erstickte. Die Gesichter der Menschen wurden rot und rissig. Die Lippen sprangen auf und bekamen Brandblasen. Die Offiziere entledigten sich ihrer schweren, dunklen Wolljacken und gingen in Hemdsärmeln zum Dienst. Die Matrosen, die gewöhnlich barfuß und mit nacktem

Oberkörper arbeiteten, deckten Rücken und Füße ab, um sie vor der unbarmherzigen Sonne zu schützen.

Die Segel wurden gelockert und hingen schlaff an den Masten. Kleine Wellen klatschten gegen den Rumpf und brachten das Schiff in Übelkeit erregende Schaukelbewegungen, die ganz anders waren als das gleichmäßige Rollen unter vollen Segeln.

Hannah kauerte sich auf ihrem Bett zusammen. Ihr war schwindelig, sie hatte keinen Appetit und bei jedem Versuch, etwas zu essen, rebellierte ihr Magen und sie musste erbrechen.

Molly hatte sich angewöhnt in Long Megs Bett zu schlafen. Jeden Morgen holte sie Megs Löffel und kratzte eine neue Kerbe in das Brett über dem Bett. Dann legte sie sich wieder hin, sah zu Hannah hinüber und wartete, dass diese etwas sagte.

»Warum redest du nicht über Long Meg?«, fragte sie eines Morgens.

Hannah reagierte nicht. Sie konnte nicht darüber sprechen. Sie wusste, wenn sie nur Megs Namen ausspräche, würde sich ihre Taubheit auflösen und sie würde zusammenbrechen. Molly schaute sie aus ihrem gesunden Auge groß an.

»Wieso vermisst sie niemand?«

Hannah schwieg.

Molly seufzte und ging zu einem anderen Schlafplatz, wo Cathy mit Patty, einer missgelaunten Rothaarigen, und

Susan, einer pummeligen Frau mit Hasenscharte, lustlos eine Partie Rommé spielte.

»Vermisst ihr Long Meg nicht?«, hörte Hannah sie fragen.

Cathy drehte sich zu Molly um.

»Halt den Mund«, fuhr sie sie giftig an. »Sie kommt nicht wieder.«

Molly runzelte die Stirn. Ihre glänzende Haut knitterte wie Papier.

»Das weiß ich«, sagte sie, »aber warum sprechen wir nicht über sie? Warum erinnern wir uns nicht an sie?«

Patty sah sie böse an und legte ihre Karten ab.

»Weil wir sonst noch genauso enden.«

Hannah dachte daran, wie Long Meg zu Beginn der Reise die Offiziere gereizt hatte. Einmal war sie mit schreckverzerrtem Gesicht zu einem hingerannt und hatte geschrien: »Sir! Oh, Sir! Helfen Sie mir! Da ist was hinter mir her! Etwas Großes, Weißes! Es folgt mir ständig, egal, wohin ich geh!«

Der Offizier verdrehte die Augen.

»Was denn, Meg?«

Und plötzlich verschwand ihr entsetzter Gesichtsausdruck und sie brüllte lachend: »Mein Arsch!«

Hannah sprach über eine Woche lang mit keiner Menschenseele.

Die wenigen Male, die sie ihr Bett verließ, um ihre karge Wasserration in Empfang zu nehmen, hielt sie ständig den Kopf gesenkt, um ja nicht James sehen zu müssen. Sie brachte es nicht fertig, an ihn zu denken, an sein hübsches Gesicht, seine sanften Hände, seine wohltönende Stimme. Dies war alles so weit entfernt von ihrem Bild von Long Meg, wie sie kalt und still im Behandlungszimmer von Dr. Ullathorne lag.

Natürlich hatte James nichts damit zu tun. Bestimmt nicht. Er war ein Gentleman.

Aber dann dachte sie an den James, der beim Tanzen lachend Megs Mantel getragen hatte, und an seine vom Alkohol geröteten Wangen.

Hannah erinnerte sich, wie ihr Vater ihr den Mantel geschenkt hatte. Er hatte in einer weißen Schachtel gelegen, in blassrosa Seidenpapier eingeschlagen und mit Rosenwasser besprenkelt.

Nach einer Woche waren die Wasservorräte fast aufgebraucht. Hannahs Mund trocknete aus und sie hatte einen fauligen Geschmack auf der geschwollenen Zunge. Das Zahnfleisch war schmerzhaft entzündet. Bei jeder Bewegung floss der Schweiß in Strömen.

Alles – Stoffe, Leder und Lebensmittel – wurde feucht und überzog sich mit einer weißgrünen Schimmelschicht. Die Matratzen und Decken waren klamm, die Blechnäpfe und Löffel rosteten und nach zehn Tagen waren den Männern lange Bärte gewachsen, da ihre Rasiermesser unbrauchbar geworden waren.

Das Schiff trieb träge im stillen Ozean, umgeben von einer Abwasserlache. Und über allem hing der Gestank von Jauche und vergammeltem Essen. In dem fauligen Wasser gediehen seltsame, milchig grüne Algen, die sich immer weiter ausbreiteten und bald am Rumpf des Schiffs hinaufwucherten.

Das Orlopdeck erstickte in Moder. Durch Risse im Schiffsbauch, der in der Hitze aufgequollen war, drang allerlei Unrat in den Laderaum. Alles war in einen ekelerregenden Gestank nach Verwesung und Blut gehüllt.

Hannahs Knie und Handgelenke schmerzten Tag und Nacht, auf ihrer Haut bildeten sich schwarze und blaue Stellen. Sally sagte ihr, es sei Skorbut und sie müsse Dr. Ullathorne aufsuchen, doch Hannah schüttelte nur matt den Kopf.

Von den Deckenbalken tropfte geschmolzener Teer auf die Frauen. Hannahs Gesicht und Arme waren bald von schwarzen Brandmalen übersät.

Molly hatte schon fünfzehn Kerben in das Brett über Long Megs Bett gekratzt, als James zu Besuch kam.

Hannah drehte ihm den Rücken zu, aber er berührte sie sanft an der Schulter. Sie freute sich insgeheim ein bisschen darüber, fragte sich jedoch, warum er nicht schon früher gekommen war.

»Hannah«, sagte er, »erlauben Sie, dass ich Ihnen helfe. Sonst sterben Sie.«

Sie war zu schwach, um sich zu wehren.

Er hob sie vom Bett und trug sie die Treppe zum Oberdeck hoch. Obwohl alles andere um sie herum nach verdorbenem Essen und Fäkalien stank, duftete er nach Veilchen und Sandelholz. Als sie oben angelangten, war Hannah von der auf dem Wasser gleißenden Sonne so geblendet, dass sie zuerst nichts sehen konnte. Auf den sengend heißen Planken brodelte der Teer.

Fürsorglich wickelte James ein paar Stofffetzen um ihre Füße, damit sie sich auf dem glühenden Holz nicht verbrannte. Dann führte er sie unter ein behelfsmäßig errichtetes Sonnensegel und ließ sie Platz nehmen.

Im Gegensatz zu allen anderen Männern auf dem Schiff war James immer noch glatt rasiert. Er hielt Hannah einen Blechbecher hin.

»Trinken Sie. Sie müssen doch wieder gesund werden.«

Hannah hatte einen unerträglichen Durst. Sie griff nach dem Becher, nahm gierig einen Schluck und spuckte sofort wieder aus. Die Flüssigkeit verdampfte zischend auf dem Deck. Ihr Gaumen und ihre Zunge brannten.

»Das ist Essig«, sagte James. »Das wird Ihnen helfen.«

Dort, wo sie den Essig hingespuckt hatte, waren blutige Schlieren. Ihr Zahnfleisch fühlte sich aufgequollen an wie ein Schwamm. Sie fuhr mit ihrer geschwollenen Zunge über ihre Zähne und spürte, dass sich etwas gelockert hatte. Sie spuckte noch einmal aus. Ein weißer Zahn fiel auf das Deck und von Hannahs Unterlippe löste sich ein langer blutiger Speichelfaden.

Aus den Augenwinkeln sah sie, wie James zusammenzuckte. Sie machte verlegen die Augen zu.

»Trinken Sie den Essig, Hannah«, sagte er. »Bitte.«

Sie hob den Becher an die Lippen und trank. Der Essig brannte wie Feuer und sie konnte kaum schlucken. Sie ließ den Becher fallen, beugte sich vor und erbrach. James hielt ihr die Haare nach hinten und streichelte sanft ihre Stirn.

»Schsch, jetzt wird alles wieder gut. Ich werde mich um Sie kümmern.«

Hannah erinnerte sich undeutlich an sein Gesicht, als er sie nach der Äquatortaufe über das Deck gewirbelt hatte. Vorsichtig fuhr sie mit der Zunge über ihr wundes Zahnfleisch und ertastete in der oberen Zahnreihe hinten links eine Lücke. Dann betrachtete sie den weißen Zahn auf den Planken, der in einer Pfütze aus Blut und Speichel lag. Sie war in der Hitze schon fast wieder getrocknet.

»Sie haben mich angelogen«, krächzte sie heiser. »Wegen Long Meg.«

»Zugegeben. Und ich entschuldige mich dafür. Ich wollte sie retten, aber sie war schon tot, als ich hinkam. Ich konnte nichts mehr tun. Ich wollte es Ihnen nicht sagen, weil … ich wollte Sie nicht aufregen.«

Er nahm zärtlich ihre Hände.

»Ich würde niemals etwas tun, das Sie verletzt, Hannah.«

Hannah blinzelte. Die gleißende Helligkeit tat ihren Augen weh. Der Essig blubberte in ihrem leeren Magen.

»Sie haben es gewusst«, keuchte sie. »Sie wussten, dass ich es irgendwann erfahren würde. Alle wissen es.«

James streichelte mit seinem Daumen ihre Hand. »Es heißt, sie sei an einer Infektion gestorben.«

Die Hitze schlug wie ein Hammer auf Hannah ein. Sie bekam Platzangst, als würde sie von einem schrecklichen Gewicht niedergedrückt werden.

»Dr. Ullathorne ...«, setzte sie an.

James seufzte. »Es war falsch, was er getan hat. Aber wir brauchen ihn. Er ist unser Schiffsarzt. Auf der Krankenstation sind zurzeit über sechzig Personen: Sträflinge, Matrosen und Offiziere. Ohne ihn werden wir diese Reise nicht überleben.«

Hannah versuchte ihre Lippen mit der Zunge ein wenig zu befeuchten.

»Hannah«, sagte James, dann unterbrach er sich und drückte ihre Hand. »Ich möchte mich um Sie kümmern.«

»Warum?«, fragte Hannah. »Warum wollen Sie sich um mich kümmern?«

»Weil ich Sie liebe.«

Hannah fragte sich, ob jemand, der so grausam war, Long Meg so etwas anzutun, wirklich lieben konnte. Was hatte sie getan, dass er solche Gefühle für sie hegte?

»Warum? Warum lieben Sie mich?«

»Ich weiß, wer Sie sind, Hannah«, sagte James. »Ich weiß, wer Ihr Vater war.«

Hannah runzelte die Stirn.

»Mein Vater war ein Halunke«, erwiderte sie. »Er hat das Geld meiner Mutter verspielt.«
»Er war ein Edelmann«, entgegnete James. Er drückte wieder ihre Hand. »Ich weiß, dass ich Sie glücklich machen kann.«
Hannah wurde schwindelig, sie dachte plötzlich daran, dass Thomas Behr genau dasselbe zu ihr gesagt hatte. Es kam ihr vor, als sei das in einem anderen Leben gewesen. Sie spürte, wie die Taubheit von ihr wich und ein Gefühl von Traurigkeit ihr Herz beschlich. Sie wehrte sich dagegen, wollte die Erstarrung der vergangenen Tage nicht verlieren.
»Bitte, Hannah«, sagte James. »Kommen Sie mit in meine Kabine. Ich werde mich um Sie kümmern, wenn wir nach New South Wales kommen. Ich werde Sie heiraten. Wir können nach London zurückkehren und ich werde uns ein Haus in Mayfair mit vierzig Dienern und sechs Kutschen kaufen.«
Hannah gab keinen Ton von sich. Von oben war ein Grollen zu hören. Sie hob den Kopf und sah James an. Seine Uniform war frisch und makellos. Kein Schweißtröpfchen glitzerte in seinen Augenbrauen. Er war wie ein Engel, der über dem Schiff schwebte, während die anderen schwitzten, verbrannten und verfaulten.
Sie dachte an Thomas Behr und an seine Ärmel, die immer zu kurz für seine langen Arme gewesen waren. Sie dachte an den großen weißen Bären und sah, wie ein Schatten

über James' Gesicht wanderte, als könnte er ihre Gedanken lesen.
Sie wusste, dass er sie belog.
Er war genau wie ihr Vater. Hannah erinnerte sich daran, wie aufgebracht Thomas Behr gewesen war, als Hannah ihm erzählt hatte, dass Arthur Cheshire eine Dienerin gefeuert hatte, weil sie beim Servieren mit der Tasse geklappert hatte. Hannah hatte sich Thomas' Aufregung nicht erklären können. Jetzt verstand sie.
Ihr Vater hatte sich nicht für sie interessiert. Er hatte sie geliebt, ja, aber das war nicht dasselbe. Auch James interessierte sich nicht für sie, trotzdem würde er alles tun, damit sie bei ihm bliebe, selbst wenn er dafür sämtliche Sträflinge auf dem Schiff ermorden müsste.
Hannah hatte gedacht, James sei ein Gentleman wie ihr Vater. Ein Herr von Stand. Long Meg hatte recht gehabt. James war kein Gentleman, aber nicht deshalb, weil sein Vater Knöpfe verkaufte.
Doch was blieb ihr anderes übrig? James bot ihr Wohlstand und Sicherheit an. Was sollte sonst aus ihr werden? Eine Dienerin in Sydney Town vielleicht? Eine Fabrikarbeiterin? Hannah erschauderte bei dieser Vorstellung. James würde sich um sie kümmern. Hannah biss sich auf die Lippe und bat Long Meg in Gedanken um Vergebung.
Plötzlich wurde es dunkel, als hätte jemand einen Vorhang vor die Sonne gezogen.
Hannah holte tief Luft.

Dann öffnete der Himmel seine Schleusen und schleuderte solche Mengen von Wasser herab, dass Hannah im ersten Moment nicht wusste, wo das Meer aufhörte und der Regen begann. Es war ein warmer tropischer Platzregen und Hannahs Kleid klebte bald unangenehm an ihrem Körper. Die Planken zischten und knisterten, als das Wasser auf sie einprasselte.

»Belforte!«, rief jemand.

Hannah blickte auf und sah Captain Gartside, der mit nacktem Oberkörper und nassem, strähnigem Haar auf dem Achterdeck stand. Sein Gesicht war rot und rissig, die Haut auf seiner Nase pellte sich. Das Wasser lief in Bächen über sein Gesicht.

»Gleich, Sir«, sagte James, ohne seinen Blick von Hannah zu lösen.

»Nicht gleich, jetzt sofort!«, schrie der Captain. »Das Kreuzholz!«

James hielt noch einen Moment lang inne und schaute Hannah forschend an, dann stand er auf und rannte durch den Regen davon.

Der Regenguss dauerte nur eine Minute und schon bald hatte die sengende Sonne jedes Wassertröpfchen aufgeleckt und das Deck glühte wieder wie ein Backofen.

James war noch auf dem Achterdeck und gab den hin und her rennenden Matrosen Anweisungen. Er sah immer noch makellos aus, als hätte der Regen ihm nichts anhaben können.

Captain Gartside kniete vor dem Großmast und zog mit aller Kraft an einem Seil. Der Schweiß rann in Strömen über seine Stirn.
Hannah seufzte. Sie würde auf James warten. Er würde sie in seine Kabine bringen und ihr Wasser und richtiges Essen geben. Doch der Regen hatte irgendwie reinigend auf Hannahs Seele gewirkt. Vielleicht geschah es ihr auch recht, als Dienerin oder Fabrikarbeiterin in Sydney Town zu enden.
Mit einem Mal war ihr alles zu schwierig, zu viel. Sie wollte nicht mit James sprechen. Sie wollte auch nicht an Long Meg denken oder irgendwelche Entscheidungen treffen. Sie wollte sich nur auf ihrem Bett zusammenrollen und schlafen, für immer und ewig schlafen.

KAPITEL 20

Scatterheart lag in der sandigen Ödnis und dachte sehnsüchtig an den Eisgarten und den weißen Bären. Sie schlug die Augen auf und befand sich zu ihrer Überraschung in einem üppigen grünen Tal. Sie schaute sich um und sah vor sich ein Schloss. Scatterheart schrie vor Freude auf – es war das Schloss des weißen Bären!

Hannah schleppte sich nach unten und fiel auf ihr Bett. Das Herz wollte ihr vor Traurigkeit zerspringen, heiße Tränen stiegen ihr in die Augen. Alles hatte sich als falsch erwiesen.

Ihr war, als schwimme sie in einer heißen Brühe. Die Luft war von Wasserdampf und Schweiß erfüllt. Sie lag auf dem Rücken und starrte ins Leere. Ihr Kleid klebte an ihrer Haut und jeder Zentimeter ihres Körpers war erhitzt. Sie wollte sich mit der Hand ein wenig Wind zufächeln, aber die Luft war so drückend, dass auch das keine Erfrischung brachte. Sie sehnte den Schlaf herbei und schloss die Augen, doch dann tauchten Gesichter vor ihr auf.

Das Gesicht ihres Vaters, das vor Angst rot angelaufen war.
Das Gesicht von Thomas, als sie ihm die Tür vor der Nase zugeworfen hatte.
Das schreckensstarre Auge von Molly, als der Arzt sich über sie beugte.
Das Gesicht von Long Meg, weiß, kalt und leer wie ein Stein.
Das betrunkene Gesicht von James, der lachend in Long Megs Kleid tanzte, während diese tot im Behandlungszimmer lag.
Ach, hätte sie doch nur den Kopf wenden und Long Meg in ihrem Bett sehen können. Meg hätte sich die Flohstiche auf ihrem Stoppelkopf gekratzt und gesagt: »Die Leichtmatrosen sind im Anmarsch.« Und Hannah hätte geseufzt, worauf Long Meg gefragt hätte: »Was haben Sie denn, Prinzessin Tausendschön?«
Hannahs Augen schmerzten, aber sie hatte keine Tränen mehr übrig.
»Ich vermisse dich«, flüsterte sie.
Meg verdrehte die Augen.
»Und ich heiße Rumpelstilzchen.«

Hannah kam mit einem Ruck zu sich. Hatte sie geschlafen? Irgendetwas war anders. Sie fühlte sich hellwach wie schon seit Tagen nicht mehr. Träumte sie? Sie streckte die Hand aus und spürte das vertraute raue Holz des Schiffsrumpfs.

Da bewegte sich etwas.
Einen winzigen Moment lang spürte Hannah, wie sich die Luft um sie herum regte. Sie hielt den Atem an. Ein leiser, kühler Lufthauch strich über ihre Braue. Sie kletterte aus ihrem Bett und stützte sich an der Wand ab. Dann tastete sie sich im Dunkeln über die rauen Planken und setzte zaghaft einen Fuß vor den anderen. Als sie zur Treppe kam, spürte sie es wieder. Ein sanfter Luftzug kitzelte sie an der Wange. Sie packte das Tau und zog sich empor.
Auf dem unteren Deck war alles still. Keiner der Matrosen rührte sich.
Hannah fragte sich, ob die anderen tot waren. Sie stieg zum Oberdeck hinauf und erstarrte.
Das ganze Schiff war von einer Eisschicht bedeckt.
Das Deck glitzerte im Mondlicht. Die Sterne funkelten hell. Das Meer lag still und glatt da und verlor sich in der Dunkelheit wie ein großer schwarzer Granit.
Niemand war zu sehen. Kein Wachmann, kein Matrose, kein Offizier. Hannah bekam eine Gänsehaut auf ihren nackten Armen. Es war das Herrlichste, was sie seit Langem gefühlt hatte. Sie atmete tief ein. Die süße kalte Luft füllte ihre Nase, ihren Mund, ihren Hals, ihre Brust.
Auf dem Achterdeck ließ sie ihre Hand über die glitzernde Reling gleiten. Silberne Eiskristalle lösten sich und fielen leise klirrend zu Boden. Sie schloss die Augen und atmete tief ein. Dann hörte sie ein leises Plätschern und öffnete

sie wieder. Sie spähte auf das schwarze Wasser hinaus, etwas Weißes blitzte dort auf.

Der Mond, dachte sie. Der Mond spiegelt sich im Wasser.

Der weiße Fleck wurde größer. Sie stieg die Treppe zum Poop hinauf, dem höchsten Deck des Schiffs. Dort war sie noch nie zuvor gewesen. Ihre Haut kribbelte vor Aufregung und ihre Haare sträubten sich. Sie schaute und wartete.

Es war ein Bär.

Ein großer weißer Bär.

Er schritt über das Wasser wie über eine feste Eisschicht und trottete geradewegs auf das Schiff zu. Hannah klammerte sich an das Geländer und wieder lösten sich Eiskristalle und fielen klirrend vor ihre Füße.

Der Bär kam näher.

Er war riesengroß, fast ein Drittel so groß wie die *Derby Ram*. Er hatte einen geschmeidigen, kräftigen Körper, einen lang gestreckten Hals und einen kantigen, nach unten geneigten Kopf. Seine kleinen, spitzen Ohren waren aufgerichtet und die schwarzen Augen funkelten im Mondlicht. Sein dichtes weißes Fell hing lappig an ihm herab. Er hatte nichts mit dem geschundenen, verdreckten Eisbären gemeinsam, der beim Frostmarkt mit den Hunden gekämpft hatte.

Als er das Heck der *Derby Ram* erreicht hatte, stellte er sich auf die Hinterbeine. Hannah sah ihn voller Furcht an. Seine Beine standen fest auf dem vereisten Meer und sein Kopf befand sich auf ihrer Höhe.

Hannah hielt den Atem an.
Der Bär setzte die Pranken auf das Heck und schaute ihr ins Gesicht. Seine schwarzen Augen funkelten. Sein Atem war eiskalt und roch nach Winter. Der Bär öffnete das Maul und brüllte.
Ein eisiger Wind fuhr durch Hannahs Haare. Beim Anblick der riesigen gelben Zähne und der feuchten schwarzen Schnauze schreckte sie zurück. Der Bär spannte die Muskeln an und sein Fell erbebte in Wellen. Die Augen nicht von ihr lassend, begann er zu schieben.
Das Schiff rührte sich träge. Der Bär drückte noch stärker. Die Spanten ächzten unter der ungewohnten Bewegung. Der Bär drückte und drückte.
Hannah machte einen Schritt nach vorn und streckte zitternd die Hand aus. Das Schiff ruckte ein winziges Stück vorwärts.
Sie berührte den Bären an seiner riesigen Pranke. Sie spürte seine harten Klauen, sein raues, dickes Fell, die angespannten Muskeln.
Und dann bewegte sich die *Derby Ram* wieder ein Stückchen vorwärts, wie ein aus tiefem Schlaf erwachtes Tier, und glitt langsam durch das stille Wasser.
Der Bär ließ das Heck los.
Hannah spürte, wie Fell und Klauen sacht ihren Fingern entglitten. Das mächtige Tier ließ sich auf alle viere fallen. Kleine Wellen pflanzten sich vom Schiff aus fort und umringten den Bären.

Er sah ihr nach, während das Schiff langsam aus der Flaute glitt. Schließlich war er wieder ein kleiner weißer Fleck wie am Anfang und flimmerte aus ihrem Blickfeld. Hannah drehte sich um, ging zu ihrer Koje zurück und schlief augenblicklich ein.

KAPITEL 21

Im Schloss war die Tafel für ein großes Festmahl gedeckt und am Kopf der Tafel saß ein Prinz, der war unvorstellbar schön. Scatterheart nahm Platz und begann zu essen, aber die Speisen schmeckten nach Asche und die Zunge des Prinzen züngelte aus seinem Mund wie bei einer Schlange. Das Mädchen schüttelte den Kopf. »Ihr seid nicht mein weißer Bär«, sagte es und verließ das Schloss.

Hannah erwachte und spürte das vertraute Auf und Ab des Schiffs auf den Wellen. Ihre Finger waren um Thomas' Taschentuch geschlungen. Oben an Deck beugten sich Männer wie Frauen über die Reling und ließen sich den Wind um die Nase wehen. Die Segel waren straff gespannt und die *Derby Ram* schnitt wie ein Messer durch das warme Meerwasser. Es war immer noch heiß, aber der Wind hatte die erdrückende Hitze, die während der Flaute geherrscht hatte, verscheucht und alle waren zum Feiern aufgelegt. Tam Chaunter holte seine Fidel hervor und Hopping Giles begann ein Liedchen zu singen.

Seemann, lass das Träumen, denke nicht an mich.
Seemann, denn die Fremde wartet schon auf dich.

Die übrigen Matrosen stimmten in den Refrain ein.

Deine Heimat ist das Meer,
deine Freunde sind die Sterne,
deine Liebe ist dein Schiff,
deine Sehnsucht ist die Ferne.

Hannah schlängelte sich durch das Gewühl von Sträflingen, Matrosen und Offizieren und suchte Molly. Als sie hinter dem dicken Großmast nachschauen wollte, stand plötzlich James vor ihr.

»Suchen Sie mich?«, fragte er lächelnd.

Hannah öffnete den Mund, brachte aber kein Wort hervor. Sie dachte an den weißen Bären und an Thomas' Taschentuch.

James nahm ihre Hand und führte sie zur Reling. Die Matrosen hatten Angelschnüre ins Wasser geworfen und zogen silbrige Thunfische aus dem Meer. Zum Abendessen würde es frischen Fisch geben.

»Ich habe gute Neuigkeiten«, begann James. »Ich habe Captain Gartside überreden können, dass ich in New

South Wales bleiben darf. Dort werden noch Offiziere für die Verwaltung der größer werdenden Kolonie und die Organisation der Sträflingsarbeit benötigt. Ich werde ein schönes Haus für uns kaufen und Sie können hübsche Kleider tragen. Nach ein paar Jahren können wir einen Antrag auf Strafverkürzung stellen und nach London zurückkehren.«

Hannah schluckte. Einer der Matrosen hievte einen zappelnden Fisch an Deck, der wild um sich schlug und die hölzernen Planken peitschte. Der Matrose versuchte ihn festzuhalten, aber er entglitt ihm immer wieder. Die Sonne spiegelte sich in seinen Schuppen. Endlich fing der Matrose den Fisch ein und schlug seinen Kopf gegen die Wandung. Der Fisch zuckte, dann rührte er sich nicht mehr.

»Ich kann nicht«, sagte Hannah, ohne James anzusehen.

Der Matrose zückte ein Messer und schlitzte den Bauch des Fisches auf. Rotes Blut und grauviolettes Gedärm ergossen sich auf das Deck.

»Keine Sorge, mein Schatz«, sagte James. Er schlang einen Arm um ihre Taille und zog sie an sich. »Wenn du willst, dass wir heiraten, dann heiraten wir. Und wir überlegen uns etwas, das wir den Leuten erzählen, wenn wir nach London zurückkehren.«

»Nein«, sagte Hannah und machte sich von ihm los.

Seine blauen Augen schauten sie halb lächelnd, halb fragend an.

Hannah schüttelte den Kopf. »Ich liebe Sie nicht, James.«
»Wie meinst du das?« James sah aufrichtig verwirrt aus.
Hannah blickte auf das Wasser hinunter, ohne zu antworten.
James schwieg einen Augenblick. Hannah spürte, dass er tief verletzt war. Er liebte sie also wirklich.
»Es tut mir leid«, flüsterte sie.
»Leid?«, stieß James barsch hervor. »Du solltest dankbar sein. Du hast wohl vergessen, dass du eine Verbrecherin bist. Ein Sträfling.«
Hannah biss sich auf die Lippe. Wofür sollte sie dankbar sein?
James umklammerte die Reling. Seine Fingerknöchel traten weiß hervor.
Hannah wand sich verlegen.
»Es tut mir leid, wenn Sie geglaubt haben, dass ... jedenfalls ist es nicht wahr.«
James lachte bitter. »Du bist keinen Deut besser als diese dreckige Schlampe, die du so gemocht hast. Vielleicht solltest du besser auch tot sein.«
Hannah erstarrte.
»Sprechen Sie nicht so über Meg!«
»Wie nicht? Schlampe? Luder? Hure? Ihr seid doch alle gleich, ihr Flittchen. Zuerst macht ihr euch über einen Mann her, macht ihm schöne Augen und tänzelt um ihn herum. Und dann saugt ihr ihn aus, saugt ihm das Mark aus den Knochen. Und wenn von ihm nur noch alte, aus-

gelaugte Gebeine übrig sind, dann spuckt ihr ihn aus und geht zum Nächsten. Ich weiß genau, wie ihr seid.«

Die Matrosen und die Frauen, die in der Nähe arbeiteten, taten, als bemerkten sie nichts, aber Hannah wusste, dass sie genau zuhörten.

»Ich möchte dieses Gespräch nicht fortsetzen«, sagte Hannah steif. »Ich muss jetzt Molly suchen.«

»Natürlich«, stöhnte James. »Typisch, dass du dich zu so einem gottlosen Geschöpf hingezogen fühlst. Diesem Tier, das nie von der Hand des Herrn berührt worden ist. Mich willst du nicht. Ich bin zu sauber. Zu vornehm. Du willst diese Missgeburt, die dazu verflucht ist, in den dunkelsten, widerwärtigsten Ecken dieser Welt herumzukriechen.« Er packte Hannah an den Handgelenken, zog sie zu sich heran und stieß ihr seinen Atem ins Gesicht. »Willst du dein Leben lieber mit so einem elenden Ungeheuer verbringen als mit mir?«

Hannah versuchte sich zu befreien, aber James hielt sie fest. Sie blickte ihn kalt an und sagte, ohne mit der Wimper zu zucken: »Ich würde lieber eine Ewigkeit in Mollys Gesellschaft verbringen als noch eine Sekunde in der Ihren.«

James ließ ein Handgelenk los und trat einen Schritt zurück. Hannah entzog ihm auch ihre andere Hand und wandte sich zum Gehen. Da schlug James zu. Ein Blitz explodierte in ihrem Kopf und sie stürzte auf das Deck. Ihre Stirn krachte auf die hölzernen Planken und ihre

Hände knickten schmerzhaft um. James beugte sich über sie, packte sie an den Haaren und riss sie wieder hoch. Hannah wurde schwindelig und übel. Ihr Kopf dröhnte und ihr rechtes Auge tat weh.
James kam ganz dicht an sie heran.
»Wenn es das ist, was du willst, bitte sehr«, zischte er. »Damit kommst du nicht durch, das sage ich dir. Wenn du dich wie ein Tier aufführst, dann sollst du auch wie ein Tier behandelt werden.«
Er zerrte sie die Treppe hinunter zu einem kleinen vergitterten Gehäuse im Laderaum. Der Bau. Er stieß sie hinein und verriegelte die Tür.
»Hier kannst du von mir aus bleiben, bis du verschimmelst.« Er spuckte aus und ging.
Hannah ließ sich erschöpft auf den strohbedeckten Boden fallen. Der Käfig stank nach Stallmist. Sie dachte daran, wie viele Tage Meg hier hatte verbringen müssen, und schloss die Augen, um die Erinnerungen an sie wachzurufen. Aber es gelang ihr nicht.
Es war ihre Schuld. Hätte sie nur gleich auf Molly gehört. Hätte sie Meg nur nicht mit Dr. Ullathorne allein gelassen. Hätte sie nur nicht James um Hilfe gerufen. Hätte sie ihm nur nicht vertraut, als er gesagt hatte, dass es Meg gut ginge.
Long Meg war tot und sie, Hannah, war schuld daran.

KAPITEL 22

**Scatterheart wanderte immer weiter,
bis sie in das Land des Südwinds kam. Sie fragte ihn,
ob er wüsste, wo das Land östlich der Sonne und
westlich des Mondes sei.
»Ich bin niemals dort gewesen«, sagte der Südwind,
»aber ich bringe dich zu meinem Bruder, dem Nordwind.
Er ist der älteste und mächtigste von uns Brüdern.
Steig auf meinen Rücken.«**

Als Hannah dreizehn wurde, lud ihr Vater sie in Vauxhall Gardens ein. Sie durfte eine Freundin mitnehmen, aber der Einzige, der ihr einfiel, war Thomas. Arthur Cheshire war nicht sonderlich angetan, aber da es ihr Geburtstag war, bekam sie ihren Willen.

Ihr Vater zahlte den Eintritt von drei Schilling und Sixpence pro Person, dann durften sie den Vergnügungspark betreten. Es gab breite Alleen, die von hohen grünen Hecken und mächtigen Bäumen umsäumt waren.

Hannah spürte das Knirschen der Kieselsteine durch die dünnen Schuhsohlen. Die Abendluft schwirrte von

Musik und fröhlichen Stimmen. Sie lauschten einem Orchester, das auf einem hell erleuchteten Podest spielte. Thomas machte sie auf die Statue von Georg Friedrich Händel aufmerksam, aber Hannah war viel zu aufgeregt, um sich für einen längst verstorbenen Musiker zu interessieren.

Sie sahen Panoramen von der Arktis, indische Jongleure und ein Zirkuspferd, das Kunststücke aufführte. Sie aßen Schinken, der so dünn geschnitten war, dass man durch ihn hindurchsehen konnte, und Schokoladeneis. Arthur Cheshire und Thomas Behr tranken Portwein, Hannah Limonade.

Dann hörten sie einen lauten Knall. Die Menschen im Park schrien aufgeregt. Vom Himmel ergoss sich ein farbiger Funkenregen in Rosa und Blau. Hannah verschlug es den Atem. Staunend sah sie zu dem sprühenden Feuerwerk hinauf. Es war wie ein Zauberregen.

Plötzlich tauchte in der Dunkelheit ein hoher Turm auf, der von einer fauchenden blauen Flamme angestrahlt wurde. Eine zartgliedrige Dame in einem glitzernden gefiederten Paillettenkostüm tänzelte auf einem Drahtseil, das über den Park gespannt war.

Hannah schaute Thomas an. Sein Gesicht war vom Feuerwerk rosa und blau erleuchtet.

Das Knallen und Pfeifen der Raketen wurde lauter, als würde es immer näher kommen. Als es besonders laut knallte, zuckte Hannah erschrocken zusammen und schlug die Augen auf. Sie befand sich im dunklen Orlopdeck.

Sie war schon über eine Woche im Bau und hatte sich an den Gestank der Tiere gewöhnt, aber nicht an die Dunkelheit. Im Frauentrakt herrschte wenigstens ein fahles Zwielicht, das durch die Luken sickerte. Hannah ekelte sich vor ihrem verdreckten Kleid und sie hatte ständig Durst. Jeden Tag kam ein Matrose, fütterte die Tiere und setzte Hannah einen Napf Suppe vor. Aber er sprach kein Wort mit ihr.

Wieder drang ein lauter Knall von draußen an ihr Ohr, ein Säugling begann zu weinen. Und noch andere Geräusche nahm Hannah wahr, das Schlagen von Segeln, das Kreischen von Tauen und Ketten und auf einmal hatte sie das Gefühl, als würde das ganze Schiff nach vorn kippen. Der Boden unter ihr hob und senkte sich und sie wurde gegen die eisernen Gitterstäbe ihres Käfigs geschleudert. Sie hörte die Pfeife des Bootsmanns, die Rufe der Männer und das Trommeln von Füßen auf den Planken. Dann war plötzlich alles still.

Das Schiff hatte angehalten.

Hannah drückte ihr Gesicht an die Gitterstäbe und versuchte herauszufinden, was oben vor sich ging. Sie konnten doch unmöglich schon angekommen sein? In New South Wales? Vielleicht war sie schon länger, als sie gedacht hatte, im Bau gefangen. Oder waren sie wieder in eine Flaute geraten?

Sie hörte ein schabendes Geräusch an der Seite des Schiffs, dann ein Platschen. Und wieder wurden Befehle gerufen. Wurde da ein Boot zu Wasser gelassen? Jetzt, wo das Schiff hielt, fühlte sich Hannah schwindelig und unsicher auf den Beinen. Sie hatte sich an das ständige Auf und Ab gewöhnt – sogar während der Flaute hatte das Schiff stets unter ihren bloßen Füßen geschaukelt.
Nun bewegte es sich fast überhaupt nicht.
Die Luft wurde schwer und stickig. Im Stall neben ihr muhte unruhig eine Kuh.

Hannah wusste nicht, wie lange sie sich schon an die Gitterstäbe presste und lauschte, doch schließlich verebbten alle Geräusche auf dem Schiff. Nur noch das gedämpfte Schreien der Möwen war zu hören.
Um Zeit totzuschlagen, sagte sie sich die Könige von England auf. Bei Heinrich dem Dritten blieb sie stecken. Kam nach ihm Heinrich der Vierte? Oder kam erst ein Edward? Ein George oder Charles sicher nicht.
Der Tag zog sich dahin. Hannah überlegte, wie Meg ihre Zeit im Bau verbracht haben mochte.
»Ach, weißt du«, hörte sie Meg sagen, »ich gebe großartige Empfänge und Bankette. Wenn du wüsstest, wie viele vornehme Herren zu mir kommen.«
Hannah fragte sich, ob es draußen schon dunkel war. Sie dachte an den Großen Bären, der nachts funkelnd zum Leben erwachte. Aber dann fiel ihr ein, dass sie ihn in

diesem eigenartigen Teil des Himmels nicht sehen konnte. Sie war kurz davor wegzudösen, als sie ein Rascheln im Stroh vernahm. Wahrscheinlich eine Ratte. Wieder raschelte es, diesmal hinter einer der Kühe. Dann ein trippelndes Geräusch, das näher und näher kam. Hannah erschrak. Das schien eine sehr große Ratte zu sein.
»Hannah!«, zischte es.
Hannah seufzte vor Erleichterung.
»Molly, du bist es. Was machst du hier? Warum hat das Schiff angehalten?«
Molly huschte nach vorn und Hannah spürte ihre kühlen kleinen Finger auf der Haut.
»Wir sind in einer Stadt mit spitzen Bergen und Häusern und Leuten, die eine braune Haut haben, und einem großen Felsen, der Tafelberg heißt und ein Tischtuch aus Wolken hat, und Damen, die oben nichts anhaben.«
Hannah zog die Stirn in Falten. »Sind wir in New South Wales?«
»Nein. Wir haben nur haltgemacht, um frisches Wasser und neue Tiere zu laden.«
Als Hannah ›frisches Wasser‹ hörte, brannte ihr ausgetrockneter Mund. Molly zappelte ein bisschen hin und her, dann legte sie etwas in Hannahs Hand.
»Das haben wir bekommen«, sagte sie. Es war ziemlich groß, ungefähr wie eine große Kartoffel, glatt und oval und hatte an einem Ende eine raue Spitze. Es fühlte sich angenehm kühl an.

»Was ist das?«, fragte Hannah.

Molly lachte. »Es ist himmlisch. Aber die Haut darfst du nicht mitessen.«

Dann war sie verschwunden.

Hannah strich über die glatte Form und wünschte, es wäre hell genug, um etwas zu sehen. Sie hielt das Ding vor ihre Nase und roch daran.

Es duftete nach Sommer, herrlich süß und fruchtig. Sie grub mit dem Fingernagel die Haut auf. Saft triefte über ihre Hand. Sie leckte ihn neugierig ab.

Molly hatte recht. Es schmeckte himmlisch. Es schmeckte nach warmen Nächten, nach Feuerwerk, nach faulen, schläfrigen Sommernachmittagen. Hannah schälte die Haut ab und leckte am Fruchtfleisch. Es war klebrig und köstlich. Sie biss ein Stück ab. Der Saft lief ihr über Kinn und Wangen. Grobe Fasern blieben zwischen ihren Zähnen stecken. Sie schmatzte und kaute genüsslich, bis nur noch die leere Schale und ein flacher, ovaler Kern übrig waren.

Am Spätnachmittag des nächsten Tages näherten sich Schritte. Im Dunkel leuchtete eine Laterne auf und dann erschien James. Seine schwarzen Haare waren zerzaust, aber er war schön wie immer.

Seine Augen blickten unstet und sein Gang war unsicher. Hannah versteckte eilig Thomas' Taschentuch sowie Kern und Schale der fremden Frucht im Stroh. James taumelte

gegen die Gitterstäbe des Käfigs und rutschte zu Boden. Er stank nach Alkohol und Schweiß. Zuerst starrte er nur schweigend auf die Eisenstäbe. Dann sah er Hannah mit glasigen Augen an.
»Wir sind in Kapstadt«, sagte er.
Hannah schwieg und wünschte sich, sie hätte in Thomas' Erdkundestunden besser aufgepasst. Kapstadt. Lag das in Afrika oder in Südamerika?
»Hier kann man sich ausgezeichnet vergnügen«, fuhr er lallend fort. »Gut essen und trinken. Und die Frauen sind freundlich.« Er musterte Hannah von oben bis unten. Sie zog die Knie an und schlang ihre Arme darum.
James lachte. »Nun spiel bloß nicht die Schüchterne, du Schlampe.«
Hannah dachte daran, dass ihr früher bei James' Lachen ganz warm geworden war.
»Die Frauen hier haben eine dunkle Haut und sind halb nackt. Jede von denen würde mich anbetteln, dass ich sie mitnehme und zu meiner Frau mache. Alles würden sie dafür geben. Alles.«
Hannah sah zur Seite.
James seufzte.
»Was ist nur los mit dir? Ich habe mich dir gegenüber wie ein Gentleman benommen. Ich habe dir Toastbrot gebracht.« Er gab einen würgenden Laut von sich, er weinte. Sein Mund stand halb offen und seine Lippen hingen schlaff und feucht nach unten. In seinen Augen standen

Tränen und aus seiner Nase triefte weißer Rotz. Er war offensichtlich stark angetrunken.

»Eigentlich müsstest du mich anflehen, dass ich dich heirate«, schluchzte er. »Du solltest auf Knien darum betteln.«

Hannah schloss die Augen und sah Thomas im Londoner Nebel verschwinden. Das Herz tat ihr weh. Wo er jetzt wohl war? Ob er auch an sie dachte? Warum nur war sie nicht mit ihm gegangen? Was für eine Närrin war sie doch gewesen.

James redete immer noch. Hannah versuchte, nicht zuzuhören.

»Ich könnte jede Frau auf diesem Schiff bekommen. Jede Frau in dieser Stadt. In jeder Stadt. Aber ich will dich. Ich hasse dich, weil du mir das antust.«

Sie stellte sich vor, wie die Reise verlaufen wäre, hätte sie Thomas' Angebot angenommen. Sie wunderte sich, dass sie jemals eine Kutsche und ein Haus in Mayfair hatte haben wollen.

»Hier«, nuschelte James, »ich habe ein Geschenk für dich.« Er hielt ihr eine feste ovale Frucht entgegen. Ihre Schale war orangefarben mit grünen und rosa Sprenkeln.

»Das ist eine Mango«, sagte er.

Hannah nahm sie. Es war die gleiche Frucht wie die, die Molly ihr tags zuvor gegeben hatte. Sie legte sie neben sich ins Stroh.

»Bitte gehen Sie, James«, sagte sie.

James starrte sie an. Seine Unterlippe bebte und sein Gesicht war nass und fleckig.
»Du wirst deine Meinung noch ändern«, lallte er. »Du wirst mich anflehen, dass ich dich nehme.«
Hannah schwieg.
James stand auf. »Wie du willst, dann kannst du hier unten warten, bis du krepierst«, zischte er.
Kaum war er fort, tastete Hannah im Dunkeln nach der Mango. Fast automatisch kratzte sie die glatte Schale auf und biss hinein.
Mit einem Mal war die schwankende Laterne wieder da. Ein Arm stieß durch die Gitterstäbe, packte sie und riss sie grob nach oben. Die Mango fiel ins Stroh.
»So lasse ich mich nicht behandeln«, schrie James. »Wage es ja nicht, mich noch einmal abzuweisen.« Er zerrte an Hannahs Kleid und zog sie zu sich heran. Sie prallte gegen die klirrenden Eisenstäbe.
»Gut genug, meine Geschenke anzunehmen, aber nicht gut genug, mich zu heiraten, so ist das also?«, schimpfte er. Seine Alkoholfahne drehte Hannah den Magen um und sie musste würgen. James stieß ihr einen Finger in den Mund. »So einfach bekommst du meine Geschenke nicht. Spuck es aus!«
Sein Finger tastete zwischen Hannahs Zähnen nach den Mangostückchen. Hannah schmeckte Rum, Sandelholz und Tabak.
Sie biss mit aller Kraft zu.

Ihr Mund füllte sich mit etwas Warmem, Feuchtem, das wie ein angelaufener Silberlöffel schmeckte. James schrie, er zog seinen Finger aus ihrem Mund und torkelte nach hinten. Etwas Rotes triefte über seine Hand. Sie spuckte sein Blut aus und erbrach sich.

Von oben waren Rufe zu hören, Schritte näherten sich.

»Was ist hier los?«, rief jemand.

Hannah spähte in die Dunkelheit. Es war Captain Gartside in Begleitung von zwei Offizieren.

»Schauen Sie nur, was sie mir angetan hat«, brüllte James und wedelte mit seiner blutigen Hand.

Der Captain gab einem der Offiziere ein Zeichen.

»Bringen Sie ihn auf die Krankenstation.« Dann drehte er sich zu Hannah um und musterte sie mit hochgezogenen Augenbrauen.

Hannah konnte sich lebhaft vorstellen, wie sie aussah. Schmutzig und ungekämmt und das Kinn von James' Blut und dem Mangosaft verschmiert.

»Ich dachte, Sie und Belforte seien ein Pärchen«, sagte der Captain. »Jedenfalls hat er mir diesen Eindruck vermittelt.«

Hannah wischte sich den Mund mit dem Handrücken ab.

»Nein, sind wir nicht.«

Captain Gartside zog die Stirn in Falten.

»Warum hat er mich dann gebeten, mit Ihnen in New South Wales bleiben zu dürfen?«

»Er sagt, dass er mich liebt, Sir.«

»Er behauptet, Sie seien eine Dame von Stand, aber diesen Eindruck habe ich nicht.«
Hannah schwieg.
»Ich meine, wenn Sie eine junge Dame aus gutem Hause wären, würde er sich nicht so für Sie interessieren«, sagte Captain Gartside und lächelte leise. Er verschränkte seine Hände auf dem Rücken. »Ich habe gehört, dass Leutnant Belforte bei den Damen gut ankommt. Etwas, das ich nicht recht verstehe – ich komme aus einer Welt, in der der Wert eines Mannes an seinen Taten gemessen wird, nicht an der Qualität seines Mantels.«
»Ja, Sir.«
»Mir scheint, Sie haben entdeckt, dass der Leutnant vielleicht doch nicht so verlockend ist.«
»Ja, Sir.«
»Ich glaube, Sie gehen Mr Belforte in Zukunft besser aus dem Weg«, fuhr Captain Gartside fort. »Ich kann nicht zulassen, dass meine Offiziere von Sträflingen angefallen werden. Das geht einfach nicht. Ich müsste Sie eigentlich auspeitschen lassen.«
»Ja, Sir.« Hannah wusste nicht, was sie sonst hätte antworten sollen.
»Das war in der Tat eine sehr üble Geschichte mit Ihrer Freundin.«
Hannah schluckte, sie schmeckte immer noch das Blut, das sich mit der Süße der Mango vermischte.
Captain Gartside nickte.

»Ich werde Belforte sagen, dass er sich von Ihnen fernhalten soll, und ich rate Ihnen, das ebenfalls zu tun.« Er drehte sich zu dem anderen Offizier um. »Veranlassen Sie, dass ihr der Kopf geschoren und sie auf halbe Ration gesetzt wird.«

Er machte kehrt und ging.

KAPITEL 23

Der Nordwind war wild und mürrisch und blies ihnen schon von Weitem kalte Böen entgegen. Scatterheart fragte ihn, ob er das Schloss kenne, das östlich der Sonne und westlich des Mondes liege. »Ja«, brauste der Nordwind, »einmal habe ich ein Espenblatt dort hingeweht. Doch danach war ich so müde, dass ich tagelang keine Böe mehr zustande brachte. Aber ich nehme dich huckepack und wehe dich dort hin.«

Hannah stieg an Deck und atmete tief durch. Es war später Vormittag, eine kühle Brise strich über ihren frisch geschorenen Schädel und leckte die Tränen auf, die sie vergossen hatte, als der Offizier ihr die Haare abrasiert hatte.

Fast alle Frauen saßen auf dem Vorderdeck. Die meisten Männer waren an Land gegangen.

Hannah betrachtete verwundert die Stadt, die sich vor ihr ausbreitete.

Die *Derby Ram* war in einem breit angelegten Hafenbecken vor Anker gegangen, hinter ihr war das weite Meer und neben ihr hüpften kleine und große Schiffe dicht an dicht auf dem Wasser. Die Stadt lag an einem flachen Küstenstreifen. Es gab Ansiedlungen niedriger Häuser, da und dort ragten weiße Kirchtürme hervor. Dahinter erhob sich abrupt eine Hügelkette, die in ein zerklüftetes Bergmassiv überging. Einer der Berge war oben vollständig eben und sah aus wie ein geköpftes Frühstücksei. Eine weiße Wolke hatte sich wie ein Tischtuch darübergelegt. Überall wucherte üppiges Grün, so kräftig, wie Hannah es noch nie zuvor gesehen hatte. In London wurden die Bäume in geraden Linien angepflanzt, das Gras kurz geschoren und Büsche in hübsche symmetrische Formen gestutzt. Das wilde dunkle Grün dieser Landschaft jedoch hatte etwas Gewaltiges, etwas, das die Stadt zu verschlingen drohte. Die Stadt wies die Vegetation nicht in ihre Schranken, sondern schien sich gegen den erstickenden Wildwuchs verteidigen zu müssen.

»Hannah!«

Molly stürzte auf sie zu, schlang die Arme um sie und barg den Kopf an ihrer Brust. Hannah lachte. Sie war froh Molly zu sehen.

»Deine Haare!«, schrie Molly und starrte sie mit offenem Mund an.

Hannah ging in die Hocke, sodass Molly mit ihren Händen über ihren Schädel streichen konnte.

»Du siehst jetzt aus wie Long Meg«, sagte Molly und biss sich schnell auf die Lippe.

Hannah lächelte. »Nicht wahr?«, entgegnete sie. »Es fühlt sich ganz merkwürdig an, als ob ich einen Arm verloren und dann erst festgestellt hätte, dass ich die ganze Zeit zwei gehabt habe. Aber jetzt setz dich, ich muss dir nämlich etwas sagen.«

Molly kniete sich neben sie und hielt ihre Hand. Sie hob den Kopf, ihr eines Auge glitzerte wie das Meer. Die eigenartige, wächsern wirkende Haut, die Hannah früher abstoßend gefunden hatte, kam ihr jetzt glatt und einzigartig vor.

»Ich möchte dir ein Märchen erzählen«, sagte Hannah.

»Was für ein Märchen?«, fragte Molly.

Hannah sah sich selbst, wie sie sich in den Chintzsessel in ihrem Haus in London kuschelte.

»Ein Märchen, das mir mein Hauslehrer einmal erzählt hat. Er heißt Thomas Behr und die Geschichte handelt von einem Mädchen, das alle *Scatterheart* nannten.«

Molly legte die Stirn in Falten. »So ein blöder Name«, sagte sie.

»Nun, sie hieß Scatterheart, weil sie so flatterhaft war. Sie verschenkte ihr Herz zu leicht und zu oft. Als würde sie es in alle Winde verstreuen.«

»Aber es ist doch schön, seine Liebe zu verschenken.«

»Ja, schon«, sagte Hannah, »aber nicht, wenn man sie Personen schenkt, die sie nicht verdient haben.«

»Wie bei Geschenken. Wenn man jedem etwas schenkt, bedeutet es eigentlich nicht mehr viel. Wenn man aber

nur einer Person etwas schenkt, dann ist es etwas Besonderes.«
Hannah musste an die Ohrringe denken, die sie von ihrem Vater bekommen hatte. Molly starrte auf die Planken und fuhr mit den Fingern über die Maserung. Hannah überlegte, ob Molly je ein Geschenk erhalten, sich je als etwas Besonderes hatte fühlen dürfen.
Längsseits legte die Barkasse der *Derby Ram* an, im Schlepptau eine schwimmende Plattform, die mit braunen Holzfässern beladen war. Seile wurden herabgelassen, dann hievten die Matrosen die Fracht zum Oberdeck hinauf. Der Bootsmann schlug das erste Fass an. Es war voll mit frischem Wasser.
»Auf geht's, meine Damen«, rief er augenzwinkernd, »es wird Zeit, dass Sie Ihr Gewerbe ausüben.«
Hannah blickte ihn verständnislos an, aber die meisten der anderen Frauen schienen zu wissen, was er meinte. Die wenigen Matrosen, die die Fässer gebracht hatten, verzogen sich, bis schließlich nur noch die Frauen auf dem Oberdeck waren.
Die Tür zur Messe wurde aufgemacht und die Fässer hineingerollt. Dann wurde der riesige Kupferkessel über dem Herd mit Wasser gefüllt.
Weitere Fässer wurden geöffnet und die Frauen tranken, bis sie nicht mehr konnten. Das Wasser schmeckte kühl, samtweich und süß, besser als die beste Limonade in Vauxhall. Hannah trank und trank, bis sie meinte platzen

zu müssen. Und Molly war so gierig, dass ihr Bäuchlein richtig anschwoll und sie einen Schluckauf bekam.

»Und wie ging es weiter? In dem Märchen?«, fragte sie.

Hannah erzählte ihr von Scatterheart und ihrem Vater. Von dem weißen Bären, der um ihre Hand angehalten hatte, und von der langen Reise zum Schloss.

Molly machte große Augen, als sie von dem prächtigen Eisschloss, den weißen Seidenlaken und dem köstlichen Festmahl hörte.

»Was hat sie gegessen?«, fragte sie eifrig.

»Ach, einfach alles«, antwortete Hannah. »Geschmortes und Gesottenes, gebratene Hühnchen, die kaum größer als Spatzen waren, junge Heringe und Pastinaken, Fasanenpasteten, eingelegten Stör, Rosinen und kandierte Orangenblüten.«

»Und Mangos auch?«, fragte Molly.

Hannah lachte.

»Bestimmt auch Mangos.«

Von den unteren Decks kamen immer mehr Frauen herauf. Sie waren mit schmutziger Wäsche, Hängematten und allen möglichen Stofffetzen beladen. Alles starrte vor Dreck, denn es war seit Monaten nur im Meerwasser ausgespült worden. Auf dem Oberdeck wuchs ein stattlicher Berg von Kleidungsstücken, der einen muffigen, säuerlichen Geruch verbreitete.

Als das Wasser kochte, wurden die Kleider in den Kessel geworfen und mit einem Schürhaken hin und her bewegt.

Dann wurden sie tropfnass und dampfend herausgezogen und an wartende Frauen weitergereicht, die sie zu einer freien Fläche auf Deck brachten, wo sie sie auf die hölzernen Planken schlugen.
Hannah bekam ein nasses Leinenhemd in die Hand gedrückt und machte es den anderen Frauen nach. Sie klatschte es auf die Planken, dass es herrlich knallte und ihr das heiße Wasser ins Gesicht und auf die Arme sprühte. Braunes Schmutzwasser floss in langen Bächen über das Deck und an den Seiten des Schiffs herab, und die Frauen schrubbten, kochten und droschen die Kleider, bis alles sauber war.
Während der Arbeit erzählte Hannah Molly von dem Garten und der kleinen weißen Tür, die Scatterheart niemals öffnen sollte.
»Und, hat sie sie geöffnet?«, fragte Molly und wrang ein Leinenhemd aus.
»Natürlich«, antwortete Hannah, »das ist im Märchen immer so.« Dann erzählte sie, wie Scatterheart die blaue Frucht aß und der weiße Bär daraufhin verwünscht und in das Schloss östlich der Sonne und westlich des Mondes verbannt wurde.
»Dann ist er eigentlich gar kein Bär?«, fragte Molly.
»Nein«, sagte Hannah und seufzte, »in Wirklichkeit ist er ein Prinz.«
»Und wer hat ihn verzaubert?«
»Eine Hexe.«

»Warum?« Molly wollte es ganz genau wissen.
Hannah zuckte die Achseln. »Wahrscheinlich hat sie ihn nicht sehr gemocht. Vielleicht wollte er sie nicht heiraten.«
Molly nickte. »Und macht sich Scatterheart auf den Weg, um ihn zu retten?«
»Nein«, sagte Hannah, »nicht gleich.«
»Warum nicht?«
»Weil sie so flatterhaft ist. Sie interessiert sich eigentlich für niemanden außer sich selbst.« Hannah schämte sich und spürte einen dicken Kloß in ihrer Kehle. Sie biss sich auf die Lippe. »Sie möchte nach Hause zu ihrem Vater, aber sie verirrt sich.«
Sie arbeiteten viele Stunden lang, nur am Nachmittag machten sie eine Pause mit frischem Brot und Käse. Das Essen wurde ihnen von einem fremdartigen, schokoladenbraunen kleinen Jungen in einem winzigen Ruderboot gebracht. Der Junge hatte nur eine kurze Hose an, seine nackten Arme und Beine waren dünn wie Streichhölzer. Als Hannah das Brot und den Käse sah, fiel ihr ein, dass sie auf halbe Ration gesetzt war. Aber der Bootsmann gab ihr ein Zeichen und sie durfte wie die anderen zulangen.
Molly lauschte gespannt, als Hannah ihr von der alten Frau aus Sägespänen mit der Kupfereichel und von der Glasfrau mit der Silbereichel erzählte. Als Hannah an die Stelle mit dem Wachskind und der goldenen Eichel kam, zappelte Molly aufgeregt.

»Das bin ich!«, rief sie stolz.
Hannah berichtete von dem durchtriebenen Ostwind und seinem Bruder, dem Westwind, und wie Scatterheart beinahe in der Wüste gestorben wäre, aber im letzten Moment ein grünes Tal entdeckte, wo sie auch das Schloss des weißen Bären fand.
»Und war der Bär da?«, fragte Molly.
»Nun«, antwortete Hannah, »im Schloss war ein Tisch mit einem Festmahl gedeckt und am Kopf des Tisches saß ein schöner Prinz.«
»Und, ist er das? Ist er endlich erlöst?«
»Nein«, fuhr Hannah fort, »Scatterheart glaubt, er sei es, aber dann merkt sie, dass alles nur Betrug ist.«
»Aber wer ist der Prinz?«, fragte Molly.
Hannah seufzte und das Herz wurde ihr schwer.
»Das ist nicht wichtig.«
Dann erzählte sie Molly vom Südwind und vom Nordwind und wie der Nordwind Scatterheart versprach, sie zum Land östlich der Sonne und westlich des Mondes zu bringen. Schließlich war die Pause um und sie machten sich wieder an die Wäsche.
Die Stimmung war aufgekratzt. Molly flitzte zwischen den Frauen hin und her, die ihr die sauberen Wäschestücke gaben, damit sie sie an der Reling aufhängte. Eine Frau stimmte ein Seemannslied an, die anderen fielen mit ein und schlugen die nassen Kleider im Takt der Melodie auf die Planken.

Wildes, schäumendes, brausendes Meer,
rollende Wogen, von wo kommt ihr her?
Pfeilschnelle Möwen, was sagt euer Schrei?
Endloses Meer, nur auf dir bin ich frei.
Wiegt mich, ihr Wogen, und singt mir ein Lied!
Stolz unser Schiff in die Ferne zieht.

Hannah sang auch mit. Sie hatte das Gefühl, dass ihre Sorgen mit dem Schmutzwasser über Bord flossen.
Jetzt würde alles gut werden. Sie würde sich von James fernhalten und bald würden sie in New South Wales ankommen. Und dort im Hafen würde Thomas auf sie warten. Sie stellte sich vor, wie er sie erblickte, rot wurde, seine Brille abnahm und etwas stammelte. Wie sie seine Hand ergriff und in seine Augen schaute. Sie würden sich ohne Worte verstehen. Wenn er sie an sich drückte, würde sie etwas Hartes an ihrer Brust spüren. Und dann würde sie genauer hinsehen und entdecken, dass seine Offiziersuniform mit Auszeichnungen übersät war. Thomas hatte sich im Marinedienst hervorgetan, denn er hatte unvorstellbaren Mut und Einfallsreichtum im Kampf gegen Piraten, Seeungeheuer und andere Gefahren auf See bewiesen. Er hatte eine stattliche Belohnung erhalten und er würde sie mit nach London nehmen und ihre Haare würden wieder wachsen. Sie würden zwar kein großes Haus in Mayfair beziehen, wie Hannah es sich erträumt hatte, aber sie würden ein glückliches und behagliches

Leben führen. Sie wären immer noch ehrbare Leute, die auf Gartenfeste gingen und in Vauxhall Gardens das Feuerwerk ansähen.

Molly schlitterte lachend über das nasse Deck. Die Sonne ging hinter den grünen Bergen unter und der Himmel strahlte in einem tiefen Rot.

»Wir sollten den Nordwind bitten, dass er unsere Wäsche trocknet«, rief sie außer Atem.

Hannah betrachtete ihr leuchtendes Auge und ihr wächsernes Gesicht. Was würde mit Molly geschehen, wenn sie nach New South Wales kämen? Hannah versuchte ohne Erfolg, sie sich mit Thomas in einem adretten Häuschen in London oder auf diversen Gartenfesten vorzustellen. Und wenn Hannah sie zum Feuerwerk oder zu den Seiltänzern in Vauxhall mitnähme, würden die Leute wahrscheinlich denken, sie gehöre zu den Schaustellern.

»Was passiert dann?«, fragte Molly.

Hannah schaute sie abwesend an und überlegte, wo Molly einen Platz für sich finden könnte.

»Mit Scatterheart, meine ich«, sagte Molly. »Findet sie das Land?«

»Ja«, antwortete Hannah.

»Und ist der Bär auch da?«

Hannah schüttelte den Kopf. »Es gibt dort einen großen See, ein Feld mit lauter Nägeln und einen Berg aus Glas …« Sie sprach nicht weiter.

»Und dann? Findet sie den Bären?«

Hannah schwieg. Sie blickte auf ihre Hände, die vom Wäschewaschen weiß und runzelig geworden waren. Dann sah sie über das Meer, das mit dem Einbruch der Nacht tintenschwarz wurde. Sie sah zu den fremden Sternen hinauf und suchte vergebens nach dem Großen Bären.

»Hannah?«, fragte Molly. »Hat sie ihn gefunden?«

Hannah schaute Molly nachdenklich an.

»Ich … ich habe es vergessen. Ich weiß nicht mehr, wie die Geschichte weitergeht.«

KAPITEL 24

**Scatterheart und der Nordwind flogen
über das weite Meer. Der Nordwind wurde immer matter
und seine Flügel sanken immer weiter herab.
Schließlich flog er so tief, dass das Wasser der
Wellen auf seine Fersen spritzte.
»Hast du Angst?«, fragte der Nordwind.
Nein, sie hatte keine Angst.**

Sie blieben eine Woche in Kapstadt. Bei ihrer Abfahrt war das Schiff, das ihnen monatelang groß und leer vorgekommen war, mit Säcken, Fässern und Kisten vollgepackt. Das Orlopdeck war vom Quäken, Blöken und Muhen verängstigter Tiere erfüllt, deren schwermütiges Schreien die Frauen nachts wach hielt. Erst nach einer Woche auf See hatten sie sich an die stickige Dunkelheit gewöhnt.

Hannah versuchte James aus dem Weg zu gehen, aber er war überall.

Eines Nachmittags saß sie mit Cathy, Patty und Sally an Deck und zupfte Werg. Sallys Kind lag unweit von ihnen in eine raue Wolldecke gewickelt. Hannahs Fingernägel waren entzündet und rissig und der Schweiß ran ihr über die Stirn. Als sie ihn abwischte, geriet eine der harten Hanffasern in ihr Auge. Es juckte und schmerzte so sehr, dass sie reiben musste.

»Du weinst wohl, weil du deinen Liebsten verloren hast?«, bemerkte Cathy grinsend.

»Nein«, sagte Hannah, »ich habe etwas im Auge.«

Cathy und die anderen Frauen lachten.

»Du bist nur eifersüchtig, weil du nicht mehr sein Liebling bist«, entgegnete Cathy. Sie zeigte zum Vorderdeck, wo James im Gespräch mit einer anderen Gefangenen an der Reling lehnte. Hannah kniff geblendet die Augen zusammen. Es war Sarah, ein irisches Mädchen mit rosigen Wangen und üppigem Busen. Sie sah, wie Sarah lachte und James ihr über die Wange strich. Hannah schauderte, denn sie stellte sich vor, wie James über Long Megs kalte weiße Wange gestrichen haben mochte.

Die Frauen lachten, als sie Hannahs Reaktion bemerkten.

»Seht nur, wie sie sich nach ihrem Liebsten sehnt!«

»Und wie lang und kalt die Nächte für sie sein werden.«

»Ehrlich, Mädchen, was wären wir traurig, wenn der hübsche Leutnant uns nicht mehr haben wollte.«

Cathy machte ein genießerisches Geräusch.

»Wir können froh sein, dass er immer noch seine Bettübungen mit uns macht.«

Hannah sah sie an. »Wie kannst du nur so etwas sagen?«

Die Frauen guckten erstaunt.
»Überleg doch nur, was er mit Long Meg gemacht hat«, erinnerte Hannah sie. »Er hat sie umgebracht. Das wisst ihr doch. Und dann zwitschert ihr hier herum, was für ein toller Kerl er ist.«
»Lass uns mit deiner Moralpredigt in Ruh, Frollein«, entgegnete Cathy. »Wir tun das, weil wir überleben wollen. Was man von Meg nicht unbedingt behaupten konnte.«
»Long Meg hat doch nur versucht Molly zu schützen. Deshalb musste sie sterben!«, erwiderte Hannah.
»Nein«, blaffte Cathy und stand auf. »Sie ist gestorben, weil du sie nicht gerettet hast. Du hättest die Macht gehabt, den Leutnant zurückzuhalten. Du warst doch dabei. Du hättest sie retten können. Also tu nicht so, als ob du eine von uns wärst. Das bist du nie gewesen und wirst es auch nie sein.«

Die Tage schleppten sich dahin, das südliche Meer glitt unter ihnen hinweg und Mollys Kerben über Long Megs Bett wurden immer mehr, bis es über einhundert waren. Das Wetter wurde kälter und nachts schlüpfte Molly zu Hannah ins Bett, um sich zu wärmen.
Noch immer konnte Hannah sich nicht an das Ende des Märchens erinnern.
»Bestimmt findet sie ihn«, sagte Molly, als sie einmal auf dem Vorderdeck saßen.
»Ich glaube auch«, antwortete Hannah.

Molly stand auf und beugte sich über die Reling. Sie sah auf das vorbeirauschende Wasser hinunter.
»Ob er in einem Käfig ist? Oder in einem Schloss? Oder auf dem Meeresgrund in einem Seemannsgrab?«
»Ich weiß nicht. Vielleicht kann uns Thomas die Geschichte zu Ende erzählen, wenn wir nach New South Wales kommen. Er wird sich bestimmt erinnern.«
Molly fragte sie über Thomas Behr aus.
»Als er anfangs zu uns kam, habe ich ihn immer Mr Bär genannt«, sagte Hannah lächelnd. »Er kannte so viele Geschichten.«
»Ist er auch ein Sträfling? Oder ein Matrose?«
»Er ist ein Offizier. Er ist tapfer und stark.«
»Hat er schon einmal mit einen Hai gekämpft?«
»Bestimmt«, lachte Hannah.
»Und auch mit einem Tiger?«
»Natürlich.« Hannahs Augen hatten einen merkwürdigen Glanz. »In Indien hat er mit einem Tiger gekämpft.«

Die See wurde so rau, dass die Frauen das Oberdeck nicht mehr betreten durften, damit sie bei dem starken Seegang nicht über Bord fielen. In der Takelage heulte und kreischte der Wind, ununterbrochen spritzte die Gischt und tropfte durch die Planken bis hinunter ins Orlopdeck. Einmal am Tag durften die Frauen zum Essen heraufkommen. Sie hielten mit klammen Fingern ihren Napf und versuchten sich ein bisschen daran zu wärmen.

Die Matrosen waren gereizt und unruhig und erzählten schaurige Geschichten über Stürme und Schiffbrüche. Einmal erzählte Jemmy Griffin die Geschichte vom *Fliegenden Holländer.* Molly lauschte ihm mit weit aufgerissenem Auge.

»Und ... alle sind gestorben?« Mollys Stimme war nur noch ein Flüstern.

Jemmy Griffin nickte. »Aber angeblich segelt der Geist des Schiffs immer noch durch diese Gewässer und die toten Matrosen verrichten ihre Arbeit Stunde um Stunde in völliger Stille.«

Molly starrte ihn mit offenem Mund an.

»Gib gut acht darauf, kleines Frollein«, sagte Jemmy. »Du erkennst das Schiff an seinen schwarzen zerrissenen Segeln und den Geistergestalten an Deck.«

Molly spähte zum Bullauge hinaus und Jemmy Griffin schmunzelte.

»Jetzt ist es zu früh«, meinte er, »der Sturm ist noch nicht stark genug. Warte mal zwei Wochen. Dann kannst du es sehen.«

Wie Jemmy vorausgesagt hatte, wurde der Sturm nach zwei Wochen noch heftiger. Haushohe Wellen krachten über die *Derby Ram* und das Wasser floss in Strömen durch die Ritzen in der Decke auf die Frauen im Orlopdeck herab. Die Männer arbeiteten ununterbrochen an den Pumpen, trotzdem drangen Unmengen von Wasser

ein, die im Orlopdeck und im Laderaum hin und her schwappten.
Eine riesige Welle überschwemmte die Schiffsküche und riss sogar den Herd mit sich. Es gab kein trockenes Holz und keine trockene Kohle mehr, deshalb bekamen alle nur harten Zwieback und kaltes Pökelfleisch zu essen.
Die Temperatur sank dramatisch. Wurde das Schiff für eine kurze Weile einmal nicht von Wellen hin und her geworfen, bildete sich an Tauen und Umläufen sofort eine Eisschicht.
Captain Gartside gab für alle Extrarationen Alkohol aus. Hannah mochte den Geschmack des Matrosenrums nicht, schluckte ihn aber hinunter und genoss die kurze Wärme, bevor die nächste Welle das Schiff überspülte und sie wieder durchnässte.

Der Sturm dauerte vierzehn Tage. Hannah saß auf ihrem Bett und kauerte sich an den Schiffsrumpf. Sie hatte sich ihre klamme Decke um die Schultern gelegt und hielt mit steifen Fingern Thomas' Taschentuch fest.
Der nun schon vertraute Schmerz in ihrem Unterleib war wieder da, bei der Kälte war er besonders unangenehm. Hannah stand auf und ging zu der Kiste, wo die sauberen Stofffetzen aufbewahrt wurden.
Die Krämpfe wurden immer schlimmer und Hannah krümmte sich ein wenig, als sie zu ihrem Bett zurückging. Sie rollte sich unter ihrer feuchten Decke zusammen und

wünschte, Long Meg wäre da und würde sich über sie lustig machen.

Du elender Faulpelz, würde sie sagen. *Wenn die Frauen sich in ihren Erdbeerwochen immer ins Bett legen würden, wäre Rom niemals erbaut worden und König George hätte Löcher in seinen Socken.*

Molly kratzte eine neue Kerbe in den Holzbalken über Long Megs Bett. Sie waren nun seit vier Monaten auf See und die Abfahrt aus Kapstadt lag beinah einen Monat zurück.

»Können wir nicht hinauf?«, fragte Molly und legte den Löffel beiseite.

»Nein, nicht bei diesem Wetter«, sagte Hannah. »Das ist verboten.«

»Warum denn?«

Hannah seufzte. »Wir dürfen eben nicht.«

Sie schloss die Augen und malte sich ihre Lieblingsszene aus.

Das Schiff fuhr majestätisch in Port Jackson ein. Die Sonne schien und der Hafen war voll von Schaulustigen, die ihre Taschentücher schwenkten und jubelten. Eine lange Gangway wurde herabgelassen und die Frauen verließen das Schiff.

Hannah kam ganz zum Schluss. Ihre Haare waren zu einer modischen Kurzhaarfrisur nachgewachsen und sie trug ein selbst geschneidertes neues Kleid und einen Mantel. Sie war erschöpft, aber ihre Wangen leuchteten

rosig und ihre Augen funkelten. Dann teilte sich die Menge und sie sah Thomas hinten stehen.
Sie schlug die Augen auf. Molly war verschwunden. Auch in einem der anderen Betten war sie nicht. War sie bei diesem Wetter etwa nach oben gegangen?
Seufzend kletterte Hannah aus ihrer Koje und stakste durch den Gang zur Treppe. Das Wasser schwappte um ihre Füße. Ihre Beine waren steif vor Kälte und schmerzten. Sie zog sich die Stufen zum Unterdeck hinauf.
Das Schiff, von Wind, Regen und Wellen gebeutelt, ächzte und kreischte in seinen Spanten. Hannah ließ sich auf alle viere nieder und erklomm die Treppe zum Oberdeck. Die Falltür war geschlossen und sie musste erst eine Weile mit dem Riegel kämpfen, bis sie endlich aufging. Wind und Regen schlugen ihr von allen Seiten entgegen. Molly konnte unmöglich dort oben sein.
Kein einziger Matrose war an Deck. Die Segel waren aufgerollt und sämtliche Taue und Stücke gesichert.
Hannah konnte Molly nirgendwo sehen. Sie war gerade im Begriff, den Riegel wieder vorzulegen, als sie einen Schrei hörte. Sie spähte durch den Regen und nahm auf dem Vorderdeck eine dunkle Gestalt wahr.
Nun kroch sie vollends durch die Luke und krabbelte auf Händen und Füßen zu der Treppe, die auf das Vorderdeck führte. In der Takelage heulte und kreischte der Wind. Als sie hochsah, bemerkte sie zwischen den Kanonen eine schwarz gekleidete Gestalt. Sie war viel zu groß

und zu kräftig, als dass es Molly hätte sein können. Dann hörte sie ein Dröhnen.

Sie drehte sich um und schrie. Eine riesige Welle, größer als sie sich je hätte vorstellen können, baute sich über dem Schiff auf. Sie schwoll brodelnd an und hing einen Moment lang wie in der Schwebe.

Die Gestalt auf dem Deck hatte sich bei Hannahs Schrei umgedreht und just in dem Moment, als die Welle auf sie hereinbrach, sah Hannah ihr Gesicht.

Es war Dr. Ullathorne.

Hannah wurde auf das Deck geschleudert. Der Aufprall presste die Luft aus ihrer Lunge und ihr Kopf schlug hart auf die Planken. Salzwasser drang ihr in Mund und Nase und sie wurde von der Strömung des zurückfließenden Wassers zum Ozean hingezogen. Irgendwie gelang es ihr, sich mit tauben Fingern an ein Geländer zu klammern. Sie rang nach Luft.

Dr. Ullathorne beugte sich über die Reling und schrie etwas in den Wind. Hannah blinzelte das Wasser aus ihren Augen fort und erkannte ein zweites Gesicht.

Es war Molly, die sich mit schreckverzerrter Miene im Takelwerk des Bugspriets festkrallte. Hannah zog sich hoch und stieg die Stufen hinauf.

Und dann fielen sie. Die *Derby Ram* stürzte bugwärts in ein mörderisch tiefes Wellental. Das Schiff kippte bedrohlich nach vorn und die Stufen, die Hannah gerade noch erklommen hatte, neigten sich plötzlich nach unten.

Molly schrie wieder, es war ein hoher, durchdringender Laut. Hannah schlitterte über das Vorderdeck, das auf der Höllenfahrt des Schiffs beinahe senkrecht nach unten zeigte. Sie erhaschte einen flüchtigen Blick auf Molly, die kreischend an einem Seil baumelte.

Mit einem ohrenbetäubenden Knall schlug das Schiff am Boden des Wellentals auf. Die Spanten quietschten und bebten, als würden sie auseinanderbrechen. Hannah spürte, wie sich die Planken unter ihren Füßen bewegten, und dachte einen Moment lang, die *Derby Ram* würde zertrümmert werden. Doch das Schiff richtete sich sofort wieder auf und das Deck war wieder horizontal. Hannah zog sich weiter hoch. Der Doktor achtete nicht auf sie, sondern schaute ausdruckslos zu Molly.

Die hing am Bugspriet, unter ihr kochte der Ozean.

Hannah beugte sich über die Reling und schrie: »Molly! Pack meine Hand!« Aber Molly war zu weit weg.

Hannah drehte sich zu Dr. Ullathorne um.

»Helfen Sie!«, rief sie. »Holen Sie Hilfe!«

Doch Dr. Ullathorne wandte seinen Blick nicht von Molly. Hannah sah in das brodelnde Wasser hinunter und biss die Zähne zusammen. Sie schwang erst das eine, dann das andere Bein über die Reling des Vorderdecks. Mit der einen Hand hielt sie sich hinten am Geländer fest, mit der anderen angelte sie nach einem Seil. Dann beugte sie sich vor, ließ das Geländer los und streckte die nun freie Hand Molly hin.

Eine neue Welle schlug krachend gegen das Schiff. Das Wasser traf Hannah mit solcher Gewalt, dass sie den Halt verlor und auf den weiter unten liegenden Teil des Vorderdecks stürzte. Dort bekam sie den Vorsteven zu fassen, was sie daran hinderte, über Bord gespült zu werden. Sie schaute zu Molly hoch, die sich immer noch an dem gefährlich auf und ab kippenden Bugspriet festklammerte.

»Molly!«, schrie Hannah. »Kannst du bis zu mir herüberklettern?«

Molly blickte sie mit ihrem angsterfüllten Auge an.

»Schon gut«, schrie Hannah, »ich fange dich auf, wenn du fällst. Du musst nur bis zum Vorsteven klettern, nur weg vom Wasser!«

Molly kniff ihr Auge zu und erst nach einer Weile, die Hannah wie eine Ewigkeit vorkam, setzte sie sich in Bewegung. Zentimeter um Zentimeter kroch sie am Bugspriet entlang, das Auge die ganze Zeit fest geschlossen. Mit einem plötzlichen Ruck stürzte das Schiff in das nächste Wellental hinab und Molly verlor den Halt. Sie schlitterte und purzelte über den Bugspriet, krachte gegen den Bug und fiel dann mit einem Knall auf das untere Vorderdeck.

Hannah eilte zu ihr und half ihr auf die Füße. Sie war bei Bewusstsein, sah jedoch sehr benommen aus. Rasch schleppte Hannah sie zu der niedrigen Tür, die zu den Kabinen des Oberdecks führte. Die Tür hatte aber keine Klinke, denn sie konnte nur von innen geöffnet werden.

Hannah hämmerte, trat gegen das vor Nässe glänzende Holz und schrie, doch ihre Stimme wurde vom Tosen des Sturms verschluckt.
Von überall her stürzte Wasser auf sie ein, als wollte das Meer sie und Molly verschlingen und in das Grab von Davy Jones zerren. Ihre Glieder wurden lahm und ihr nasses Kleid zog schwer an ihr, während Molly vor Angst und Kälte zitternd an ihrem Arm hing.
Der Doktor stand immer noch an der Reling des Vorderdecks und starrte auf sie hinab.
»Helfen Sie uns, verdammt noch mal!«, schrie Hannah.
Er rührte sich nicht, sondern blickte sie nur weiter an. Hannah meinte, die Spur eines Lächelns in seinem zerstörten Gesicht wahrzunehmen. Er sah schrecklich aus. Seine Nase war vollständig zusammengefallen und seine eingesunkenen Wangen waren an den Stellen, wo Meg ihn mit dem Messer getroffen hatte, von dicken schwarzen Striemen verunziert. Das eine Auge war gerötet und tränte, das andere war von einem schwarzen Film überzogen. Die von weißen Pusteln übersäten Lippen waren zum Fünffachen ihrer ursprünglichen Größe angeschwollen und gaben den Blick auf verfaulte Zähne und schwarze Speichelfäden frei.
Hannah schaute ihm direkt in die Augen.
»Ich werde dafür bezahlen, das verspreche ich. Alles, was Sie wollen.«
Molly packte Hannah an der Hand.

»Er ist mir nachgegangen, Hannah. Ich wollte nur ein bisschen an die Luft und die Sterne angucken und nach dem Geisterschiff Ausschau halten. Aber dann ist er hinter mir her und ich bin gerannt, bis es nicht mehr weiterging, schließlich bin ich geklettert.«
Hannah sah ihn immer noch an.
»Alles.«
Einen Augenblick lang dachte Hannah, er wollte fortgehen. Aber dann legte er sich bäuchlings auf das Vorderdeck, schob sich mit dem Oberkörper über den Rand und streckte seine Hand nach ihnen aus.
Hannah reckte ihrerseits den Arm in die Höhe, schlang den anderen um Molly und hüpfte hoch. Dr. Ullathorne bekam sie zu fassen und zog.
In diesem Moment stürzte wieder eine Riesenwelle auf sie herab. Aber der Doktor ließ nicht locker und hievte sie auf das Vorderdeck hinauf.
Hannah sah nach unten. Die kleine Plattform, auf der sie eben noch gestanden hatten, war jetzt vom Wasser überspült, das gierig ins Meer zurückströmte. Hannah erschauderte bei der Vorstellung, dass sie und Molly beinahe mit hinausgespült und auf dem Grund des Meeres gelandet wären.
Nach Luft ringend blieb sie eine Weile auf dem Deck liegen und versuchte ihre Tränen zu unterdrücken. Dann rappelte sie sich auf und trat vor den Doktor. Sogar durch den Sturm hindurch konnte sie sein stinkendes Fleisch

riechen. Er hatte Molly bereits auf die Beine gestellt und hielt sie an der Schulter fest.
»Danke«, sagte Hannah.
Der Doktor lächelte. Seine Lippen waren so aufgedunsen, dass er seinen Mund nicht mehr schließen konnte.
»Keine Ursache«, sagte er und wandte sich an Molly. »Komm, meine Kleine.«
Molly drehte sich entsetzt zu Hannah um. Wind und Regen peitschten ihr dicke Haarsträhnen ins Gesicht.
Hannah streckte die Hand nach ihr aus. »Molly, komm jetzt.«
»Das glaube ich kaum«, sagte Dr. Ullathorne.
Hannah starrte ihn verständnislos an. »Wieso, was meinen Sie?«
»Du hast gesagt: Alles, was ich will. Ich will sie. Und keine weiteren Einmischungen mehr. Keine nächtlichen Besuche von deinen Freundinnen. Ich kann Gartside nicht ständig Märchen erzählen.«
Molly versuchte sich loszureißen, aber Dr. Ullathorne hielt sie eisern fest.
»Warum?«, fragte Hannah. »Was wollen Sie denn von ihr?«
»Sie untersuchen«, sagte der Schiffsarzt. »Wenn ich ihre Missbildung beheben kann, kann ich vielleicht auch ein Mittel gegen meine Krankheit finden.«
Hannah wurde übel.
»Aber Sie werden sie umbringen«, rief sie.

»Das ist es mir wert«, entgegnete Dr. Ullathorne ruhig.
Dann schlug eine neue Riesenwelle auf das Schiff ein.
Alle drei wurden umgerissen und versuchten sich irgendwo festzukrallen. Als Hannah endlich auf die Füße kam, gelang es ihr, sich zwischen Molly und Dr. Ullathorne zu stellen. Auch der Doktor machte Anstalten aufzustehen, rutschte auf dem nassen Deck aber immer wieder aus.
Das Schiff erklomm einen neuen Wellenkamm und einen Augenblick lang schien es, als schwebe es in der Luft. Dr. Ullathorne hechtete mit klauenartig ausgestreckten Fingern auf Hannah und Molly zu. Hannah holte aus und stieß ihn von sich. Er stolperte und stürzte gegen die Reling.
Das Schiff kippte auf einer rasanten Talfahrt wieder nach vorn und erreichte die Talsohle mit solcher Gewalt, dass Hannah fürchtete, sie würden alle in die Tiefe stürzen und müssten am Meeresgrund zerschellen.
Dr. Ullathorne wurde gegen die Reling zurückgeworfen, die von der Wucht des Aufpralls zerbrach. Er taumelte, verlor das Gleichgewicht und suchte nach etwas, woran er sich festhalten konnte.
Hannah zögerte. Er streckte die Hand nach ihr aus.
»Ich habe dich gerettet«, flehte er.
In diesem Moment wünschte sich Hannah, dass Thomas bei ihr wäre und ihr sagen könnte, was sie tun sollte. Oder Long Meg. Meg hätte gewollt, dass er stirbt. *Schick ihn zum Teufel, den Widerling!*, hätte sie geschrien.

Aber Long Meg war nicht hier. Niemand war hier außer Hannah. Sie reckte ihr Gesicht dem Sturm entgegen. Der Regen biss ihr in die Augen.

»Verzeih mir, Meg«, sagte sie.

Der Doktor ließ erleichtert los und streckte nun beide Hände nach ihr aus. Hannah machte einen Schritt auf ihn zu und sah ihm in die Augen. Sie packte ihn an den Handgelenken. Das Schiff kippte wieder nach vorn.

»Verzeih mir, dass ich das nicht schon früher getan habe.« Sie gab dem Doktor einen Stoß.

Dr. Ullathorne schrie, aber sein Schrei wurde vom Sturm fortgerissen. Dann war er weg. Der Sturm hatte ihn mit einem Donnergrollen und einem krachenden Blitz verschlungen.

Beim Aufleuchten des Blitzes meinte Hannah auf dem Poopdeck eine Gestalt zu sehen, deren Umrisse sich gegen den tosenden Sturm abzeichneten. Aber als der Blitz verloschen war, war die Gestalt verschwunden.

KAPITEL 25

**Der Nordwind hatte gerade noch genug Kraft,
Scatterheart auf den verlassenen Strand
einer fernen Küste fallen zu lassen.**

Nachdem Hannah und Molly wieder im Orlopdeck waren, verlor Hannah ihre Selbstbeherrschung und begann vor Kälte und Entsetzen am ganzen Leib zu zittern. Jedes Mal wenn sie ihre Augen zumachte, erschien ihr das Gesicht des Arztes, als er über Bord gerissen wurde. Sie stellte sich vor, wie ihm das Wasser in Mund und Nase drang und ihn nach unten zog.

Molly war ganz still und klammerte sich an Hannah. Sie warteten darauf, dass ein Geschrei losbräche, sobald festgestellt wurde, dass der Arzt nicht mehr da war. Hatte sie jemand gesehen? Hatte auf dem Poopdeck wirklich jemand gestanden und sie beobachtet? Vielleicht würde man sie hängen, weil sie einen Offizier getötet hatte. Hannah zitterte, bis sie vor Erschöpfung in einen unruhigen Schlaf fiel.

Als sie am nächsten Morgen aufwachte, herrschte eine eigenartige Stille und das Schiff bewegte sich kaum. Die Frauen unterhielten sich leise und mit ernsten Gesichtern. Molly war auch dabei, aber als sie sah, dass Hannah wach war, kam sie zu ihr.

»Einer der Offiziere ist tot«, berichtete sie. »Der Kleine, der noch kleiner war als ich.«

»Bracegirdle?«, fragte Hannah.

Molly nickte.

»Irgendetwas war nicht richtig befestigt gewesen und ist im Sturm über Deck gerollt und hat ihn zerquetscht.«

»Und Dr. Ullathorne?«, fragte Hannah ruhig. »Hat ihn jemand erwähnt?«

Molly nickte wieder. »Jemand ist runtergegangen, um einen Verband zu holen, aber er war nicht da. Er soll über Bord gegangen sein.«

Hannah schloss die Augen. Es war vorüber. Er war fort.

»Wir müssen nach oben«, sagte Molly. »Zur Bestattung.«

Vor dem Frühstück versammelten sich alle auf dem Oberdeck. Die Offiziere hatten ihre Ausgehuniformen an und die Matrosen ihre Kappen aufgesetzt. Captain Gartside stand an der Steuerbordreling. Er hatte eine Bibel in der Hand und trug seine komplette Kapitänsuniform. Neben ihm ragten zwei Holzplanken über das Wasser hinaus, die von jeweils zwei Matrosen gehalten wurden. Auf der einen Planke lag der Leichnam von Bracegirdle, der in seine Hängematte eingenäht worden war. Hannah hörte Patty erzählen, dass der letzte Stich durch die Nase des Seemanns geführt wurde, um sicherzugehen, dass er wirklich tot war. Die Hängematte war mit zwei Kanonenkugeln beschwert, damit der Leichnam auch wirklich unterging. Über dem Bündel war eine rote Fahne drapiert.

Auf der anderen Planke befand sich ein Gebinde aus Hanfseilen, da der Leichnam von Dr. Ullathorne nicht geborgen werden konnte. Auch dieses war mit einer roten Fahne geschmückt.

Das Schiff war gestoppt worden und schaukelte leise auf dem Wasser. Die blau-roten Flaggen standen auf halbmast. Captain Gartside nickte dem Bootsmann zu, worauf dieser seine hohle Hand an den Mund legte und rief: »Alle Mann Hut ab!«

Die Offiziere und Matrosen zogen ihre Hüte. Die Frauen neigten die Köpfe und falteten die Hände.

Captain Gartside schlug die Bibel auf und las laut vor.

»Ich sagte«, begann er, »ich will auf meine Wege achten, damit ich nicht sündige mit meiner Zunge. Ich legte meinem Mund einen Zaum an. So blieb ich stumm und still. Heiß wurde mir das Herz in der Brust, bei meinem Grübeln entbrannte ein Feuer.«

James stand links vom Captain. Er schaute Hannah unverwandt an. Dann blickte er kurz auf den Hanfkranz und warf Hannah danach ein eigenartiges Lächeln zu.

Wusste er etwas? Sie sah starr auf ihre Hände und versuchte ihre Panik zu verbergen.
»Nur wie ein Schatten geht der Mensch einher, um ein Nichts macht er Lärm. Er rafft zusammen und weiß nicht, wer es einheimst.«
Hannah schloss die Augen und wünschte, sie wäre bei Thomas. Sie dachte daran, wie schlecht sie ihn behandelt hatte. Keinen Deut besser als James war sie gewesen. Sie schaute wieder zu ihm hinauf. Er sah sie immer noch unentwegt an.
»Wie im Anfang, so auch jetzt und alle Zeit und in Ewigkeit. Amen.«
Captain Gartside klappte die Bibel zu und blickte über das Meer. Alle warteten, dass er etwas sagen würde.
Hannah stiegen Tränen in die Augen. Warum hatte Long Meg keine Seebestattung erhalten? Warum hatten die Matrosen nicht vor ihr den Hut gezogen und sich verneigt?
Hannah fragte sich, was mit ihrem Leichnam geschehen sein mochte, und stellte sich vor, wie Dr. Ullathorne und James ihn mitten in der Nacht über die Reling geworfen hatten.
Captain Gartside seufzte und wandte sich an die Versammelten. »Somit übergeben wir ihre Leiber der Tiefe und der Verwesung anheim, auf dass sie wieder auferstehen mögen, wenn die See ihre Toten entlässt. Asche zu Asche, Staub zu Staub. Der Herr segne sie und behüte sie.«
»Amen«, murmelten die Männer und Frauen.

»Amen«, sagte Hannah bitter und dachte an Long Meg. Die vier Seeleute, die die Planken festhielten, kippten sie hinten hoch und hielten gleichzeitig die Enden der Flaggen fest. Der eingenähte Leichnam und der Hanfkranz rutschten nach unten und schlugen platschend auf den Wellen auf. Der Kranz hüpfte auf der Wasseroberfläche, der Leichnam aber wurde sofort in die Tiefe gezogen.

Drei Tage waren vergangen, als Hannah eines Morgens von Rufen geweckt wurde. Sie kamen von den Männern an Deck. Über sich hörte sie Fußgetrappel.
Sie lauschte angestrengt, konnte aber nichts verstehen. Auch die anderen Frauen waren aufgewacht und spitzten die Ohren. Susan, die der Treppe zum Kanonendeck am nächsten lag, stieß einen heiseren Schrei aus.
»Land ahoi«, sagte sie aufgeregt. »Sie rufen ›Land ahoi‹.«
Da kannten die Frauen kein Halten mehr und drängten hinauf an Deck. Hannah schlängelte sich zwischen den Frauen und Seeleuten durch und kletterte, Molly immer im Schlepptau, zum Vorderdeck hinauf. Sie vermied es, die Stelle anzusehen, wo der Arzt über Bord gegangen war, und beugte sich, so weit sie konnte, über die Reling. Am Horizont zeichnete sich ein dunkler Schatten ab. Hannah brach in Tränen aus.

Der Fleck am Horizont war nicht Port Jackson, sondern Van-Diemens-Land, das den südlichsten Punkt des neuen

Kontinents bildete. Bis Port Jackson würde es noch einmal drei Wochen dauern, erklärte ihnen Dollard, der Steuermann. Trotzdem, der Fleck bedeutete, dass sie den Atlantik und den südlichen Ozean überquert hatten. Sie befanden sich nun im Land hinter den Meeren.
Das weiße Gesicht von Dr. Ullathorne verfolgte Hannah bis in ihre Träume. Sie versuchte, nicht daran zu denken, und konzentrierte sich auf ihr Traumbild von der Ankunft in Port Jackson und der Wiedervereinigung mit Thomas. Ihre Erzählungen von Mr Bärs Abenteuern wurden immer fantastischer. Manchmal stellte sie sich sogar vor, dass Thomas sie auf dem Rücken eines weißen Elefanten empfinge. Sein Kopf war mit Blumenkränzen geschmückt, die ihm von dankbaren Eingeborenen geschenkt worden waren, nachdem er ihr Dorf vor plündernden Banditen gerettet hatte.
»Und was hat Mr Bär gemacht, nachdem er im Eingeborenendorf war?«, fragte Molly. Sie saßen spätabends noch auf ihren Betten und plauderten.
Hannah gähnte. »Ach, das hat etwas mit einem Vulkan zu tun.«
»Was?«
»Er … äh … er hatte eine Schatzkarte, die ihn zu einem unermesslichen Schatz in einem Vulkan geführt hat.«
»Und ist ihm was passiert?«
»Aber nein«, erwiderte Hannah. »Ihm wurde nicht mal ein Haar gekrümmt.«

»Und wann hat er die Hexe getroffen?«, fragte Molly weiter.
»Welche Hexe?«
»Na, die Hexe, die ihn in einen Bären verwandelt und ihn in das Land östlich der Sonne und westlich des Mondes verbannt hat.«
Hannah schüttelte den Kopf. »Aber das ist doch eine ganz andere Geschichte. Und ein anderer Bär.«
»Nein«, protestierte Molly, »es ist immer derselbe Mr Bär. In beiden Geschichten.«

Es dauerte drei Wochen, bis aus dem Fleck am Horizont wirklich Land wurde. Hannah zählte die Kerben über Megs Bett – sie waren fünf Monate auf See gewesen.
Die gefangenen Frauen standen auf den oberen Decks und beugten sich über die Reling oder spähten durch die Geschützpforten. Alle hatten Bündel unter den Armen, die ihre Decken und wenigen Habseligkeiten enthielten. Hannah hatte ihre Decke im Orlopdeck zurückgelassen. Sie brauchte sie nicht, denn Thomas würde ein anständiges Bett für sie haben.
Ihr einziger Besitz war sein sauber zusammengefaltetes Taschentuch, ein schmuddeliges, ausgefranstes Stück Stoff, das Hannah jedoch behutsam und zärtlich in ihrer Hand behielt.
Die Sonne schien hell und warm, auch wenn der Wind immer noch kühl war. Der salzige, frische Seegeruch vermischte sich mit einem anderen, würzig, scharf und

stechend. Die gefangenen Frauen jubelten und weinten zugleich. Hannah presste Mollys Hand so fest, dass diese sich jammernd wand.
Hannahs Augen schmerzten von der gleißenden Sonne auf dem blauen Wasser. Sanfte Hügel wellten sich bis zum Ufer hinab, ein graugrünes Pflanzendickicht, das Hannah an eine undurchdringliche Dornröschenhecke erinnerte. Darüber ragten seltsame Bäume mit spiralartigen Ästen und glatter, fleischfarbener Rinde auf, deren Stämme Ausbuchtungen und Vertiefungen hatten, die wie menschliche Gliedmaßen aussahen. Manche machten den Anschein, als würden sie grüßend ihre Arme ausstrecken. Andere waren wie Liebende ineinander verschlungen.
Befehle ertönten und Matrosen drängten sich durch die wartenden Frauen. Die Pfeife des Bootsmanns schrillte, die Leinen wurden gelockert und das Steuerrad so lange gedreht, bis sich die *Derby Ram* langsam auf die graugrünen Hügel zubewegte.
Das Meer drückte gegen das Ufer, schob sich ins Land hinein und wurde zu einem Fluss, der sich wie eine Schlange um jede weiße Strandkrümmung und grüne Einbuchtung wand, bevor er weiterzog und sich immer tiefer zu den blaugrauen Bergen im Westen hin grub.
Molly beugte sich waghalsig über die Reling, hinter ihr auf dem Deck lag das Bündel mit ihrer Decke.
»Sieh nur, Hannah!«, schrie sie. »Das ist wie im Paradies.«

Auf den gewundenen Zweigen hockten Hunderte von rosa und grauen Vögeln. Als das Schiff näher kam, erhoben sie sich und flogen heiser krächzend in geschlossener Formation davon.

Hannah lachte.

»Ich glaube nicht, dass Paradiesvögel so einen Lärm machen würden«, sagte sie.

Molly kicherte.

Hannah empfand ein überwältigendes Gefühl von Frieden in ihrem Herzen. Endlich. Thomas würde sie erwarten und alles würde gut werden.

Molly lächelte versonnen. »Hannah, wir haben es geschafft«, flüsterte sie, »östlich der Sonne und westlich des Mondes.«

Hannah schaute neugierig hierhin und dorthin. Sie wollte die Bucht von Sydney sehen, wo Thomas in seiner Uniform auf sie wartete. Sie würde ihn unter den vielen jubelnden Schaulustigen sofort erkennen. Und er würde das Missverständnis um ihre Verhaftung aufklären. Sie würde freikommen.

Sie näherten sich einer Landspitze mit einem gepflegten Rasen und ordentlich gestutzten Büschen und Bäumen. Auf einer Steinbank saß eine Frau, die sich mit einem Schirm vor der Sonne schützte. Sie hatte ein vornehmes, wenn auch ein wenig altmodisches Kleid mit Umhang an. Hannahs Herz klopfte so laut, dass sie meinte, die Frau müsste es hören.

Sie umrundeten die Landspitze und dann sah Hannah die Bucht von Sydney in ihrer ganzen Größe. Die Stadt war eigentlich keine richtige Stadt, nur ein paar gelbe, von Äckern umgebene Steinhäuser waren zu erkennen, und dahinter lag der Wald. Das Städtchen wurde von einem Fluss in zwei Hälften geteilt.

Hannah konnte kaum stillhalten. Sie strich ihr graues Leinenkleid glatt und kniff sich in die Wangen. Ihre Haare waren schon wieder mehrere Zentimeter lang gewachsen. Sie versuchte sie hinter ihre Ohren zu stecken und wünschte, sie hätte einen richtigen Spiegel und ein paar Bänder gehabt, um sich schön zu machen.

Als das Schiff schließlich am Kai anlegte, hielt Hannah nach Thomas Ausschau. Die jubelnde Menge aus ihrem Traum war nicht da. Nur ein paar gelangweilt blickende Offiziere und eine Handvoll Hafenarbeiter, die beim Ausladen helfen sollten.

Thomas war nirgends zu entdecken.

Rufe ertönten, dann ein Kreischen und Platschen, als der Anker ins Wasser fiel. Ein Landungssteg wurde auf den Kai gelassen und Captain Gartside ging, von einigen Offizieren begleitet, von Bord. Sie wechselten ein paar Worte mit den wartenden Männern, dann drehte sich der Captain um und gab den Offizieren, die auf der *Derby Ram* geblieben waren, ein Zeichen.

»Meine Damen«, rief der Bootsmann, »in einer Reihe aufstellen. Nicht drängeln.«

Die Frauen schoben sich den Laufsteg hinab. Hannah und Molly waren am hinteren Ende der Schlange. Dann stand Hannah am Kai und wandte sich suchend um.
Er war nicht da.
Ihr war, als würden die Holzbohlen des Kais unter ihr schwanken und wegrutschen. Ihr wurde schwindelig und schummerig vor den Augen. Sie hatte sich alles so genau ausgemalt. Sie und Thomas, die sich in die Arme fielen, die vor Freude weinten und lachten. Wie zum Hohn sah sie wieder und immer wieder diese Szene vor sich.
Er war nicht da.
Molly zog sie am Arm.
»Vielleicht hat er sich verspätet«, sagte sie.
Hannah nickte und schluckte. Sie knetete das Taschentuch in ihrer Hand. Panisch versuchte sie sich ihr letztes Gespräch mit Thomas in Erinnerung zu rufen. Hatte er wirklich gesagt, er führe nach New South Wales? Und wenn er gar nicht da war? Wenn er in London geblieben war? Wenn er in Frankreich gegen Napoleon kämpfte? Oder wenn man ihn nach Afrika oder China geschickt hatte?
»Komm endlich«, sagte Molly noch einmal und zog wieder an ihrem Arm.
Hannah machte einen Schritt, dann wurde ihr schwarz vor Augen. Der Kai schien unter ihr wegzurutschen und ihr Fuß trat ins blanke Nichts. Sie stolperte und fiel der Länge nach auf den Boden.

Starke Hände fassten sie von hinten und hoben sie hoch. »Du musst deine Beine wieder an festen Boden gewöhnen«, sagte eine Stimme. Hannah erinnerte sich, dass diese Arme sie auf die *Derby Ram* getragen, dass diese Stimme mit ihr gesprochen hatte. Sie drehte sich um.

Es war James, der sie liebevoll anlächelte, als sei niemals ein böses Wort zwischen ihnen gefallen. Hannah bemerkte die frische weiße Narbe an seinem Finger, wo sie ihn gebissen hatte. Heiße Tränen brannten in ihren Augen, sie kniff sie schnell zusammen. Ihre Kehle war vor Kummer und Enttäuschung wie zugeschnürt. Er war nicht da. Er war nicht gekommen.

Sie taumelte vorwärts. James' Hand lag auf ihrer Schulter. Der Boden unter ihren Füßen schaukelte und schwankte unaufhörlich. Das Licht war so grell, dass Hannahs Kopf heftig schmerzte.

Durch einen Tränenschleier hindurch nahm sie breite, unbefestigte Straßen wahr, die rechts und links von sandfarbenen Häusern gesäumt waren und auf denen Pferdekarren und leichte Kutschen rumpelten. Am Rand der kleinen Stadt standen armselige Hütten aus Flechtwerk und Lehm. Hannah bemerkte auch ein paar primitive Schuppen, die sich unter die grauen Felsüberhänge der Hügel duckten. Zwischen den Felsen und Hütten rannten barfüßige Kinder umher. Sie machten einen wilden und ungepflegten Eindruck und Hannah erinnerte sich an die zerlumpten spielenden Jungen und Mädchen, die

sie in London gesehen hatte und die ihr nun im Vergleich zu diesen finsteren Gestalten wie wohlerzogene Kinder aus gutem Hause vorkamen.
Vor einer Hütte stand ein Mann, der bis auf einen Lendenschurz und eine Art Fellumhang nichts anhatte. Seine Haut war kohlrabenschwarz. Er beobachtete Hannah und sie erschrak, weil das Weiß seiner Augen so stark hervortrat. Der Mann grinste. Es war ein herausforderndes, bedrohliches Grinsen. Und seine Zähne blitzten so weiß, wie Hannah es noch nie gesehen hatte.
Die Stadt war von sanft ansteigenden Hügeln umgeben, die von einem wolligen graugrünen Bewuchs bedeckt waren, der wie ein Schafsfell aussah. In der Luft hing ein intensiver erdiger Geruch.
Irgendwo in ihrem Herzen wartete Hannah immer noch darauf, dass Thomas plötzlich hinter einem der Häuser auftauchen oder auf einem nass geschwitzten Pferd herbeigaloppieren würde. Aber ihr Verstand sagte ihr, dass er nicht käme. Sie blieb stehen, denn es war ihr unmöglich, weiterzugehen.
Der Boden unter ihr drehte sich. Der Kloß in ihrem Hals schwoll an und raubte ihr die Luft zum Atmen.
»Es ist gut, Hannah«, beruhigte James sie. »Ich bin bei dir. Du bist einfach landkrank.«
Hannah wandte sich zu ihm um. Er sah blendend aus wie immer. Seine Augen waren groß und sanft, seine Haut weiß wie Schnee.

James lächelte sie an. »Hannah?«, sagte er zärtlich.

Der Kloß in ihrem Hals wurde riesengroß. Sie rang nach Luft, hustete krampfhaft und erbrach bittere Galle auf den staubigen Erdboden. Ein säuerlicher Geruch stieg auf, der sie beinahe überwältigte.

Sie stolperte hinter den anderen Frauen her, die am Ende des Kais auf mehrere flache Kähne verteilt wurden.

»Wohin bringt man uns?«, flüsterte Molly ängstlich. »Sind wir denn noch nicht da?«

»Nein«, erwiderte James, »ihr werdet flussaufwärts zu einer Stadt gebracht, die Parramatta heißt. Dort kommen alle unverheirateten Frauen hin.« Er fasste Hannah am Arm. »Hannah, das muss nicht sein. Es ist noch nicht zu spät.«

Sie wand sich schweigend aus seinem Griff und kletterte auf den Kahn. Anschließend beugte sie sich vor und half Molly hinein.

»Ich werde dich holen, Hannah«, sagte James. »Keine Sorge.«

Hannah blickte nicht zurück, als der Kahn ablegte und Sydney langsam hinter sich ließ.

Der Fluss glänzte silbrig und in seinem Wasser spiegelte sich das Dickicht aus Grau, Grün und Braun wider, das sich gierig an seinen Ufern ausbreitete. Braungoldene Felder, auf denen wie helle Tupfer vereinzelte Schafe standen, zogen sich weit in das Land hinein. Dahinter erhoben sich sanfte Hügel, die in ein imposantes Gebirge übergingen. Von den Bäumen stiegen kreischende Vogelschwärme in die Luft, die wie flügelschlagende, bunt schillernde Wolken aussahen, wenn sie auf der Suche nach einem friedlichen Platz über den Himmel glitten. Hannah jedoch kam alles düster und leer vor. Der gallige Geschmack in ihrem Rachen wollte nicht weichen.

TEIL III

Östlich der Sonne, westlich des Mondes

KAPITEL 26

Der Nordwind wehte davon, aber zuvor ließ er noch eine Eichel auf den Strand fallen. Scatterheart hob sie auf und steckte sie zu den anderen drei Eicheln in ihre Tasche.

Spätnachts legten die Kähne in Parramatta an. Am Ufer standen ein paar Hütten, aus deren Fenstern trübes orangefarbenes Licht fiel. Ansonsten herrschte absolute Dunkelheit. Hannah schauderte bei der Vorstellung, was hinter dem Lichtkegel der Bootslaterne lauern mochte. Sie dachte an das herausfordernde Grinsen des Eingeborenen, den sie in Sydney gesehen hatte, und nahm Molly fest an die Hand.

Auf dem schwankenden Landungssteg mussten sie sich in einer Reihe aufstellen. Eine kleine Schar Männer und Frauen steckte die Köpfe zusammen und beobachtete sie. Manche sahen mit ihren rauen Händen und breiten Hüten wie Bauern aus. Andere waren eindeutig von höherem Stand, die Frauen trugen lange Röcke und Hauben und die Männer hatten Zylinder und Gehstöcke.

Ein Mann in Offiziersuniform ging mit einer Laterne in der Hand vor den Frauen auf und ab, musterte sie genau, schaute sich ihre Zähne und Augen an und fragte sie nach ihrem Namen und dem Vergehen, das sie nach New South Wales gebracht hatte.

Einige der Frauen wies er den wartenden Leuten auf dem Landungssteg zu, andere ließ er stehen. Als er zu Molly kam, bückte er sich und sah ihr ins Gesicht.

»Wie heißt du denn, kleines Fräulein?«

»M… Molly«, antwortete sie.

»Und dein Nachname?«

»Nur Molly.«

»Nun, Molly, wie alt bist du?«

Molly zuckte die Achseln und entspannte sich ein wenig. »Sieben, acht, neun, ich weiß nicht genau.«

Der Mann nickte und winkte einer Frau, die ebenfalls unter den Wartenden stand.

»Bringen Sie sie ins Waisenhaus«, sagte er zu ihr. »Sie ist noch zu klein für die Fabrik.«

Molly klammerte sich an Hannah.

»Warten Sie«, rief diese, »das ist meine Schwester.«

Der Offizier entgegnete gleichgültig: »Das spielt keine Rolle, selbst wenn sie Ihr eigenes Kind wäre. Sie muss ins Waisenhaus.«

Die Frau wollte Molly an die Hand nehmen, doch die wehrte sich und schrie: »Ich will nicht ins Waisenhaus! Ich will bei Hannah bleiben.«

Augenblicklich packte die Frau Molly und hob sie hoch. Voller Verzweiflung trat Molly um sich, sie biss und schrie, aber die Frau war stark und trug sie fort.

»Hannah!«, kreischte Molly. »Sie dürfen mich nicht wegbringen.«

Hannah sah Mollys blasses, angstverzerrtes Gesicht.

»Es wird alles gut, Molly!«, rief sie ihr hilflos nach.

Als die Frau mit Molly in der Dunkelheit verschwand, wollte es Hannah beinahe das Herz zerreißen.

Nun wandte sich der Offizier ihr zu.

»Name?«

»Hannah Cheshire.«

»Alter?«

»Ich bin vierzehn«, antwortete sie und merkte im selben Moment, dass das nicht stimmte. Irgendwann auf der Reise war sie fünfzehn geworden, sie hatte es nicht einmal bemerkt.

»Vergehen?«

Hannah runzelte die Stirn. »Ich habe nichts getan. Ich bin aus Versehen hier.«

Der Offizier sah sie spöttisch an.

»Das gilt doch für alle, oder?« Er packte sie am Kinn und drückte ihr den Mund auf, um ihre Zähne zu untersuchen. Es war demütigend, wie ein Pferd auf dem Markt begutachtet zu werden. Sie dachte an den Zahn, der ihr auf der *Derby Ram* ausgefallen war. Der Offizier warf einen Blick auf ihr kurzes Haar.

»Aha, du bist auf der Fahrt bestraft worden. Was hast du denn angestellt?«

»Ich habe nichts Unrechtes getan«, wiederholte sie und sah einen Moment lang das Gesicht von Dr. Ullathorne vor sich, als er über Bord fiel.

»Ich bin auf der Suche nach Thomas Behr. Er ist Offizier.«

Der Mann schaute sie misstrauisch an. »Thomas Behr hast du gesagt?«

Hannahs Herz machte einen Sprung. »Ja, kennen Sie ihn? Ist er hier?«

Der Mann schwieg, er wirkte nachdenklich, aber dann schüttelte er den Kopf. »Nein, hier ist niemand, der so heißt. Für eine Dienstmagd bist du zu schnippisch. Du kommst in die Fabrik.«

Hannah konnte sich nicht erklären, warum sie in die Fabrik geschickt und nicht einer Familie zugewiesen wurde. Bei ihrer Ankunft betrachtete sie der Fabrikvorsteher verwundert. Der Offizier, der sie begleitete, beugte sich zu ihm vor und flüsterte ihm etwas ins Ohr. Hannah zuckte zusammen. Hatte er nicht Thomas Behr erwähnt? Warum sah sie der Fabrikvorsteher plötzlich so eigenartig an und presste die Lippen zusammen? Wo war Thomas?

Die Fabrik war ein zerfallener Dachboden über einem Gefängnis, kaum größer als der Frauentrakt im Orlopdeck, in dem jedoch doppelt so viele Gefangene untergebracht waren.

Hannah schob sich mit den anderen Neuankömmlingen hinein und schaute sich entsetzt um. Das Gebäude machte den Eindruck, als würde es gleich auseinanderfallen. Zwischen dem Dach und den Seitenwänden war eine Lücke, durch die der Wind pfiff, und die Fußbodenbretter waren so aufgesprungen, dass Hannah ihre Finger in die Risse stecken konnte. In der ersten Nacht in dem zugigen Raum zitterte sie vor Kälte und wünschte, sie hätte ihre Decke nicht an Bord gelassen. Sie hatten weder Bettzeug noch frische Kleidung bekommen. Kurz vor Morgengrauen begann es auch noch zu regnen und das kalte Wasser tröpfelte durch das undichte Dach auf Hannah herab.

In der Fabrik waren all die Frauen, die nicht als Dienstmädchen für die Bürgerhäuser in Sydney und Parramatta oder als Mägde für die umliegenden Höfe ausgewählt worden waren. Es waren die Schlimmsten der Sträflinge, die Bösen, Kranken und Alten.

Hannah hasste das Leben in der Fabrik. Zu jeder Tages- und Nachtzeit wurden Männer hereingelassen, die sich mit Frauen, die für ein paar Kupfermünzen alles taten, in die Ecken verzogen. *Pennyhuren* nannten sie das.

Jeden Donnerstag führte ungefähr ein Dutzend der gefangenen Frauen den *Tanz der Seejungfrau* auf. Zuerst zogen sich die Frauen nackt aus und auf ihre Rücken wurden Nummern in hellblauer Farbe gemalt. Dann spielte jemand mit der Fidel oder der Flöte auf und die Frauen tanzten. Die Männer riefen die Nummern ihrer Favoritinnen und überboten sich gegenseitig. Sie stampften mit den Füßen, klatschten in die Hände und pfiffen. Die Frauen tanzten immer heftiger – sie versuchten sich gegenseitig an Schamlosigkeit und Obszönität zu übertreffen. Am Schluss zahlte der Meistbietende sein Geld und verschwand mit seinem »Gewinn«.

In der ersten Woche hatte Hannah Angst, sie würde gezwungen, am Tanz der Seejungfrau teilzunehmen. Es stellte sich jedoch heraus, dass sich die Gefangenen freiwillig zur Verfügung stellten und der Fabrikvorsteher das Geld mit ihnen teilte. Hannah war empört, dass die Frauen sich wegen ein paar Kupfermünzen so unzüchtig aufführten. Aber dann fiel ihr ein, was Long Meg gesagt hatte. *Das mache ich für Geld, Grog und Schutz.* Und Cathy hatte gemeint: *Wir tun das, weil wir überleben wollen.*

Hannah traf in der Fabrik nur wenig bekannte Gesichter. Von der *Derby Ram* waren nur eine Handvoll Frauen da, unter anderem die alte Tabby, die sich gleich nach der Ankunft in einen Haufen ranziger, schmutziger Rohwolle vergrub, aus dem sie nur noch selten auftauchte.

Die Frauen mussten jeden Tag Wolle aus einer benachbarten Schäferei kämmen und verspinnen. Die geschickteren unter ihnen verwoben das grobe Garn zu einem rauen, kratzigen Stoff, aus dem Winterkleidung für die Sträflinge gefertigt wurde.

Frauen, die in der Fabrik unangenehm auffielen, wurden zu schweren körperlichen Arbeiten ins Freie geschickt. Man legte ihnen mit Nägeln gespickte Halsbänder an und dann wurden sie von Soldaten in roten Uniformen vor das Fabriktor getrieben. Dort mussten sie in Eimern Erde und Bauschutt schleppen, während die Soldaten im Takt einer Trommel auf sie einschlugen. Wer eine Pause machte oder irgendwie aufsässig war, bekam das *Botany-Bay-Dutzend* – das waren fünfundzwanzig Peitschenhiebe – oder zwölf, wenn die Frau sich nackt auspeitschen ließ.

Der Vorsteher der Frauenfabrik hieß Green. Er tauchte in unregelmäßigen Abständen auf und brachte einen Bottich mit einer wässrigen Graupensuppe. Er verachtete die Gefangenen und nannte sie immer nur dreckige Huren, wenn er von ihnen sprach. Musste er einmal eine berühren, verzog er angeekelt das Gesicht.

Ansonsten waren die Frauen sich selbst überlassen.

Hannah fragte jede, die ihr über den Weg lief, ob sie Thomas Behr gesehen habe. Sie nahm kaum den ranzigen Gestank der Schafwolle wahr und sie merkte auch nicht, wie wund ihre Finger schon nach wenigen Stunden Wollekämmen wurden. Es machte ihr auch nichts aus, dass das Essen viel schlechter war als auf der *Derby Ram* und dass es viel seltener etwas gab. Sie fieberte nur noch danach, Informationen über ihren Hauslehrer zu bekommen.

Ihre Mitgefangenen schüttelten verständnislos den Kopf und Hannah wurde immer mutloser. Vielleicht war er ja überhaupt nicht in New South Wales? Vielleicht war er gar nicht Offizier auf See geworden?
Doch dann dachte sie an den eigenartigen Blick, mit dem der Offizier sie auf dem Kai angesehen hatte, als sie Thomas' Namen erwähnt hatte. Er musste etwas gewusst haben. Möglicherweise war Thomas nach England zurückgeschickt worden.
Eines Abends, Hannah hatte sich schon in ihre Ecke zurückgezogen und ihr Magen knurrte, obwohl das Essen eben erst ausgeteilt worden war, kam eine Frau mit krausen braunen Haaren zu ihr, stellte sich als Bess vor und setzte sich.
»Ich habe gehört, dass du nach einem Herrn suchst«, begann sie.
Hannahs Herz klopfte zum Zerspringen.
»Er heißt Thomas Behr. Weißt du etwas über ihn?«
Bess schüttelte den Kopf. »Den Namen kenne ich nicht. Aber vor 'ner Weile, als ich noch in Sydney war, habe ich von so einer Sache gehört. Dann gab es zwischen meiner Herrin und mir ein paar Missverständnisse und ich wurde hier hergebracht.«
»Was für eine Sache?«
Bess kratzte ihren Arm, der rot entzündet war. »Ein Offizier ist in Schwierigkeiten gekommen. Hatte was mit einer Frau zu tun. Er hat sie umgebracht oder so ähn-

lich. Dann ist er abgehauen. Das könnte dein Mann sein. Mehr weiß ich nicht.«

Hannah blickte sie mit weit aufgerissenen Augen an. »Thomas würde niemals jemanden töten. Das kann er nicht gewesen sein.«

Bess zuckte die Achseln und stand auf. »Männer machen alles Mögliche, wenn es um Frauen geht.« Sie schlurfte davon.

Tabby starrte Hannah von ihrem Wollhaufen aus an. »Du suchst Gnade in einem gnadenlosen Gesicht«, murmelte sie.

»Die Frau wusste etwas«, erwiderte Hannah.

Tabby runzelte die Stirn. »Eine Schwalbe macht noch keinen Sommer.«

Hannah seufzte.

»Die Not lehrt die nackte Frau das Spinnen«, sagte Tabby.

Hannah sah sie verständnislos an.

»Könige und Bären machen ihren Hütern oft Sorgen«, fuhr Tabby fort.

Hannah packte sie an ihrem dünnen, knochigen Arm. »Weißt du etwas? Hast du etwas erfahren?«

Tabby schüttelte den Kopf. »Puddings und Liebschaften müssen heiß angefasst werden«, krächzte sie.

Hannah ließ sie los.

»Lieber ein Ende mit Schrecken, als ein Schrecken ohne Ende.« Tabby kicherte und vergrub sich in ihren Wollhaufen.

Drei Tage später traf eine Frau aus Sydney ein. Sie hatte einen riesigen blauen Fleck auf der Wange und ihr rechtes Auge war fast zugeschwollen.

Als der Fabrikvorsteher Green und ein Bediensteter das kärgliche Abendessen brachten, eilte Hannah zu der Neuen hinüber.

»Behr?«, fragte die Frau und kniff die Augen zusammen.

»Weißt du etwas über ihn?«, hakte Hannah nach.

Die Frau schüttelte nachdenklich den Kopf. »Ich glaube nicht«, sagte sie.

Hannah fasste sie am Handgelenk. »Bitte, überleg. Hast du noch nie etwas über einen, der Behr heißt, gehört?«

Bess gesellte sich zu ihnen.

»Ich dachte, das könnte dieser Offizier sein«, sagte sie zu der Neuen. »Der, der diese Frau getötet hat.«

»Das war eine üble Geschichte«, seufzte die und erschauderte.

Hannah ließ die Frau wieder los.

»Macht nichts.« Enttäuscht wandte sie sich zum Gehen.

»Warte«, sagte da die Neue, »dieser Offizier hatte einen deutschen Namen. Es könnte Behr gewesen sein.«

»Das ist unmöglich«, erwiderte Hannah. »Thomas ist kein Mörder.«

Die Frau kniff die Augen zusammen und versuchte sich zu erinnern.

»Mein Herr hat einmal darüber gesprochen.« Sie fasste an ihre Wange und zuckte zusammen.

»Mein ehemaliger Herr, genauer gesagt. Er meinte, ein deutscher Offizier hätte sich in eine Sträflingsfrau verliebt. Dann ist er irgendwie in Schwierigkeiten geraten und von der Bildfläche verschwunden.«

Eine andere Frau mit geschorenem Kopf mischte sich jetzt ein. »Redest du von diesem Offizier, der seinen Vorgesetzten umgebracht hat? Er soll ihn kaltblütig ermordet haben.«

»Ich habe gehört, er hätte eine Frau getötet«, sagte Bess.

»Nein«, entgegnete die Frau mit dem geschorenen Kopf. »Der Vorgesetzte hat die Frau getötet und dann hat er den Vorgesetzten getötet. Vor zwei Monaten hat man ihn aufgeknüpft.«

Bess widersprach: »Soviel ich weiß, ist er nach England zurückgeschickt worden.«

»Ihr habt beide unrecht«, mischte sich die Neue wieder ein. »Er ist in ein Arbeitslager nach Van-Diemens-Land gebracht worden.«

»Das spielt keine Rolle«, sagte Hannah. »Das ist er nicht.«

Der Fabrikvorsteher Green knallte seinen Stock gegen die Wand. »An die Arbeit!«, brüllte er.

Die anderen Frauen gingen zurück an ihre Webstühle, doch Hannah blieb auf dem Boden sitzen. Wieso sollte sie noch etwas tun? Er war nicht da. Thomas hatte England womöglich nie verlassen. Sie war allein in dieser furchtbaren Hölle am Ende der Welt. Selbst Molly hatten sie ihr genommen.

»Du!«, bellte der Vorsteher und stellte sich drohend über Hannah. »Faulheit wird hier nicht geduldet!«
Er ließ seinen Stock mit aller Kraft auf Hannahs Rücken sausen. Das dünne Holz schnitt durch ihr Kleid bis tief in ihre Haut, aber Hannah rührte sich nicht. Green schlug ein zweites Mal zu und der Schmerz explodierte auf ihren Rippen. Hannah erhob sich mühsam und ging zu den Haufen fettiger Wolle, vor denen die Frauen im Schneidersitz hockten und sie kämmten.
Das Blut in ihrem Kleid trocknete und ihr Rücken brannte und wurde steif. Aber was machte das schon? Alles war unwichtig geworden.

An den Sonntagen mussten sich die Frauen vor dem Fabrikgebäude in einer Reihe aufstellen und sich von den unverheirateten Männern der Kolonie begutachten lassen. Manche der Arbeiterinnen putzten sich heraus und lächelten, andere sahen mürrisch drein und scharrten mit ihren Schuhen auf dem Boden.
Die Männer schoben sich an der Reihe entlang, fand einer eine Frau, die ihm gefiel, ließ er sein Taschentuch vor ihr fallen. Wenn der Mann ihr zusagte, hob sie das Tuch auf und ging mit ihm nach Hause.
Hannah genoss die frische Luft, machte aber jedes Mal, wenn einer an ihr vorüberkam, ein missmutiges Gesicht. Die Männer ließen vor ihr nie ein Taschentuch fallen. Ein bisschen empfand sie das als Kränkung – war sie etwa

nicht mehr schön genug? In London hätten diese dreckigen, grobschlächtigen Kerle alles darum gegeben, sie auch nur ansehen oder in ihrer Nähe stehen zu dürfen. Und nun waren sie zu gut für sie.

Es war Hannahs dritter Sonntag vor der Fabrik. Der Himmel war bedeckt und dunkle Wolken kündigten Regen an. Neben ihr stand Tabby in gekrümmter Haltung und kaute auf einer schwarzen, stechend riechenden Masse herum.

Hannah tastete nach der Tasche, die sie in ihr graues Baumwollkleid genäht hatte. Thomas Behrs Taschentuch war immer noch da, ein kleiner, erbärmlicher Stofffetzen, genauso brüchig wie das bisschen Hoffnung, an das sie sich klammerte.

Sie achtete nicht auf die Männer, die an ihr vorbeigingen und deren Haut von der Sonne rot und rissig war. Sie starrte standhaft auf ihre Zehen und versuchte sich möglichst unsichtbar zu machen. Tabby spuckte einen schwarzen Auswurf aus.

Etwas Weißes flatterte vor Hannahs Füße. Erschrocken sah sie hoch und blickte in die blauen Augen von James. Es schien ihm peinlich zu sein, sich hier, unter diesen einfachen Männern und straffälligen Frauen, aufzuhalten. Aber er lächelte Hannah an und schaute dann auf sein Taschentuch, das vor ihr im Staub lag.

»Wer Schiffbruch leidet, kommt oft auch in den Hafen«, murmelte Tabby.

»Geh nach Hause, James«, sagte Hannah ausdruckslos.
»Hannah«, begann dieser, »ich muss mit dir sprechen. Ich werde mein Erbe bekommen. Aber es gibt eine Klausel, die besagt, dass ich verheiratet sein muss. Deshalb möchte ich dich zu meiner Frau nehmen.«
Hannah schüttelte ungläubig den Kopf.
»Ich habe hier in der Nähe etwas Land gekauft – einhundert Morgen – und zehn Sträflinge als Diener angestellt. Es gibt dort ein großes Haus mit weißem Porzellan, Chintzsesseln und Samtvorhängen. Es wird dir gefallen. Deshalb hat es auch so lange gedauert, bis ich dich holen konnte. Ich wollte erst alles fertig haben.«
Sie ignorierte ihn. Er packte sie am Handgelenk.
»Hannah, ich weiß doch, dass du mich tief in deinem Herzen liebst.«
Hannah wollte sich von ihm befreien, aber er drückte noch fester zu.
»Es könnte für dich viel schlechter werden als jetzt«, sagte er drohend. »Ich weiß, was du getan hast.«
Hannah schloss die Augen und stellte sich Thomas vor, wie er an die Stuckdecke ihres Wohnzimmers schaute und über die Geschichten lachte, die sie ihm erzählte.
»Ich habe dich in der Sturmnacht gesehen. Zusammen mit Dr. Ullathorne. Ich weiß, dass du ihn gestoßen hast.« James sprach gedämpft, damit niemand ihn hörte.
Hannah öffnete die Augen und stieß ein freudloses Lachen aus. »Nun, mach schon«, blaffte sie. »Sag dem Vor-

steher, was ich getan habe. Sag es Captain Gartside. Du kannst es gern auch dem Gouverneur Macquarie erzählen. Ich jedenfalls werde nur mit einem Mann von hier fortgehen.«

»Er ist tot«, sagte James.

»Hör auf. Ich komme nicht mit dir mit.«

»Dein kostbarer Behr. Er ist tot.«

Hannah schüttelte den Kopf.

»Er ist verrückt geworden«, fuhr James fort. »Er hat sich Befehlen widersetzt und dann im Rausch einen Vorgesetzten getötet. Man hat ihn gehängt.«

»Ich glaube dir nicht«, entgegnete Hannah.

James zuckte die Achseln und drückte ihr etwas Kaltes, Hartes in die Hand. Dann bückte er sich und hob sein Taschentuch auf.

»Nächste Woche bin ich wieder hier«, sagte er und ging.

»Falsche Kröte«, zischte Tabby. »Wer andern eine Grube gräbt, fällt selbst hinein.«

Hannah sah sich an, was er ihr gegeben hatte. Es war eine runde Brille mit silbernem Rand. Ein Brillenglas fehlte, das andere war verschmiert und zerbrochen. Die Bügel waren verbogen.

Thomas' Brille.

Einen Augenblick lang war ihr, als würde der Stock des Fabrikvorstehers Green tausendmal auf sie einschlagen. Einen Augenblick lang war ihr, als würde sie in tausend Stücke zerspringen und vom Wind fortgetragen werden.

Aber nur einen Augenblick lang. Dann spürte sie nichts mehr.

An diesem Abend vergrub sich Tabby in ihren schmierigen Wollhaufen und stand nicht mehr auf. Hannah fand sie am nächsten Morgen. Ihre Amseläuglein blickten umwölkt und leer, ihre rechte Hand war zu einer Klaue gekrümmt, ihre linke um eine schwarze Feder geklammert. Hannah spürte noch, wie sie ihr Leben aushauchte. Jetzt war sie von allen verlassen. Von ihrer Mutter, ihrem Vater, von Long Meg, Molly, Thomas Behr. Und nun auch von der verrückten Alten.

Als James am nächsten Sonntag sein Taschentuch vor ihr fallen ließ, bückte sich Hannah und hob es auf.

KAPITEL 27

**Scatterheart verließ den Strand
und wanderte allein weiter.**

James nahm sie noch am selben Tag mit nach Hause. Hannah besaß nichts, was sie hätte einpacken müssen – das Taschentuch von Thomas steckte in ihrem Kleid. Sie zog es hervor und wickelte die zerbrochene Brille darin ein.

James sprach kurz mit dem Vorsteher, unterschrieb ein Formular und geleitete Hannah zum Wagen.

Sie kam sich vor wie eine Kuh oder ein Schaf, das jemand auf dem Viehmarkt erstanden hatte. Für James war diese Lösung wahrscheinlich viel angenehmer als eine richtige Heirat. Auf diese Weise war es fast wie eine Geschäftsbeziehung.

Das Haus von James lag ungefähr sechs Meilen außerhalb von Parramatta. Er hatte es von einem reichen Ehepaar gekauft, das in New South Wales eine neue Schafrasse gezüchtet hatte, dann aber wieder nach England zurückgekehrt war.

Das Anwesen war ein imposantes viereckiges Gebäude aus groben gelben Mauern. Hannah stellte sich vor, wie die Sträflinge die Steinblöcke in Form gehauen hatten und dass die dunklen Verfärbungen hier und da Blutspuren waren. Das große Wohnhaus wirkte einsam und abweisend. Es war von flachem Land umgeben, auf dem stacheliges braungelbes Gras wuchs und vereinzelte, schmutzig graue Eukalyptusbäume standen.

»Wir werden bald einen richtigen Garten haben«, sagte James. »Ich habe einen Sträfling angefordert, der Erfahrung im Gartenbau hat.«

Dank seines neuen Reichtums und seiner Stellung als Offizier konnte James sich die besten Sträflinge für seinen Haushalt aussuchen. Er hatte einen Koch, einen Hausmeister und einen Butler. Außerdem eine Kammerzofe für Hannah und für sich selbst einen Diener. Die übrigen fünf Sträflinge bereiteten das Land für die Acker- und Viehwirtschaft vor. James wollte die Tiere aus England kommen lassen – »Nicht diese armseligen Züchtungen von hier«, wie er sagte – und mit dem Vieh würden weitere fünfzehn Sträflinge eintreffen und für ihn arbeiten.

Das Haus war vollständig und behaglich eingerichtet. Wie James versprochen hatte, gab es ein Service aus weißem Porzellan und Silberbesteck. Vor den großen Fenstern hingen schwere weinrote Samtvorhänge. Die dunklen Dielen waren auf Hochglanz poliert. Im Wohnzimmer standen drei grüne Chintzsessel und eine dazu passende

Chaiselongue. Die Wände waren frisch geweißelt, da Tapeten in der Kolonie nur schwer zu beschaffen waren. Es hingen zwar keine Bilder an den Wänden, aber James hatte auf dem Weg erzählt, dass er erwäge, ein Porträt in Auftrag zu geben.

Hannah hasste das Haus vom ersten Augenblick an. Sämtliche Zimmer waren in ein hartes weißes Licht getaucht, das jeden Riss, jeden Fleck, jede Staubflocke preisgab. Die Samtvorhänge wirkten protzig und billig, die Möbel übergroß und unwirklich. Hannah kam sich vor wie in einem Puppenhaus.

James führte sie in ihr Zimmer hinauf – ein Zimmer mit rosa-weißen Spitzenvorhängen und einem großen, bequem aussehenden Bett. In einer Ecke stand eine Sitzbadewanne mit dampfendem Wasser. Hannah stieß einen leisen Schrei aus und vergaß für einen Moment, dass sie das Haus verabscheute. Wie lange war es her, dass sie ein heißes Bad genommen hatte?

James lächelte.

»Ich lasse dich jetzt allein. Nimm erst einmal ein Bad«, sagte er und ging hinaus.

Hannah zögerte nur einen kurzen Augenblick. Sie schälte sich aus dem grauen Arbeitskleid und warf es auf den Boden. Dann stieg sie in die Wanne und seufzte wohlig.

Auf einem kleinen Beistelltisch befand sich eine Auswahl von Ölen und Seifen und auch eine weiche Wurzelbürste. Hannah benutzte alles und planschte und schrubbte so

lange, bis das Wasser von dem Schmutz der vergangenen Monate ganz braun geworden war.
Erst als das Wasser kalt wurde, kam sie heraus und trocknete sich ab. Ihre Haut fühlte sich zart wie Rosenblüten an. Sie tapste barfuß zu dem großen Mahagonischrank. Er enthielt zahlreiche Kleider, Hauben, Mäntel und Schuhe, alles von bester Machart.
Sie wählte ein blassrosa Musselinkleid mit zarter weißer Paspel und Schuhe aus weichem Ziegenleder. Es war ein merkwürdiges Gefühl, wieder Schuhe zu tragen.
Auf dem Toilettentisch standen vielerlei Kosmetika und Parfüms – alle aus London oder Paris eingeführt. Mit einem glücklichen Seufzer nahm Hannah ein Fläschchen und zog den Stöpsel heraus. Der Lavendelduft erinnerte sie so stark an ihren Vater, dass sie einen Augenblick lang meinte, wieder in ihrem Schlafzimmer in London zu sein. Dann sah sie hoch und erblickte ihr Spiegelbild. Im ersten Moment erkannte sie das braune, sommersprossige Gesicht nicht, das ihr aus dem Spiegel entgegenblickte. Ihre Haare standen immer noch spitz und unregelmäßig nach oben – sie waren selbst für einen gewagten modischen Haarschnitt viel zu kurz. Über ihrer rechten Augenbraue war eine kleine Narbe, dort hatte James sie geschlagen. Das rosa Kleid mit dem Spitzenkragen und den Perlmuttknöpfen passte nicht zu der zerzausten Frisur und der gebräunten Haut. *Hammel im Lammkleid*, hätte Long Meg gesagt. Sie stellte die Flasche mit zitternden Fingern

zurück. Das wollte sie nicht. Sie wollte keine Spitzen und teuren Düfte. Das alles zählte nichts mehr, jetzt wo Thomas tot war.

An diesem Abend saß sie James gegenüber am Esstisch und aß Fleischpastete. Der Koch hatte ihr zwar versichert, dass es Lamm sei, aber sie vermutete, dass es Kängurufleisch war. Sie brachte kaum einen Bissen hinunter. Das Essen schmeckte fad wie Asche und blieb ihr im Hals stecken wie der Toast, den James ihr auf der *Derby Ram* serviert hatte.

»Hast du das Bad genossen?«, fragte James.

»Ja«, sagte Hannah. »Danke«, fügte sie nach einer Weile hinzu.

Das einzige Geräusch war das Kratzen des Bestecks auf den Porzellantellern.

»Es wird dir hier gefallen«, fuhr er fort. Das war keine Frage, also musste Hannah auch nicht darauf antworten.

»Du musst dich natürlich erst an dein neues Leben gewöhnen«, sagte er. »Ich finde es vollkommen in Ordnung, wenn du erst einmal in deinem eigenen Zimmer schläfst.«

Erst einmal. Seine Worte hingen wie eine Drohung in der Luft.

Hannah blickte auf weißes Porzellangeschirr, die silbernen Gabeln und Messer, das steife weiße Tischtuch und die eleganten Mahagonistühle. Sie hasste alles, was sie sah. Sie hasste den silbernen Toastständer, die dünnen rosa Porzellantassen, die Kleider, die James für sie gekauft hatte, und die zierlichen Satinpantoffeln, die schon jetzt mit einer dicken gelben Staubschicht bedeckt waren. Alles erinnerte sie an ihr altes Leben in London und sie wusste, dass sie das Einzige, was sie aus dieser Zeit wirklich haben wollte, nicht bekommen konnte.

»Du wirst erschöpft sein«, sagte James.

»Ja«, murmelte Hannah.

»Du hast viel durchgemacht.«

»Ja.«

James nickte. »Du kannst heute früh zu Bett gehen. Ich verlange nicht von dir, dass du mir heute Abend Gesellschaft leistest.«

Hannah erhob sich und verließ das Zimmer und kam sich dabei wieder wie ein kleines Mädchen vor.

James hatte in Parramatta einen Verwaltungsposten angenommen und musste die Verteilung der Sträflinge an die freien Siedler beaufsichtigen. Hannah war fast den ganzen Tag allein. Manchmal musste James auch für einige Tage nach Sydney, dann sah Hannah nur das schüchterne Mädchen, das ihr beim Ankleiden half und ihr morgens den Tee brachte, und den Butler, der das Abendessen servierte.

Jeden Donnerstag blieb James bis in die Morgenstunden fort. Jedes Mal wachte Hannah in der Dämmerung davon auf, wie er fluchend und lallend durch den Flur stolperte.

Anfangs verkroch sie sich unter ihre Bettdecke, weil sie Angst hatte, er könnte in ihr Zimmer stürmen und verlangen, dass sie sich ihm hingebe. Aber das geschah nie, und Hannah erinnerte sich, dass donnerstags die Frauen in der Fabrik den Tanz der Seejungfrau tanzten, bis ihnen die blaue Farbe über Rücken, Hintern und Schenkel triefte.

Sie stellte sich James im Kreis der grölenden, klatschenden Männer vor. Er würde nicht in ihr Zimmer kommen. Sein Bedarf war gedeckt.

Tagsüber wanderte Hannah oft stundenlang durch das Haus und über das Anwesen. Oder sie starrte zum Fenster hinaus über das flache Ackerland bis zu den blaugrauen Bergen im Westen und dachte an Thomas.

Sie erinnerte sich daran, wie sie ihn das erste Mal gesehen hatte. Sie war elf Jahre alt gewesen. Er war ihr damals so viel größer, älter und erwachsener vorgekommen, aber er konnte höchstens sechzehn gewesen sein. Hannahs Vater hatte gerade ihr Kindermädchen entlassen.

»Ungehobelt und blaustrümpfig«, hatte er geschimpft und seine perfekt in Form gezupften Augenbrauen gerunzelt. »Außerdem bist du für ein Kindermädchen allmählich zu alt«, hatte er hinzugefügt. »Ich werde einen Hauslehrer einstellen. Jemanden, der in Oxford studiert hat.«

Hannah hatte ihr Kindermädchen geliebt. Sie hatte geweint und ihren Vater angefleht, es wieder einzustellen, aber er war unerbittlich.

»Für meine Prinzessin nur das Beste«, hatte er gesagt. Hannah hatte sich vorgenommen ihren neuen Hauslehrer nicht zu mögen.
Dann stand er vor ihrer Haustür, den Hut in der Hand und ein Bücherpaket unter den Arm geklemmt, genau wie auch in den folgenden drei Jahren. Er war sehr groß und zog jedes Mal verlegen die Schultern hoch, wenn er Arthur Cheshire die Hand schüttelte. Hannah hatte nur einen Blick auf ihn geworfen – auf seine ungekämmten strohigen Haare, seine silbern umrandete Brille – und war in Tränen ausgebrochen und in ihr Zimmer gerannt. Er war hinter ihr die Treppe hochgestiegen und hatte an die Tür geklopft.

»Gehen Sie«, rief Hannah. »Ich will mein Kindermädchen wiederhaben.«
Hannah hörte ein schabendes Geräusch und dann einen Plumps. Mr Behr hatte sich vor ihrer Tür auf den Boden gesetzt.
»Magst du Märchen?«, fragte er.
Hannah hielt mitten in einem Schluchzer inne. »Was für Märchen?«
»Ach, alle möglichen«, antwortete Thomas Behr. »Von Prinzessinnen, Ungeheuern, Trollen, Hexen und Schlössern.« Er schwieg.
»Und weiter?«, fragte Hannah schniefend. Sie hörte Mr Behr leise lachen.

»Also«, sagte er, »mein Lieblingsmärchen handelt von einem Mädchen, das von allen nur *Scatterheart* genannt wurde. Denn es war sehr schön, aber eigensüchtig und eitel. Und sein Herz war unstet und flatterhaft wie der Wind …«

Hannah starrte durch die dicke Glasscheibe. Sie versuchte wieder einmal sich an das Ende des Märchens zu erinnern, aber ihr Kopf war vollkommen leer. Vielleicht gab es überhaupt kein glückliches Ende. Der Butler betrat leise das Zimmer und legte einen Holzscheit nach. Hannah drehte sich zu ihm um und sah ihn an. Er war ungefähr vierzig Jahre alt, hatte schütteres Haar und hinkte leicht.
»Wie heißen Sie?«, fragte Hannah.
Der Butler blickte auf den Boden. »Pete, Madam. Pete Levine.«
»Angenehm, Pete«, sagte Hannah. »Ich heiße Hannah.«
»Ja, Madam?«, entgegnete Pete.
»Was haben Sie getan?«, fragte Hannah weiter. »Ich meine, weil Sie hier sind.«
Pete fühlte sich offensichtlich unbehaglich. »Bitte, verzeihen Sie, Madam, aber Leutnant Belforte hat uns verboten mit Ihnen zu sprechen.«
Hannah errötete.
Pete zog sich ohne ein weiteres Wort zurück. Hannah starrte aus dem Fenster. Die einzige Farbe zwischen dem grauen Himmel und der braunen Erde war der blaugraue

Streifen des Gebirges im Westen. Sie fragte sich, was jenseits der Berge sein mochte, und erinnerte sich dunkel daran, dass James etwas von einer Expedition und einer neuen Straße gesagt hatte.

Sie schloss die Augen. Als Mr Behr ihr bei dieser ersten Begegnung das Märchen von Scatterheart zu Ende erzählt hatte, öffnete sie die Tür und trat in den Flur hinaus. Ihre Augen waren vom Weinen gerötet und sie musste immer noch die Nase hochziehen. Aber sie war von der Geschichte mit Scatterheart und dem weißen Bären ganz erfüllt. Zaghaft nahm sie Mr Behrs Hand und er ging mit ihr ins Wohnzimmer hinunter und dann unterhielten sie sich über Geschichte, Erdkunde und Märchen.

Seine Hand war so groß, dass ihre darin vollständig verschwand. Und sie war weich, weich wie Samt. Seine Augen funkelten, wenn er ihr von Sternen, Entdeckungen und Abenteuern erzählte. Seine Begeisterung war ansteckend. Hannah saß mit offenem Mund in ihrem Sessel, hatte die Hände ineinandergefaltet und lauschte gespannt den Geschichten über ferne Länder und verzauberte Schlösser. Als die Standuhr in der Diele zwölf schlug, stand er auf, um zu gehen. Hannah konnte die nächste Unterrichtsstunde kaum erwarten. Ihr Kindermädchen hatte sie schon ganz vergessen.

Hannah hörte das Knirschen von Schritten und sah wieder zum Fenster hinaus. Dort draußen ging ein Eingeborener in Richtung Parramatta, er schlurfte gemächlich über die staubige Straße. Hannah hielt den Atem an. Von den Frauen in der Fabrik hatte sie schreckliche Geschichten über die Eingeborenen gehört. Sie waren Kannibalen, gewalttätig und unberechenbar. Sie lockten die Kinder mit Singen und Tanzen aus der Stadt und dann …

Hannah erschauderte. Der Mann hob ruckartig den Kopf und blickte in ihre Richtung. Sie konnte genau das Weiß seiner Augen sehen. Hannah schreckte zurück und verkroch sich in ihren Sessel.

»Wilde«, hatte James sie genannt. »Halte dich von ihnen fern, es sind Tiere.«

Bei seinen Worten hatte Hannah an Meg und Molly denken müssen. Sie fragte sich, wo Molly jetzt wohl war, und hoffte, dass sie ein gutes Zuhause gefunden hatte, wo sie geliebt und wo gut für sie gesorgt wurde.

Auf dem Weg von der Fabrik nach Parramatta hatte Hannah James gefragt, ob Molly bei ihnen leben dürfe.

»Die Missgeburt?«, hatte James mit angewidertem Gesicht geblafft. »Auf keinen Fall.«

Der Eingeborene ging weiter und Hannah entspannte sich wieder. Sie fühlte sich plötzlich sehr müde und stieg die Treppe hinauf. Obwohl es erst mitten am Vormittag war, verkroch sie sich in ihr Bett. Der Tag war ihr schon jetzt viel zu lang geworden.

Sie griff unter ihr Kissen – ein Daunenkissen, das James extra für sie in Sydney gekauft hatte – und zog einen Stofffetzen hervor.

Vorsichtig faltete sie Thomas' Taschentuch auseinander und betrachtete das zerbrochene Glas und die verbogenen Brillenbügel. Sie wartete darauf, dass der Kummer sie übermannen, dass sie weinen und schluchzen würde. Doch nichts dergleichen geschah. Seufzend kuschelte sie sich in ihr Bett.
Sie schlief unruhig und träumte, sie würde bei James' Rückkehr wieder aufwachen.
»Ich habe dir ein Brautgeschenk mitgebracht«, sagte er und ließ ein dickes in Papier eingeschlagenes Paket auf den Esstisch fallen.
Hannah öffnete es. Es enthielt ein dickes weißes Eisbärenfell. Der ausgestopfte leblose Kopf des Bären starrte sie aus traurigen Glasaugen an.
Hannah schreckte hoch und schaute sich verwirrt im Zimmer um. Wie lange hatte sie geschlafen? Eine Minute? Eine Stunde?
Die Haustür fiel ins Schloss.
»Hannah!« James war zurück.
Er rief wieder ihren Namen und Hannah schlüpfte seufzend aus dem Bett.
James stand unten an der Treppe und wartete auf sie. Ihr Herz machte einen kleinen Sprung, als sie ihn erblickte. Er sah wirklich blendend aus. Hätte sie doch nur die glücklichen, unschuldigen Tage auf der *Derby Ram* wieder herzaubern können, als sie ihn für einen wahren Gentleman gehalten hatte, ihren schönen Prinzen. Hätte

sie das immer noch glauben können, wie glücklich wäre sie jetzt gewesen.

»Ich muss einen Abstecher nach Sydney machen«, rief er. »Ich dachte, du könntest mich vielleicht begleiten.«

Er schwieg und wartete offensichtlich auf ein Zeichen der Dankbarkeit, die dieser Vorschlag seiner Meinung nach verdiente. Hannah nickte nur und ging in ihr Zimmer zurück.

Am nächsten Morgen mieteten sie ein kleines Boot, mit dem sie flussabwärts nach Sydney fuhren.

Hannah genoss es, wieder auf dem Wasser zu sein, das vertraute Schaukeln des Boots zu spüren und das sanfte Schlagen der kleinen Wellen am Rumpf zu hören. Als sie das zu James sagte, sah er sie missbilligend an.

»Ich habe angenommen, dir läge daran, diesen Abschnitt deines Lebens zu vergessen«, meinte er.

Hannah dachte darüber nach. Sicher, sie hatte auf der *Derby Ram* Schlimmes erlebt. Aber sie erinnerte sich auch daran, wie ihr die Sonne ins Gesicht schien und der Wind ihr durch die Haare wehte. Sie erinnerte sich daran, wie sie mit Long Meg gescherzt hatte und wie süß das Wasser schmeckte, als sie in Kapstadt haltgemacht hatten.

»Und du?«, fragte sie. »Willst du nicht nach London zurück? Im White's Club Pikett spielen und Brandy trinken?«

James zuckte die Achseln. »Mir gefällt es hier«, sagte er. »Mir gefällt die Vorstellung, die Wildnis zu zähmen. Sie zu kultivieren.«

Hannah sah auf den Fluss, auf die gekrümmten graugrünen Bäume und das undurchdringliche Gewirr des Unterholzes. Sie glaubte nicht, dass dies je gezähmt werden könnte.

Im Lauf der Fahrt ließ Hannahs Anspannung nach. Der Rhythmus des Wassers hatte etwas Beruhigendes und die Sonne machte sie schläfrig. Sie war gerade im Begriff wegzudösen, da hörte sie das Rascheln von Blättern. Sie zuckte erschrocken zusammen, denn plötzlich tauchte eine Eingeborene am Ufer auf.

Die Frau hatte eine mahagonibraune Haut. Sie trug nur eine Art Gürtel um die Hüfte, an dem mehrere Tierfelle hingen. Ihre Brüste waren nackt und hingen ihr fast bis zum Bauch hinab.

Hannah starrte sie fasziniert an und dachte an Long Meg, die grau und kalt und nackt auf dem Operationstisch von Dr. Ullathorne gelegen hatte. Diese Frau sah so *lebendig* aus. Die Sonne glänzte auf ihrer dunklen Haut und den krausen schwarzen Haaren. Sie bewegte sich mit einer fließenden Anmut, als sei sie aus Wasser gemacht. Beinahe desinteressiert blickte sie zu James, Hannah und dem Sträfling hinüber, der das Boot lenkte. Ein unbestimmter Zug von Verachtung huschte über ihr Gesicht. Dann raschelte es wieder in den Blättern und ein kleiner

Junge trat hinter ihr aus dem Gebüsch. Er war vollständig nackt. Die Frau sagte etwas zu ihm und der Junge lachte fröhlich. Seine weißen Zähne blitzten. Hannah dachte an Molly, wie sie über Long Meg oder eine der Geschichten von Mr Bär gelacht hatte.

James drehte sich zu dem Geräusch um und bemerkte die Eingeborenen. Schnell streckte er die Hand aus und hielt Hannah die Augen zu.

»Nicht hinsehen«, fuhr er sie an und verzog das Gesicht.

Hannah stieß James' Hand fort und blickte zu den Eingeborenen zurück, die sich immer weiter entfernten. Sie überlegte, dass die Frau sie möglicherweise auch als abstoßend empfunden hatte.

»Hannah«, sagte James scharf, »ich möchte nicht, dass du dir solch eine vulgäre Zurschaustellung von …«, er suchte nach einem geeigneten Wort, das seinen Abscheu am besten zum Ausdruck brachte, »Unzivilisiertheit ansiehst.« Er schüttelte angewidert den Kopf. »Verdammte Murkys. Nicht einmal zum Arbeiten sind sie etwas nütze. Sie sind schlimmer als Sträflinge.«

Am späten Nachmittag dieses Tages machte das Boot am Stadtrand von Sydney fest. Hinter dem kleinen Landungssteg befanden sich ein paar baufällige Holzhütten. Es stank nach Mist. An einem Pfosten war eine dreckige Ziege angebunden, die kläglich meckerte. Für Hannah und James stand eine Kutsche bereit, die sie in ihr Hotel bringen sollte. Ein paar magere Kinder tanzten um das Kutschpferd herum – Pferde waren rar in der Kolonie und nur Reiche konnten es sich leisten, sie für anderes als Feldarbeit einzusetzen.

James reichte Hannah die Hand, um ihr in den Wagen zu helfen. Doch sie ignorierte ihn und stieg selbstständig ein. James folgte ihr und klopfte wütend von innen gegen das Dach. Der Kutscher rief dem Pferd einen scharfen Befehl zu, worauf sich das Gefährt rumpelnd in Bewegung setzte.

Hannah spähte aus dem Fenster und betrachtete neugierig die größer werdende Stadt. Bei ihrer Ankunft hatte sie davon kaum etwas mitbekommen. Die Straßen waren breit und meist unbefestigt, einige jedoch mit gelbem Sandstein und manche mit einer Art Holzbohlen gepflastert. Die Gebäude waren von schlichter Eleganz. Sie waren aus dem offenbar überall vorhandenen Gelbsandstein oder aus weiß getünchten Brettern gebaut. Die kleineren Häuser standen in ordentlichen Reihen nebeneinander. Sie hatten schattige Veranden und überaus gepflegte, von Geranienhecken gesäumte Gemüsegärten.

Sie fuhren an einem vornehmen dreistöckigen Sandsteinhaus vorüber, dessen eleganter Balkon weit über die Straße hinausragte. Darunter saß ein makellos gekleideter Herr in einem Rohrstuhl und nippte an einem hohen Glas. Er sah sehr gut aus und winkte Hannah zu, als sie aus dem Kutschfenster zu ihm herüberblickte.

»Abschaum«, schimpfte James.
»Wieso, ist er kein Gentleman?« Hannah war überrascht.
»Ein Gentleman! Das ist Simon Lord. Ein Ex-Sträfling. Hat sein Vermögen durch *Handel* gemacht.«
James sprach das Wort Handel aus, als wäre es ein Fluch.
»Oh«, machte Hannah nur und wandte sich zu dem herrschaftlichen Haus um. Es wirkte viel vornehmer als das hässliche, gedrungene Haus von James.
»Eins musst du lernen, Hannah«, sagte James. »Geld ist kein Zeichen für Vornehmheit. Egal wie nobel dein Haus ist. Einmal Abschaum, immer Abschaum.«
Hannah schwieg, aber sie dachte daran, dass James' Vater seinen Reichtum durch den Verkauf von Knöpfen erworben hatte.
James zeigte aus dem Kutschfenster. »Siehst du die Damen dort auf der Veranda? Sie tragen edle Kleider und Seidenpantöffelchen, doch schau dir ihre Hände und Gesichter an. Schmutzig wie die Säue.« Wieder zeigte er aus dem Fenster. »Und dieser junge Stutzer dort drüben. Er muss natürlich an jedem Finger einen Ring tragen. Seine Manschettenknöpfe sind wahrscheinlich mit Edelsteinen besetzt und seine Taschenuhr ist aus massivem Gold. Aber er hat weder Gamaschen noch Strümpfe an. Um Himmels willen, man kann sogar seine Knöchel sehen!« Der Abscheu war ihm deutlich anzuhören und Hannah erinnerte sich beschämt an die maßgeschneiderten Mäntel und gewichsten Reitstiefel ihres Vaters. Dann dachte

sie an Thomas' schlecht sitzende Konfektionsanzüge und seine schiefe Brille und seufzte.

Die Kutsche rumpelte weiter die Straße entlang und überquerte einen lebhaften Markt, wo es nach Fisch und faulendem Obst stank. In Käfigen flatterten und kreischten bunte Vögel.

Es gab auch Menschen, die in Käfigen saßen. Sie waren halb verhungert und die Haut spannte sich über ihren Knochen. Ein Mann hatte auf Brust und Rücken gar keine Haut mehr. Sein entzündetes Fleisch leuchtete wie das Brandmal auf Mollys Gesicht, und das Schlüsselbein stak weiß aus seinem geschundenen Fleisch hervor, es sah wie die Spitze des Spazierstocks ihres Vaters aus.

Hannah schaute schnell zur Seite. Ihr war übel.

»Was ist mit dem Mann?«, fragte sie.

»Zweihundert Peitschenhiebe«, erklärte James. »Manchmal wächst die Haut dann nicht mehr nach.«

Hannah blickte zurück. Quer über das Gesicht des Mannes zog sich eine hässliche Narbe, von der linken Schläfe über das linke Auge, über die Nase, durch die Lippen bis unter das Kinn.

»Grässlich«, zischte James.

Auf den Marktständen waren rote, grüne und gelbe Früchte gestapelt, die Hannah nicht kannte. Sie dachte an die Mangos, die sie in Kapstadt gegessen hatte, und dabei fiel ihr auch der scharfe metallische Geschmack von Blut wieder ein, als sie James gebissen hatte.

Sie war so in Gedanken, dass sie zuerst nicht merkte, dass er zu ihr sprach.
»Hm?«, machte sie.
Er sah sie missbilligend an.
»Ich habe dich gefragt, ob ich für dich etwas besorgen soll, solange wir hier sind.«
Hannah zögerte. Es war ihr zuwider, ihn um etwas zu bitten, aber sie war der Verzweiflung so nahe, dass sie allen Mut zusammennahm und sagte: »Meinst du, ich könnte vielleicht ein paar Bücher bekommen?«
Das Missfallen in James' Miene vertiefte sich. »Wozu willst du denn Bücher haben?«
»Zum Lesen«, antwortete Hannah. War das nicht klar?
James schüttelte verständnislos den Kopf. »Ich finde, es gehört sich nicht für eine junge Dame, sich das Gehirn mit diesem Unsinn aus Romanen und Liebesgeschichten vollzustopfen.«
»Du klingst genau wie mein Vater«, entgegnete sie.
»Dein Vater war ein vernünftiger Mann«, sagte James.
Die Kutsche hielt vor einem großen gelben Gebäude. Zwei magere kleine Jungen, barfuß und in kurzen Hosen, rannten herbei, um ihr Gepäck hineinzutragen.
James kletterte zuerst aus der Kutsche, hinter ihm kam Hannah, die seinen Arm wieder ignorierte.
Sie betraten das Hotel. In der Empfangshalle war es kühl und ruhig. Der Boden war aus Marmor, die Handläufe der Treppen aus glänzendem Messing. James blickte sich um.

»Ziemlich eng«, schnaubte er. »Aber es ist das einzige respektable Hotel am Ort.«
Hannah fand, es sah hübsch aus. Die beiden kleinen Jungen setzten die letzten Taschen ab und grinsten Hannah und James erwartungsvoll an. Der eine hielt seine Mütze in den schmuddeligen Händen.
»Danke, Jungs«, sagte Hannah freundlich.
»Gern geschehn, Miss«, entgegnete der Junge mit der Mütze. Sein fröhliches, pausbäckiges Gesicht war von Sommersprossen übersät. Hannah überlegte, ob Molly ebenfalls durch die Straßen von Sydney zog und reichen Leuten die Taschen trug. Sie wandte sich an James.
»Hast du ein paar Pennys für die Jungs?«
»Nein«, sagte er knapp und ging zur Treppe. »Sträflingen gebe ich kein Geld.«
Hannah errötete und lächelte den beiden entschuldigend zu. Der pausbäckige Junge sah sie finster an, aber der andere zuckte nur die Achseln. Hannah stieg hinter James die Treppe hinauf, blieb aber in der Mitte plötzlich stehen.
»Bin ich nicht auch einer dieser dreckigen Sträflinge?«, fragte sie.
James wandte sich zu ihr um und blickte sie scharf an. »Nein«, erwiderte er bestimmt, »du nicht. Du bist eine junge Dame aus gutem Hause. Dein Vater war ein geachteter Londoner Gentleman. Du wirst niemandem erzählen, wie du hierhergekommen bist.«

Sie bezogen eine kleine Suite auf der dritten Etage des Hotels mit Blick über den Hafen.
»In Kürze kommt ein Dienstmädchen, das dir beim Ankleiden hilft«, sagte James. »Ich werde dich später abholen und zum Abendessen ausführen.«
Hannah fragte nicht, was er vorhatte. Es interessierte sie auch nicht.
Die Suite bestand aus einem kleinen Ankleidezimmer, einem Wohnraum und einem Schlafzimmer. Hannah betrachtete misstrauisch das große Bett mit dem bestickten Damastüberwurf. Niemals würde sie ein Bett mit James teilen, für nichts auf der Welt. Auch nicht für Bücher.
Sie schaute sich in den Zimmern um und zog die leeren Schubladen und Schränke auf. Ein Page erschien und brachte das Gepäck.
Hannah setzte sich in einen braunen Samtsessel und stand wieder auf. Was sollte sie nur machen? Es war schlimmer als in James' Haus. Dort konnte Hannah wenigstens über das Anwesen spazieren.
Sie ging zum Fenster. In der Nähe des Kais lag ein großes Schiff vor Anker. Hannah überlegte, ob es sich um einen neuen Sträflingstransport handelte. Unter ihrem Fenster schlenderten zwei junge Frauen über die Straße. Sie hatten sich untergehakt und schwatzten lebhaft. Sogar vom dritten Stock aus erkannte Hannah, dass es keine Damen von Stand waren – ihre Hauben waren eindeutig selbst gefertigt und ihre Stimmen hatten einen breiten,

unkultivierten Tonfall. Wahrscheinlich waren sie hier geborene Kinder von ehemaligen Sträflingen. *Kolonietrampel* nannte James sie meist mit verächtlichem Grinsen. *Abschaum vererbt sich*, behauptete er. *Das haben sie im Blut.* Hannah fand nicht, dass die Mädchen wie Verbrecherinnen aussahen.

Die eine sagte etwas mit unterdrückter Stimme, worauf die andere losprustete. Hannah spürte einen schmerzhaften Stich in der Brust. Sie hatte in London nie richtige Freundinnen in ihrem Alter gehabt. Nur Thomas Behr. Und auf der *Derby Ram* Long Meg und Molly. Sie fragte sich, wo Molly jetzt war.

Es klopfte leise an der Tür, dann trat eine junge Frau mit Dienstmädchenhaube ein und knickste.

»Guten Abend, Madam«, begrüßte sie Hannah. Sie hatte den gleichen breiten Akzent wie die Mädchen auf der Straße. »Leutnant Belforte schickt mich. Ich soll Ihnen beim Ankleiden helfen.«

Hannah lächelte freundlich und zeigte auf ihren Koffer. Das Mädchen bückte sich, öffnete ihn und ordnete den Inhalt in die Schubladen und Schränke. Als sie Hannahs rosafarbenes Musselinkleid sah, hielt sie es bewundernd hoch.

»Ein schönes Kleid«, sagte sie. »Wollen Sie es heute Abend zum Essen anziehen?«

Hannah zuckte gleichgültig die Achseln. »Wahrscheinlich«, antwortete sie.

Das Mädchen strich das Kleid glatt und hängte es zum Lüften auf.
Hannah blickte die junge Frau neugierig an. Ihre Haut war von der Sonne goldbraun getönt, ihre Haare waren strohblond, Nase und Wangen von Sommersprossen übersät und die Augen blitzten in einem strahlenden Blau. Sie wirkte gesund und kräftig.
Hannah wusste, dass sie sonnengebräunte Haut eigentlich ordinär finden müsste – *braun wie eine Wilde* –, aber bei dieser jungen Frau sah es richtig hübsch aus. Hannah errötete, als das Mädchen ihren Blick bemerkte.
»Entschuldige«, murmelte sie, »es ist nur … Hast du schon immer in Sydney gewohnt?«
Die junge Frau nickte. »Mein Vater ist Kaufmann. Er importiert Stoffe aus London und Paris für die Exklusiven«, antwortete sie selbstbewusst.
Hannah sah sie fragend an. »Die Exklusiven?«
Das Mädchen schlug verlegen die Augen nieder.
»Ja, Madam. Exklusive. Vornehme wie Sie. Freie Siedler.«
»Ich verstehe«, erwiderte Hannah. »Dann war dein Vater ein Sträfling?«
Die junge Frau nickte abermals. »Meine Mama auch. Dritte Flotte.«
»Dann bist du also ein Koloniemädchen«, stellte Hannah fest.
»Wir sagen lieber Einheimische«, entgegnete die junge Frau mit einer Spur Stolz in der Stimme.

»Ich dachte, Einheimische seien ... Wilde.«
»Aber nein, Madam«, widersprach das Mädchen empört. »Wir sind im Land geboren. Unsere Eltern sind Emanzipisten. Die freien Siedler sind die Exklusiven. Und die Wilden nennt man Blackys, Murkys oder Boongs.«
Hannah war ein wenig verwirrt.
Das Mädchen führte sie in das Ankleidezimmer und zog ihr geschickt das Reisekostüm aus. Hannah schämte sich ein bisschen – das Mädchen war so hübsch und selbstbewusst und sie, Hannah, war nur ein Sträfling. Müsste nicht eigentlich sie die junge Frau bedienen?
»Sind Sie das erste Mal in Sydney, Madam?«, fragte das Mädchen und holte ein frisches Mieder hervor.
»Ja«, antwortete Hannah, »außer ... bei meiner Ankunft.«
»Ist es nicht eine wunderschöne Stadt, Madam?«
Hannah dachte an den Gestank auf dem Markt, an die Menschen in den Käfigen und an die schmuddeligen Kinder. Die junge Frau schnürte Hannahs Mieder fachmännisch zu und hielt dann das Unterkleid bereit.
»Ich glaube, es ist die schönste Stadt der Welt«, schwärmte sie, ohne Hannahs Zögern zu bemerken.
Hannah fand, Sydney war kaum als Stadt zu bezeichnen. In weniger als einer Stunde hätte sie von einem Ende zum anderen gehen können.
»Aber du warst doch noch nie woanders«, entgegnete sie.
»Das muss ich auch nicht, Madam.«
»Wieso? Willst du nicht irgendwann nach London?«

Das Mädchen zog eine Grimasse. »London, Madam? Bestimmt nicht. Mein Vater sagt, dass es dort immer dunkel und schmutzig ist und dass man nie die Sonne sieht.« Sie zeigte aus einem der Fenster zum Meer hinaus. Die Sonne ging hinter Sydney unter und tauchte die gelben Häuser in Gold und Rosa. Das Meer funkelte blau-weiß und verfärbte sich zum dunkler werdenden Horizont hin in ein tiefes Indigoblau. Graugrüne, von einer dichten Wildnis überwucherte Hügel erstreckten sich bis zum Wasser. Es war wirklich wunderschön. Hannah erinnerte sich an ihr Staunen, als die *Derby Ram* in den Hafen eingelaufen war. Vielleicht war Sydney wirklich die schönste Stadt der Welt. Sie seufzte und starrte weiter aus dem Fenster.

»Aber was kann man hier tun?«, fragte sie nach einer Weile und dachte an die ständige Langeweile, unter der sie litt. »In London gibt es ständig Feste, Picknicks und Bälle …« Sie unterbrach sich. Was redete sie da? Sie war nie auf einem Ball oder einem Fest gewesen. Sie hatte sich in London genauso gelangweilt, außer wenn sie Unterricht bei Thomas hatte.

Die junge Frau lachte. »Das gibt es hier ebenfalls. Und wir gehen auch reiten, jagen und fischen. Aber meistens sind wir am Strand.«

»Am Strand?« Hannah war nie in Brighton gewesen, aber sie hatte gehört, dass die Seeluft besonders gut für die Lunge sein sollte.

Das Mädchen seufzte und blickte verträumt in die Ferne. »Ich liebe den Strand«, sagte es. »Das Wasser ist oft sehr kalt, aber wenn man einmal drin ist, ist es herrlich.«

»Du *schwimmst?* In der *Öffentlichkeit?*«

Das Mädchen schaute sie beschämt und gleichzeitig herausfordernd an. »Sie als Exklusive machen so etwas natürlich nicht.«

Hannah errötete.

»Aber es gibt nichts Schöneres auf der Welt, Madam! Das Wasser ist so kühl und frisch und sprudelt wie Champagner. Man fühlt sich leicht wie eine Feder. Als ob man flöge.«

Hannah lächelte. Das klang wirklich schön.

»Und danach der sonnenwarme Sand. Einfach himmlisch.«

Hannah hob ihre Arme hoch und das Mädchen streifte ihr das rosa Musselinkleid über den Kopf. Dann machte es flink die Knöpfe zu und bat Hannah an den Frisiertisch, um ihr die Haare zu machen.

Im Spiegel sah Hannah ihre verwuschelten kurzen Haare und sagte errötend: »Das ist in London zurzeit der letzte Schrei.«

Die Tür ging auf und James erschien.»Bist du fertig?«, fragte er, ohne das Mädchen auch nur eines Blickes zu würdigen. »Wir speisen mit den Gormans.«

»Mit wem?«, fragte Hannah nach.

Das Mädchen knickste und ging. Da James keine Anstalten machte, zur Seite zu treten, musste es sich an ihm

vorbei durch die offene Tür quetschen. Er starrte ihr unverhohlen in den Ausschnitt.
»Die Gormans. Eine der besten Familien von Castle Hill.«
Hannah erhob sich widerstrebend von ihrem Frisiertisch. James kam und hakte sie unter. Er roch nach Whiskey und Zigarren.

In der Empfangshalle des Hotels begegnete ihnen ein untersetzter rothaariger Mann mittleren Alters.
»Guten Abend, Leutnant«, begrüßte er James.
»Dr. Redfern«, erwiderte dieser, »darf ich Ihnen Hannah vorstellen? Ich habe Ihnen von ihr erzählt.«
Der Mann verbeugte sich. »Sehr erfreut, Sie kennenzulernen«, sagte er.
»Dr. Redfern ist stellvertretender Koloniearzt«, erklärte James. »Er hat Anfang des Jahres den ersten Sohn von Gouverneur Macquarie entbunden.«
Hannah knickste ein wenig steif und dachte an ihre letzte Begegnung mit einem Arzt. Eine verlegene Pause trat ein und Dr. Redfern sah fragend zu James.
»Ach«, sagte dieser und klopfte mit einer übertriebenen Geste auf seine Rocktaschen, »ich glaube, ich habe meine Schnupftabakdose oben gelassen.«
Der Doktor lächelte. »Ich werde mich um sie kümmern, bis Sie wieder da sind.«
James nickte und ging.

»Der Leutnant hat mir erzählt, dass Sie krank waren«, sagte Dr. Redfern.

»Nein«, erwiderte Hannah, »ich bin nicht krank.«

Dr. Redfern nickte verständnisvoll. »Dies hier ist ein raues Land. Es ist nicht einfach für zarte Frauen, hier zu gedeihen.«

Hannah versuchte zu lächeln. Sie dachte an das Dienstmädchen vom Hotel. Sie schien hier allerdings sehr gut zu gedeihen.

»Sie wissen, dass es Leutnant Belfortes größter Wunsch ist, Sie glücklich zu machen«, fuhr Dr. Redfern fort. »Und er möchte unbedingt, dass Sie ihm einen Sohn schenken.«

Hannah wurde plötzlich schwindelig.

»Ach«, stieß sie hervor, »darum geht es also.«

»Wie alt sind Sie?«, fragte der Doktor.

»Fünfzehn«, antwortete Hannah.

»Ein bisschen jung zum Kinderkriegen«, meinte der Doktor, »aber so etwas passiert schneller, als man denkt.«

»Nicht, wenn ich es verhindern kann«, sagte Hannah bissig.

Dr. Redfern betrachtete sie mit zur Seite geneigtem Kopf.

»Sie sind hier nicht glücklich«, stellte er fest.

Hannah zuckte gleichgültig die Achseln. »Nein, aber ich weiß auch nicht, ob ich irgendwo anders glücklich sein könnte.«

»Sie lieben Leutnant Belforte nicht.« Das war keine Frage.

»Nein, niemals«, erwiderte Hannah.

»Warum sind Sie dann bei ihm?«

Hannah lächelte bitter. »Ich glaube nicht, dass mir etwas anderes übrig bleibt.«
»Sie hätten Ihre Strafe absitzen und nach London zurückgehen können«, entgegnete Dr. Redfern.
»Was soll ich dort?«, fragte Hannah. »Ich habe keine Familie mehr. Keine Freunde. Gar nichts.«
Dr. Redfern biss sich auf die Lippe. »Haben Sie mit Leutnant Belforte darüber gesprochen?«
»Das bringt nichts. Außerdem interessiert er sich nicht für die Probleme eines Sträflings.«
»Ich verstehe«, murmelte Dr. Redfern und kräuselte besorgt die Stirn.
»Es tut mit leid, dass ich Ihre Zeit gestohlen habe«, entschuldigte Hannah sich, »aber ich glaube, ich bin ein hoffnungsloser Fall.«
Der Doktor zögerte, dann griff er in seine Tasche und zog ein rechteckiges Stück Papier heraus.
»Hier ist meine Karte mit meiner Adresse«, sagte er. »Falls Sie mal etwas brauchen. Irgendetwas. Vielleicht auch nur ein Gespräch.«
Hannah nahm sie skeptisch entgegen.
Dr. Redfern überlegte einen Augenblick, schließlich sagte er: »Sie wissen sicherlich, dass ich auch ein Sträfling bin?«
Hannah schaute überrascht auf. »Sie?«
»Ja«, antwortete er, »zumindest war ich einer.«
Hannah starrte ihn an. Er wirkte so vornehm. Und er war in der Kolonie hoch angesehen.

Dann kam James zurück. Hannah fragte sich, ob er wusste, dass Dr. Redfern ein ehemaliger Sträfling war.

Der Speisesaal war mit dunklen Mahagonimöbeln ausgestattet. An den Wänden brannten Öllampen und auf den Tischen Kerzen. Die Gormans hatten bereits Platz genommen. Mr Gorman war ein dünner, grauhaariger Mann mit einem Monokel. Er hatte eine altmodische, maßgeschneiderte Jacke und Kniehosen an. Mrs Gorman war eine aufdringliche Frau in einem grellorangefarbenen Taftkleid und mit einem dazu passenden ausladenden Turban. Hannah fand beide auf den ersten Blick unsympathisch.

Als sie an den Tisch traten, verbeugte sich James.

»Mr und Mrs Gorman, darf ich Ihnen Hannah, meine Frau, vorstellen?«

Hannah erstarrte und sah James überrascht an. Seine *Frau?*

»Benimm dich gefälligst«, murmelte er und schob sie nach vorn, damit sie Mrs Gorman die Hand geben konnte.

»Guten Tag, Mrs Belforte«, begrüßte Mrs Gorman sie. Ihre Hand fühlte sich feucht an und erinnerte Hannah an Mr Harris in London. Sie lächelte hölzern und ihr Kiefer verkrampfte sich. Dann nahmen sie Platz.

Das Essen zog sich endlos in die Länge. Mrs Gorman trank viel und redete pausenlos von der neuesten Mode in London und dass es in der Kolonie einfach keine guten Dienstboten gebe. Ein paar Mal versuchte Hannah

das Gespräch auf Literatur oder Kunst zu bringen, aber Mrs Gorman ging nicht darauf ein.
Nichts, was Hannah tat oder sagte, war richtig. Als erster Gang wurde getrockneter Dorsch serviert und sie äußerte ihre Verwunderung darüber, dass es in der Kolonie so wenig frischen Fisch gab.
»Wir sind von Wasser förmlich umgeben«, sagte sie. »Und doch habe ich seit meiner Ankunft nur getrockneten Hering und geräucherten Lachs bekommen!«
Die Gormans wechselten einen Blick und Hannah sah zu James, der missbilligend seine Lippen spitzte.
»Habe ich etwas Falsches gesagt?«, fragte sie.
James versuchte zu lächeln, aber das Lächeln war so gezwungen, dass es wie eine Grimasse aussah.
»Meine Liebe«, erklärte er, »nur die Sträflinge hier essen einheimischen Fisch. Wir wollen uns ihnen doch nicht gleichmachen?«
Mr Gorman räusperte sich. »Es geht nichts über guten englischen Fisch, sage ich immer. Es gibt nichts Vergleichbares.«
»In der Tat«, flötete Mrs Gorman.
Hannah blickte sie zornig an. Sie sah aus wie ein dickes rosa Schwein in einem orangefarbenen Kleid. Eine peinliche Pause entstand.
»Haben Sie gehört, wie der Straßenbau durch das Gebirge vorangeht?«, fragte Mr Gorman.
James zuckte die Achseln.

»Alles verläuft planmäßig. Gouverneur Macquarie rechnet bis Mitte nächsten Jahres mit der Fertigstellung.«

»Was für eine schreckliche Vorstellung, durch dieses Gebirge reisen zu müssen«, verkündete Mrs Gorman. »Überall Murkys und wilde Tiere.«

»Unsinn, Mary«, entgegnete Mr Gorman. »Diese Straße wird völlig sicher sein.«

Mrs Gorman schüttelte den Kopf und winkte dem Kellner, damit er ihr nachschenke.

»Aber nein, mein Schatz«, tönte sie, »hast du nicht von diesem wilden Mann gehört?«

Mr Gorman schnaubte verächtlich.

»Da ist bestimmt nichts dran«, sagte James mit einem seltsamen Blick auf Hannah.

»Doch, doch!«, widersprach Mrs Gorman. »Es heißt, dieser Offizier habe sich in den Bergen versteckt und lebe wie ein Murky. Sie wissen schon, der Mann, der diesen Mord ...«

»Mrs Gorman, wie schmeckt Ihnen der Lammbraten?«, unterbrach sie James. Sein Gesicht war zu einer wütenden Grimasse verzerrt.

Hannah starrte ihn an. Hatte Mrs Gorman etwa gerade von Thomas gesprochen? Ihr Herz raste.

Mrs Gorman hatte James' rüden Ton nicht bemerkt und beklagte sich jetzt, dass *richtiger* Senf fehle.

»Ich glaube Ihnen«, sagte Hannah plötzlich. Alle drehten sich zu ihr. James' Gesicht war dunkelrot vor Zorn.

»Ich glaube Ihnen, Mrs Gorman«, wiederholte Hannah.

»Diese Geschichte von dem wilden Mann in den Bergen. Erzählen Sie mir mehr davon.«

»Das schickt sich nicht, Hannah«, ermahnte sie James.

»Ach, seien Sie doch nicht so fad, Leutnant«, entgegnete Mrs Gorman und sah dann zu Hannah. »Es heißt, er hätte sich in eine Sträflingsfrau verliebt und einen Vorgesetzten ermordet, der die beiden erwischt hat … stellen Sie sich nur vor.«

»Das reicht«, blaffte James.

»Ich finde, das ist eine so romantische Geschichte«, seufzte Mrs Gorman.

»Ich sagte, das reicht«, wiederholte James. »Mrs Gorman, eine ehrbare Frau wie Sie sollte nicht auf das Geschwätz des Pöbels hören.«

Mrs Gorman schaute ihn erschrocken an und klappte den Mund zu. Mr Gorman machte sich an einer Schüssel mit grünen Bohnen zu schaffen. James wandte sich wieder an Hannah.

»Dieser Offizier wurde für sein Vergehen aufgehängt«, erklärte er. »Nur die Sträflinge behaupten etwas anderes, aber wer würde ihnen schon glauben?«

Hannah schluckte. Log er sie schon wieder an? Lebte Thomas womöglich?

»Vielleicht sollte ich es dann glauben«, sagte sie langsam, »immerhin bin ich ein Sträfling.« Sie schaute Mr und Mrs Gorman an. Mrs Gormans Mund stand vor Erstaunen offen.

»Hat mein Mann das nicht erwähnt?«, fragte Hannah und tat überrascht. »Ach herrje.«
James schwieg, aber Hannah sah, dass sein Gesicht fleckig rot war und an seinem Hals dicke Adern hervortraten. Ein Kellner erschien und deckte den zweiten Gang ab. Schalen mit Obst und Zuckerwerk wurden gebracht. Niemand sagte etwas. Hannah erhob sich und warf ihre Serviette auf den Tisch.
»Leider habe ich Kopfschmerzen«, verkündete sie. »Wenn Sie mich bitte entschuldigen würden.«

James kam erst spät in der Nacht in die Suite zurück. Hannah saß am Fenster und blickte auf die wenigen gelben Lichter von Sydney und in die unendliche Schwärze, die die Stadt umgab. Am Himmel funkelten Sterne, aber der Große Bär war immer noch nicht zu sehen. James schloss die Tür hinter sich und schaute Hannah mit glasigen Augen an.
»Du wirst lernen mich zu respektieren«, sagte er mit lallender Stimme. Er schwankte unsicher.
»Wieso sollte ich«, entgegnete Hannah. »Ich bin doch nur ein dreckiger, primitiver Sträfling. Und außerdem sind wir nicht verheiratet.«
»Doch, du bist meine Frau«, erwiderte James.
Eine Welle der Verbitterung erfasste Hannah. »Ach ja? Tut mir leid, aber ich kann mich nicht an unseren Hochzeitstag erinnern. Hatte ich ein schönes Brautkleid an?

Wer hat unsere Ehe geschlossen? Hat mein Vater mich zum Altar geführt?«

»Hier funktioniert das anders«, sagte James.

»So anders auch nicht«, entgegnete Hannah. »Ich würde niemals einwilligen deine Frau zu werden.«

James lachte schallend. »Was meinst du, was du getan hast, als du in der Fabrik mein Taschentuch aufgehoben hast?«

Hannah starrte ihn wie vom Donner gerührt an.

Er seufzte. »Ich habe es satt, mit dir zu streiten, Hannah. Ich möchte nur, dass du glücklich wirst.«

Hannah runzelte die Stirn. »Nein, das möchtest du nicht. Du möchtest, dass ich deinem Bild von einer perfekten Ehefrau entspreche. Dir ist es egal, wie es mir geht. Ich bin nur eine deiner Anschaffungen, wie ein neues Pferd oder ein Paar Manschettenknöpfe. Deine Eintrittskarte in die feine Gesellschaft.«

Mit einem heftigen Ruck riss sich James die Krawatte vom Hals. »Ich bin sehr geduldig mit dir gewesen, Hannah«, fuhr er sie an. Seine Lippen waren zu einem dünnen Strich verzogen. »Aber langsam ist meine Geduld am Ende. Du hast mich heute Abend gedemütigt. Mr und Mrs Gorman sind nette Leute.«

Hannah kniff die Augen zusammen und schüttelte den Kopf.

»Sie verkörpern alles, was ich hasse«, sagte sie. »Sie sind oberflächlich, herzlos und selbstsüchtig. Du findest

Sträflinge vulgär? Die Gormans sind ein Musterbeispiel für Vulgarität.«

»Die Gormans sind Leute von Stand«, widersprach James.

»Wenn *von Stand* bedeutet, so zu sein wie sie, dann bin ich froh, dass ich ein Sträfling bin.«

James trat auf sie zu und packte sie am Handgelenk.

»Du bist kein Sträfling, Hannah«, presste er hervor, die Lippen waren weiß vor Zorn. »Du hast kein Verbrechen begangen. Du bist eine junge Dame von Stand, also benimm dich gefälligst auch so.«

»Ich habe nichts gestohlen«, bestätigte Hannah, »aber ich habe zugelassen, dass mein Vater ein Dienstmädchen entlassen hat, weil es beim Servieren mit der Tasse geklappert hat. Ich war gegenüber dem einzigen Mann, der mich jemals aufrichtig geliebt hat, verletzend und grausam. Und ich habe Dr. Ullathorne getötet.« Sie atmete laut ein und aus. »Ich habe sehr wohl Verbrechen begangen und ich bin gern bereit, die Strafe dafür zu zahlen.«

»Was für eine Strafe?«, fragte James mit erhobener Stimme. »Du hast doch alles. Du hast hübsche Kleider und ein großes Haus mit vielen Dienern. Du hast einen gut aussehenden Ehemann. Du hast Geld. Was für eine Strafe?«

»Dich«, sagte Hannah, »dass ich den Rest meines Lebens mit dir verbringen muss, ist meine Strafe.«

Er schlug hart zu. Hannah taumelte nach hinten und stieß gegen die Anrichte. Sie fasste sich an die Wange und wimmerte vor Schmerz.

»So also, glaubst du, dass sich Männer von Stand benehmen?«, fragte sie leise.

James verließ früh am nächsten Morgen das Zimmer, wies Hannah aber noch an im Hotel zu bleiben. Sie kleidete sich langsam an und ging in den Frühstücksraum hinunter.

Dr. Redfern saß allein an einem Tisch, las die Zeitung und trank Tee mit Zitrone.

»Mrs Belforte«, begrüßte er sie lächelnd. Sein Blick flatterte über die dunkelblaue Schwellung auf Hannahs Wange, aber er sagte nichts. »Was kann ich für Sie tun?«

Hannah schluckte nervös. »Doktor«, stammelte sie, »haben Sie … wissen Sie etwas über einen Mann namens Thomas Behr?«

Dr. Redfern sah sie bestürzt an. »Meinen Sie Fähnrich Behr?« Er schüttelte den Kopf. »Mrs Belforte, am besten, Sie machen sich keine Gedanken über ihn. Das war eine schlimme Geschichte. Sehr schlimm.«

»Sie kennen ihn?« Tränen liefen ihr über die Wangen. »Bitte. Ich muss wissen, was passiert ist. Ist er wirklich tot?«

Dr. Redfern seufzte.

»An diesem Ort kann selbst der Beste unter uns den Mut verlieren«, sagte er, stand auf und faltete seine Zeitung zusammen. »Sie sollten Behr vergessen.«

KAPITEL 28

Als Scatterheart durch das fremde Land wanderte, fasste sie neuen Mut. Sie würde den weißen Bären finden.

Nach dem Besuch in Sydney verbrachte James noch weniger Zeit zu Hause. Oft sprach er tagelang kaum ein Wort mit Hannah. Das kam ihr sehr zupass, auch wenn ihr immer noch sterbenslangweilig war. Sie verbrachte die Tage auf der Chaiselongue in einer Art Dämmerzustand, die Augen zum Schutz vor der Sonne mit einem Tuch bedeckt.

Eines Morgens träumte sie halb wach vor sich hin, sie würde mit Thomas schwimmen gehen. Sie stellte sich vor, wie die Sonne ihrer Haut schmeichelte und sie mit Wärme erfüllte. Das schäumende Meer hüllte sie in prickelndes Blau ein.

Ein Rascheln riss Hannah aus ihrem Tagtraum. Jemand näherte sich dem Haus. Ungehalten zog sie das Tuch von ihren Augen. James war in Sydney und wollte frühestens am folgenden Tag wiederkommen. Die Arbeiter waren alle auf dem Südfeld, wo sie einen neuen Zaun errichten sollten. Hausbedienstete konnten es auch nicht sein – Hannah hatte allen den Tag freigegeben, nur ihre Zofe lag mit Kopfschmerzen im Bett.

Sie dachte an den Wilden mit den weißen Augen und blitzenden Zähnen, den sie hier schon einmal gesehen hatte, und griff nach dem Schürhaken.

Das Rascheln kam näher, Hannahs Herz hämmerte laut. Wer immer es war, er war direkt vor dem Wohnzimmerfenster.

Als das Klopfen ertönte, stieß Hannah einen leisen Schrei aus und flüchtete auf die andere Seite des Zimmers. Sie hielt den Atem an.

»Hannah?«, ertönte eine Stimme.

Hannah stieß einen erleichterten Seufzer aus.

»Molly?«

»Hannah, lass mich rein!«

Molly wirkte erschöpft und war noch dünner als auf der *Derby Ram*. Sie hatte ein neues Kleid aus braunem Flanell und derbe Lederstiefel an, aber ihr Gesicht und ihre Hände waren dreckverschmiert.

»Molly, was machst du hier?«, fragte Hannah und sank in einen Sessel, während Molly die Überreste des Frühstücks begutachtete. Sie machte sich über ein Stück trockenes Toastbrot her.

»Abgehauen«, sagte sie stolz mit vollem Mund. »Hatte keine Lust auf Waisenkind.«

»Bist du denn nicht in ein neues Zuhause gekommen?«
Molly schnaubte und griff nach der Marmelade.
»Waisenkinder wie ich kriegen kein neues Zuhause. Wir kriegen nur Hunger, Kummer und Kälte. Und müssen dem alten Mann zuhören, der uns aus einem großen Buch über Hölle und Sünde vorliest. Bäh!« Sie sprühte Brotkrumen durch den Raum. »Ich will kein Waisenkind sein.«
»Aber du kannst hier nicht bleiben«, versuchte Hannah ihr zu erklären. »James wird dich zurückschicken.«
Molly sah sie finster an. »Nein, wird er nicht, weil wir dann nicht mehr da sind.«
»Wie meinst du das?«
Molly verdrehte die Augen. »Wir müssen Mr Bär retten, du Dummkopf! Hast du das vergessen? Er ist doch im Schloss gefangen!«
Hannah biss sich auf die Lippe. »Das ist doch nur ein Märchen.«
»Mr Bär ist kein Märchen. Es gibt ihn wirklich. Er muss gerettet werden.« Molly langte über den Tisch und packte Hannah am Ärmel. »Thomas muss gerettet werden.«
Hannah starrte auf ihre Hände. »Thomas ist tot«, sagte sie leise. Es war leichter auszusprechen, als sie sich vorgestellt hatte. Sie dachte daran, was Mrs Gorman in Sydney über den wilden Mann erzählt hatte. *Es heißt, er hätte sich in eine Sträflingsfrau verliebt und einen Vorgesetzten ermordet, der die beiden erwischt hat … stellen Sie sich*

nur vor. Selbst wenn er nicht tot war, er liebte sie nicht mehr.

»Ist er nicht.«

Hannah stand auf. »Doch«, sagte sie steif, »er ist tot. Er hat sich in eine Sträflingsfrau verliebt und einen Offizier ermordet. Er wurde gehängt.«

»Nein«, widersprach Molly.

»Doch«, entgegnete Hannah bestimmt, »er wurde gehängt. Tigerkämpfe, Vulkane erforschen oder dem Seemannsgrab entkommen, das ist alles vorbei. Er hat jemanden umgebracht.«

Molly stöhnte. »Du hörst mir gar nicht zu. Er ist nicht tot.«

Hannah schloss die Augen. »Ich glaube, du solltest jetzt gehen.«

»Hör endlich zu!« Molly schlug die Fäuste auf den Tisch. »Ich habe einen Jungen getroffen, der ihn gesehen hat. Etwas Schreckliches ist passiert und Mr Bär ist fortgelaufen. Er versteckt sich. Wenn er zurückkommt, werden sie ihn töten.«

»Und was ist mit der Frau? In die er sich verliebt hat?«

»Es gibt keine Frau und er ist nicht tot. Aber er braucht Hilfe.« Molly stand auf. »Willst du nicht wissen, wie die Geschichte ausgeht?«

Endlich hob Hannah den Kopf und sah Molly an. Ihr Wachsgesicht war bleicher denn je, ihr Auge starr vor Entschlossenheit. Ihre kleinen Hände waren zu Fäusten geballt. Hannah dachte an Scatterheart, die allein durch das fremde Land wanderte. Scatterheart hatte keinen, der ihr so tatkräftig zur Seite stand wie Molly.

»Also«, fragte Molly, »kommst du mit?«

Hannah überlegte eine Weile.

»Wo ist er?«

Molly grinste triumphierend und drehte sich um. »Dort.« Sie zeigte aus dem Fenster zu den blaugrünen Bergen. »Der Junge, den ich getroffen habe, arbeitet an der neuen Straße, die sie durch die Berge bauen. Er hat Mr Bär gesehen, vor vier Wochen.«

Hannah schaute zu dem Gebirge, das sich über dem Horizont erhob. Dort konnte sich ein weißer Bär bestimmt gut verstecken. Plötzlich verflüchtigte sich die Benommenheit, die ihr seit Wochen den Kopf vernebelt hatte. Er lebte. Etwas in ihrem Inneren fing Feuer und erfüllte sie mit frischer Tatkraft. Sie lächelte.

»Der Koch kommt erst in ein paar Stunden wieder«, sagte sie. »Wir sollten uns beeilen und ein paar Vorräte einpacken.«

Molly stieß einen Jubelschrei aus.

KAPITEL 29

Bald kam Scatterheart an einen See, der war so groß, dass sie nicht um ihn herumwandern konnte. Sie brach die Kupfereichel auf und fand darin ein Paar Kupferpantoffeln. Die zog sie an und lief über das Wasser, ohne unterzugehen.

Sie wanderten westwärts auf die Berge zu und versuchten sich abseits der Hauptstraße zu halten, sie stapften über Felder und kletterten über verwitterte Zäune.

Hannah hatte eine Tasche aus Segeltuch dabei, in die sie eine Wolldecke, drei kleine Brotlaibe, ein Stück Käse, ein paar Rosinenbrötchen, sechs Äpfel und eine Flasche Wasser gepackt hatte. Sie hätte gern auch etwas geräucherten Schinken oder gepökeltes Fleisch mitgenommen, aber die Exklusiven aßen nur frisches Fleisch – Dörrfleisch war den Sträflingen vorbehalten.

In ihrer Kleidertasche steckten das Taschentuch mit der Brille von Thomas und eine Lederbörse mit einer Handvoll Münzen, die sie aus James' Arbeitszimmer gestohlen hatte. Die Kolonie besaß keine eigene Währung. Die Münzen waren ein Sammelsurium aus britischen Pennys und Schillingen, vier holländischen Silbergulden und ein paar kleinen Kupfermünzen, die vermutlich portugiesischer Herkunft waren.

Hannah war froh, dass es in dieser Gegend keine solche Wildnis wie am Flussufer gab, denn sie hatte das Dickicht aus Buschwerk und verschlungenen Bäumen als feindselig und geheimnisvoll empfunden.

Hier gab es vor allem Ackerland, das von Büschen und Bäumen gerodet worden war. Auf manchen Feldern stand Getreide in ordentlichen Reihen, auf anderen wuchs ein hartes gelbliches Gras, auf dem Schafe und Kühe weideten. Am Nachmittag erreichten sie den sanft ansteigenden Prospect Hill. Hannah versuchte sich die Landkarte vorzustellen. Das Gebirge war immer noch weit entfernt. Sie wandten sich nach Süden, um den Berg zu umrunden, und als es Nacht wurde, krochen sie in eine Scheune in der Nähe des Prospect Creek.

Das Bauernhaus, zu dem die Scheune gehörte, lag weiter südlich. In der Ferne konnte Hannah ein erleuchtetes Fenster ausmachen. In der Scheune lagerte warmes, trockenes Heu, das herrlich nach Sommer duftete. Sie machten es sich gemütlich. Das Heu erinnerte Hannah an die Strohmatratzen auf der *Derby Ram* und an die vielen Tage und Nächte, in denen sie sich mit Meg unterhalten hatte. Sie seufzte.

»Warst du schon einmal verliebt?«, hatte Hannah sie einmal gefragt, als sie auf ihren Pritschen lagen.
»Na klar«, sagte Long Meg, »das passiert mir beinah jede Nacht.«
»Nein, ich meine richtig verliebt. In einen einzigen Mann, nicht in irgendwelche Kunden.«
Long Meg blickte zur Seite. »Kann sein«, entgegnete sie.
»Erzähl mir von ihm.«
»Er hieß Jimmy. War wild wie ein Bulle. Wir haben zusammen gearbeitet. Ich habe die dicken Fische an Land gezogen und er hat sie ausgenommen.« Sie seufzte. »Aber es hat sich nicht gelohnt. Er hat nie einen Groschen nach Hause gebracht.«
»Was ist passiert?«, fragte Hannah. »Wolltest du ihn nicht heiraten?«
»Halt die Klappe«, erwiderte Long Meg unwirsch. »Erzählst du die Geschichte oder ich?« Sie pulte einen Strohhalm aus ihrer Matratze. Hannah wartete.
»Eines Tages erwischte ich ihn mit einer anderen im Bett.«
»Oje, das tut mir leid«, sagte Hannah.
»Als er mich sah, kriegte er es mit der Angst.« Long Meg prustete los. »Natürlich hat er sich zum Kaffee einladen lassen.«
»Zum Kaffee?«
»Na ja, sie hat es für ihn umsonst gemacht.«
Hannah verzog das Gesicht.

»Dann hat er große Reden geschwungen, aber mit einem Mann, der von mehreren Kuchen nascht, will ich nichts zu tun haben.« Sie sah Hannahs erstauntes Gesicht. »Das ist etwas anderes«, meinte sie, »das ist Geschäft.«
»Und wie ging es weiter mit Jimmy?«, fragte Hannah.
Long Meg zuckte die Achseln. »Ist beim Klauen erwischt worden. Eine Woche später tanzte er am Galgen und starb mit dem Strick um den Hals.«

Hannah rollte sich auf die Seite und blickte zu Molly hinüber. Sie schlief, ihr Atem ging langsam und gleichmäßig. Hannah kuschelte sich in das Heu und überlegte, was Thomas in diesem Augenblick wohl machte – wo war er, woran dachte er? Dachte er auch gerade an sie? Hatte es wirklich eine andere gegeben? Hannah erinnerte sich daran, wie er sie angeschaut hatte, als er sie fragte, ob sie ihn heiraten wolle.
Der süße Duft des Heus hüllte sie ein. Sie schloss die Augen und überlegte, wie die Geschichte ausgehen würde. Was würde geschehen, wenn sie Thomas gefunden hatte? Würden sie nach Sydney ziehen? Oder nach London?
Aber wenn Thomas tatsächlich jemanden getötet hatte, würde alles viel schwieriger werden. Sie schob den Gedanken schnell wieder fort. In Hannahs wunderschönem Märchen gab es für solche Zweifel keinen Platz.
Als Hannah am nächsten Morgen erwachte, fiel ihr erster Blick auf Molly, die im Schneidersitz vor ihr saß und

ein dampfendes Stück Apfel-Rhabarber-Kuchen in der Hand hielt.

»Woher hast du denn das?«, fragte Hannah und drehte sich suchend um.

»Gekauft natürlich, Miss!« Molly kicherte.

»Du hast es gestohlen?«

Molly nickte mit vollem Mund. Sie hielt Hannah ein Stück hin, das diese dankbar entgegennahm. Es kam frisch aus dem Ofen und Hannah verbrannte sich fast die Zunge daran. Der Teig war weich und mürbe, etwas Köstlicheres hatte Hannah noch nie gegessen. Der Rhabarber war nicht zu sauer und die Äpfel hatten eine angenehme Süße. Hannah dachte an die langen Mahlzeiten mit James und wie ihr das fade Essen im Hals stecken geblieben war. Sie leckte sich die Kuchenkrümel von den Fingern und lachte Molly an.

»Auf geht's.«

Platschend durchquerten sie den Prospect Creek. Ihre Stiefel füllten sich mit Wasser. Vor ihnen breiteten sich braune Felder aus und über ihnen ballten sich Wolken zusammen. Alles sah grau und eintönig aus. Ein paar magere Schafe hoben ihre Köpfe, als Hannah und Molly an ihnen vorüberliefen, aber sie wandten sich gleich wieder desinteressiert ab.

Sie gingen weiter und weiter und sprachen kaum ein Wort. Am Ufer eines anderen Baches machten sie Rast und Hannah teilte etwas Brot und Käse aus. Dann überquerten sie den Bach und wanderten weiter.

Gegen Abend setzte ein steter Regen ein. Sie machten sich auf die Suche nach einem Unterschlupf. Langsam wurde es dunkel und Hannah fürchtete schon, dass sie draußen im Regen übernachten müssten. Hoffentlich verliefen sie sich in der Dunkelheit nicht und gingen wieder in Richtung Parramatta zurück. Molly klapperte vor Kälte mit den Zähnen.

Da nahm Hannah durch den Regen ein mattes Licht wahr. Sie hielt darauf zu und betete, es möge nicht ein Polizist sein, der nach ihr suchen und sie zu James zurückbringen sollte.

Aber das Licht drang aus einem Haus, das kaum mehr als ein Schuppen war und nur wenige Quadratmeter maß. Es hatte keine Fenster und war aus Flechtwerk und Lehm grob zusammengebaut. Aus den Ritzen in der Wand fiel ein matter Lichtschein und aus dem Kamin wand sich ein dünner Rauchfaden.

Hannah klopfte an die Tür. Da es weder Riegel noch Türklinke gab, schwang die Tür durch ihr Klopfen nach innen auf. Hannah öffnete sie ganz und schaute hinein.

Innen war es verräuchert und schummrig. Das einzige Licht kam von einer primitiven Feuerstelle, die aus einem einfachen Loch im Lehmboden bestand. Auf einem Jutebündel in der Ecke hockten ein Mann, eine Frau und vier kleine Kinder, das jüngste noch ein Säugling. Sie sahen

Hannah und Molly mit großen, misstrauischen Augen an. Der Mann hielt ein Messer in der Hand und hatte sich schützend über seine Frau und seine Kinder gebeugt.
Er war dreckig – sie waren alle dreckig. Der Dreck saß in jeder Ecke und der Gestank von vergammeltem Fleisch und Fäkalien erinnerte Hannah an das Orlopdeck der *Derby Ram*. Sie schauderte.
»Entschuldigen Sie, dass wir einfach so hereinplatzen«, begann sie, »aber wir wollten Sie fragen, ob wir hier unterstehen können, bis es aufhört zu regnen. Meine Freundin friert.«
Sie bemerkte, dass der Mann kurz zu Molly schielte und erschrocken die Augen aufriss, als er ihr Wachsgesicht sah. Die Frau murmelte etwas und bekreuzigte sich.
»Bitte«, sagte Hannah, »ich kann auch dafür bezahlen.«
Sie hielt dem Mann einen Schilling hin, seine Augen leuchteten und er nickte zögernd.
»Ihr könnt bis zum Morgen bleiben«, bot er an.
Auf dem Jutebündel war für sie kein Platz mehr, also kauerten sie sich in den Schmutz neben der Feuerstelle. Der Rauch biss in Hannahs Augen, dass sie tränten. Die Kinder starrten sie neugierig an. Sie waren sehr dünn, ihre Knochen stachen unter der Haut hervor.
»Wohin geht ihr?«, fragte der Mann.
Hannah zögerte.
»In die Berge«, sagte sie schließlich, »wir suchen jemanden.«
Der Mann sah sie gleichgültig an.

»Dein Schatz arbeitet wohl an der Straße«, sagte er.
»An der Straße?«
Der Mann machte eine ruckartige Kopfbewegung in Richtung Westen.
»Die bauen doch eine Straße durch das Gebirge.«
Hannah erstarrte. Hoffentlich trafen sie auf ihrer Suche nach Thomas nicht zu viele Leute. Sie schluckte. Eins der Kinder hustete.
»Was ist auf der anderen Seite?«, fragte sie. »Der Berge, meine ich.«
»Weiß nich'«, antwortete der Mann achselzuckend. »Manche behaupten, hinter dem Gebirge kommt China. Andere vermuten da das Meer. Oder eine Wüste.«
Molly lächelte. »Ich möchte gern einmal nach China«, sagte sie.
»An eurer Stelle würde ich nicht so tief ins Gebirge gehen«, riet der Mann und warf ein Holzscheit ins Feuer. »Zu viele Wilde dort. Die fressen euer Hirn und spießen eure Köpfe auf, sobald sie euch sehen.«
Das hustende Kind hatte den Säugling wach gemacht, der nun zu plärren begann. Die Frau wiegte ihn lustlos hin und her. Er sah blass und krank aus. Hannah schaute sich in der Hütte um. Bis auf eine abgewetzte Teekiste und das Jutebündel gab es keine Möbel.
»Sind Sie schon lange hier?«
Der Mann spuckte ins Feuer, es zischte.
»Bei zehn Jahren habe ich mit dem Zählen aufgehört.«

Hannah war froh, als es schließlich dämmerte. Sie stand kalt und steif auf, ihre Kleider waren immer noch feucht und draußen nieselte es.

Sie stapften über nasse Felder, die nach verfaultem Weizen stanken. Hin und wieder sahen sie eine baufällige Hütte, machten aber jedes Mal einen Bogen darum. Sie wollten keinen halb verhungerten Bauern mehr begegnen, die von dem kargen Boden kaum leben konnten.

Die Felder waren durch Steinhaufen voneinander getrennt, hin und wieder gab es auch Zäune aus Holzlatten und Maschendraht, um die Schafe einzupferchen.

Als sie an einem solchen Zaun vorüberkamen, schrie Molly plötzlich auf und zwickte sich in den Arm. Hannah folgte ihrem Blick. Auf einem Zaunpfosten hockte ein großer schwarz-weißer Vogel.

»Guten Morgen, Herr Elster, wo ist Ihre Frau?«, murmelte Molly und kniff sich wieder. Der Vogel beachtete sie nicht und zog seinen Kopf vor dem Regen ein.

»Warum tust du das?«, fragte Hannah.

»Eine Elster bedeutet Unglück«, erklärte Molly. »Bei einer gibt's Kummer, bei zweien gibt's Glück, bei dreien gibt's Hochzeit, bei vieren gibt's Kinder, bei fünfen gibt's Gold, bei sechsen gibt's Hunger, bei sieben kommt die Hex', weiter weiß ich nicht.«

»Das ist doch nur ein Vogel«, sagte Hannah und lachte. »Dazu ein ziemlich hässlicher. Schau dir nur den grässlichen Schnabel an!«

Der Vogel hatte ein schwarz glänzendes Gefieder mit einem weißen Kragen. Unter seinen angelegten Flügeln lugten noch mehr weiße Federn hervor. Auch sein Schnabel war weiß und seine Augen schwarz wie Opale.

Molly lief ein Schauer über den Rücken, sie ließ den Vogel nicht aus den Augen.

»Unter seiner Zunge klebt ein Tropfen Teufelsblut«, behauptete sie.

Hannah schüttelte den Kopf. »Vielleicht ist er deshalb so ruhig. Normalerweise schnattern Elstern doch in einem fort.« Als hätte der Vogel sie gehört, öffnete er seinen Schnabel und stieß ein lautes, melodisches Trillern aus. Hannah hatte noch nie einen so herrlichen Gesang gehört, so schön und voller Sehnsucht. Ihr traten die Tränen in die Augen.

Molly grüßte den Vogel ehrerbietig. »Das ist keine normale Schnatterelster«, flüsterte sie. »Bestimmt ist sie verzaubert.«

Die Elster heftete ihre glitzernden schwarzen Augen auf sie und Hannah gab Molly recht.

»Was sagtest du bedeutet eine Elster?«

»Bei einer gibt's Kummer«, antwortete Molly.

Hannah sah über die graue, öde Landschaft und schauderte. So weit das Auge reichte, nur braunes spitzes Gras und dann und wann ein verwitterter Zaun oder eine Gruppe knorriger Bäume. Sie kam sich sehr klein vor.

Die Elster hob ab und flog in den grauen Himmel.

Am Vormittag hörte es auf zu regnen und mittags hatte sich der Himmel aufgeklart. Die feuchte Erde dampfte im Sonnenlicht und über ihren Köpfen flatterten und tirilierten fremdartige Vögel. Das Gebirge sah zum Greifen nah aus und Hannah fasste neuen Mut.

Ein Dickicht aus Bäumen und Buschwerk streckte sich vor ihnen aus – das einzige Hindernis, das noch zwischen ihnen und dem Gebirge lag.

Sie kämpften sich durch verschlungene Zweige und dichtes Unterholz. Plötzlich bemerkte Hannah vor sich ein Glitzern. Sie stapfte weiter und schrie vor Schreck leise auf. Sie standen an einem Flussufer. Der Regen der vergangenen Nacht hatte ihn über die Ufer treten lassen, sodass das Wasser auf beiden Seiten bis in die Wiesen stand. Er war viel zu breit und zu tief, als dass sie hätten hindurchwaten können. Hannah ließ sich seufzend auf den Boden fallen.

»Wir müssen weitergehen, bis wir eine flachere Stelle finden«, sagte sie verzweifelt.

Molly hustete und Hannah blickte sie streng an. »Dass du mir keine Erkältung kriegst. Ich habe schon Sorgen genug.«

Molly unterdrückte den Husten und bemerkte: »Ich habe nur eine Fliege verschluckt.«

Hannah runzelte die Stirn.

»Wir könnten hier eine Pause machen und etwas essen«, sagte sie und packte Brot und Käse aus.

Beim Essen beobachteten sie den Unrat, der den Fluss hinuntergeschwemmt wurde – Baumstämme, Zweige und hin und wieder auch der Kadaver eines Tiers, das im Sturm umgekommen war.

»He, ihr!«, ertönte da eine Stimme. Hannah und Molly zuckten erschrocken zusammen.

In der Mitte des Flusses saß ein Mann in einem kleinen Boot. Er schlug wild mit seinen Rudern, um nicht abgetrieben zu werden.

»Kann ich den beiden Damen meine Hilfe anbieten?«, fragte er in einem spöttischen Ton. Er hatte eine drahtige Statur und ein bleiches, spitzes Gesicht mit einer Hakennase und grauen Bartstoppeln. Hannah fand, dass er nicht sehr vertrauenserweckend aussah.

Hannah rappelte sich auf.

»Könnten Sie uns vielleicht über den Fluss rudern?«, bat sie ihn.

Der Mann blickte sie an. »Und warum wollen zwei so hübsche junge Damen den alten Neapan Fluss überqueren?«, fragte er. »Auf der anderen Seite gibt es nur Bäume und Wilde.«

»Mein, äh… mein Mann arbeitet an der neuen Gebirgsstraße«, log Hannah. »Wir wollen zu ihm.«

Der Mann lachte. »So, so, Ihr Mann. Dann bleibt mir ja wohl nichts anderes übrig.«

Hannah ging erwartungsvoll zum Ufer hinunter und zog Molly an der Hand hinter sich her.

»Warte«, rief der Mann, »für mich muss dabei aber etwas herausspringen.«
»Selbstverständlich«, erwiderte Hannah. »Ich kann Sie bezahlen. Wie viel?«
Der Mann dachte einen Moment lang nach. »Einen Schilling«, sagte er dann.
»Einen Schilling?«, fragte Hannah ungläubig.
Der Mann grinste. »Wie wichtig ist es Ihnen denn mit Ihrem … Ehemann?«
»Also gut. Einen Schilling«, seufzte Hannah.
Er ruderte zum Ufer, wobei er Mühe hatte, das Boot in der starken Strömung stabil zu halten. Hannah reichte ihm den Schilling und dann kletterten sie in das Boot, das unter ihrem Gewicht gefährlich schwankte und tief ins Wasser sank. Hannah setzte sich auf ein Brett, das als Bank diente, während Molly sich im Heck zusammenkauerte. Der Mann stieß sie mit einem Ruder vom Ufer ab. Auf halbem Weg beugte er sich plötzlich vor und stemmte sich gegen die Ruder. Das Boot kam zum Stehen und das Wasser rauschte an ihnen vorbei. Er sah Hannah erwartungsvoll an.
»Was ist?«, fragte sie. Seine glänzenden Augen musterten sie von oben bis unten.
»Ich warte auf meine Bezahlung, kleines Frollein.«
»Aber ich habe Sie doch schon bezahlt«, entgegnete Hannah verunsichert. »Einen Schilling.«
Der Mann kratzte sich am Kopf.

»Also, ähäm, kleines Frollein. Daran kann ich mich aber nicht erinnern.«

»Wie meinen Sie das?«, fragte Hannah, sah zum anderen Ufer und überlegte, ob sie in der Lage wären, hinüberzuschwimmen.

»Sie haben mir keinen Schilling gegeben, kleines Frollein. Ich will meine Bezahlung.« Der Mann grinste und entblößte dabei vier faulige Zähne, die aus seinem ansonsten zahnlosen, gelblichen Kiefer herausragten.

Molly wimmerte leise. Hannah seufzte und zog ihre Börse.

»Wie viel wollen Sie?«

»Wie viel haben Sie denn?«

»Aber Sie wollen doch nicht alles! Das wäre ja Raub!«

Der Mann zuckte die Achseln. »Kann sein. Ich bin kein schlechter Mensch. Ich mach Ihnen einen Vorschlag. Entweder Sie geben mir, was da drin ist«, er nickte in Richtung ihres Geldbeutels, »oder Sie geben mir, was da drunter ist.« Er zupfte an ihrem Rock.

Hannah erstarrte.

»Bringen Sie uns zum Ufer«, sagte sie um Fassung bemüht. »Wenn wir dort sind, bekommen Sie unser Geld.«

Der Mann zwinkerte ihr zu und tauchte die Ruder wieder ins Wasser. Sobald sie sicheren Boden unter den Füßen hatten, übergab Hannah ihm den Geldbeutel. Der Mann legte lässig grüßend seine Finger an die Stirn und stieß das Boot vom Ufer ab.

»Schöne Grüße an Ihren Mann, Frollein.«

KAPITEL 30

Auf der anderen Seite des Sees kam Scatterheart in eine große Wildnis. Sie sah Dinge von unbeschreiblicher Schönheit und ein paar Mal war sie dem Tod gefährlich nah. Aber sie wanderte weiter.

Vor ihnen erhoben sich die Ausläufer des Gebirges. Hannah konnte flussabwärts in südlicher Richtung undeutlich eine Art Baugrube und ein paar provisorisch aussehende Gebäude erkennen.

»Da wird wahrscheinlich die Straße gebaut«, sagte sie.

»Vielleicht haben sie Mr Bär getroffen«, meinte Molly.

Hannah überlegte. Wenn sie bis zur Baustelle gingen, würde sie vielleicht erfahren, wo sich Thomas versteckt hielt. Andererseits bestand die Gefahr, dass sie den Behörden übergeben und nach Parramatta zurückgeschickt werden würden. Aber sie hatte keine Ahnung, wie groß das Gebirge war. Sie hatte weder eine Karte, noch gab es einen Weg. Sie wusste nicht einmal, wo sie mit der Suche beginnen sollte. Vielleicht würde sie ihn niemals finden.

»Also gut«, entschied sie, »wir gehen zur Baustelle. Aber wir müssen aufpassen, dass uns niemand sieht, bis wir sicher sind, dass wir ihnen trauen können.«

»Ja«, sagte Molly, »ich will nicht ins Waisenhaus zurück.«

Sie arbeiteten sich durch das Unterholz und mieden Lichtungen und das offene Flussufer. Die Gegend war an dieser Stelle weniger dicht bewaldet, denn die Bäume fanden kaum Halt in der kargen Erde am steilen Berghang. Auf dem Boden wuchs kräftiges, hartes Gras, das Hannah die Beine aufkratzte.

Schon nach wenigen Minuten waren beide außer Atem. Sie legten eine kleine Pause ein und tranken einen Schluck Wasser. Hannah holte tief Luft, die Lunge tat ihr jetzt schon weh. Molly hustete wieder.

»Soll ich dir ein Märchen erzählen?«, fragte Hannah und lächelte Molly aufmunternd zu.

Das Mädchen nickte.

»Also gut«, begann Hannah und zwängte sich durch ein paar niedrig hängende Äste. »Das Märchen handelt auch von einem großen Wald. Einem Wald, der ganz dicht und voller Dornen ist, und in dem mitten darin eine Prinzessin schläft …«

Sie liefen immer weiter und irgendwann ging Hannah die Luft zum Erzählen aus. Am Spätnachmittag kamen sie an einen Holzschuppen ohne Fenster mit einer großen zweiflügligen Tür, die fest verriegelt war. Auf einem leicht verblichenen Schild stand:

Blue Mountains Western Road

LAGER

»Niemand da«, meinte Molly und schaute Hannah fragend an.

»Wahrscheinlich arbeiten sie weiter oben in den Bergen«, überlegte Hannah.

»Soll ich das Schloss aufbrechen?«, schlug Molly mit glänzenden Augen vor.

Hannah schüttelte den Kopf. »Nein«, sagte sie, »darin gibt es nur Schaufeln und Seile und solches Zeug. So etwas brauchen wir nicht.«

Molly sah enttäuscht aus.

Die Straße machte einen verwaisten Eindruck. Sie bestand lediglich aus einem Streifen aufgewühlter Erde und Schotter, der sich durch das Unterholz am Berghang hinaufschlängelte und ungefähr zwölf Fuß breit war. Auf beiden Seiten war jeweils noch einmal ein vier Fuß breiter Streifen, auf dem Bäume und Büsche gerodet worden waren. In den Boden war ein Schild aus Brettern gerammt:

Blue Mountains Western Road

Durchgang VERBOTEN

Unbefugte ohne Sondergenehmigung des Gouverneurs

werden strafrechtlich verfolgt.

Hannah lauschte auf menschliche Stimmen, aber außer dem fernen Gurgeln des Flusses war nichts zu hören.
Sie sah Molly an und sagte: »Ich bin dafür, dass wir die Straße nehmen. Das ist viel einfacher, als sich ständig durch den Wald zu schlagen. Wir müssen nur aufpassen, dass wir niemandem begegnen.« Sie blickte zum Himmel hinauf. Die Sonne war hinter den hohen Bergen verschwunden, aber sie nahm an, dass es bis zum Einsetzen der Dunkelheit noch einige Stunden dauern würde. Entschlossen machten sie sich auf den Weg.
Auf der vorläufigen Straße lagen überall Geröll und Äste, an denen man sich leicht die Zehen anschlagen konnte.
Endlich hatten sie den Gipfel des ersten Gebirgsausläufers erreicht und drehten sich um, um zu sehen, wie weit sie gekommen waren. Die Berge warfen lange Schatten über die goldenen Felder der Emu Plains. Der Fluss schlängelte sich als dunkelbraunes, grün gesäumtes Band von Norden nach Süden. Hannah erkannte die Erhebung von Prospect Hill und eine Ansammlung gelber Gebäude, Parramatta. Sie fragte sich, ob James schon zurückgekehrt und ihr Verschwinden bemerkt hatte. Weiter im Osten konnte sie gerade noch Sydney ausmachen und dahinter den blau glitzernden Ozean.
In dieser Nacht fanden sie unweit der Straße Schutz unter einem großen Baum, dessen Rinde rissig und rau wie aufgesprungener Lehm war. Es war kalt, aber sie kuschelten sich unter ihrer Decke eng aneinander.

Am nächsten Tag setzten sie ihren Weg über die Straße fort. Die Bäume zu beiden Seiten wurden größer und mächtiger, das Unterholz dichter und grüner, ein Gewirr aus Büschen und Kriechgewächsen, das die Straße rechts und links wie eine massive Mauer begrenzte. Der intensive Waldgeruch wurde immer stärker, je weiter sie ins Gebirge vordrangen.
Hannah erzählte ihr sämtliche Märchen, die sie kannte – vom gestiefelten Kater, vom Mädchen Allerleirauh und von König Blaubart.
Molly hörte ihr aufmerksam zu, sprach jedoch wenig. Sie sah blass aus, ihr Atem ging schnell und sie blieb oft hinter Hannah zurück.
Am dritten Tag erzählte ihr Hannah das Märchen von Aschenputtel und den gläsernen Pantöffelchen zu Ende. Sie dachte an Thomas und stellte sich vor, wie er am Feuer saß und an einem Stock schnitzte. Dann hörte er Schritte, die sich näherten. Er packte sein Messer fester und ging in Angriffsstellung. Aber da tauchte Hannah aus dem Unterholz auf und das Messer fiel zu Boden.
Sie war so in ihrem Tagtraum gefangen, dass sie weder das Pfeifen noch die gleichmäßigen Tritte von Stiefeln hörte. Als der Mann um eine Wegbiegung kam, blieb er wie angewurzelt stehen und starrte sie an.
Hannah schaute verzweifelt hierhin und dorthin und überlegte, ob sie wegrennen und sich verstecken konnten, aber dieser Straßenabschnitt war ungewöhnlich breit

und kahl. Molly drückte sich von hinten an sie und stieß ein leises, ängstliches Fiepen aus.

Der Mann war groß und breitschultrig, sein Gesicht war von der Sonne verbrannt, sein Bart stoppelig. Aber seine Kleider sahen ziemlich neu und solide aus, auch wenn sie sehr schmutzig waren. Auf seiner Schulter trug er einen Sack. Er schaute sie überrascht an und Hannah dachte, dass der Anblick eines kurzhaarigen Mädchens in einem teuren Kleid und einem Kind mit halbem Gesicht in der Tat sehr merkwürdig sein musste.

»Ich nehme an, ich muss euch gar nicht erst nach einer Durchgangsgenehmigung fragen«, sagte der Mann. Er hatte nicht den breiten Akzent der Koloniebursche n, sondern sprach wie ein englischer Bauer.

Hannah biss sich auf die Lippe und schüttelte den Kopf. Sie überlegte, ob er sie verhaften wollte und ob sie ihm entkommen konnten. Er sah schrecklich stark aus.

»Sträflinge?«, fragte der Mann.

»Ja«, antwortete Hannah.

Er nickte. »Ich auch, zumindest jetzt noch. Wenn wir beim Straßenbau hart arbeiten, werden wir angeblich freigelassen.« Er machte nicht den Eindruck, als wollte er sie verhaften.

»Warum gehen Sie zurück?«, fragte Hannah.

Der Mann verzog kläglich das Gesicht und hielt seine Hand hoch. Sie war mit einem Stück Segeltuch notdürftig verbunden.

»Hab mir einen bösen Splitter geholt. Ist entzündet. Ich muss nach Parramatta und mich verarzten lassen. Aber in ein oder zwei Tagen komme ich wieder her. Ich heiße Will. Will Appledore.«

Hannah lächelte. »Ich heiße Hannah und das ist Molly.«

Molly machte sich hinter Hannah noch kleiner.

»So, so«, sagte er augenzwinkernd, »und vor wem rennst du weg, Hannah?«

Molly trat einen Schritt vor. »Wir suchen jemanden«, antwortete sie.

Als der Mann Mollys einzelnes Auge bemerkte, huschte ein Ausdruck von Mitleid über sein Gesicht. Hannah entschied, dass sie ihm trauen konnten.

»Wir suchen ... einen Freund«, erklärte sie. »Sein Name ist Thomas Behr.«

Appledore zuckte die Achseln. »Der arbeitet hier nicht. Ich kenne jeden.«

»Er arbeitet auch nicht an der Straße«, erwiderte Hannah. »Er hat sich in den Bergen versteckt.«

Appledore schaute sie einen Augenblick schweigend an, dann sagte er: »Es gibt einige, die sich in den Bergen verstecken.«

»Er war Offizier«, ergänzte Hannah. »Er ist geflohen.«

»Der kann überall und nirgends sein«, meinte Appledore. »Vielleicht ist er tot.«

»Er ist nicht tot«, widersprach Hannah. »Dessen bin ich mir ganz sicher. Wissen Sie vielleicht etwas?«

»Tut mir leid, Miss«, antwortete er, »ich würde euch gerne helfen. Aber ich habe Familie und Superintendent Cox hat gesagt, wenn wir uns beim Straßenbau anstrengen, kommen wir frei und kriegen auch noch ein Stück Land. Wenn ich das Gesetz breche und einem Flüchtigen helfe, schade ich mir nur.«

»Also wissen Sie doch etwas«, sagte Hannah.

Appledore zögerte, dann schüttelte er den Kopf. »Tut mir leid«, murmelte er.

Hannah verfluchte im Stillen den Ruderer, der ihr das ganze Geld abgeknöpft hatte.

»Ich … ich habe kein Geld mehr. Ich habe nichts, was ich Ihnen anbieten könnte.« Schon während sie es aussprach, wusste sie, dass es nicht stimmte. Der Mann im Boot hatte ihr zwei Zahlungsmöglichkeiten zur Wahl gestellt. Sie schluckte. So weit war sie schon gekommen.

»Ich könnte … vielleicht …«, stotterte sie errötend und blickte zur Seite.

Will Appledore runzelte die Stirn. »Ich habe eine Tochter in deinem Alter«, sagte er und seufzte. »Dieser Ort macht aus den anständigsten Männern und Frauen Diebe und Huren.«

Hannah empfand eine seltsame Mischung aus Enttäuschung und Erleichterung. Wie sollte sie Thomas jetzt finden?

»Hört her«, begann Appledore erneut, »ich habe euch nicht getroffen, falls jemand fragt. Und ihr habt mich nicht getroffen. Wir haben tatsächlich jemanden gesehen, als wir an der Straße gearbeitet haben. Ich weiß nicht, ob das der war, nach dem du suchst, aber ich weiß, wo du ihn finden kannst.«

Hannah schöpfte wieder einen Funken Hoffnung.

»Wenn ihr ungefähr drei Tage lang dieser Straße folgt«, erklärte Appledore, »dann kommt ihr an einen Ort, der heißt Schindelhütte. Ihr erkennt ihn an dem Lagerschuppen, der genauso aussieht wie der weiter unten an der Straße. Von dort aus führt ein Trampelpfad ungefähr eine Meile bis zum Fluss. Wenn ihr jetzt ein Stück flussabwärts geht, kommt ihr an einen Wasserfall. Da wartet ihr, bis es dunkel wird. Dann stellt ihr euch auf den Felsen und schaut über das Tal. Auf diese Weise werdet ihr ihn finden.«

Molly schoss vor und drückte Appledore die Hand. »Vielen Dank«, sagte sie.

Er wurde rot.

»Denkt daran. Ich habe euch nicht gesehen und ihr habt mich nicht gesehen.«

Allmählich drangen sie immer weiter in die Berge vor. Das Gelände auf den Höhen war steinig und karg und in den Tälern grün und feucht. Die Straße war oft morastig und Hannahs Rock war bald über und über mit Lehm verschmiert. Das Wasser in den Bächen, die sich hier und da munter plätschernd den Berg hinunterschlängelten,

hatte eine braungelbe Färbung wie Tee. Es war eiskalt und schmeckte nach fetter Erde und intensiv duftendem Eukalyptus. Hannah fand den Geschmack köstlich.
Sie teilte das Essen sorgfältig ein und hielt ständig Ausschau nach Äpfeln, Birnen oder anderem Essbaren. Aber die Bäume waren ihr alle fremd – allerdings hätte sie einen Apfel- oder Birnbaum auch nur erkannt, wenn er Früchte getragen hätte. Beeren und Nüsse fand sie nicht und die Pilze sahen so eigenartig und wild aus und hatten so merkwürdig kräftige Farben, dass Hannah es nicht wagte, sie zu berühren.
Am Morgen des vierten Tages schaute Hannah erwartungsvoll nach der Schindelhütte aus. Das Wetter war klar und schön. Die Sonne brannte und kein Wölkchen stand am Himmel.
»Hat Will Appledore nicht behauptet, wir würden Mr Bär bei einem Wasserfall finden?«, fragte Molly.
»Ich weiß nicht genau«, sagte Hannah. »Vielleicht ist er es gar nicht.«
»Doch, ganz bestimmt«, entgegnete Molly.
Sie gingen eine Weile schweigend weiter, dann fragte Molly: »Wie sollen wir ihn denn nachts im Dunkeln erkennen?«
Hannah zuckte die Achseln. »Womöglich kommt er zum Wasserfall, um frisches Wasser zu holen.«
Molly blickte zum blauen Himmel hinauf. »Vielleicht zeigen uns die Sterne den Weg«, sagte sie träumerisch.

Hannah lächelte, aber sie machte sich allmählich Sorgen. Sie waren jetzt genau vier Tage unterwegs – warum hatten sie die Hütte immer noch nicht erreicht? Waren sie aus Versehen daran vorbeigelaufen? Waren die Straßenarbeiter zurückgekehrt und hatten die Hütte abgebrochen? Hatte Will Appledore sie angelogen?
Und wenn es gar nicht Thomas war, den er meinte gesehen zu haben?
Als sie am Spätnachmittag über eine Höhe kamen, hätte Hannah vor Freude laut schreien können. Da war sie. Eingebettet in das Blätterwerk am Rand der Straße stand eine einfache, gedrungene Hütte. Molly klatschte in die Hände und tanzte vor Glück.
»Wir kommen, Mr Bär!«, schrie sie.
»Psst«, machte Hannah, »vielleicht sind noch Arbeiter in der Nähe.«
Molly verstummte.
Hannah schlich um die Hütte herum und betete, dass sie den Weg zum Wasserfall finden mochten, ohne auf einen Soldaten zu treffen, der ihnen auflauerte. Aber da war er, ein Pfad, der grob durch das Unterholz geschlagen war. Hannah staunte, dass es so einfach sein sollte.
»Komm, Molly, vor Einbruch der Dunkelheit können wir es bis zum Wasserfall schaffen.«
Sie kämpften sich den Pfad entlang, der anscheinend seit Monaten nicht mehr benutzt worden war. Schlingpflanzen und hohes, spitzes Gras behinderten ihren Weg.

Sie hörten den Wasserfall lange, bevor sie ihn sahen – ein dumpfes Dröhnen, das Hannah an die *Derby Ram* erinnerte, als sie Dr. Ullathorne im Sturm über Bord gestoßen hatte.

Hannah ging erwartungsvoll weiter und ihre Lunge brannte. Die Luft kam ihr sehr dünn vor und das Atmen fiel ihr schwer. Molly war schon vorausgeklettert. Sie hörte sie leise singen.

Hannah konzentrierte sich darauf, einen Fuß vor den anderen zu setzen. Der Schweiß rann ihr in die Augen, das Herz schlug ihr bis zum Hals und ihr Atem kam in rauen, schmerzhaften Stößen.

Würden sie Thomas tatsächlich beim Wasserfall finden? Sie stellte sich vor, wie er über einen rasch dahineilenden Fluss gebeugt Wasser schöpfte oder sein Hemd auswusch. Er würde aufblicken, sobald er sie bemerkte, und vollkommen überwältigt sein. Dann würde er lächeln, ihr entgegenrennen und sie in seinen Armen auffangen …

Mollys Singen hörte plötzlich auf. Hannah konnte sie nicht mehr sehen.

»Molly?«, rief sie. Keine Antwort. Hannah kraxelte den Hang hinauf und brach durch das letzte Hindernis aus Ästen und Zweigen.

Molly war bis zum Rand eines Abhangs getreten. Ein breiter, brausender Fluss schoss auf die Kante des rötlichgelben Felsens zu, auf dem sie stand, und stürzte, einen weißen Gischtvorhang versprühend, darüber hinab. Hinter dem Wasserfall erhoben sich Berge. Unendlich viele Berge. Vor ihnen, über ihnen, neben ihnen, überall waren Berge. Berge, über denen ein stumpfes Blaugrün waberte, aus dem nur dann und wann eine raue Felswand oder eine gelbe Felsspitze aufragte. Molly stand mit offenem Mund da. Ohne sich umzudrehen, streckte sie ihre Hand nach Hannah aus. Die ergriff sie und drückte sie fest.

»Es geht ewig so weiter«, flüsterte Molly.

Und genauso war es. So weit das Auge reichte, wellten sich Bergkämme, Gipfel und Täler vor ihnen und verschwanden in dem blauen Dunst, der über allem lag.

Hannah hätte sich niemals vorstellen können, dass die Welt so groß war. Selbst nach der langen Reise auf der *Derby Ram* konnte sie es nicht fassen, dass solche Entfernungen existierten. Sie klafften über und unter ihr und erfüllten sie mit einer tiefen Leere.

Die Spätnachmittagssonne tauchte die Berge in ein gelbes Licht und warf dramatische blaue Schatten. Als Hannah ins Tal blickte, drehte sich ihr der Magen um. Tief unter ihr vereinigte sich der Fluss wieder mit der Erde und wand sich in einer geschwungenen, tief eingeschnittenen Linie zwischen zwei hoch aufragenden Gipfeln davon.

Die Leere, die Hannah empfand, drohte sie zu verschlingen. Sie hätte weinen mögen, aber sie konnte nicht. Wie sollten sie in dieser unermesslichen Weite eine einzelne Person ausfindig machen?

»Wir werden ihn niemals finden«, flüsterte sie. »Niemals.«

Molly sah sie an und lächelte, dann wandte sie sich wieder um und saugte die Schönheit der Landschaft in sich auf.

»Wir sind doch schon da«, sagte sie. »Das ist es. Wir haben es gefunden. Hier ist das Land östlich der Sonne und westlich des Mondes.«

Und vielleicht hatte sie recht. Hannah gestand sich ein, dass sie sich geirrt hatte, als sie Port Jackson dafür gehalten hatte. Der Ort war malerisch, aber nicht so paradiesisch wie dieses Gebirge. Port Jackson war zahm im Vergleich zu den Bergen.

»Dieser Ort ist schön und schrecklich zugleich ... wie ...«, sie unterbrach sich und suchte nach den richtigen Worten.

»Wie der weiße Bär«, murmelte Molly.

Hannah nickte.

Sie setzten sich auf den Felshang neben dem Wasserfall und sahen zu, wie die Sonne unterging und die Berge und Täler ringsum im blauen Dunst verschwanden. Die letzten Strahlen der Sonne verwandelten die Gischt des Wasserfalls in eine Wolke aus tausend Regenbögen.

Hatte Will Appledore einen Scherz gemacht, als er ihnen sagte, sie würden Thomas finden, wenn die Sonne untergegangen sei?

Molly blickte träumerisch über die Berge. »Es sieht aus wie das Meer. Wie große, gefrorene Wellen.«

Einen Moment lang sah Hannah ein Schloss, das ganz aus Eis war und dessen weiße Türmchen und Festungswälle in den rosa- und orangefarbenen Strahlen der untergehenden Sonne aufblitzten.

»Molly!«, rief sie atemlos. Aber dann war das Schloss wieder verschwunden. »Ich dachte, mir wäre das Ende des Märchens eingefallen. Ist es aber doch nicht«, sagte sie.

Sie hörten über sich ein Rascheln und als Hannah den Kopf hob, entdeckte sie einen seltsamen weißen Vogel, der sich auf einem Zweig niedergelassen hatte. Molly schaute ebenfalls hoch und quiekte.

Der Vogel war sehr groß und ganz weiß, nur sein Schnabel und seine Augen waren schwarz und auf seinem Kopf saß ein hellgelber Helmbusch. Hannah starrte den Vogel mit offenem Mund an.

»Ein Zaubervogel?«, flüsterte Molly.

»Ich weiß nicht. Könnte sein«, sagte Hannah.

Ruckartig bewegte der Vogel seinen Kopf auf und nieder und sein gelber Helmbusch breitete sich zu einem goldenen Fächer aus.

»Wie wunderschön!«, rief Molly leise.

Der Vogel blickte sie aus seinen schwarzen Augen an, dann öffnete er den Schnabel und stieß das schrecklichste Geräusch aus, das Hannah je gehört hatte. Es klang schrill und rau zugleich, wie der Schrei eines Sterbenden. Molly hielt sich die Ohren zu.

»Er hat so schön ausgesehen«, sagte sie entsetzt.

»Hier ist nichts, wie es scheint«, entgegnete Hannah, ohne ihren Blick von dem Vogel zu lösen. »Die Elster war hässlich und hat herrlich gesungen. Und dieser Vogel sieht herrlich aus und singt hässlich.«

Der Vogel stieß wieder seinen rauen, schrillen Schrei aus, dann schlug er mit den Flügeln aus und erhob sich in den dunkler werdenden Himmel.

Hannah sah ihm nach, wie er über das Tal flog und auf eine gelbe Felsspitze zuhielt.

»Er zeigt uns den Weg!«, rief Molly und wies in die Richtung, in die der Vogel geflogen war. »Das hat Will Appledore gemeint. Er wusste, dass der Vogel kommen und uns den Weg zu Mr Bär weisen würde.«

Hannah lächelte und schüttelte den Kopf. »Ich glaube, Will Appledore hat nur einen Scherz gemacht«, sagte sie traurig.

Weit hinten am Horizont, in der Richtung, die der Vogel genommen hatte, tauchte ein großer gelber Stern auf. Dann, weiter oben am Himmel, noch einer, ein roter. Danach ein grüner. Und plötzlich war der ganze Himmel von Sternen übersät, es waren so viele, dass kaum ein schwarzes Fleckchen übrig blieb.

»Herrlich«, flüsterte Molly.

Aber es gab keinen Großen Bären, der sie hätte führen können. Hannah seufzte und packte die Decke und einen verschrumpelten Apfel aus. Molly rollte sich in einer Felskuhle zusammen.

»Weck mich, wenn Mr Bär kommt«, sagte sie schläfrig und schloss die Augen.

Hannah deckte sie zu und starrte in die Dunkelheit hinaus. Sie saß nur da und beobachtete die Bewegung der Sterne, stundenlang, wie es ihr schien.
Auf einmal tauchte am Horizont eine weiße hell leuchtende Scheibe auf. Im ersten Moment machte Hannahs Herz einen Sprung und sie dachte, es wäre der weiße Bär, der zu ihrer Rettung kam. Aber es war nur der Mond, der langsam in den nächtlichen Himmel hinaufwanderte. Jetzt konnte Hannah auch wieder die Umrisse der Berge erkennen.
Als der Mond hoch am Himmel stand, warf er ein seltsames fahles Licht über den Felshang und den Wasserfall. Hannah starrte auf den hellen gelben Stern, der direkt unter dem Horizont aufleuchtete.
»Molly«, sagte sie leise.
Es sah aus, als flackerte der Stern.
»Molly!« Sie rüttelte sie wach.
»Ist Mr Bär gekommen?«, fragte Molly schläfrig.
»Nein«, antwortete Hannah. »Aber ich weiß, wo er ist.« Sie zeigte auf den gelben Stern. »Das ist kein Stern, das ist ein Lagerfeuer.«

KAPITEL 31

**Bald kam Scatterheart zu einem Feld,
das über und über mit großen, spitzen Stacheln
bedeckt war. Sie brach die Silbereichel auf und
fand darin zwei silberne Pantöffelchen.
Die zog sie an und ging über das Feld,
ohne sich wehzutun.**

Als am nächsten Morgen die Sonne aufging, sah Hannah zu der Stelle hinüber, wo sie das Feuer entdeckt hatte. Auf der Bergspitze auf der anderen Seite des Tals erhoben sich drei zerklüftete gelbe Felszacken.

»Dorthin gehen wir«, sagte sie.

Molly klatschte in die Hände und sprang auf, aber sie war ganz wackelig auf den Beinen und musste sich gleich wieder setzen.

»Molly, ist alles in Ordnung?«, fragte Hannah.

»Bin nur hungrig, was gibt's zum Frühstück?«

Nachdem Hannah sich und Molly eine karge Ration hartes Brot und Käse zugeteilt hatte, brachen sie auf.

Links des Wasserfalls fiel der Fels nach unten ab und ging schließlich in den Bergabhang über. Diesen Weg wählten sie. Als sie am Fuß der Felswand angekommen waren, sah Hannah ein letztes Mal zu den drei gelben Bergspitzen hinüber. Dann tauchten sie in den Wald ein.

Der Weg ins Tal war mühsam und bereits nach einer Stunde sehnte sich Hannah nach der steinigen, morastigen Straße zurück, die sie hinter sich gelassen hatten. Es gab keinen Pfad, und das Dickicht aus Schlingpflanzen und Buschwerk schien sie immer weiter Richtung Parramatta drängen zu wollen. Hannah hätte ein Messer oder etwas Ähnliches gebrauchen können, um sich einen Weg freizuschlagen, so aber musste sie sich mit bloßen Händen durch das Unterholz kämpfen. Bald schon waren ihre Arme und Knöchel aufgekratzt und juckten. Stechmücken und Fliegen surrten umher und labten sich an ihrem Blut, und als sie weiter hinabstiegen, schloss sich über ihren Köpfen ein grünes Blätterdach, das das Sonnenlicht vollständig aussperrte.

Mit dem Abstieg ins Tal wurde es auch kälter. Hannah war vom mühsamen Weg durchs Unterholz schweißnass und nun fröstelte es sie. Sie kam sich in dem dichten Grün wie eingesperrt vor und die Geräusche der Insekten und Vögel klangen bedrohlich laut und nah.

Dicht an ihrem Ohr sirrte eine Stechmücke. Hannah schlug danach und traf sich selbst am Kopf. An ihrer Hand klebte schwarz-rot das tote Insekt.

Um die Mittagszeit hatte Hannah vollständig die Orientierung verloren. Sie gingen zwar bergauf, aber die drei gelben Felsen waren verschwunden. Sie dachte an Thomas' Märchen von der schlafenden Prinzessin und dem riesigen Dornenwald, der ringsumher gewachsen war.

»Hannah! Hannah!«

Hannah schaute sich um. Mollys Stimme klang sehr aufgeregt.

»Hannah! Beeil dich!«

Der Wald war unheimlich. In dem dichten Wildwuchs pflanzten sich die Geräusche in alle Richtungen fort. Hannah wandte sich hierhin und dorthin und ging schließlich in die entgegengesetzte Richtung als beabsichtigt. Sie brach durch ein dichtes Gewirr aus grünen Zweigen und entdeckte endlich Molly, die am ganzen Leib zitternd auf dem Boden kauerte.

»Molly? Was ist denn los?«, fragte Hannah.

Molly drehte sich um und Hannah bemerkte verblüfft, dass sie lachte.

»Komm schnell«, flüsterte sie.

Hannah ging ebenfalls in die Hocke. Vom Gebüsch halb versteckt war das seltsamste Tier, dem Hannah je begegnet war.

Es war ungefähr so groß wie ein großer Hase oder ein kleiner Hund und sah aus wie eine umgedrehte Teetasse. Ein kuppelförmiger Klumpen, der auf dem Waldboden kauerte. Es hatte eine lange schwarze Schnauze und zwei

glänzende Knopfaugen. Das Merkwürdigste aber war sein Fell aus dicken gelben und braunen Stacheln.
»Ist das ein Riesenigel?«, fragte Molly.
Hannah zuckte die Achseln. »Keine Ahnung.«
Molly kicherte. Das Tier drehte den Kopf und schnüffelte mit seiner langen Nase. Dann erhob es sich auf seine vier Stummelbeinchen, die mit langen Krallen versehen waren. Durch seine Stacheln lief ein Beben und schließlich watschelte es davon und verschwand im Laub.
Hannah und Molly lachten, als sie sahen, wie sich das drollige Tier bewegte.
»Also das war echt leicht«, sagte Molly.
»Was war leicht?«
»Die zweite Prüfung.«
Hannah starrte sie verständnislos an.
Molly lächelte. »Das Stachelfeld. In der Geschichte von Mr Bär. Das Tier war das Stachelfeld, das Scatterheart überwinden muss.«
Hannah lachte. »Komm weiter«, sagte sie, »wenn wir diesen Hügel geschafft haben, legen wir eine Pause ein.«
Sie gingen weiter bergan, das Lachen hatte sie aufgemuntert. Aber schon nach wenigen Minuten blieb Molly wieder stehen.
»Was ist los?«, fragte Hannah.
»Riechst du nichts? Es riecht nach Asche und Tod.«
Hannah schüttelte den Kopf. »Nein, ich rieche nichts«, sagte sie.

Molly fiel hinter Hannah zurück und fühlte sich sichtlich unbehaglich. Nach einer Weile konnte Hannah doch etwas riechen. Es erinnerte sie an verkohltes Toastbrot.
»Können wir nicht einen anderen Weg gehen?«, fragte Molly.
»Ich weiß nicht, ob es einen anderen Weg gibt.«
Der Geruch wurde immer intensiver. Ein dünner Rauchschleier vernebelte ihre Sicht. Die Bäume flüsterten und raschelten im Wind. Vom Himmel schwebte etwas nach unten.
»Schnee!«, rief Molly. »Es schneit!«
Tatsächlich, kleine weiße Teilchen wirbelten auf sie herab. Hannah streckte ihre Hand danach aus. Sie waren nicht kalt wie Schnee und sahen eher wie winzige Papierschnipsel aus. Hannah berührte vorsichtig eins mit dem Finger und es zerfiel zu nichts.
»Das ist kein Schnee«, sagte sie. »Das ist Asche.«
Sie arbeiteten sich durch eine Mauer aus Buschwerk und standen auf einmal vor einer großen schwarzen Fläche. So weit das Auge reichte, war alles verbrannt, das Gras, alle Pflanzen – geblieben waren nur versengte Erde und verkohlte, kahle Baumstümpfe.
»Lass uns lieber zurückgehen«, bat Molly leise.
Hannah nahm ihre Hand und lächelte aufmunternd.
»Schau dir nur all diese Baumstümpfe an. Vielleicht ist das das Stachelfeld aus der Geschichte. Komm, wir gehen weiter.«

»Aber wir verbrennen uns doch«, sagte Molly und fasste sich an ihr Wachsgesicht.
Hannah drückte ihre Hand. »Nein, bestimmt nicht. Wir haben doch feste Stiefel an. Und wir werden ganz vorsichtig sein.«
Sie staksten über die verbrannte Erde, an verkohlten Baumskeletten vorbei. Bald befanden sie sich inmitten des schwarzen Waldes. Manche Baumstümpfe waren noch nicht ganz erloschen und glühten in ihrem Inneren orangerot. Hier und da sahen sie auch verkohlte Tierkadaver. Der scharfe Rauchgeruch brannte Hannah in den Augen und brachte Molly zum Husten.
In dem schwarzen Wald herrschte eine unheimliche Stille. Kein Vogel kreischte. Kein Blatt raschelte, wenn der Wind durch die toten Bäume streifte.
Die Asche schwebte leise nach unten und setzte sich auf dem Boden ab, bis ein neuer Windstoß sie wieder hochwehte. Manchmal unterbrach ein lautes Knacken die Stille, wenn ein verbrannter Ast zu schwach geworden war und, weiße Asche aufwirbelnd, zu Boden krachte.
Als sie an den Fuß des Hügels gelangten, schlich sich allmählich wieder etwas Grün in die Landschaft. Bald waren die Bäume nur noch an einer Seite verkohlt und das Unterholz erwachte wieder zum Leben. Der Hügel ging in eine lange grüne Schlucht über, durch die ein dünnes Rinnsal plätscherte. Sie tranken gierig und wuschen sich Ruß und Asche vom Gesicht.

»Wir können genauso gut am Bach weiterlaufen«, schlug Hannah vor und füllte ihre Wasserflasche auf.

Ihr Magen knurrte, aber von dem säuerlichen Rauchgeruch war ihr übel und schwindelig. Essen konnten sie auch später.

Die Luft war immer noch vom Brandgeruch durchdrungen, deshalb bemerkten sie das Lager erst, als sie durch ein dichtes Gehölz aus jungen Bäumen traten und plötzlich direkt davorstanden.

Sie befanden sich auf einer Lichtung, die von fünf oder sechs primitiven, aus Rindenstreifen und Ästen geflochtenen Hütten gesäumt war.

Zwanzig bis dreißig Männer, Frauen und Kinder lagerten um ein knisterndes Feuer. Ein knochiger gefleckter Hund lag mit geschlossenen Augen neben einem der Männer. Er hatte ihr Eindringen offenbar nicht bemerkt.

Die Menschen waren fast vollständig nackt. Als einzige Kleidungsstücke trugen sie lange Umhänge aus graubraunen Fellen, die mit einer Art dickem gelbem Zwirn zusammengenäht waren. Sie hatten lange schwarze, verfilzte Haare und die Männer dunkle Vollbärte. Eine der Frauen hielt einen Säugling im Arm, der an ihrer bloßen Brust saugte.

Auf einem rotgrauen Fell lag ein alter Mann mit tief zerfurchtem Gesicht und einem weißen struppigen Backenbart. Ein jüngerer beugte sich mit einer flachen braunen Schale über ihn. Sie schien Wasser zu enthalten.

Vier Männer erhoben sich und kamen auf Hannah und Molly zu.
Auf ihren Armen und Beinen und über ihre Nasen zogen sich weiße Linien entlang, als befänden sich ihre Knochen außerhalb des Körpers. Einer trug eine Kette aus Tierzähnen um den Hals, ein anderer hatte einen weißen Knochensplitter durch die Nase gebohrt. Ihre Körper waren mit Narben gemustert – eine sichelförmige Narbe über der linken Augenbraue oder eine kreuzförmige am Oberarm. Sie trugen lange tödliche Speere und ihre Arme und Beine waren dünn, aber sehnig und muskulös. Es bestand kein Zweifel, dass sie sehr stark waren.
Hannahs Wangen brannten, als sie die unverhohlene Nacktheit der Männer sah. Molly aber starrte sie neugierig an.
»Bitte, wir tun euch nichts«, sagte Hannah. Die Absurdität ihrer Worte und ihre aufsteigende Panik ließen sie in ein hysterisches Kichern ausbrechen.
Der Mann mit der Tierkette sagte etwas zu den anderen dreien. Seine Sprache klang völlig fremd in Hannahs Ohren – es hätte genauso gut das Bellen des Hundes am Feuer oder das Knattern des Windes im Segelwerk der *Derby Ram* sein können.
Ein anderer streckte seine Hand aus und berührte sanft Hannahs Haar. Es war mittlerweile vielleicht sieben Zentimeter lang, fettig und verfilzt. Der Mann schien sich für ihren geschorenen Kopf zu interessieren und rieb ihn mit

seiner flachen Hand. Hannah bemerkte überrascht, dass sich seine schwarze Hautfarbe nicht auf die Handflächen erstreckte, die hell wie ihre eigenen waren.
Der Mann grinste plötzlich und entblößte dabei seine ungewöhnlich weißen Zähne. Er sagte etwas zu seinen Kameraden, worauf diese in Gelächter ausbrachen. Hannah versuchte zu lächeln und hoffte, das würde als gutes Zeichen gewertet werden.
»Was wollen die von uns?«, flüsterte Molly.
Kaum hatte sie den Mund aufgemacht, richteten die vier Männer ihre Aufmerksamkeit auf sie und rissen erstaunt die Augen auf, als sie ihr geschmolzenes Wachsgesicht sahen. Sie sprachen aufgeregt miteinander und strichen neugierig mit den Fingern über ihre Haut. Nun kamen auch die anderen Männer und Frauen herbei, scharten sich um Molly und berührten ihr Gesicht.
Molly stand stocksteif da. Sie war noch blasser als sonst und ihr eines Auge schielte misstrauisch auf die spitzen Speere, die die Krieger immer noch in ihren Händen hielten.
Einer der Männer legte seine Waffe beiseite und nahm Hannah behutsam, aber bestimmt die Tasche weg.
»He!«, rief Molly empört. »Die gehört uns!«
»Pst!«, machte Hannah. »Lass sie.«
Der Krieger durchwühlte ihre Sachen. Er schnüffelte neugierig am Brot und legte es beiseite. Anscheinend war es für ihn kein Nahrungsmittel.

Dann zog er ein Stück Käse hervor, warf es aber angeekelt auf die Erde, kaum dass er daran gerochen hatte. Mit einer angewiderten Miene wischte er sich die Finger am Boden ab.
Er untersuchte die kühle, harte Oberfläche der Wasserflasche, hielt sie hoch und betrachtete das Licht, das sich darin brach. Schließlich ließ er sie ebenfalls fallen.
Auch die klamme Wolldecke schien ihn nicht zu interessieren. Hannah hielt den Atem an, als er noch einmal in die Tasche griff. Er holte ein armseliges Stück Stoff hervor, braun und zerschlissen, hob es hoch und warf es neben die anderen Sachen auf den Boden. Dann betrachtete er, was darin eingewickelt gewesen war.
Thomas' Brille.
Er hielt sie gegen das Feuer und lächelte, als die silbernen Bügel in der Glut funkelten.
»Nein«, flüsterte Hannah.
Der Mann grinste und legte sich die Brille wie eine Kette um, die Bügel schlossen sich hinter seinem Hals. Danach sagte er etwas zu den anderen Männern und Frauen, die sich daraufhin von Hannah und Molly abwandten und ans Feuer zurückzogen.
Eine der Frauen brachte Hannah eine Fleischkeule, die sie über den Flammen gebraten hatte. Der Mann legte das Essen, die Decke und die Wasserflasche wieder in die Tasche, stand auf und hielt sie Hannah hin.
»Aber nicht die Brille von Mr Bär«, stieß Molly aus.

»Wir müssen sie ihnen dalassen«, sagte Hannah.

Der Mann trat einen Schritt zurück, hob seinen Speer auf und machte eine Geste, die zu bedeuten schien, dass sie gehen sollten.

Hannah machte einen Knicks. »Danke, Sir.«

Der Mann lachte und ahmte sie nach.

Molly hechtete nach vorn, bückte sich hinter dem Krieger und hob etwas vom Boden auf.

»Molly!«, zischte Hannah.

Der Mann spannte die Muskeln und packte seinen Speer fester.

Mit einem Satz war Molly wieder hinter Hannah. Sie hielt etwas in der Hand. Hannah packte ihren Arm und dann rannten sie von der Lichtung fort und hielten erst an, als sie einen beträchtlichen Abstand zwischen sich und das Lager gelegt hatten. Mit pochendem Herzen und zitternden Knien sank Hannah zu Boden.

»Hier«, sagte Molly außer Atem und streckte ihr den braunen Stofffetzen entgegen, in den Thomas' Brille eingewickelt gewesen war. »Das Taschentuch von Mr Bär.«

Hannah nahm es und rieb den zerschlissenen Stoff vorsichtig zwischen Zeigefinger und Daumen. »Danke, Molly«, sagte sie.

»Warum haben sie sich so für mich interessiert?«, fragte Molly.

Hannah zuckte die Achseln. »Ich nehme an, weil du ... weil du so anders aussiehst.«

»Aber das hat noch nie jemand gemacht«, sagte Molly. »Höchstens geguckt. Die meisten Leute schauen weg und werden verlegen.«

Hannah betrachtete sie und ergriff impulsiv ihre Hand. »Die meisten Leute sind dumm«, sagte sie entschieden.

KAPITEL 32

Scatterheart ging immer weiter,
bis sie zu einem großen Berg aus Glas kam,
der war so rutschig, dass sie ihn nicht erklimmen konnte.
Sie brach die goldene Eichel auf und fand darin
ein Paar goldene Pantöffelchen. Die zog sie an
und erklomm den Berg ohne Mühe.

In dieser Nacht fanden sie unter einem großen gelblichen Felsvorsprung Unterschlupf. Hannah teilte etwas von dem Fleisch aus, das die Wilden ihnen geschenkt hatten. Es war zäh und sehnig, aber Hannah war froh, eine Abwechslung zu dem alten Brot und Käse zu haben.

Sie hatten kaum noch Vorräte, höchstens für ein oder zwei dürftige Mahlzeiten. Hannahs Magen knurrte vor Hunger und sie überlegte, ob sie ein paar Nüsse oder Pilze sammeln könnte.

In der Nähe Ihres Lagerplatzes fanden sie Bäume, an denen seltsame graubraune Früchte hingen, die sich hart und rau anfühlten, sich aber nicht aufbrechen ließen.

Molly entdeckte eine Stelle, wo glänzende blaue Beeren wuchsen, aber Hannah dachte schaudernd an die blaue Frucht, die Scatterheart im Eisgarten gegessen hatte, und verbot Molly sie auch nur anzufassen.

»Wer diesen Ort kannte, wusste, dass alles, was essbar aussah, ein tödliches Gift enthielt«, sagte sie.

Molly jubelte matt, als sie bei einbrechender Dunkelheit hoch oben in den Bergen wieder den gelben Schein des Lagerfeuers erblickten.

»Es sieht immer noch so weit aus«, sagte Hannah.

»Aber wir sind ganz bestimmt näher dran«, entgegnete Molly.

Hannah kuschelte sich neben sie und machte die Augen zu. Die wenigen Bisse vom Fleisch der Wilden hatten ihren Hunger kaum stillen können.

Molly wurde wieder und wieder von Hustenanfällen geschüttelt. Und Hannah wälzte sich von einer Seite auf die andere, um eine bequemere Schlafstellung zu finden, aber jedes Mal, wenn sie sich bewegte, wurde sie von Steinen und Wurzeln gestört.

Am nächsten Tag war Molly sehr still. Hannah wollte ihr das Märchen von Rotkäppchen und dem bösen Wolf erzählen, aber Molly war kühl und abweisend.

Das Gelände stieg wieder an. Seltsame Bäume waren so ineinander verschlungen, als wollten sie sich gegenseitig ersticken.

Von manchen Bäumen pellte sich die Borke in langen Streifen ab, andere hatten eine weiche, dünne Rinde, die sich wie Papier abziehen ließ. Ein paar Mal sah Hannah durch das dichte Blätterdach die drei gelben Felsspitzen hervorlugen, aber es hatte nicht den Anschein, als ob sie näher gerückt wären.

Sie entdeckten nicht nur zerklüftete gelbe Felsen, sondern auch eigenartige graue, kahle Gesteinsflächen, die wie Meereswellen geformt waren. Als die Sonne hoch am Himmel stand, kamen sie an einem solchen Felsen vorbei. An seinen beiden Enden befanden sich beckenähnliche Vertiefungen. Der Stein dazwischen war oben abgeflacht.

»Sieht aus wie ein Tisch mit Stühlen«, lachte Hannah.

Molly betrachtete den Fels schräg von der Seite und Hannah stellte ihre Tasche darauf ab.

»Weißt du was, wir geben jetzt eine Teegesellschaft«, schlug sie vor.

Molly schaute sie verdutzt an. Hannah drückte sie in die eine Vertiefung und nahm selbst in der anderen Platz. Sie reichte Molly die Wasserflasche.

»Meine Liebe, schenken Sie sich doch ein«, sagte sie.

Molly starrte sie einen Augenblick unsicher an, dann lächelte sie. »Ja, natürlich«, antwortete sie, nahm ein Schlückchen und reichte die Flasche zurück.

»Ah, wie erfrischend«, sagte Hannah und tupfte ihre Mundwinkel mit dem Ärmel ab. »Ach, was haben wir denn hier?«

Sie holte das letzte Stückchen Brot hervor. Es war steinhart und am Rand von einer bläulichen Schimmelschicht bedeckt.
»Frische Zimtplätzchen!«, rief Hannah. »Duften sie nicht köstlich?«
Molly atmete tief ein und nickte.
»Und ein edler französischer Camembert«, sagte Hannah und legte einen Krümel Käse auf den Steintisch. »Aus den besten Käsereien der Normandie.«
»Was gibt es noch?«, fragte Molly. Ihre Augen glänzten wie schon seit Tagen nicht mehr.
Hannah langte wieder in die Tasche.
»Ein köstliches Spanferkel, am Spieß gebraten, mit Pastinaken und Kartöffelchen garniert.«
»Hat es auch einen Apfel im Maul?«, fragte Molly.
»Selbstverständlich«, entgegnete Hannah und legte das letzte Fleischstückchen der Eingeborenen auf den Tisch.
»Nicht schlecht«, sagte Molly fröhlich.
Sie machten sich über das Essen her und kosteten mit geschlossenen Augen die feinen Speisen.
»Bedienen Sie sich«, forderte Hannah Molly auf, »aber lassen Sie noch Platz für den zweiten Gang!«
»Was gibt es als zweiten Gang?«
»Entenpastete nach Art des Hauses mit Pflaumenmus und gedünstetem Gemüse. Außerdem Rollaal und ein Süppchen von Tauben mit Trüffel und Rote Beete. Und natürlich Kalbsfußsülze.«

Molly fasste sich an den Bauch. »Halt! Ich platze fast.«
Hannah lachte. »Und ich habe noch nicht einmal mit dem Nachtisch begonnen.« Sie machte die Augen zu. »Alle Schüsseln sind abgetragen. Ein frisches Tischtuch wird aufgelegt. Dann kommt der Nachtisch. Eine Miniaturausgabe von Vauxhall Gardens ganz aus Zuckerguss. Der Zucker glitzert im Kerzenlicht. Im Pavillon ist ein winziges Orchester und es gibt sogar einen Seiltänzer aus Zucker. So etwas Schönes hast du noch nie gesehen. Es ist so zart und kostbar, dass man es nicht zu essen wagt, um es nicht zu zerstören.«

Molly sah sie besorgt an. »Aber wir essen doch davon, oder?«

»Natürlich«, sagte Hannah und lachte.

Molly seufzte zufrieden. »So eine tolle Schlemmermahlzeit.« Sie wand sich ein wenig und rubbelte sich die Arme. »Nur das Feuer müsste etwas wärmer sein, es ist so kalt. Könntest du Peter bitten etwas nachzulegen?«

Hannah kicherte. »Wer ist Peter?«

Molly schloss die Augen. »Hoffentlich hat Catherine mein Bett angewärmt, Mama.«

Hannah hielt den Atem an. »Ist Catherine deine Schwester?«, fragte sie.

»Gute Nacht, Mama«, gähnte Molly nur.

Sie hatte nie etwas von ihrem Leben vor der Sträflingszeit erzählt. Hannah hatte angenommen, dass sie immer schon auf der Straße gelebt hatte. Nun überlegte sie, was geschehen sein mochte, dass ihre Familie sie verlassen hatte. Hannah streckte die Hand aus und streichelte das Mädchen behutsam.

»Komm, Molly. Wir müssen weiter.«

Molly hob den Kopf und runzelte die Stirn. »Wohin gehen wir?«, fragte sie.

Sie machten sich wieder auf den Weg, aber Molly fiel immer mehr zurück. Sie hustete und ihre Augen hatten einen unsteten Blick. Ihre Lippen waren aufgesprungen und bluteten. Hannah nahm sie an die Hand. Sie fühlte sich heiß und feucht an.

Am Himmel zogen Wolken auf und die Baumwipfel raschelten und schwankten im stärker werdenden Wind. Hannah zitterte. Auf einmal blieb Molly stehen.

»Komm weiter, Molly«, drängte Hannah sie.

»Rubine. Ich habe Rubine gefunden«, sagte Molly unbeteiligt.

»Nur noch ein kleines Stückchen«, entgegnete Hannah, »und dann machen wir eine Pause. Versprochen.«

Sie spürte, dass Thomas nicht mehr weit sein konnte. Sie war sich ganz sicher, sie mussten es bald geschafft haben. Zu essen hatten sie nichts mehr und wenn sie nicht bald da waren, würden sie es nie mehr schaffen. Doch Molly rührte sich nicht, sondern starrte auf den vor ihr stehenden Baum.

»Sieh nur, Hannah«, murmelte sie undeutlich. »Rubine!«

Hannah seufzte und schaute sich den Baum genauer an. Und wirklich, aus der rauen braunen Rinde wölbte sich ein glänzender roter Stein. Ein unebenes, klumpiges Gebilde, das wie geschmolzenes Wachs aussah. Hannah streckte die Hand aus und berührte es. Der Baum erinnerte sie an etwas.

Ein juwelenbesetzter Baum … war das nicht aus einer von Thomas' Geschichten? Hannah strich mit den Fingern über den glatten, harten Stein.

»Wunderschön«, flüsterte Molly verträumt.

»Ja«, sagte Hannah und tastete nach der Stelle, wo der Stein mit der Rinde verbunden war. Was bedeutete das? Eine Erinnerung schlummerte in ihrem Gedächtnis, wollte aber nicht zum Vorschein kommen. Sie blickte den Stein stirnrunzelnd an. Da brach er ab und fiel in ihre Hand.

Sie hielt ihn gegen das Licht. Es war kein Stein. Innen war es weich wie ein Bonbon.

»Hannah, was hast du getan?«, rief Molly und wankte.

Verwundert sah Hannah wieder auf den Baumstamm. Er blutete. Dickliches dunkelrotes Blut sickerte hervor. Voller Entsetzen ließ sie den Stein auf den Boden fallen und starrte auf den blutenden Baum.

»Wir müssen gehen«, sagte sie eilig und packte Mollys Hand. »Wir müssen Thomas finden.«

Molly setzte sich wieder in Bewegung, aber Hannah musste sie fast durch das Unterholz schleifen.

Die Wolken zogen sich immer dichter zusammen. Donner grollte in der Ferne. Hannah beschleunigte ihre Schritte und Molly stolperte hinter ihr her. Als die ersten schweren Tropfen fielen, wollte Hannah fast verzweifeln. Aber sie riss sich zusammen und ging weiter.

»Nur noch bis zur nächsten Anhöhe«, murmelte sie. »Dort wird er auf uns warten.«

Aber er war nicht da. Jetzt fiel der Regen in dicken Tropfen, ein Schleier aus eiskaltem Wasser. Der Boden unter ihren Füßen wurde gefährlich rutschig.

Sie liefen weiter. Thomas wartete auch nicht hinter der nächsten Anhöhe und auch nicht hinter der übernächsten. Die drei Felsspitzen waren jetzt nicht mehr zu sehen. Hannahs Hände und ihr Kleid waren nass und lehmverschmiert. Mit Molly im Schlepptau rutschte und stolperte sie durch den Wald. Molly sagte kein Wort mehr.

Die Dämmerung brach ein und es regnete immer noch. Kein Mond erhellte den Wald und Hannah kam es vor, als würde sie erblinden. Die Bäume ragten wie finstere Gestalten um sie herum auf. Hannahs Hände und Füße fühlten sich taub an.

Aber sie gingen weiter.

Schließlich war es vollständig Nacht geworden. Sie stolperten in eine höhlenartige Vertiefung und brachen auf dem lehmigen Boden erschöpft zusammen.

Molly keuchte stoßartig. Hannah berührte sie an der Stirn, zuckte aber gleich wieder zurück. Molly glühte.

»Mama, bist du das?«, fragte Molly.
Hannah setzte sich neben sie und war über sich selbst erschrocken. Molly war ernsthaft krank. Hannah hatte sie seit Tagen vorwärtsgetrieben.
Molly fror und glühte zugleich, sie redete wirres Zeug und starrte Hannah mit leerem Blick an. Hannah flößte ihr ein wenig Wasser ein, aber sie musste gleich wieder husten und würgte stinkende gelbgrüne Galle hervor.
»Ein paar Sechser, Miss«, murmelte Molly.
»Pst«, machte Hannah, »versuch zu schlafen.«
Das Mädchen warf sich stöhnend hin und her. »Molly, setzt den Kessel auf«, murmelte es.
»Es tut mir so leid«, flüsterte Hannah. »Wir hätten nie hierherkommen dürfen.«
Später fiel Molly in einen unruhigen Schlaf. Hannah saß neben ihr und tupfte ihr mit Thomas' Taschentuch den Schweiß von der Stirn.
Sie breitete den feuchten Stofffetzen aus und betrachtete ihn. Er war so zerschlissen, dass er beinahe auseinanderfiel.
Sie dachte daran, wie Thomas sie angesehen hatte, als er ihr seine Liebe gestanden hatte. Aber hatte er das wirklich gesagt? Hannah versuchte sich an jedes einzelne Wort zu erinnern. Nein, er hatte es nie ausgesprochen. Vielleicht war an den Gerüchten über die andere Frau etwas Wahres? Warum sollte er sie, Hannah, auch lieben? Sie war eigensüchtig und grausam gewesen. Thomas war anders als

James. Er hätte sie nicht für etwas geliebt, was sie nicht war. Er hätte sie gar nicht geliebt.
»Was habe ich getan?«, murmelte sie.
Hatte sie sich alles nur eingebildet? Hatte er nur aus Mitleid um ihre Hand angehalten? Oder aus Pflichtgefühl?
Eine schreckliche Verzweiflung presste ihr Inneres zusammen und nahm ihr fast den Atem. Die Höhle kam ihr plötzlich so klein vor, aber sie konnte nicht fort, da es regnete. Sie saß in der Falle.
Sie hätte Molly niemals mitnehmen dürfen, sie war doch noch ein Kind. Hannah hatte sich eingebildet, sich geändert zu haben, aber sie war genauso eigensüchtig wie eh und je. Sie verdiente es nicht anders, wenn sie Thomas nicht fand.
Ein schwerer Donnerschlag erschütterte die Luft und Molly wimmerte.
Panische Angst schnürte Hannah die Kehle zu. Sie würden hier sterben.
»Hannah«, flüsterte Molly. »Hannah.«
Hannah versuchte ihre Panik zu unterdrücken. »Ich bin hier, mein Schatz«, sagte sie und nahm Mollys Hand. »Ich bin hier.«
»Ich …«, Molly stockte und bekam einen heftigen Hustenanfall. »Ich bin die dritte Eichel.«
»Wie?«
»Ich bin die dritte Eichel. So wie die Brille, die du den braunen Männern gegeben hast. Du musst weitergehen.«

Molly verlor das Bewusstsein und schlug mit dem Kopf hart auf dem Boden auf.
Hannah streichelte ihre Wange. »Nein«, seufzte sie.
Entschlossen schlüpfte sie aus der Höhle in den Regen hinaus. Der Wind pfiff und heulte in den Bäumen wie im Takelwerk der *Derby Ram*. Sie hielt nach dem blinkenden gelben Licht von Thomas' Lagerfeuer Ausschau, konnte jedoch vor lauter Regen nichts erkennen.
Seit drei Nächten hatten sie es nicht mehr gesehen.
»Nein«, sagte sie noch einmal, lauter jetzt.
»Hört ihr mich, ihr Berge?«, schrie sie gegen den Sturm. »Ich gebe nicht auf. Ich habe ein ganzes Meer überquert, um hierherzukommen. Ich habe diesen Berg erklommen. *Ich werde sie nicht sterben lassen.«*
Die Berge antworteten ihr mit Blitz und Donner.
Hannah war bis auf die Haut durchnässt, das Wasser lief ihr in den Mund. Sie lachte. Die Berge konnten ihr keine Angst einjagen. Sie war so weit gekommen, jetzt würde sie ihn auch finden.
Sie kroch in die Höhle zurück, legte sich hin und nahm wieder Mollys Hand.
»Du wirst bald gesund«, flüsterte sie, »das verspreche ich.«
Dann dämmerte sie in einen tiefen, wundersamen Schlaf hinüber.

Hannah lag am Eingang der Höhle und sah zu den Sternen empor. Dort war der Große Bär, er glitzerte wie ein

glänzendes Schwert. Das Auge des Bären glühte gelb am Horizont.
»Wo bist du gewesen?«, fragte sie leise. »Ich habe dich vermisst.« Sie streckte die Hand aus und wollte den Bären berühren – er schien so nah zu sein. Sie strich mit den Fingerspitzen über die Sterne. Sie gaben ein klirrendes Geräusch von sich und schwebten nach unten. Und wie sie so sanft vom Himmel fielen, merkte Hannah, dass es nicht Sterne, sondern Schneeflocken waren. Sie landeten sacht auf ihren Wangen und Lippen, kalt und zart. Sie seufzte und fiel in einen traumlosen Schlaf.

Hannah erwachte im Fieber. Alles verschwamm vor ihren Augen.
Der Himmel glühte, brannte und loderte in orangerosa und goldenen Flammen. Das Tal unter ihr war nicht mehr zu sehen. Die Welt war in Schnee gehüllt.
Unter ihr erstreckte sich eine weiße Ebene, aus der grünblaue Gipfel aufragten wic große Segelschiffe auf dem Meer. Hannah erinnerte sich, dass sich der Große Bär nachts in Schnee verwandelt hatte.
»Ich weiß es wieder«, flüsterte sie. »Östlich der Sonne und westlich des Mondes.«
»Molly«, rief sie. Ihre Stimme klang matt und heiser. Sie befeuchtete ihre trockenen, aufgesprungenen Lippen. Ihr Mund fühlte sich an, als ob sie Sand geschluckt hätte.

Sie versuchte sich aufzurichten, doch augenblicklich kippte die Welt nach hinten über. Sie fror und schwitzte zugleich und ihr Kopf war wie mit Wolle ausgestopft. Schwankend rappelte sie sich hoch und stützte sich auf dem Felsüberhang ab.

»Molly«, rief sie wieder. Keine Antwort. Molly war verschwunden. Hannah entfernte sich taumelnd von dem Felsvorsprung, jeder Schritt hallte in ihrem Körper wider.

»Molly, mir ist endlich eingefallen, wie das Märchen ausgeht.«

Sie war so durstig. Könnte sie nur zum Schnee hinunter und ihren Durst stillen.

»Scatterheart findet das Schloss doch noch, Molly«, sagte sie. »Sie findet das Schloss und es ist ganz aus Eis und von Schneefeldern umgeben.«

Der Schnee war nur noch ein paar Schritte von ihr entfernt, aber er sah irgendwie unwirklich aus. Der flammende Himmel tauchte alles in ein seltsames rosafarbenes Licht wie in einem Ölgemälde. Sie lehnte sich an einen Baum und schöpfte Atem.

»Scatterheart geht zum Schlosstor hinauf, aber ...«

Sie stieß sich vom Baum ab und stapfte zum Schnee hinüber. Als sie ihn erreicht hatte, wirbelte er kurz auf und hüllte sie dann ganz in sich ein.

Es war gar kein Schnee, es war Nebel.

Hannah erinnerte sich, dass sie in London in der Diele gekauert und ihren Kopf an die Haustür gelegt hatte, als

Thomas im Nebel verschwunden war. Sie erinnerte sich auch, wie der Nebel den Frostmarkt verschluckt hatte. Dieser aber war anders. Er war rein und weiß, leicht und kühl. Es war nicht der erstickende, dunkle, krank machende Dunst von London.

Sie hörte das Knacken von Stöcken und Zweigen und stolperte blind weiter. Es war ihr gleichgültig, ob es James, Dr. Ullathorne oder der Gerichtsdiener aus London war. Arme streckten sich ihr entgegen und packten sie an der Schulter. Dankbar ließ sie sich in sie hineinfallen. Sie spürte schmutziges, steifes Leinen an ihrer Wange und starke Hände, die sie hochhoben.

»Aber das Schlosstor hat weder einen Schlüssel noch ein Schloss«, murmelte sie, »nicht einmal eine Türklinke.«

Dann wirbelte wieder Nebel auf und verschluckte sie.

KAPITEL 33

Schließlich kam Scatterheart zu dem Schloss, das östlich der Sonne und westlich des Mondes lag. Das Tor war verschlossen und Scatterheart sah weder eine Klinke noch ein Türschloss. Sie brach die letzte Eichel auf, die der Nordwind ihr gegeben hatte, und fand darin zu ihrer Überraschung nur einen Kern. Scatterheart warf ihn zu Boden und weinte bitterlich.

Hannah lag in einer großen Höhle. Davor, auf einer kleinen, sandigen Lichtung, brannte ein Feuer. Ihr Körper fühlte sich schwach und zerbrechlich an. Ihr Mund war ausgetrocknet.

Neben sich nahm sie eine Bewegung wahr, eine Hand mit einer Glasflasche kam auf sie zu.

»Hier«, sagte eine Stimme. »Trink.«

Hannah nahm die Flasche und hielt sie sich an die Lippen. Das Wasser war überraschend kalt. Sie blinzelte, um ihren Kopf wieder freizubekommen.

»Molly …«, flüsterte sie. Ihre Stimme klang rau.

»Molly ist hier«, sagte die Stimme. »Es geht ihr gut. Sie spielt draußen.«
Hannah drehte ihren Kopf zu der Stimme.
Sie wagte es nicht zu sprechen. Er sah so anders aus. Fast fürchtete sie sich ein bisschen. Und sie ahnte auch, dass sie nicht die Kraft hatte, ihre Freude laut genug herauszuschreien.
Sein Körper wirkte nicht mehr zart, sondern hager und gestählt. Seine ehemals blasse Haut war braun und rissig – als wäre sie ständig Schmutz und Wetter ausgesetzt. Die Haare waren gewachsen und grob nach hinten gebunden. Er war unrasiert. Die dunkle Hose, die er trug, war die eines Bauern und die aufgekrempelten Ärmel seines fleckigen, löcherigen Leinenhemdes entblößten das dichte blonde Haar auf seinen Armen. Sie erkannte ihn kaum wieder.
»Thomas«, brachte sie heraus.
Er lächelte eigenartig und blickte zur Seite. Hannah errötete. Wie musste sie für ihn aussehen? Schmutzig und zerkratzt von ihrer Wanderung durch die Wildnis. Die Haare kurz und strubbelig. Das Kleid dreckig und zerrissen. Und das Gesicht rot und aufgesprungen. Sie tastete mit ihrer Zunge nach der Zahnlücke. Der Zahn, den sie damals in der Flaute verloren hatte.
»Ich sehe bestimmt schrecklich aus«, sagte sie unsicher.
»Ich kann dich kaum erkennen«, entgegnete er. Er sprach langsam, als sei er das Sprechen nicht mehr gewohnt.

»Das Licht in der Höhle ist so schlecht und ohne meine Brille ...«

»Oh«, machte Hannah ein wenig erleichtert.

Thomas nahm ihr die Wasserflasche ab und stellte sie hinter sich. Hannah setzte sich mühsam auf. Das Schweigen war ihr unbehaglich. So hatte sie sich ihr Wiedersehen nicht vorgestellt.

»Es tut mir leid«, sagte sie schließlich. »Wegen deiner Brille. Ich hatte sie, habe sie dann aber den Wilden geschenkt. Also, verschenkt habe ich sie eigentlich nicht. Sie haben sie genommen. Ich hatte keine andere Wahl.«

Sie plapperte einfach drauflos. Thomas lächelte wieder so eigenartig.

»Du bist ihnen begegnet?«, fragte er. »Ich habe sie bisher nur von Weitem gesehen. Ich würde sie gern einmal richtig kennenlernen.«

»Ich hatte Angst«, erwiderte Hannah. »Was man alles über sie hört ...«

Thomas machte eine wegwerfende Geste. »Das ist nur Gerede. Die Menschen haben immer Angst vor Dingen, die sie nicht verstehen.«

Hannah konnte sich nicht erklären, was los war. Thomas freute sich anscheinend gar nicht sie zu sehen. Überhaupt schien er unglücklich zu sein. Wo war das Funkeln in seinen Augen geblieben? Sie schaute ihn von der Seite an. Sein Blick war stumpf wie das Meer bei Flaute.

»Alles in Ordnung?«, fragte sie.

»Bestens«, antwortete er mit diesem eigenartigen Lächeln. Hannah überlegte, was daran so merkwürdig war. Es war kein glückliches Lächeln. Sie musste plötzlich daran denken, dass Thomas sich angeblich in eine Sträflingsfrau verliebt hatte. War das der Grund? Hatte Thomas das Gefühl, dass die falsche Frau zu seiner Rettung gekommen war?

»Bist du hungrig?«, fragte er.

»Nein«, entgegnete Hannah. Ihr Magen krampfte sich zusammen.

Thomas stand auf. »Du solltest aber etwas essen«, sagte er und wühlte in einem Sack, der hinter ihm stand.

Hannah blickte sich in der Höhle um. Sie lag auf einem einfachen Lager aus trockenem Laub, über das eine Hanfdecke gebreitet war. An der Wand standen ein paar mit Wasser gefüllte Glaskrüge, außerdem eine Büchse mit Reis und ein schwarzer Kessel. Im hinteren Teil der Höhle waren kleine geschnitzte Holzfiguren aufgereiht. Tiere. Hannah lächelte, als sie ein Känguru und einen Bären entdeckte. Hinter den Figuren sah sie einen kleinen Stapel viereckiger Gegenstände.

»Du hast Bücher!«, rief Hannah aus.

Thomas errötete leicht. »Ich weiß, es ist dumm«, sagte er. »Ich kann sie ohne Brille kaum lesen. Ich hätte mehr Lebensmittel und Decken und ein sauberes Hemd mitnehmen sollen. Aber die Vorstellung, allein hier oben zu sein und nichts zu lesen zu haben, war mir unerträglich.«

»Ich finde nicht, dass das dumm ist«, meinte Hannah. »Du weißt gar nicht, wie oft ich mir gewünscht habe, ein paar Bücher dabeizuhaben.«
Thomas nickte. Hannah sah unglücklich zur Seite. Es war alles nicht so, wie sie es sich vorgestellt hatte.
Von draußen waren Schritte zu hören und kurz darauf kam Molly in die Höhle gehüpft. In ihrer Hand hielt sie eine kleine Holzpuppe.
»Hannah!«, quiekte sie. »Du bist wieder gesund.«
»Ich dachte, du wärst diejenige, die krank ist«, lächelte Hannah.
Molly zuckte die Achseln. »Mir ist es wieder besser gegangen«, sagte sie. »Aber auf einmal bist du krank geworden und ich bin losgezogen und habe Mr Bär gefunden. Der hat dich dann geholt. Ich bin dem gelben Stern gefolgt.«
»Ach so, natürlich«, sagte Hannah und kam sich vor wie in einem Traum.
»Ich werde etwas zu essen vorbereiten«, sagte Thomas und verließ die Höhle.
Hannah blickte ihm nach.
»Mr Bär kennt viele neue Märchen«, berichtete Molly strahlend, »und er hat mir aus einem Stecken eine Puppe gemacht.«
Hannah betrachtete die kleine Figur. »Sehr schön«, sagte sie. Ihr war zum Weinen zumute.
»Bist du denn nicht glücklich?«, fragte Molly. »Wir haben Mr Bär gefunden. Und er hat mir das Ende der Ge-

schichte erzählt. Wir leben ab jetzt für immer glücklich zusammen.«

»Ja«, seufzte Hannah. »Wahrscheinlich hast du recht.«

»Hannah?«, fragte Molly noch mal. »Du müsstest jetzt glücklich sein. Wir haben ihn gefunden.«

Hannah nickte. »Aber vielleicht wollte er gar nicht gefunden werden.«

Sie stand auf und ging hinaus. Thomas hatte irgendwelches Gemüse in dicke Blätter gewickelt, die er zum Garen in die Glut legte. Ungefähr zwanzig Fuß von der Feuerstelle entfernt fiel der Berg schroff ab. Hannah sah tief unter sich im Tal den graugrünen Dunst. Ihr wurde schwindelig.

»Thomas …«, sagte sie sanft und berührte seine Hand.

Thomas zog die Hand zurück und stocherte im Feuer.

»Du bist einen weiten Weg gekommen«, stellte er fest.

Hannah schluckte den Kloß in ihrem Hals hinunter. »Ja, einen sehr weiten Weg«, sagte sie. »Aber ich habe dich gefunden und jetzt können wir nach Hause und neu beginnen. Und diesmal werde ich nicht mehr so dumm sein und alles wird gut werden.«

Thomas schaute an ihr vorbei. »Wie hast du dich mit den Wilden verständigt?«, fragte er, als hätte er sie nicht gehört. »War das sehr schwierig? Hast du ihr Lager gesehen?«

Hannah wusste nicht, ob sie in Tränen oder in Wut ausbrechen sollte.

»Was ist los mit dir?«, fragte sie.
Thomas wandte sich zu ihr um und blickte sie zum ersten Mal richtig an. Hannah erschrak, als sie in seine Augen sah. Statt des glitzernden grauen Meeres lag darin ein tiefer, düsterer Abgrund. Er schüttelte den Kopf.
»Es tut mir leid«, murmelte er, »ich weiß, dass du etwas anderes erwartet hast.«
Als plötzlich hinter ihm ein lautes Rascheln ertönte, fuhr er herum. Hannah folgte seinem Blick.
Beinahe blieb ihr das Herz stehen.
»Welch eine anrührende Szene«, blaffte James, schwang sich vom Pferd und trat zum Feuer.

KAPITEL 34

Scatterhearts Tränen weichten die Erde ringsum auf und die Eichel, die sie weggeworfen hatte, keimte zu einem kleinen grünen Schössling. Dieser wurde größer und größer, er verankerte seine Wurzeln in der feuchten Erde und streckte seine Zweige zum Himmel. Bald war aus der Eichel eine große, mächtige Eiche geworden. Der Baum schlang seine Äste um die Mauern des Eisschlosses und riss sie nieder, sodass nur noch ein Haufen Eistrümmer übrig blieb.

James sah schmutzig und erschöpft aus, als wäre er viele Tage und Nächte geritten. Unter seinen Augen hingen dunkle Säcke und in dem harten weißen Licht wirkte seine Blässe kränklich. Seine Augen flackerten unstet und seine Hände zitterten.

»Wie hast du uns gefunden?«, fragte Hannah.

»Ich bin immer der Straße nach, bis ich auf die Arbeiter gestoßen bin«, antwortete James. »Die haben mir dann von dem Verrückten erzählt, der sich in den Bergen

versteckt hält und jede Nacht ein Lagerfeuer anzündet.«
Molly kroch zum Höhleneingang.
»Ein richtiges Familienidyll«, grinste James, »das Monster, die Ausreißerin und der Mörder.«
Thomas blickte James finster an.
Der lächelte giftig. »Oder ist sie die Mörderin und er der Ausreißer? Schwer zu sagen.«
»Was willst du, James?«, fragte Hannah.
James wandte sich Thomas zu. »Ich glaube, wir haben uns noch nicht vorgestellt. Sie sind Thomas Behr, Mörder, Deserteur und Flüchtiger. Ich bin Leutnant Belforte. Hannahs Ehemann.«
Thomas warf Hannah einen Blick zu und zog fragend die Augenbrauen hoch.
»Das stimmt nicht«, sagte sie. »Oder besser, ich habe ihn zwar geheiratet, es aber zu dem Zeitpunkt nicht gewusst.«
Thomas drehte sich wieder zu James um.
»Ich nehme meine Frau mit nach Hause«, sagte James und zog eine Pistole.
»Das wirst du nicht tun«, widersprach Hannah.
James beachtete sie nicht, sondern schaute weiterhin zu Thomas. »Ich habe eine Waffe für Sie mitgebracht, damit es ein fairer Kampf wird.« Er holte eine zweite Pistole hervor und warf sie Thomas vor die Füße. »Ich bin überzeugt, dass Sie sie wiedererkennen.«
Thomas biss die Zähne zusammen und schaute James bekümmert an.

»Ich werde nicht mit Ihnen kämpfen«, sagte er.
James grinste höhnisch. »Was, ein Feigling sind Sie auch?«
Thomas zuckte gelassen die Achseln. »Vielleicht«, erwiderte er nur.
»Heb die Pistole auf!«
»Ich werde nicht mit Ihnen kämpfen.«
»Warum nicht?«, fragte James. »Ist sie das nicht wert?«
Thomas schwieg.
»Also gut«, sagte James, »komm, Hannah. Ich nehme dich jetzt mit.«
»Ich gehe mit dir nirgendwohin «, sagte Hannah. Sie sah Thomas an. »Nicht wahr?«
Er begegnete ihrem Blick. Hannah erinnerte sich daran, wie er vor ihrer Haustür in London gestanden hatte. Instinktiv machte sie einen Schritt auf ihn zu. Aber er schaute weg und sie blieb wie angewurzelt stehen.
»Du gehst besser mit ihm.« Seine Stimme schwankte leicht. Hannah hatte das Gefühl, die Erde würde sich unter ihren Füßen auftun.
»Das ist nicht dein Ernst«, stieß sie hervor.
»Hannah, komm, wir gehen nach Hause«, drängte James. Er sah zu Molly hinüber. »Ich verspreche dir, wenn du mit mir kommst, dann kümmere ich mich auch um das Kind. Wir könnten sie adoptieren.«
»Nein!«, schrie Molly. »Wir bleiben hier bei Mr Bär!«
James ballte die Fäuste. »Du kommst jetzt sofort mit!«, brauste er auf. An seinem Hals traten die Venen hervor.

»Er will dich nicht, hast du das nicht gehört?«

»Was hast du vor, James?«, fragte Hannah. »Willst du mich auf dein Pferd binden? Willst du meine Füße fesseln und mich nach Parramatta zurückschleifen?«

James packte sie mit seiner freien Hand am Handgelenk. Hannah versuchte sich ihm zu entwinden, aber er riss sie zu sich und warf sie zu Boden. Sie versuchte aufzustehen, doch er stieß sie wieder zurück.

Warum stand Thomas nur da? Warum half er ihr nicht?

»Ja«, zischte James, »wenn ich dich nach Hause schleifen muss, dann schleife ich dich nach Hause. Wenn ich dich bewusstlos schlagen muss, dann schlage ich dich bewusstlos.« Er setzte ihr seinen lehmigen Stiefel auf die Brust und richtete die Pistole auf sie. »Und wenn ich dich töten muss, dann soll es so sein.«

Gerade als Hannah James eine Antwort entgegenschleudern wollte, wurde er von einem wirbelnden Knäuel aus Zähnen, Haaren und Nägeln zur Seite gestoßen. Er schrie laut auf, fluchte und ließ die Pistole fallen. Molly klammerte sich an seinen Rücken und spuckte und kratzte und biss wie eine Wilde. Er brüllte und holte gegen sie aus. Krachend traf sein Arm ihren Kopf.

Molly fiel zu Boden, krabbelte aber gleich wieder wie besessen auf ihn zu. Wutentbrannt schlug er sie nieder, kniete sich über sie und packte sie an der Gurgel.

Mollys Stirn blutete und ihre Lippen verfärbten sich blaurot. Ihr Auge war merkwürdig verdreht.

Hannah rappelte sich auf und warf sich mit ihrem vollen Gewicht auf James. Sie sah kurz zu dem Felsabhang hinüber und dachte an Dr. Ullathorne. Wenn sie ihn bis dort hinüberbringen könnte …

James holte aus und beförderte Hannah wieder auf den Boden.

»Halt.« Es war Thomas. Er stand am Eingang der Höhle, die zweite Pistole im Anschlag.

»Lass sie in Ruhe«, sagte er.

James' Blick suchte flackernd nach seiner eigenen Waffe. Sie lag einige Schritte von ihm entfernt im Gras. Dann schaute er wieder Thomas an und grinste höhnisch. »Das wagst du nicht«, sagte er.

Thomas erwiderte nichts, senkte aber auch nicht die Pistole.

»Du Feigling. Du wagst es nicht, mich zu töten.«

Thomas gab einen leisen, trockenen Laut von sich, der fast wie ein Lachen klang. »Was habe ich zu verlieren?«

James drehte sich zu Hannah um. »Du Schlampe, hurst mit diesem Mörder herum. Wie beschränkt bist du eigentlich, dass du nicht merkst, was ich dir biete?«, fuhr er sie an.

Hannah ging zu Molly und half ihr auf. Dort, wo James sie gepackt hatte, bildeten sich dunkle Abdrücke an Mollys Hals. Hannah musste unweigerlich an Long Meg denken.

»Geh nach Hause, James«, sagte sie.

Er begegnete ihrem Blick und schien klein beizugeben. Mit hängenden Schultern ging er auf sein Pferd zu. Thomas ließ die Pistole sinken und wandte sich Molly zu, die jetzt weinte.

Im selben Moment stieß James einen wilden, animalischen Schrei aus, machte einen Satz nach vorn und packte seine Pistole.

»Du verdorbene kleine Nutte«, stieß er zwischen zusammengebissenen Zähnen hervor und legte die Waffe auf Hannah an. »Du willst eine Dame von Stand sein? Du bist doch nichts weiter als eine dreckige, widerliche Hure, du ...«

Aus der Pistole, die Thomas in der Hand hielt, kam ein scharfer Knall. James röchelte. Er starrte Hannah mit offenem Mund an.

»Wie kannst du es wagen«, stammelte er und fiel zu Boden. Er war tot.

KAPITEL 35

Scatterheart sah aus ihren Tränen auf. Dort in den Trümmern lag der weiße Bär und schlief. Sie rannte zu ihm und küsste ihn. Er erwachte und beide waren voll Freude.

Thomas beseitigte den Leichnam. Hannah fragte nicht wie. Als er zurückkam, setzten sie sich gemeinsam in den Eingang der Höhle. Sie sprachen nur wenig.

Molly hüpfte hierhin und dorthin und spielte mit ihrem Holzpüppchen. James' Pferd war unweit der Höhle angebunden und fraß das harte Gras.

Hannah dachte, sie müsste etwas wie Trauer oder Schuld über James' Tod empfinden, aber sie fühlte nur Erleichterung und ein gewisses Unbehagen. Thomas hatte sie gerettet. Hieß das, dass er sie doch liebte?

»Sie ist ein süßes Mädchen«, sagte Thomas und beobachtete Molly, die unter den Bäumen herumtollte.

Hannah nickte. »Am Anfang habe ich sie gehasst«, gestand sie, »aber sie ist mir richtig ans Herz gewachsen.«

Eine verlegene Pause trat ein. Die Hoffnung, die sie auf ihrem Weg durchs Gebirge aufrechterhalten hatte, verflog. Er wollte sie nicht.

Was sollte nun mit ihr geschehen? In das Haus in Parramatta konnte sie nicht zurück. Würde man sie wieder in das Fabrikgefängnis stecken? Ein unerträglicher Gedanke.

»Ich glaube, morgen wird es regnen«, sagte Thomas und sah über das Tal.

»Oh«, machte Hannah und dachte an den langen Rückweg durch das Gebirge. Würde sie die Kraft dazu noch aufbringen?

Sie hielt es nicht länger aus. Sie hatte das Gefühl, platzen oder sich in nichts auflösen zu müssen. Die Leere in ihr war zu groß. Sie drohte ganz darin unterzugehen.

»Thomas«, sagte sie.

»Hm?«

Hannah dachte an Scatterheart und den weißen Bären. In dem Märchen klang alles so einfach. Sie musste nur ihren Prinzen finden und dann lebten alle glücklich bis an ihr Lebensende. So war es aber nicht.

Ihre innere Leere ballte sich zu einem kalten, harten Klumpen zusammen.

»Genug«, sagte sie. Ihre Stimme hallte zornig von den Wänden der Höhle wider. »Genug«, sagte sie noch einmal, diesmal lauter, weil sie ihre Zornestränen zu unterdrücken versuchte. »Was ist los mit dir? Ich habe alles aufgegeben, um hierherzukommen, und du schaust mich nicht einmal an. Was ist nur mit dir geschehen?«

Thomas drehte sich zu ihr. Seine Augen waren wild und dunkel wie der Ozean, der Dr. Ullathorne verschlungen hatte. Er schluckte und dann begann er langsam und leise zu berichten.

»Als ich hierherkam, musste ich unter einem Captain Mitchell arbeiten. Er war grausam zu den Sträflingen und nicht viel besser zu seinen Untergebenen. Eines Tages beaufsichtigten wir eine Gruppe von Frauen. Sie mussten für den Bau einer Brücke Eimer voll Erde abtransportieren. Eine der Frauen stolperte und fiel hin. Captain Mitchell zog sie an den Haaren hoch und sie beschimpfte ihn. Da befahl er mir, sie zur Strafe auszupeitschen. Ich sagte ihm, dass ich so etwas nicht tun würde. Ich kann eine Frau nicht schlagen und sie hatte nichts verbrochen. Er zog seine Pistole, hielt sie mir an die Schläfe und befahl mir zu gehorchen, sonst würde er mich töten. Dann habe ich sie ausgepeitscht. Aber ich war ganz vorsichtig. Ich ließ die Peitsche knallen, als ob ich sie schlagen würde, doch ich berührte sie nur leicht wie ein Schmetterling. Ich starrte die Frau an und betete, dass sie meine Absicht merken und so tun würde, als täte ich ihr weh. Aber sie spielte nicht mit, und als ich fertig war, riss Captain Mitchell ihr das Kleid vom Leib. Sie hatte keinen einzigen Striemen. Also machte er es selbst. Er befahl ihr, sich nackt auszuziehen. Anschließend schlug er zu. Einhundert Peitschenhiebe und jeder einzelne fühlte sich an, als schlüge er mich. Nach siebzig verlor sie das Bewusstsein, doch er machte weiter. Dieses … Leuchten in seinen Augen, Hannah. Er genoss es. Er genoss es, sie schreien zu hören. Er genoss es, die Hautfetzen zu sehen, die sich von ihrem Rücken lösten. Als er fertig war, schüttete er einen Eimer Salzwasser über sie, damit sie wieder zu sich kam. Dann ließ er sie in die schwarze Zelle werfen.«

»Die schwarze Zelle?«

Thomas nickte und biss sich auf die Lippe. »Das ist ein unterirdischer Schacht, der mit Wasser gefüllt ist. Dorthinein wurde sie geworfen, nackt und blutend, zwei Tage lang.«

Hannah wurde übel. Sie dachte an den dunklen Bau auf der *Derby Ram* und an die Schläge des Fabrikvorstehers. »Aber das war doch nicht deine Schuld.«

Thomas holte tief Luft. »Danach ging ich in eine Schankstube. Ich wollte vergessen. Jedes Mal wenn ich die Augen zumachte, sah ich ihr Gesicht vor mir. Ich trank zu viel. Dann kam einer der anderen Offiziere und erzählte mir, dass die Frau in der Zelle wieder in Ohnmacht gefallen war. Sie war ertrunken.« Er unterbrach sich und starrte auf seine Hände. Hannah dachte, er hätte zu Ende erzählt, aber dann sprach er weiter, diesmal schneller.

»Ich dachte nicht nach, ich war zu betrunken. Ich fühlte mich nicht mehr schuldig, sondern war nur noch wütend.

Auf einmal hatte ich nur noch das genussvolle Grinsen dieses Scheusals vor Augen, als er sie gefoltert hat. Ich verließ die Schankstube und ging direkt zu seinem Haus. Ich schlich mich nicht an und machte auch sonst kein Geheimnis daraus. Die Leute sahen mich hineingehen und sie sahen mich auch wieder hinausgehen, mit seinem Blut an den Händen.«

Hannah schloss die Augen.

»Ich habe ihn erschossen, Hannah. Ich habe kaltblütig einen Menschen umgebracht.« Er sprach nicht weiter und blickte auf den braunroten Fleck in der Nähe des Lagerfeuers. »Zwei Menschen.«

Hannah atmete schwer aus, sie hatte gar nicht gemerkt, dass sie die Luft angehalten hatte. »Das ist mir egal«, sagte sie. »Ich habe auch jemanden umgebracht. Ich habe ihn mitten im Sturm über Bord gestoßen. Sein Gesicht verfolgt mich jede Nacht, das kannst du mir glauben.«

Thomas seufzte. »Das Leben ist kein Märchen, Hannah. Ich kann dir kein glückliches Ende bieten.«

Hannah erhob sich. »Habe ich das je von dir verlangt?«, fragte sie und wusste gleichzeitig, dass sie das sehr wohl getan hatte. Sie hatte sich das glückliche Ende tausendmal vorgestellt. Tränen stiegen ihr in die Augen und sie verließ die Höhle.

Thomas' Höhle befand sich hoch oben in den Bergen über einer langen Kette von Tälern, durch die Hannah und

Molly gekommen waren. Die drei zerklüfteten gelben Felszacken hockten auf dem Bergrücken wie die Alte aus Sägespänen, die Glasfrau und das Wachskind aus dem Märchen von Scatterheart. Hannah blickte zur Seite. Sie hatten ihr nicht geholfen.

Sie erinnerte sich an ihre Tagträume vom Wiedersehen mit Thomas. Seit ihrem Traum vom weißen Bären hatte sie ihre Zusammenkunft wieder und wieder durchgespielt. Wie kindisch und unsinnig kam ihr das jetzt vor. Sie stocherte mit einem Stock im Feuer. Orangefarbene Funken sprühten hoch und vergingen. Hannah schaute ihnen abwesend hinterher. Sie hörte Schritte hinter sich, dann setzte er sich neben sie.

»Auch ich habe es mir vorgestellt«, sagte er, »das glückliche Ende. Ich habe nur nie ernsthaft geglaubt, dass du kommen würdest.«

Der Hauch eines Lächelns – eines echten Lächelns – huschte über sein Gesicht und einen Augenblick lang sah Hannah wieder den jungen Mann vor sich, der im Hyde Park Schneetiere mit ihr gebaut hatte. Sie saßen eng nebeneinander, berührten sich aber nicht. Hannah stocherte wieder im Feuer und wirbelte einen neuen Funkenregen auf.

»Verzeih mir«, flüsterte Hannah.

Thomas verlagerte leicht sein Gewicht. »Was denn?«

Hannah zuckte die Achseln. »Alles. Dass ich so schrecklich zu dir war. Dass ich war, wie ich war.«

Wieder dieser Hauch eines Lächelns, diesmal mit einem kleinen, lebhaften Funkeln in den Augen.
»Du musst dich nicht dafür entschuldigen, dass du du bist. Du bist stark.«
»Stur.«
»Das ist dasselbe.«
Er nahm ihre Hand. Es war nicht dieselbe Hand, die sie an seinem ersten Tag als Hauslehrer gespürt hatte. Diese Hand war schwielig und hart. Aber sie deckte die ihre immer noch zu, sie verschwand vollständig darin.
»Auch ich muss dich um Verzeihung bitten«, sagte er. »Ich hätte dich nicht aufgeben dürfen.«
»Du hattest gute Gründe dafür.«
»Trotzdem hätte ich nicht aufgeben dürfen.«
Sie drückte seine Hand.
»Ich habe mir unser Leben ganz anders vorgestellt«, gestand er.
»Ich habe immer gedacht, ich wäre in der Lage, dich zu beschützen, aber ...«
»Das bist du auch«, entgegnete Hannah. »Du hast mich beschützt. Wir können gegenseitig auf uns achtgeben.«
Er nickte. Sie hob die Hand und berührte leicht seine Wange. Sie war rau und kratzig von Bartstoppeln. Er schloss die Augen und lächelte sanft. Hannah lehnte sich an ihn. Er fühlte sich warm und kräftig an. Sicher.
Thomas schlug die Augen wieder auf. »Möchtest du nach London zurück?«

Hannah sah über die Berge, die sich vor ihr erstreckten, majestätisch und überwältigend. Ein riesiger goldbrauner Vogel kreuzte ihren Blick und stieg in den tiefblauen Himmel auf. Sie schüttelte den Kopf.

»Nein.«

»Gut«, sagte Thomas. »Ich glaube, hier gibt es viele Möglichkeiten für einen entsprungenen Sträfling und einen flüchtigen Mörder.«

Hannah entspannte sich endlich. Er hatte recht. Dies war ein Land, in dem nichts so war, wie es schien. Irgendwo würden sie ihren Platz finden.

Nach einer Weile sagte Thomas zögernd: »Du hast also geheiratet ...«

»Ich dachte, du wärst tot«, entgegnete Hannah. »Ich dachte, ich hätte dich für immer verloren. Deshalb hob ich sein Taschentuch auf. Ich wusste nicht, dass es bedeutet, dass wir verheiratet sind.«

Thomas schaute zur Seite und schluckte.

»Bist du eifersüchtig?«, fragte sie.

Scheinbar gleichgültig erwiderte er: »Du hast sein Taschentuch aufgehoben. Du hast ihn gewählt.«

Hannah legte ihre Hand auf seine Wange und drehte seinen Kopf zu ihr hin, sodass er sie ansehen musste.

»Dich habe ich zuerst ausgewählt«, sagte sie. Sie wühlte in ihrer Kleidertasche und zog einen braunen Stofffetzen heraus. »Dein Taschentuch habe ich schon vorher aufgehoben.« Sie drückte ihm den Fetzen in die Hand.

Thomas sah ihn an und lächelte.
»Danke«, flüsterte er.
»In London«, begann Hannah und erinnerte sich daran, wie er mit leuchtenden Augen vor dem Kamin gestanden hatte, »in London hast du gesagt, wir würden ein Abenteuer erleben.«
Thomas verzog überrascht das Gesicht. »Ich dachte, Abenteuer seien nicht schicklich für junge Damen von Stand«, sagte er und zwinkerte ihr belustigt zu.
Hannah schmunzelte. »Ich bin keine Dame von Stand«, widersprach sie. »Ich bin eine dreckige Schlampe, hast du das nicht gehört?«
Thomas lachte laut auf und legte seinen Arm um ihre Taille.
»Zum Glück für uns.«
»Und, wo wollen wir anfangen?«, fragte Hannah.
»Also«, sagte Thomas immer noch lächelnd, »wie wäre es mit einem Märchen?«

Scatterheart und der weiße Bär blickten zu dem grünen Baum hoch und sahen, dass seine Blätter aus Silber und seine Eicheln aus bunten Edelsteinen waren. Und Scatterheart und ihr weißer Bär (und das kleine Wachskind) pflückten die Schätze vom Baum und lebten glücklich bis an ihr Ende.

DANKSAGUNG

Die Entstehung eines Buches hängt nicht nur an einer Person, und auch wenn mein Name auf dem Umschlag dieses Buches steht, wäre es ohne die Unterstützung der folgenden Menschen nicht zustande gekommen:

Sarah Dollard, die ein geniales Gespür für Handlungen besitzt – ich wünsche jedem Schriftsteller so eine Expertin, die er anrufen kann, wenn er den Roman konzipiert, und dann noch einmal, wenn er im Begriff ist, seinen ersten Entwurf in den Papierkorb zu werfen.

Justine Larbalestier und Scott Westerfeld, die mich mit Wein und Gesprächen versorgt und mir bei der Enträtselung des Stachelfelds im Märchen geholfen haben. Justine danke ich besonders für ihre Geduld beim ersten Lesedurchgang und für ihre erfrischende Taktlosigkeit.

Sean Elliot, der mir mit seinen unglaublich präzisen astronomischen Kenntnissen geholfen hat.

Allen, die über die Mailingliste *aus_convicts* auf meine Fragen geantwortet haben.

Kate Rose, die darauf geachtet hat, dass ich den Masttop nicht mit dem Besanmast verwechsle.

Den Mitarbeitern der Handschriftenabteilung der State Library of Victoria.

Meiner Mutter, die eine gute Leserin und eine gute Zuhörerin ist. Und meinen beiden Eltern, bei denen ich wohnen durfte, während ich den ersten Entwurf erarbeitete.

Auch meinen Kollegen am Zentrum für Jugendliteratur (Mike, Paula und Elizabeth) vielen Dank für ihre Flexibilität und ihr Verständnis, und natürlich meinen fantastischen Freunden, denen ich am laufenden Band etwas von Sträflingen erzählte und die nie zugegeben haben, dass ich sie langweile.
Ein überschwängliches Dankeschön an alle Mitarbeiter von Black Dog Books, insbesondere Alison Arnold und Andrew Kelly für ihre unermüdliche Unterstützung, ihre Geduld und ihre Begeisterung.
Das Schreiben von historischen Romanen setzt intensive Recherchearbeit voraus und das Beste daran ist, dass man jede Menge überraschender und interessanter Details erfährt, die man in sein eigenes Buch einbauen kann. Natürlich muss man auch Dinge erfinden.
Der Roman *»Scatterheart«* ist erfunden. Es hat tatsächlich eine Hannah Cheshire gegeben, die als Sträfling nach Australien gekommen ist (meine Urururururgroßmutter), doch diese reiste mit der Second Fleet im Jahr 1790. Vom Namen abgesehen gibt es mit der Hannah aus dem Buch keinerlei Gemeinsamkeiten.
Ein Schiff mit dem Namen *Derby Ram* hat es auch nie gegeben. Ich habe den Namen aus anderen Schiffsnamen zusammengestückelt und möchte mich an dieser Stelle bei allen Experten für Schiffsnamen entschuldigen: Was seemännische Dinge betrifft, bin ich ein absoluter Neuling. Aber ich habe mir wirklich Mühe gegeben.
Fast alle Charaktere des Romans sind frei erfunden, auch wenn einige an reale Personen angelehnt sind. Die einzige Person im Roman, die es wirklich gegeben hat, ist Dr. William Redfern, der stellvertretender Koloniearzt war und nach dem ein Vorort von Sydney benannt ist.
Die vielen schrecklichen, gewalttätigen, grausamen Dinge, die den Menschen in diesem Roman angetan werden (die schwarze Zelle, der Mann ohne Haut, der Tanz der Seejungfrau) entstammen leider nicht meiner Fantasie, sondern sind wirklich passiert. In Australien.

Ich möchte den Autoren und Verlegern der folgenden Bücher danken, welche nicht nur hervorragendes Quellenmaterial geliefert, sondern auch meine neue Leidenschaft für australische Geschichte beflügelt haben.

Robert Hughes: *The Fatal Shore*

John Nicol: *John Nicol, Mariner, Life and Adventures*
(dt: John Nicol: *Seefahrer. Sein Leben, von ihm selbst erzählt, Europäische Verlagsanstalt)*

Charles Bateson: *The Convict Ships*

Sian Rees: *The Floating Brothel*
(dt: Sian Rees: *Das Freudenschiff, Europa Verlag)*

Robert Holden: *Orphans of History*

Inga Clendinnen: *Dancing with Strangers*

Lisa Picard: *Dr. Johnson's London*

Rif Winfield und John McKay: *The 50-gun Ship*

Captain Grose u. a.: *1811 Dictionary of the Vulgar Tongue*

Und mein Dank gilt auch den Werken von Georgette Heyer und Leon Garfield sowie den Hornblower-Romanen von C. S. Forester, deren Lektüre mich auf diese Zeit eingestimmt hat. Früher dachte ich, die Geschichte Australiens sei langweilig, aber mit den Vorarbeiten zu diesem Buch habe ich meine Meinung gründlich geändert.